全民阅读精品文库

黄河故道人家

董尧　赵杰　著

中国言实出版社

图书在版编目（CIP）数据

　　黄河故道人家 / 董尧，赵杰著 . -- 北京 ：中国言实出版社，2015.8
　　ISBN 978-7-5171-1325-6

　　Ⅰ．①黄… Ⅱ．①董… ②赵… Ⅲ．①短篇小说－小说集－中国－当代 Ⅳ．① I247.7

　　中国版本图书馆 CIP 数据核字（2015）第 177195 号

责任编辑：邓见柏

出版发行　中国言实出版社
　　地　　址：北京市朝阳区北苑路180号加利大厦5号楼105室
　　邮　　编：100101
　　编辑部：北京市西城区百万庄大街甲16号五层
　　邮　　编：100037
　　电　　话：64924853（总编室）64924716（发行部）
　　网　　址：www.zgyscbs.cn
　　E-mail：zgyscbs@263.net
经　　销　新华书店
印　　刷　阳谷毕升印务有限公司
版　　次　2015年9月第1版　　2022年1月第2次印刷
规　　格　710毫米×1000 毫米　1/16　20.5印张
字　　数　310千字
定　　价　45.00元　　ISBN 978-7-5171-1325-6

落日长河忆悲欢(代序)

田秉锷

《黄河故道人家》是董尧先生与赵杰先生联袂营构的采风札记。

二人的创作优势几乎可以傲视群伦——都是笔耕不辍的作家,一老健,一青春;都是滨黄河而居的土著,一南岸,一北坡;都是怀抱"黄河恋"的文人,梦于斯,醒于斯……

这种对接,我不知道是谁先提议的,但"一拍即合"的可能最大。所谓惺惺相惜,其实是文心的投缘及使命的共担。

我没有向赵杰先生询问。心照不宣,言辞已经多余。

倒是董尧先生主动向我说起经营《黄河故道人家》的悠悠情怀:黄河的变迁,九曲九折,千里万里,都有水利专家们记其苍黄反复;而黄河人的存在,尤其是黄河沿岸庶民百姓们的存在,基本上处在天生天灭、寂寂无闻的状态。毛泽东的诗句"夏日消溶,江河横溢,人或为鱼鳖",可状其仿佛。黄河奔流万里,咆哮万里,黄河人匍匐万年,沉默万年,这落差实在太大了。作为黄河子民的后代,董尧先生说,不写出故黄河人的爱恨情仇,心有不甘。这"不甘"的结晶,就是对《黄河故道人家》的惨淡经营。

"惨淡"云者,则专指走访、记录、整理、润色等田野工作和案头工作而言。

听了董尧先生的自述,在我的脑海里,每每呈现出这样的画面:浩浩汤汤黄河水,茫茫苍苍黄河塬,走行着一老一少两个采风者。披一身梨花,映一脸晚霞,在蓦然回首的那一刻,遥远的天极,传来亘古交响的鸡鸣犬吠和井田牧歌……

能不能接通今昔而唤醒游魂呢?这关乎天人相感的玄机。

而愿不愿回馈乡邦并反哺厚土呢？则关乎与教同发的良知。

我深知，董尧与赵杰二先生对于黄河与黄河人是虔诚而敬畏的，所以他们的采风文案，与虚构的文学故事无关，与颂圣的音乐小调无关，而一以"民间史"的风标彰显着黄河父老的生存顽强——有"人间喜剧"，也有"人间悲剧"；有"治世箫鼓"，也有"乱世血泪"。唯如此，这《黄河故道人家》才具有朝花夕拾的史鉴价值。

我与董、赵二先生，虽然分属两省、三县，而从故黄河的流域图上看，却又是"小同乡"。我的家乡是沛县敬安镇，南距黄河北大堤仅6公里，离董尧先生的家乡萧县刘套镇董楼村径距20公里，离赵杰先生的家乡铜山何桥镇赵台村径距15公里，并呈三角形鼎足相望。其联系纽带，即为故黄河。祖祖辈辈枕着黄河讨生活，所以我理解他们的黄河情缘。

这儿，插叙一点百姓记忆：我们当地人，称黄河大堤为"高陡"；称筑大堤为"打高陡"；老人说，"打高陡"是每年秋后家家出人的"官活"；称黄河泛滥，叫"上黄水"；村村备铜锣，遇黄河有险，则鸣锣示警，锣声相递，瞬间即百里惊动……

而今，黄河远去，黄河记忆也渐渐式微。本来，徐州与黄河就了不相干啊！

黄河与徐州结缘，用水利专家们的话说，皆源于"黄河夺泗"或"黄河夺淮"。一个"夺"字，将那个灾难性的背景加到徐州大地及徐州人身上。

远古的徐州（彭城），地处汴、泗交流的三角地带。泗水南下，汴水西来，在彭城城角汇为清流，再南下入淮。鉴于泗水是淮河最大的支流，所以徐州自古即是"淮河城市"。

因为黄河夺泗，其主流借古汴水、古泗水东入于海，所以徐州一度又成为"黄河城市"。

黄河夺泗最早或是汉武帝元光三年（前132），黄河决于瓠子（在今河南濮阳西南），东注巨野泽，再由泗水入淮河。此次夺泗仅维持了23年，即被堵塞。

黄河长期"染黄"徐州的历史始于南宋绍熙五年（金明昌五年，1194），黄河决口于河南阳武，东南流向江苏沛县，冲入古泗水河道，下泄入海。此次入侵，开始了为期662年的黄河"夺泗入淮"的历史。至清咸丰五年（1855），黄河于河南兰阳（今兰考）铜瓦厢决口北徙，才结束了"夺泗入淮"的局面。

662 年，少说也是二十好几代人啊！黄河，在改变着徐州地形地貌的同时，也年复一年地改变着徐州人。所以黄河"染黄"徐州的过程，既是一个"物化"山河的过程，也是一个"归化"众生的过程。唯因这黄水、黄沙、黄尘的四季相伴，徐州人才终于习惯了黄河恬静中的暴戾或暴戾中的温情，以至生死相托，视为乐土。天人感应的绵延性影响则是，在黄河改道北行并与徐州及徐州人疏离了一百六十多年后，徐州人依然保留着关于故黄河的种种记忆。

我们这一代人的幸运，是见证了原始农耕的粗朴、领略了传统村镇的人和，于石磨、石碾声中感受过历史的蓝天白云；复在信息化、城市化的骤然降临中，承受着网络便捷、浊流漫延、噪音聒耳、信义失落等等。"大转折"的正、副价值，都被我们承受了、习惯了、消化了。因而捧读《黄河故道人家》，我似乎又加深了这种"乡土沉沦"与"乡土升华"交相叠映所触发的失落感或飘零感。

与休闲者的走马观花不同，二位先生的"采风"则在坐地扎营、朝夕拥抱的静观中，融进了更真切的时代反思和生命反思。自然，这黄河记忆的焦点，也从未游离于对黄河父老、黄河儿女们的关切。

董、赵二先生的新作，集纳了二十多个短章，铺排了二三十个家庭和数十个人物的故事，借助对黄河背景的历史拓展，升华了徐州人的黄河生存及黄河记忆。

2015 年 7 月 7 日
定稿于徐州黄河新村

官姑夫李老庭

　　黄河故道边有一座不大不小的坟头，坟头前立有一块石碑，石碑的阴阳两面都光光的无一刻痕，是一通无字光板碑。无字碑的主人就是官姑夫李老庭。

　　李老庭是陈楼的老户，只是到了他这一辈，李家已基本没啥人了。因为穷，李老庭三十多岁才混上个媳妇。陈楼老户中陈家人多，李老庭媳妇娘家也姓陈，叙起堂号论起辈分来，和陈楼的陈家都说不到一块去。但五百年前毕竟还是一家。于是李老庭成了陈楼陈家的女婿。陈家人还有意无意地开玩笑说李老庭是陈家的上门女婿。坐地户成了上门女婿，性子很散的李老庭倒不太当回事儿。

　　上门女婿不好当，李老庭这个假的上门女婿也不好当。这并不是歧视他，因为在黄河故道住老丈人庄上的女婿见人低三辈，谁见了都会给他开各种各样的玩笑，在黄河故道这叫"骂大诙"。可能是李老庭的媳妇在娘家居长吧，李老庭便被陈楼人称呼"大姑夫"。小年轻的这样喊，和他年龄般上般下的这样喊，比他年纪大一轱辘截子的人也这样喊，李老庭享受着"官姑夫"的待遇。

　　有一天，李老庭正在庄里走着，一个小伙子喊他大姑夫，李老庭应声后和他一起走。走着走着遇到了小伙子的达达[1]，同样招呼李老庭为大姑夫；小伙子的二爷爷挎着粪箕子从远处来，喊了声："大姑夫，又忙啥来？"李老庭笑得直不起腰来，用手指点着他们三人说："怪不得人家说陈家人个个三岁不成驴，到老也是个驴驹子货！恁看恁陈家，一个跟着一个往上爬辈！你爷仨往后就是一个娘的弟们了！"接着便是一连串的笑骂。

　　李老庭也曾是个有儿有女有家室的苦人儿。在日本鬼子进入黄河故道那

1　达达：父亲。

年，十六岁的闺女匆匆嫁了出去，第二年十五岁的儿子在黄河滩放羊时被日本鬼子砍死了，媳妇连惊带吓一口气没上来，扔下李老庭，给自己还不能照顾自己的儿子做伴去了。就这样，一个完整的人家竟成了"绝后"户。不知道是从啥时候起，黄河滩有了个不成文的规矩，那就是把绝后的人家当成不祥人家，谁都不愿意给他辩邻居。李老庭原是住在陈楼一户家境殷实的人家后面，被那家人用阴损的方法挤兑得无法立足。一怒之下，李老庭搬到了二里路以外的黄河滩，在伙计们的帮助下，挖土和泥，起了间土地庙一般大的草屋。李老庭带来家伙事儿，在茅草屋打圈开荒种地。故道里有的是荒地，李老庭用铁锨、抓钩子深翻土地，把格崩草、茅草根挖出来曝晒，烧成灰撒在地里去碱……茅草屋周围被他一锨一抓钩地开了近二亩地。

黄河故道是李老庭的"万宝囊"：在茅草屋东南角他挖了一眼井，黄河滩水位浅，挖不几锨深就见了水，指头粗的泉眼儿翻着花地往上冒，清清的，有一股淡淡的土腥味。水井旁，李老庭插了根锨把粗细的柳橛子，过了春秋冬夏，柳橛子就成了棵枝条如丝的柳树。李老庭养了鸡、养了鸭，故道里的虫、草就是它们的食儿。李老庭想吃荤的，就到故道里逮鱼，鲤鱼、草鱼、火头[2]，有时还会网几只肥肥的野鸭，套两只胖胖的野兔子。故道里有的是筷子粗细的贼葱、地蒜，挖出来洗洗淘淘就是做饭的佐料。

过了两年，他又把自己开的二亩荒地改成了菜园，就近到故道里挑水浇菜，二亩园被他侍弄得一年四季青油油的。

头伏萝卜二伏菜。碎碎的萝卜籽、白菜籽下地了，发芽了。初时，萝卜不像萝卜白菜不像白菜，只是星星点点的绿。风吹过来，颤抖一下。风吹过去，颤抖一下。纤纤弱弱的。过个十天八天，萝卜长出萝卜的样子了，白菜也长出白菜的样子了。萝卜的叶子毛茸茸的，白菜的叶子光溜溜的，见风见雨喝着号地往上长，一蓬一蓬的，满地氤氲着绿。再过个十天八天，萝卜会有手指那么粗，白菜也一棵一棵把叶片往大里长，绿油油的喜死个人儿。

萝卜白菜在长，其他的菜也在长，开着各色各样的花儿，说不上魏紫姚黄，却也是姹紫嫣红。黄的、白的、粉的、红的、紫的，招来蝴蝶翩翩起舞。黄色的、红色的、偶尔有蓝色的蜻蜓转动着硕大的眼睛，颤动着若有若无的薄翅，翘着尾尖落在菜叶尖上……

花儿败落之日即是果实成长之时。菜园里的内容逐渐丰富起来：红红的

---

2 火头：黑鱼。

朝天椒如拇指般傲然地竖着；青的、紫的茄子，由青转红的番茄如灯笼般悬着；爬上架子的眉豆、豆角、丝瓜、黄瓜在叶丛中挂着、垂着，风起处，蒙络摇缀，参差起伏；青的、黄的南瓜则在肥硕的叶子下如猫儿般蜷卧着；毛冬瓜在大如蒲扇的叶子下憨憨地睡着，在梦中成长。红公鸡，绿尾巴，一头攒到地底下。油绿的叶子下，萝卜伸展着半截红的身子；成排的散管状的葱儿亦青青白白长到手指粗细……日出日落，天渐渐凉了。紫皮蒜被编成辫儿悬挂在屋檐下。倏忽间菜园里只剩下用红芋秧捆着的抱芯的大白菜，及大如石磙、表面如同落了一层薄霜的毛冬瓜了……

李老庭酒瘾大，隔个三五天就挑担子菜到集上换一坛子老白干放在床头……庄上放羊的、割草的、干活的常常到李老庭的小屋里喝口水、讨口酒，都说："大姑夫黑了、胖了、结实了。"

李老庭的日子过得很滋润，李老庭的心里难说舒坦。独居在黄河滩，见了谁都亲。白天还好过，忙里忙外觉不着。一到黑来，李老庭便倍感孤寂。小屋子黑灯瞎火的，只有嘴里的烟袋锅明明灭灭的一点红。茅草屋外，听得见风吹树梢的声音，听得见芦苇细长叶子"沙沙"的摩擦声，听得见香蛤蟆、癞蛤蟆"咕咕呱呱"的叫声，听得见大鱼小鱼"泼啦"的打水花声，还有不知是野兔子、地老鼠、狐狸子还是哪种野物发出的声响。李老庭想着过世的媳妇，想着惨死的儿子，想着离了门的闺女……睡不着便伸手从床头摸到小酒坛，拎起来灌几口，拉张破席走出屋外，在上风头点燃晒干的艾棵子，把两只鞋脸对脸合在一起当枕头，闭上眼睛。

到了一九四四年，李老庭更加孤寂了。因为那年春天他唯一的亲人，他的闺女因难产，大人孩子双双没了命。李老庭没了念想，心如死水。也是一九四四年，从那年的夏天起李老庭不再孤独了，因为菜园边住了一个伴儿，能陪他说说话儿，能陪他拉拉呱儿。虽然都是李老庭一个人说，那个伴儿静静的一声不吱地听。

时间到了一九四四年，日本鬼子快完蛋了。但他们好像快断了气的疯狗，临死还要再狠狠地咬上两口。在当伏的一天，太阳刚刚露出地皮的时候，从陇海铁路杨楼站据点出来一队鬼子往北登上"高陡"[3]，一路扫向黄河滩。陈楼的各家各户携儿抱女、拖老带幼，挑着锅碗瓢勺、赶着猪羊鸡鸭，经过李老庭的茅草屋时，也不忘招呼"大姑夫"赶快跑。李老庭被他们裹着跑进

---

3 高陡：故黄河古大堤，有地段又高又陡达十余米，俗称"高陡"。

故道里那片方圆近二百亩的芦苇棵子里。由于六七年来已经习惯了这种跑反的生活，连平日最好怪叫的毛驴儿也闭上嘴站在苇丛里一声不吭。躲避在芦苇棵子里的不下几百人，人人都想活命，个个鸦雀无声。

鬼子在陈楼找不到人，就在汉奸的带领下包围了这片芦苇。搂草打兔子，顺带着把李老庭的小家也给扫荡了一番，就差给它点一把火了。

指头粗细的芦苇随着热风摇曳，蓬蓬松松的芦缨摇头晃脑，长长的苇叶随风摩擦"沙沙"的响。水里的香蛤蟆、癞蛤蟆，习惯在苇丛中安家的苇喳子等各种水鸟，对这种事儿早已司空见惯，依然旁若无人地"咕咕呱呱、叽叽喳喳"地叫着，似乎在告诉岸上的鬼子和汉奸，这里是它们的地盘，没有任何人走进它们的领地。

芦苇丛内外僵持着。太阳越升越高，水也由清凉慢慢温热起来。密密麻麻的芦苇让人喘不过气来，男男女女头发都打成绺，衣裳早已被汗水湿透，扑扑棱棱、大大小小碰着脚脖子的鱼儿根本引不起人们的兴致。日头到了正午，日头西斜，芦苇丛中的人汗流如注，脸色发白，渐渐支撑不住了，老人和孩子有的已歪倒在漫过脚踝的浑水里。李老庭站在人群里，虽然咬牙切齿，也想不出能带着大家走出芦苇丛的办法。

李老庭身边有一个陈楼谁都不认识的外地人，看模样比李老庭小不了几岁，他是一大早路过李老庭的小院找口水喝时被李老庭拉着跑进来的。

正当所有的人都在痛苦地咬紧牙关的时候，那个人从人群中开始一步一步往外走，李老庭也不知道他要干啥。那人慢慢地拨着芦苇往西走了很远，走到芦苇稀疏的地方后，便放开腿脚跑了起来，边跑边把芦苇摇得"哗哗啦啦"响，把水蹚得"稀里哗啦"响。西边的鬼子听到响声、看到芦苇摇动紧张起来，纷纷端起枪。

那人冲出苇丛躬着腰朝西北方向跑去，鬼子咿哩哇啦地喊着，冲那人开枪。枪一响，把别的鬼子都吸引过来了，鬼子边开枪边追。那人跑得飞快，衣襟被风掀起，整个人看上去像一只白色的大鸟。那人眼看着就要钻进三里之外的那片一亩大小的苇坑时，突然一头栽在地上——大鸟折了翅，他受伤了。还没等后面的一群饿狗跑到跟前，他又挣扎着爬了起来，踉踉跄跄地钻进芦苇坑。

鬼子气喘吁吁地追上来，团团围住苇坑，如临大敌。汉奸朝里面喊了半天话，也不见回音，气急败坏的鬼子便朝里面开枪射击，把苇喳子吓得"扑扑楞楞"往天上飞。"乒乒乓乓"打了半天，芦苇坑里死一般地无一丝声息，鬼子头目让汉奸带几个鬼子进入芦苇丛中。找了半天，只找到一具成年男子的尸体，鬼子头目恼羞成怒，拔出刀"嘿！嘿！"地把芦苇砍倒一片。他回头看看身边东倒西歪的部下，又看看东南三里之外的那一大片芦苇，知道今天没有什么油水可捞了，摆摆手，带着七斜八歪、垂头丧气的队伍回杨楼据点了。

在鬼子喊着叫着朝西北追的时候，李老庭和陈楼几个胆大的也慢慢走到芦苇丛边朝西北方向看，揪着心听着鬼子的枪响。直到看见鬼子排着队回去了，才回身招呼里面的人走出来。几百口子人上了岸或坐或卧，边大口喘气边大骂没有人性的日本鬼子。当大家带着东西各自往回走时，李老庭喊了几个人朝西北那个小苇坑跑去，在坑边不到三十来步的地方，他们看见了地上的一摊血迹，几个人顺着血迹大着胆子往苇坑里走，把被鬼子打了好几枪的那人慢慢抬出来放在坑边。

男子的血将身上破旧的短褂都洇透了，从他的粗手大脚及黧黑的面容来看，这是个同他们一样从土里刨食吃的庄户人，从脚上鞋子的样式来看，却又不是本地人。

他是谁？没有人知道。当他从芦苇丛里出来的时候，陈楼人以为他受不了里面的憋闷，心里还很恼火地骂他，大人孩子都能忍，你就不能忍？能憋死你咋地？可从他壮实的身体来看，在芦苇棵里再蹲下去也是没有啥事的。再说，要是为了透气，他完全可以爬到芦苇稀疏的地方，何必要往外跑？就是跑也没有必要将苇子摇得山响，把水蹚得山响。他完全是为了芦苇棵子里的二三百口子，把鬼子的注意力引到自己身上来的。

他是来投亲访友的？是路过的？家中有啥人？老爹？老娘？妻子？儿女？这时候，他硬着心肠抛却了所有牵挂，用自己的命挽救了几百条故道人的命。陈楼男男女女暗自垂泪，李老庭蹲在他身边更是哭得"哞哞"的，牤牛一样的。李老庭看着倒在地上的汉子想到了自己的老婆孩子，想到自己不管咋说还活着，这个和自己仅有一碗水之交的兄弟与亲人却是阴阳相隔了，孤苦伶仃地留在了他乡。他家里倚门盼归的老爹老娘、妻儿老小又咋能知道自己的亲人永远也回不了家了？李老庭由自己想到别人，由别人想到自己，伤心异常，陈楼人从没见过李老庭这样难过过。

陈家有老人从黄河滩上起出埋在沙土里的寿材，庄上最好的木匠连夜赶出一具棺材。李老庭两眼红红地说："就把那个兄弟埋在我的菜园边吧，让俺两个活着的死了的孤魂野鬼做个伴儿。往后要是真有人来找他，咱不能让人说咱陈楼人不讲究。咱不知道他是谁，咱得知道咱是谁！"

李老庭提来井水把已抬到他家的陌生兄弟擦得干干净净，又找出自己干净的衣裳给他换上。陌生人下葬时，陈楼人都来了，老老少少都给他添锨土，坟头筑得出奇的大，比李老庭的小茅草屋小不了多少。

李老庭有了"伴儿"，白天黑夜都不孤寂得慌了，累了、闲着了就到坟前坐一会儿，唠唠叨叨的当面说话拉呱似的。逢年过节还要拿两样菜，搬个马扎子坐在坟前和躺在地下的兄弟对饮几盅，说说心里话，高兴的，烦心的，平常的，离奇的，凡是他知道的事儿，隔了层土的兄弟也都知道了。

"这个兄弟真好！"李老庭有时候喝了口酒伤感地说。

坟头圆圆的、光光的，一声不声地蹲在李老庭菜园的西边，上面一棵草也没有。

日本鬼子被赶跑了，国民党被赶走了，解放了的黄河故道执行土改政策。李老庭对陈楼的干部说，别的地他不要，把他茅草屋跟前的地给他就行了，因为那块被他喂熟了，再说他还要给那个兄弟做伴。在后来的人口登记时，由于他整天不在陈楼，上级登记人员一个疏忽把他漏了。满庄子的人都笑他："大姑夫，中国的卯簿上没有你，你不是中国人了。"

散淡的李老庭倒也看得开，他站在陈楼庄头真真假假地发表宣言："我不是中国人了，我是外国人！哪国人呢？那就是我李老庭的李老国！咱们先明后不争，往后，中国人办的事儿，中国人的章程与我无关，可别怪我李老庭不照办了。今儿个在这里我就先声明，从今往后啥事都别找我了！"

话是这样说，人毕竟是群居动物，李老庭也不例外。菜园里的活忙完，李老庭总喜欢到庄上遛达遛达，找人说说话逗逗嘴。

李老庭性子欢，喜欢逗闹，逗满庄子骂八家。一天半晌午李老庭背着粪箕子正在庄东头晃，边晃边哼哼："我咬咬牙狠狠心，薅掉胡子好几根……"一个和他闹惯了的中年人冷不丁地在他身后说："大姑夫，那么恣儿⁴？又偷啥好吃的了？"李老庭吓了一跳："你是从哪里冒出来的？"那人说："大姑夫，打个咵⁵咋样？"李老庭眼一斜，说："给你个孩羔子打啥咵？"

---

4 恣儿：痛快，舒服。

5 咵：音 kuà，指言过其实，说大话。打咵即打赌。

那人嘻嘻一笑："你要是打咱庄东头到庄西头走一趟没有人骂你，今儿个晌午我请你两荤两素四个碟儿外加一壶酒。"李老庭先是咧开大嘴笑，想了一下说："那爷们就陪你玩玩！要是有人骂我，我一壶酒两素两荤四个碟子请你！"

李老庭之所以敢打这个吽，那是因为北边的张集逢集，再说他挎着粪箕子瞎遛时看到庄上那几个老和他逗闹的对家都赶集去了，他夹着粪扒子在一泡尿尿到庄子两头的庄里遛来遛去也没见着几个人。两个人咬过牙印儿三击掌后，李老庭把他的三折层马猴帽往下一撸，只露两眼，挎着粪箕子大步流星从东往西走。他以为这样就能安然地闯过去。可人算不如天算。李老庭匆匆忙忙还没有走过一个巷口，路北篱笆院里走出一个人来，肩上扛把抓钩子，笑咧咧地开了腔："大姑夫，西头有孝帽子撒咋地？看把你忙活的，是不是怕晚了抢不到？"李老庭恼了——他输了一壶酒、两素两荤四个菜！李老庭一把揪下马猴帽直往腚上拍，他仰起脸骂道："你个血孬种起来的！恁娘养着你的时候，你不是只会打'哇哇'吗？咋学会说话了？孝帽子都留给恁达达了，你去打婴子幡吧！"对方被他骂愣了，因为李老庭性子好，和谁逗闹都是呵呵一笑反唇相讥，今儿个咋恼了？吃错药了还是咋的？与李老庭打吽的中年汉子一直不远不近地在后面跟着，看到这一幕喜得直跺脚拍腚，快步走上前大笑着搂住李老庭的肩膀要往他怀里掏。被李老庭骂愣的人知道了前后，也不再理会李老庭刚才的那个熊样子了，上前凑热闹，说晌午要去陪客。

除了逗闹之外，李老庭从来没跟谁红过脸，别看他在陈楼是孤门独户，可人缘就是好。碰上谁家红白喜事，他都走上门去，该拿多少礼拿多少礼，事主也总把他当高客相待。碰上娶媳妇的，天地拜过、高堂拜过之后，执事便大喊："给李大姑夫磕头！"李老庭不含糊，大大方方端着架儿坐好，体体面面地扔出一份磕头钱。

李老庭身子骨硬朗，手脚又勤快，靠着二亩菜园小日子过得暄腾的。陈楼人看到李老庭过得很恣儿，就笑骂他过的不是中国人的日子。他便对庄上人说："中国人的卯簿上没有我，阎王爷的卯簿也不会有我，到时候牛头马面拿着勾魂牌把大河两岸翻个底儿朝天也找不到我。像恁这些熊东西，到时候一个个的谁也跑不了。"庄上人头点得鸡叨食似的，说："是的、是的，大姑夫，俺都活不过你，你能活一千年、一万年。"

因当初人口登记人员的疏忽，李老庭自立为王，他挺着脖子说趣话，认为中国所有的法都管不着他，他自己就是自己的王法。

这个光杆王爷日子过得很是波澜壮阔。

日子不紧不慢地走着，整个黄河故道也走进了农业合作化的高潮中。这时的李老庭便显得与众不同，拧着脖子不合作，不合作也就罢了，还要说自己的理由：“我跟陈楼的这帮龟孙尿不到一个壶里去！”李老庭成了陈楼农业合作化的“死角”。上边来人，掰开了揉碎了，嘴皮子磨了好几层，李老庭油盐不进，想咋着咋着，就是一个“不入”。在县政府的官方公告里，全县就这一个单干的“钉子户”。

农业合作化过程中，李老庭不合作，后来的高级社、人民公社，李老庭对别人的劝说仍是东风过马耳。当官的不干了，非要起掉这个“钉子”不可。

公社党委书记吴田背着手走进了李老庭的小篱笆院，躬腰进到小茅草屋，坐在一个木疙瘩墩上大道理、小道理讲了半天，要的就是李老庭的一句话。李老庭蹲在屋当门吧嗒着烟管淡淡地说：“中国到眼眼[6]东南还有个台湾，那里也没有合作化也没有公社，又不是我自己，我一个孤老头子入不入社也耽误不了多大的事儿。哪一天恁把台湾统一了，我绝不扯统一的后腿！”吴田生气了：“你瞎胡扯啥呢！统一台湾和你入社是两回事儿！你再单干我们就要处理你！”李老庭笑了，伸手端起锅台上的小黑碗，很客气地向吴田让让，辛辣的酒气冲得吴田眉头一皱，手摆得荷叶似的。李老庭呵呵一笑，仰脸闷进去大半碗老白干，脸膛红得像关二爷，喷着酒气说：“好、好、好，吴大人！你处理我，吴大人您得先查查我的姓名户口在哪里。这件事我决不连累邻居百世，我是个绝户头，我甘心情愿当小台湾。咱打开天窗说亮话，要是共产党今每儿[7]统一了台湾呢，我明个儿就入社，要是台湾还姓‘国’呢，我就甘当老蒋的孝子贤孙—单干到底。再就是拿出处理我的条法来，要是共产党有王法说单干得杀头，我一定把脖子伸得长长的，等着你把刀磨快，省得到时候锩了刃！缩缩脖子寒寒脸儿都是大闺女养的！”

俗话说软的怕硬的，硬的怕横的，横的怕愣的，愣的怕不要命的。人连命都不要了，还怕啥呢？更何况此时的李老庭已经七十多岁了，黄土埋到脖颈子的人了，即使国法定了“单干杀头”，李老庭的这颗脑袋也不会挨刀，谁忍心去处罚一个孤老头子？但是李老庭这么的不识“时务”，让吴田恨恨有声。走出李老庭的茅草屋后，他双手扌卡腰、恼羞成怒地对陈楼人说：“这

6　眼眼：现在。
7　今每儿：今天。

个老家伙纯粹是给我难堪，全县一个单干户就窝在我这里。他奶奶的，到县里开会我都抬不起头来。这个'小台湾'我非消灭他不可。叫你给我上眼药！"

吴田最终还是没有完成"统一台湾"的大业，但李老庭死磕公社党委书记却使这片"小台湾"传遍黄河故道，李老庭也被冠以"老蒋第二"的美名。

说实话，在黄河滩上土里刨食吃的人们对政治风向标一向是懵懵懂懂的。对于土改，他们举双手赞成，三十亩地一头牛，老婆孩子热炕头，这是他们做梦都想得到的，囤里有粮，身上有衣，他们在梦中都会笑出鼻涕泡来。他们对于合作化、高级社、人民公社既说不清也道不明，对新生事物的不理解也使他们惴惴不安。看到李老庭硬头鲅子似的硬顶，陈楼人也在为他捏一把汗，有人说他有胆，中国从来都是民不和官斗，他竟敢给公社书记干上了！有人说他是屎茅子里的石头——又臭又硬，光棍一根，死猪不怕开水烫！有人为他担心，也有人在无声观望。

人民公社化后，起初人们精神面貌很好，干得很欢，李老庭也看出了人多力量大，人多智慧多，修渠扒河，叠路架桥，李老庭也愿意出钱出点子。队长说："大姑夫，你不是俺中国人就不要尽义务了。"李老庭眼一睁说："咋地？嫌我的钱不干净？中国都能支持赞比亚、坦桑尼亚、阿尔巴尼亚，我李老国就不能支持中国？"队长不敢和他斗嘴，连说："能，能，能！你发扬国际主义白求恩精神，我们热烈欢迎！"紧接着就是大跃进，又放高产卫星、又大炼钢铁、又吃大锅饭，还得样样军事化，男的女的老的少的分成营、连、排、班，整个黄河滩搞得热火朝天的。李老庭皱起了眉头，嘟嘟囔囔说要坏菜，说是狗带嚼子瞎胡勒。陈楼村人都说他胡扯。只经过两年，人们猛然发现，这个轰轰烈烈竟把刚能够温饱的日子搞穷了，穷得连肚子也填不饱。庄户人没辙了，只好跑到地里去扒去捡大跃进时丢下的、早已霉烂的大蜀黍[8]棒子、红芋块。

李老庭早已没有了火性，只埋头整理自己的二亩菜园。有人聊天时，他就说："朝中出了奸臣了，中国要毁了。"说得别人害怕。李老庭问："你说一亩地真的能打成万斤、十来万斤吗？"对方说："那还不是裤裆里拉弦子——扯蛋（淡）？！"李老庭说："你有毛主席聪明吗？"对方吓得一激灵，眼睁得老大："你瞎操啥操？谁有他老人家聪明？！"李老庭说："对，你是种地的，我也是种地的。你我两个庄稼老冤都不信一亩地能打那么多粮食，

8　大蜀黍：玉米。

毛主席他老人家能信吗？"对方不敢再往下接茬。

公社化没化着李老庭，大跃进没有跃着李老庭，自然穷也穷不着李老庭，小酒整天滋润着。一瞬之间，"老蒋第二"李老庭成了十里八里庄户人注目的人物。"咦，李老庭这条路走对了！"当坐在李老庭的茅草屋前篱笆小院里的人端着他的酒碗对他伸大拇指时，李老庭咬着黑烟管的玉石烟嘴："对？对个屁！"对方端着碗愣了，不知这李老庭咋净想的和别人不一样。

李老庭的"小台湾"不知不觉成了陈楼人的挪亚方舟。先是饿昏了的无儿无女的鳏寡走进篱笆小院，李老庭掀开面缸，扒开菜窖，做一顿有油有盐的给他（她）们吃，管他（她）们一个饱。后来，有儿有女的人也去了一再是好汉，几天不进汤水也得饿憨。不止一个两个。李老庭灶小锅不大，存货也不算多，管不起了，就给点面、菜捎回去。李老庭半瓢一碗的竟在一个冬春接济了几乎全陈楼的人。以后大家日子渐渐好过了，才不再去打扰他。

李老庭喜欢酒，无聊苦闷想到自己的一生不顺时，除了站在菜园里放开嗓子吼几声野调柳琴给树上的鸟儿、芦苇丛里的鱼儿听外，就是喝酒。好酒不多，白干还是不断的，就是在瓜菜代的日子里，他的床头前也少不了半坛子八五老白干。到茅草屋看他的人有的是有些酒瘾的，李老庭就从坛子里用端子舀二两给他，一边舀一边嘟嘟囔囔："老子都快爬不动了，还来啃！还来拽我这个快成了狗尿苔的老麦穰垛！我能养你到哪天？"喝酒的人总是一仰脖喝了个底朝天，用手抹抹嘴，装模作样地叹口气，说："唉！趁着我身子骨还行壮，在你这儿是吃一口得一口。我哪天要是爬不动了，你这不孝的东西连口凉水恐怕也不会给我端。要是我哪天一口气上不来，你想行孝也找不到达达了。"李老庭瞪着眼劈手夺过空碗，笑了："等着吧，等你爬不动了，自有那孬龟孙给你端茶送水，给你行孝！"笑笑闹闹，李老庭很高兴。

李老庭毕竟是八十多岁的人了，加上一生好酒，积酒成痨。赶到"文化大革命"的早几年，便常常不到庄里来了。庄上少了李老庭，就是一台戏息了锣鼓，陈家自己的老少爷们不会自逗自闹。人们这才感到："大姑夫真的老了！"常言说得好，"饿时一口胜过饱时一斗。"受过李老庭大恩的陈楼人一有空闲就到李老庭的小屋里和他嗑嗑牙，逗他开开心，就是阴天下雨路上滑滑蹉蹉[9]的，也会披上小蜀黍[10]叶子编的蓑衣到他的小屋里和他说说话。

---

9 蹉：音chǎ，在雨雪、泥水中踩，践踏。
10 小蜀黍：高粱。

没多长时间，就有人发现庄西头大柱的寡母出入李老庭的小屋较勤。大柱娘七十多岁，身子骨硬朗，大柱娶媳妇后分家另过后，自己独居小院也没啥牵挂，便常到小屋里给李老庭烧水、做饭，有时还赶集给他买点酒，买点下酒菜。

大柱娘手大脚大，说话做事风风火火，"呱呱呱"的马嘎子[11]性格，当初也是受过李老庭接济的。她能到小屋里照顾李老庭，陈楼人也觉得"应该"，心里一百个同情，一百个乐意。庄上人常有人问她李老庭的情况，心直口快的大柱娘张口便来："没事，死不了。身子骨硬实着呢！常常半夜三更地起来喝酒。"好话搁不住三重，这话说多了，就有人猜疑："李老庭三更半夜起来喝酒，大柱娘咋知道的？"起了这个意，便有好事者细心观察，原来大柱娘有时会在李老庭的茅草屋里过夜。李老庭的茅草屋长不过五尺，宽只能放床锅，加上乱七八糟的干活的家伙，一个弯腰罗锅的老头子也只能磨开腔，再去一个女人会是啥局面？不要说了，大柱娘成了李老庭的相影！时间要是倒推三四十年，就像陈楼那样的陈姓大族，族里的媳妇跟别的男人过夜了，还不得活剥了这一对！可如今，谁都装聋作哑。只在背后叽咕叽咕，谁也不敢在大柱娘面前透半点口风，不然的话大柱娘那张利嘴还不得把陈楼上上下下骂个一佛出世二佛涅槃？

大柱娘也骂过李老庭。那时的大柱娘四十来岁，谢家楼钻错花轿的一丈青杜月娥一样，也是个迸着火星就着的主儿，没有谁敢惹。

一天快晌午时，李老庭在庄头井沿边蹲下来逗大柱的叔伯兄弟镢头，说："镢头，你识数不？"五六岁的镢头正光着腚和尿泥，奶声奶气地说："识数！"李老庭说："那好，我问问你，我一口，恁大娘一口，俺俩犟一块儿是几口？"那镢头小脑袋一挺："两口！"李老庭说："不对，不是两口！"镢头想了想，大声说："就是两口！"李老庭站起来跺着脚，吓唬他："你再说是两口我就揍你！"那镢头别看人小，倒也真硬："你一口，俺大娘一口，恁俩犟一块儿就是两口！"李老庭装模作样要去揍他，镢头撩起小短腿就跑，边跑边喊："你和俺大娘就是两口！"这时，大柱娘正好挎着篮子赶集回来，看到镢头跑得小脸通红，问镢头："镢头，跑那么快弄啥？谁蹿[12]你了？"镢头"呼哧呼哧"直喘气，小肚子一鼓一鼓的，啥不也说，伸着小脏手从大

11　马嘎子：喜鹊。

12　蹿：音duàn，快步追赶。

娘的篮子里拿了根黄瓜，咬了一口问："大娘，刚才大姑夫问我，你和他辩一块儿是几口，我说两口，他就要揍我。我说的对不？大娘！"大柱娘抬头一看，那李老庭正笑得前仰后合地直拍腚，自己的脸腾地成了块红洋标布。"镢头，可不能再瞎说了！嗯—？"镢头小嘴塞得满满的，点点头："嗯！"了一声。大柱娘挎起篮子大步流星地朝李老庭冲了过去："好你个李老庭，你个吃秆草倒驴粪的货！咋不掉进茅坑里淹死你！看我不撕烂你的臭嘴！"李老庭一看母夜叉来了，哈哈笑着掂起身边的抓钩子转身就溜。旁边的人一看，又好气又好笑地说："大姑夫啊大姑夫，你是真能操[13]！嘎嘴骡子卖个驴钱，你毁就毁在你这张破箩一样的嘴上！有胆你别跑？"李老庭边快步走边笑得屁唧的说："我这叫好男不给女斗！"李老庭玩的"两口"惹得大柱娘把他围着庄子蹽得草鸡不下蛋。

李老庭也就是痛快痛快嘴儿，大柱娘五十来岁时，大柱爹因病走了，李老庭再也没有给她这样逗闹过。

天和日暖时，李老庭弯着腰—不知啥时候起李老庭的腰渐渐罗锅了。只要在陈楼一露面，还是从东头骂到西头。有人惦记他同大柱娘的事儿，想确认一下是不是真的，就有意伸着头贴着耳朵问他："大姑夫，你给我说，我谁也不给说，你和大柱娘做成了两口没有？"李老庭嘴一歪："滚恁娘个蛋！"这时旁人会高门大嗓、当真不当假地打圆场："别瞎扯了！这都到几啦？是不是大姑夫？连大头都耷拉着抬不起来了还能弄那个事儿？要是早两年，说不定还真能老蚌生珠，弄出个一男半女的。恁看看，这不都老掉毛个熊了！恁都别瞎胡想，大姑夫都刀枪入库马放南山几十年了，枪都拉不开栓了。想那事儿还不是豁牙子吹灯？豁口对着灯头，干吹火不动！大姑夫，你说我说的对不对？"李老庭笑得胡子直颤，用手指指点点："嗤！嗤！恁这群孬龟孙揍的……！"一群人喜得哈哈的直蹦脚。

有一天，陈楼有人到李老庭茅草屋里和他聊天，对着他的耳朵大声说："'四人帮'被抓起来了。"李老庭问："'四人帮'是弄啥的？"庄上人就给他说"四人帮"是谁谁，是弄啥的。他哼哼了几句，像个大仙似的说："你他娘的吃老母猪奶长大的！要是恁达达想把恁家的日子过好，恁娘会不会伙着几个不三不四的人在后面扯腿捣蛋把事儿搅散黄喽？瞎话箩子顺腚淌！小子，你他奶奶的还嫩着呢！往后你就知道了！"庄上人说："大姑夫，

---

13 操：音cào，操蛋、捣蛋、胡闹之意。

你咋这样想呢？"李老庭嘟嘟囔囔："要喝酒就喝酒，不喝酒就给我屎壳郎搬家一滚蛋！"

整天嘻打哈笑的李老庭也有伤感的时候。一天他对帮他晒被子的大柱娘叹口气，说："你说人活着有啥意思？这些年你照顾我，风风雨雨的，我也没给你个名分，早知道这样，咱俩该到公社扯个证。也是的，想扯也扯不成，我不是个没有户口的黑户吗？说是两口子，名不正言不顺，再说你也不是跟我偷跑的 [14]。算儿媳妇吧，你也那么大年纪了，你看这事弄的……"大柱娘以为这个老不死的又再给她闹着玩，看也不看他，用手"噗噗"地拍打着被，不急不气松言拉语地说："你也没几天活头了，在这边是晚了。有一天我也到那边去，别管是阎王小鬼还是牛头马面，问起咱是咋回事儿，我就说我是恁娘，不就名正言顺了吗？"李老庭怔了一怔，咧咧嘴，没说话。

七十三、八十四，阎王不请自己去。中国的卯簿上没有李老庭，看来阎王爷的卯簿也把他忽略了，再说，那阎王说到底还是中国的阎王。李老庭九十四岁了，陈楼人见了他还是给他瞎胡闹，说是好人不长寿，坏蛋活千年。李老庭的牙早掉光了，他瘪着嘴呵呵地笑："坏、坏，死得快，看恁爹没活过恁爷爷吧？因为他从小就不是个东西，净干些偷鸡摸狗拔蒜苗的事儿，这不？阎王爷及早地把他勾走了吧？"

李老庭没事儿就搬个小马扎靠着他的茅草屋土墙闭着眼老僧入定般晒太阳，头上光光的没有一根毛，胡子白得蓬蓬松松一把雪。就这个样子，谁也不知道这位"官姑夫"能活到啥时候。都说，媳妇孩子的命都匀给他了，这老家伙能活早着咪！

土地要承包了。李老庭足不出户，也知道陈楼大大小小的事儿，因为总少不了人到他的篱笆小院里。

坐在小屋前透过篱笆墙，他看得见一群一群的人扛着锨、拉着皮尺、背一捆木橛子喊叫着放地。他知道生产队的牛马驴骡都给分了，马车的部件拆分了，牛梭斗、驴夹板子、赶马车的鞭子，牲口槽、淘草缸，保管室的门、胳膊粗的秤、大抬筐，拖拉机的轮子、车框子，路边的树，杈子扫帚扬场锨，就连浇地的碗口粗的黑皮水管子胶也都割成了一截一截的……标了价，抓了阄，谁抓到是谁的。陈楼人眉飞色舞，李老庭默不作声，最后只是摇摇头无奈地说："错了！错了！"

---

14 偷跑的：私奔的。

人老精、马老滑，兔子老了狗难拿。看看老得成了精的大姑夫，谁也不知道他说的啥，谁也不知道哪儿错了。

队长自己动手提着端子从坛子里舀了半碗酒，蹲在他对面对他说："大姑夫，你这地还是你的，咋样？"李老庭说："我都活到脉了个熊了，要个地还有个屁用？你孝顺你来帮我种？"队长说："我为啥帮你种？我又不是恁爹！"李老庭接过话来说："我不是恁爹，我还是恁续大爷吧？"李老庭这么一说，队长"噗"地一声把嘴里的酒喷了出来，呛得脸通红，他弯腰跺脚地咳嗽了好一会子，指点着李老庭："大姑夫啊大姑夫，你真不是个人！"李老庭呵呵地笑了。

队长的小名叫二怪，不到十岁就开始跟着别人喊李老庭大姑夫。有一天他从黄河滩放羊回来，边蹦蹦跳跳地走边唱："我有五分钱，买个小喇叭。喇叭吹不响，让我当队长。队长不让我当，让我扛机枪。机枪扛不动，让我挖窑洞。窑洞没有门，让我上阎集。阎集有个钯锅的，钯得腌眼豁豁的……"李老庭站在路上手一伸拦住他，说："二怪，你给我站住！"二怪甩着小鞭子说："喊我弄啥？"李老庭说："二怪，你这个没有屎尖子大的小黄黄也跟着喊大姑夫？那行！喊就喊吧。可是有一件儿，你只能喊我大姑夫，千万千万不能喊我'续大爷'！"二怪是个路边有块石头都要踢三脚的小腻歪蛋。他眼一睁，说："喊你又咋了？"李老庭说："你要敢喊，今儿黑来我就把恁家的锅给撅[15]喽！不信你试试！"二怪也不是吓大的，他把羊赶了十来步远，一回头，扮了个鬼脸，鞭子一甩，大喊一声："续大爷！"李老庭原地把脚跺得山响，嘴里咋咋呼呼："二怪，你个小龟孙羔子给我等着，看恁明儿个还能吃上清起来饭不！"二怪赶着羊边跑边放开喉咙喊："续大爷！续大爷！续大爷！……"

第二天一大早，二怪起来到锅屋掀开锅拍一看，锅腔子里的锅一点事儿没有，胆子愈发大了，见了李老庭就喊"续大爷"，还炝着蹶子边喊边跑。每次李老庭都虚张声势地要揍他，越这样，他喊得越欢，这样喊了半年多。

有一天，李老庭正和二怪的大爷[16]说笑，二怪有大爷在跟前就更有恃无恐了，往前凑了凑，大喊一声："续大爷！"李老庭朝他瞪了一眼。二怪的大爷没听见二怪喊的啥，这时二怪又大喊一声："续大爷！"二怪的大爷这

---

15 撅：音 quē，敲击、捣碎之意。
16 大爷：伯父。

回听清了，板着脸说："不能再喊了，再喊就成憨孩子了！"回头看看李老庭，这家伙实在憋不住劲了，"扑哧"一声笑了出来："你看、你看！这都半年多了，连二怪都看你头上绿油油的了！"二怪的大爷当着小孩子的面又不好骂他，"唉——！"了声，用手点着他："你呀、你呀！你活着咋还算个人！一把年纪都活到狗身上了！"二怪才知道自己被这个老家伙玩了半年多。从那以后，他就和庄上的人一样，开始笑笑闹闹地和李老庭干上了。

李老庭见队长喝呛了，又拿端子从坛子里给他补了半碗，嘴里还在占着队长的便宜："吃了不疼扳[17]了疼！你看看？还是怹续大爷疼你吧！"等队长喝完，李老庭叫着队长的小名说："二怪，帮个忙呗？"队长说："啥事？有话就说，有屁就放！"李老庭说："明儿个赶集帮老头买两包子买碗粥，再带瓶酒，行不？行不行给个痛快话！别屙一半夹一半！""行！行！行！别说吃包子喝热粥，你就是要吃屎我这就脱下裤子给你屙！哎，大姑夫，你这坛子里不是还有酒吗？"李老庭笑着说："怹达达才是狗呢！我就不兴喝点儿好的？"说着要站起来给队长拿钱。队长拍拍腔先站了起来："行了、行了！小孩子要吃口好的，当老的砸锅卖铁也得买！"队长放下碗抹抹嘴转身要走，李老庭的拐棍头儿轻轻地拍到队长的大腿上。

队长红头涨脸地走进大柱娘的小院，笑着对坐在树下戴着老花镜正补衣服的大柱娘说："大姑，大姑夫要吃包子喝粥还要喝猫尿呢！"说着，从洗得发白的蓝色中山装上衣口袋里掏出钱来拍在大柱娘手里。大柱娘微低着头，从镜框上方看看队长，疑疑惑惑地说："你不是二怪吗？谁是怹大姑？你个孩羔子起来的！睡癔症了？我不是怹大婶子吗？"队长一脸坏笑："今儿个我可是比着大姑夫叫的！"大柱娘说："叫、叫！滚怹姥娘个腿！"硬把钱给塞了回去。

第二天一大早，大柱娘梳梳洗洗，顶着蓝手巾，脚脖子系上扎腿带子就去赶集了。买了二两热腾腾的包子，又用茶缸盛碗热粥，再到供销社买了瓶酒放到筐子里。陈楼人还没放下碗筷，大柱娘已赶到了李老庭的小茅草屋，手脚麻利地涮碗洗筷子，把粥倒出了大半碗。李老庭喝口粥，咂巴咂巴嘴，说："这粥不行，太稀，每每[18]的粥都能立得住筷子。"大柱娘说："趁热快吃吧，有吃有喝还堵不住你那张臭嘴！"李老庭让大柱娘用剪子把酒瓶盖别开，自

17　扳：音bǎn，浪费、扔掉、抛洒之意。
18　每每：以往、以前。

己喝了口，递过来让大柱娘也喝一口。大柱娘犟不过他，抿了一小口，辣得咝咝呵呵的，用手在嘴前扇风，夹起一个包子塞进嘴里。李老庭咧着没牙的嘴笑得哏儿哏儿的。

李老庭喝了半碗粥，吃了两个包子，说累了，要歪一会儿。大柱娘把他扶到床上，自己拾拾涮涮。李老庭闭着眼嘴里不停地说着话。大柱娘一开始没在意，听着听着，他嘟嘟囔囔说的都是陈年古董的旧事儿，嘴里一个一个的人儿都是庄上老早就故去的人，李老庭好像和他们坐在一起说话拉呱儿，显得很热乎、很亲近。大柱娘浑身发冷，汗毛都竖起来了，越听越觉着不对劲儿，放下手里的活儿慌慌张张回庄上去喊人。

陈楼人放下碗筷说说笑笑各自拿着工具要到责任田里去忙活，一听李老庭有事，放下手里的东西就往黄河滩跑，小屋子小院儿挤得满满登登的。李老庭怀抱多年不离身的拐棍斜躺在被子卷上，脸上带着笑容，出的气多进的气少。庄上有经验的人看了看，说："瓜熟蒂落，大姑夫该拔瓜秧了！"就让人把床架到茅草屋正中，头对着门。大柱娘找出几年前给他缝的老衣，众人趁着李老庭身子还没硬，七手八脚地给他换上。没到晌午，"官姑夫"李老庭便驾鹤西游了。

李老庭走了。因李老庭没了亲人，陈楼便推举出会计和几个管事的为他料理后事。九十多的人老了是喜丧，几个管事的也就嘻嘻哈哈的："大姑夫这老家伙就是行，说啥也不当饿死鬼，临拔瓜秧打园子了还落得个酒肉包子肚儿圆。咱得把他的事弄好，弄不好，咱们以后到了那边还不得被他骂个狗血喷头？这会儿老东西说不准藏在哪儿捋着胡子看着咱咋给他忙活呢。"说得另外几个人脊梁骨直冒凉气，扭着脖子往身后瞅。

几个人合计来合计去，把他的那片地四勾儿拿出三勾儿来换了口棺材加办事开销，剩下的一勾儿当林地。等人把棺材抬来盛了殓后，就把那间茅草屋给扒了，原汤化原食，原地打坟坑，说是原拆原建，不减分毫。李老庭喜欢热闹，就给他请了一班子吹鼓手，吹打着把他早年死去的老伴接过来，老两口南北坑里一放，两口棺材之间加块木板就是过仙桥，让老两口在阴间来回走动。然后又筑了个不大不小的坟，唢呐手们呜里哇啦地送了老两口一程。

嘻嘻哈哈一辈子的李老庭被嘻嘻哈哈地送进了地。从李老庭合眼到李老庭下地，并没有几个人哭，大家凑在一起盘点着李老庭的一辈子，聊到高兴时还会哈哈一笑，办喜事似的。只有当一个圆圆的坟头替代了那间茅草屋，陈楼人才感到大姑夫真的走了，有些伤感。大姑夫就这样走了？

李老庭不会让陈楼人省心的，睡在棺材里的李老庭又把会计折腾得鼻子窜烟。

事儿办完了，会计算盘珠子噼里啪啦一拨，几个管事的一合账，李老庭的地钱除换棺木、请响儿、办酒席宴请抬杠人外，还有些结余。再加上家家户户的烧纸吊礼，还是有一些钱的。剩的钱咋弄？大家又坐一起商量。最后决定用这些钱给"大姑夫"立块碑，钱够就不说了，不够大家再凑点，不能把钱剩下，咱活人不能花死人的钱。要不然的话，那边的"大姑夫"还不把阎王殿给搅得七荤八素的？

订了碑就得刻碑文，几个管事的决定把这件事儿压到了肚子里有点儿墨水的会计身上。会计会打算盘会算账，但不会写碑文。不几天，会计的脸都憋黄了，黑来一闭眼，"大姑夫"就脸对脸看着他，啥也不说光呵呵地笑，笑得会计醒来后满身大汗。会计没办法，只好自己掏钱买了酒菜把庄上几个算得上文化人的人请到家里，合计写碑文的事。

酒好喝，菜好吃，就是主意不好拿。按李老庭嘻打哈笑的性格，一辈子让人哭笑不得的事儿太多，是不好下笔。按说李老庭最出名的日子是"蒋家老二"那几年，最显名声的事是独守小台湾硬碰公社党委书记吴田，可碑上不好写明……一个读了几本大部书的高小毕业生说："那就叫'一代英雄'吧！"别人鼻子一囊："还狗熊呢，还英雄！"又有人说："'大姑夫'在咱这十里八村也算个人物，但'英雄'却担不起。叫'风流绝代'咋样？"别人说："不行、不行。刻碑是传世的事，虽然咱都知道'大姑夫'和大柱娘真真假假的事儿，要是说'大姑夫'风流，后人咋看咱陈家！还有就是，咱都知道'大姑夫'没有后绝了代，这也不算啥。要是刻在碑上，那就不好看了，这不是揭'大姑夫'的短吗？后边的人肯定得说咱不厚道！"

两瓶酒快见底了，烟荏子扔了一地，碑文的事还是没有拿下来。会计苦着脸，"咝咝"地直抽凉气，上火上得牙疼了好几天了。这时一个人拿起酒盅猛地倒进嘴里，把酒盅往饭桌上一撆："不好写咱就不写，咱就给'大姑夫'立个光板碑！这个熊老头子，走了还不让咱安生！"刚才说要刻"一代英雄"的高小毕业生一拍脑门："这个想法好！咱就给'大姑夫'立个无字碑！古人也有立无字碑的。"有人问："哪个古人立过无字碑？"高小毕业生来了精神："唐朝的武则天啊！武则天是个老娘们，偏偏就想男人似的要当皇帝，还就当成了皇帝。不但当了皇帝还招男的充当自己的三宫六院，结果生了个驴头太子，被薛刚给杀了。武则天快死的时候下了份遗旨，说是在她死后只立一块不写碑文的大石碑，说是她的成败功过让后人来评说。"他一说，众人哈哈大笑，连说："这样好、这样好！'大姑夫'这一辈子净干些不着调的事，和驴头太子他娘有得一比。""谁要想知道'大姑夫'一辈子都干了啥事，就到坟头跟前敲敲碑，让'大姑夫'出来直接给他拉拉呱！"一桌人都笑了，会计的牙也不疼了。

无字碑立起来了，同他的主人李老庭一样显得与众不同。李老庭走后，陈楼人每到清明在给自己故去的亲人上坟时，也不忘到李老庭的坟头前敲敲无字碑给李老庭开几句玩笑，蹲下来在碑南边划个北边留口的圈，在里面烧些纸钱让"大姑夫"在那边买酒喝。

当然，讲究的陈楼人在给大姑夫烧纸的同时，也不忘给他的兄弟，数十年前全陈楼人的救命恩人，那个不知姓氏名谁的异乡人烧些纸钱，神情戚然地念叨几句：你不是陈楼人，可你就是陈楼人。天可怜见，你老你家一天好日子也没过上啊！……

真假二先生

　　孙林木，是油坊刘姓的客。个子不高，敦敦实实的，单眉细眼，一年四季都剃着光头，冬天戴一个马猴帽，夏天压一顶破席夹子，剩下的两季都光着头，闪亮着油坊村的春秋两季儿。

　　孙林木是个好人，喜欢凑热闹帮人场。女婿住老丈人家，常常被庄上人逗。孙林木在油坊官称"孙亲戚"，就像陈楼的李老庭官称"大姑夫"一样。孙林木性子欢，"骂大诙"是不会恼的，同时，也很少吃亏，很少有干哑巴嘴的时候。他在哪里一露面，都像开台锣鼓响过——戏来了。见了比他辈分长的，真真假假、含枪夹棒地谦让着；遇到比他辈分低的，那就不客气了，逗闹中夹着嘻骂，荤的素的都上，大都是裤腰带以下的话。逗闹中孙亲戚要是觉得胜局已定占了上风头，便得理不让人，一本正经地指手画脚，唾沫星子像下着雾喽毛雨儿，欢得水里的鱼儿风中的旗儿一样。若是觉得局势不妙，手中三寸长的小烟管朝空中一摆，挂出免战牌："恁油坊刘家都是孬种，不是鳝鱼就是泥鳅，滑得揪不住尾巴尖。咱惹不起还躲不起？"边说边快步走，不管后面笑骂啥只装作听不见。

　　油坊榨油的人家多，所以孙林木说刘家不是鳝鱼就是泥鳅，滑得揪不住尾巴尖。只要一入秋，整个油坊"嘿哟、嘿哟"低沉有力的声音就漫延到庄子的角角落落。菜籽、花生、棉籽、黄豆堆得脚踩蹼蹼的。这些油料的来源是多个途径的，要么是坐地收购，要么是来料加工，要么是以油换料，要么是上集市购买。油坊村的油坊大都是合伙经营，地里忙，油坊散；地里闲，油坊转。农忙一开始也是油坊分红的时候，他们分钱的时候不多，大多是油和油饼。庄里最大的油坊是刘二秀才的哥刘大个子开的，雇了个师傅和一二十个小工，基本是常年不闲着，周圈集上的店铺一年到头不断油，周围的庄子长年不断有挑着油腻腻的油挑子遛乡的，这些油大都出自刘大个子家。

榨油的程序很烦琐，油坊加工的原料主要是大豆和棉籽。通常，油坊的门口都会有一盘直径一庹[1]多长的大石磨，石磨的当央立一根铁柱，方形的木磨樘和石磨相连。被磨得发亮的牛梭斗套在牛脖子上，牛蹄子踏着地慢条斯理地走着，石磨"吱嘎吱嘎"地转动，人们把淘净晾干的黄豆倒在磨盘上，轧成豆扁子。

油坊里的蒸锅升起了一团团乳白色的水汽，油匠把十多斤的豆扁子倒在木槽内，上面盖上雷草，放在锅上蒸。豆扁子蒸好后，大家把热气腾腾的豆扁子倒在雷草铺底、竹篾圈为范的圆圈内，用宽而厚大的双脚转着圈踩踏，嘴里"嘿嗨嘿嗨"地喊着号子。豆扁子踩实后，用雷草盖住兜紧，提着锤挨个儿撤实。然后重新排好竹篾铺开雷草，再倒上发烫的豆扁子，依法炮制累积而上，被称为"上垛子"。取七上八下之意，七个垛子为一排，横卧在油槽内。油匠把垛子排好后，把油尖揳入空隙里。油尖由枣木制成，顶端呈圆状，铁环固顶，被称为民间"四大硬"之首。插好油尖的尖儿，油匠们手持油锤，拉开架式，一声吆喝，油锤砸向油尖的顶部。一锤一锤又一锤，一根根油尖被砸了进去。随着油尖一个个的揳入，垛子在强大的挤压下，清亮醇香的豆油顺槽流到一口埋在土中的黑缸中。随着油尖的不断增加，油量渐少，槽下出油口的油丝像飘动的雨线。油匠最后要上七十多斤的"老垛子锤"了。锤太重，油匠打不了几下就得换人。无奈油量越来越少，"滴滴答答"如雨后屋檐的水滴。经过一阵阵的捶打，油已淌尽，他们便松动枷木，抽出油尖，取出垛子，剔下竹篾圈，重新装垛子，开始新一轮的打油。油匠只要进了油坊，很少有喘息的时候，蒸料、上垛子、打油，一轮接一轮。

孙林木是和别人合伙开油坊的，有时忙有时闲。打油的两轮之间随便开开玩笑，自己解乏，也给油坊里的人解乏。

不敢说孙林木在油坊到谁家都受到热情款待，但油坊村谁家有事，如果没有孙林木到场，事主心里总觉得事情办得不圆，缺一个人物似的。因为在黄河故道无论哪个庄子，无论谁家办事，如果没有外姓人帮忙，这家人会被人说话的。话好说不好听，只说事主为人处事很不上台面，混得连个对脸的也没有，里里外外帮忙跑腿的都是自己人，窝里屙窝里吃。于是有的庄子大户人家办事，庄上外姓很少，就算能来的都来了，这时要是来个端着豁口碗要饭的，主事的也会客客气气地请至内院，洗洗手脸吃吃喝喝直至事情办完。

1　庹：音 tuǒ，一种约略计算长度的单位，即成人两臂左右伸直的长度。

临走时，主家还会托大老执给要饭的拿一些吃食，并亲自送到大门外拱手相谢。油坊村大都姓刘，孤门小户在庄上平时不显山不露水，一旦遇着事，这些孤门小户的价值就显了出来。孙林木性子好，嫁娶红事能挑得起气氛。孙林木心眼子灵，丧葬白事能依习俗程序再加上自己的随机应变，把事儿弄得刀切豆腐两面光。有时候事主的顶门亲戚想生事儿，他也能弯刀就着瓢切菜。齐不齐，一把泥，想方设法填窟窿补洞把纰漏遮掩得外人看不出来。

孙林木不知道通过啥路识得几个字，不精，也不常用。由于人精明，看唱本，读千字文，真假参半，常常把油坊的人唬得一愣一愣的。有一样，那就是他从来不摸笔管，比如说过年写对联，给待婚待嫁的人写年命帖子，给生了病的孩子写隔山抬啥的。按他说，那就是真人绝不能露面，露了面就不是真人了。

油坊村识字的不多，写写画画都是刘二秀才的事。要过年了，吃肉喝酒、穿新衣裳新鞋、擦粉戴花儿是庄上富足人家的事儿，一般人家也就是把衣裳拆拆洗洗，剃个头，闺女家头上扎个红头绳儿，对付对付也就把年关过去了。但锅屋里贴张有"上天言好事，下界保平安"对联的灶老爷像、门上贴对联那是每家必不可少的。灶老爷像好弄，赶集时请一张就行了，对联就要找人写了。每到年三十这天，刘二秀才家一个不大不小的院子里站满了拿着红纸围着刘二秀才的桌子等着写对联的人。孙林木也是其中一个，他一来，气氛便活跃起来了。有人说："孙亲戚，你识文断字的人上人，跟俺这些扁担倒了不知道是个'一'的庄稼老冤凑啥热闹？"孙林木眨眨眼说："还人上人，恁娘还人下人呢！你不冤恁爹冤！"对方一把把孙林木的马猴帽薅掉，要撸他的光头，说："恁姥娘个腿，看我不撸淌你！"说着说着就下了桥。刘二秀才毕竟是孔孟子弟，听不得别人骂大诙，脸一寒喝道："大过年的闹啥闹！再闹就给我出去闹去！"院子里便没有人再说话。

孙林木只老实了一屁时的工夫，看着刘二秀才直咂嘴。过了一会儿，他自己"嘿嘿"地笑起来。别人又逗他："孙亲戚，你是喝了母狗奶了还是吃了蜜蜂屎了？"他笑着说："我想起了一个写对联的事儿。高陡下沿有个写对联的，是个捣角儿。"刘二秀才抬头看了他一眼。孙林木说："秀才叔，我没说你。"孙林木含着短烟管又接着说："有一次给他本家婶子的织布机写对联，本来应该是'上下龙张嘴，左右凤点头'的，可他这婶子太泼了，一个族里的人没有不烦她烦得鼻眼儿滴醋的。烦是烦，对联也得写，这捣角儿一提笔，写了幅'上下不张嘴，左右乱点头'，他不认字，喜得屁唧唧地一手拿一联回家贴到了织布机上。这年年三十，捣角儿一大早又在院子里铺开了桌子写对联，他抬头看了看一个让写对联的人，这人不讲究，不孝顺。捣角儿笑了笑没说话，给他写好让他拿回家贴了。晌午吃了碗扁食，捣角儿就蹲到了那家门口。那人一开门，见是他，就喜笑颜开地打招呼。半截庄子的人谁到他门口谁笑，弄得那人一头雾水，问了知近的人才知道捣角儿把贴在大门口的'出门见喜'写成了'出门见爹'……"一院子人笑得前仰后合的。孙林木不笑，用小烟管指指戳戳地说："秀才叔肯定不会上恁门前去，我等会儿吃完扁食就上恁门口蹲着去！"等着写对联的人这才知道，孙亲戚说着说着把一院子的人连同刘二秀才都装了进去。刘二秀才笑得胡子直翘，用笔头直点孙林木："你呀、你呀，快给我滚，狗嘴里吐不出象牙来！我上恁家门口蹲着去！"当着刘二秀才，一群人不敢和孙林木荤的素的斗嘴，就一起鼓动刘二秀才别给孙亲戚写，让他自己写。是骡子是马那么多年还没见他遛过呢，也让咱见识见识孙亲戚的梅花篆字。有人嘴撇得裤腰一样，说："他能写？兔子能驾辕还要大骡子大马干啥？屎壳郎能厨蜜还要蜜蜂子干啥？"孙林木占了便宜见好就收，这时候光笑不再回嘴。

刘二秀才从早上开始写起，直到晌午歪了，院里才只剩下蹲在一旁拿着红纸的孙林木，这时候院里仍站着一群吃过扁食、没吃过扁食的人看热闹。刘二秀才放下笔，用左手活动着发酸的右手腕，起身笑笑说："爷们，咋着？让俺也开开眼呗？"

孙林木见刘二秀才搁了笔、抽上了长烟管，知道老刘家要看自己的把戏。他笑了笑："今儿个就让恁这些没出过门的熊羔子见识见识屎壳郎是咋厨蜜的！"弯腰把小烟锅在毛窝子底上"啪啪"搕了几下装进烟荷包，顺手把烟荷包塞进腰间的灰带子里。他把裁好的纸放到了桌子上，众人围了上来。孙林木装腔作势地大声咳嗽了几声，棉袄袖子一卷，拉开架式把墨磨了又磨。能看到孙亲戚动手写字可真是大闺女上轿头一回！大家个个脖子伸得长长的。孙林木磨了半砚台墨，转身进了刘二秀才家的锅屋，从里边拿出一只碗来。只见他把碗端平，碗底轻轻往砚台里一蘸，转身"啪啪啪"在一条窄长的门竖上撅了七个黑圈圈，又在砚台里一蘸，"啪啪啪"在另一条门竖上撅了七个黑圈圈，接着拿起门横从右往左撅了四个黑圈圈。一院子的人谁也不说话，不知道他玩的啥猴儿。孙林木谁也不看，弯腰拿起门心铺到桌子上，手一转把碗翻过来就要拿碗口去蘸墨汁。刘二秀才毕竟写过多年的字，知道一般写字要在纸上量量分寸，有用手拃的，有用眼量的，有用心算的。孙林木用碗底蘸墨做记号，他还是头一回见，且做记号的墨圈太浓，这字还咋写！碗口还没到砚台，刘二秀才长烟管一伸拦住了他，说："爷们，你这是弄啥？大过年的拿俺家的碗玩啥？"孙林木卷着袖子的右手掭着碗，一本正经地说："老头儿，谁有时间给恁玩？我正在写对联呢！"院子里的人都愣了，这就是孙亲戚的梅花篆字？刘二秀才大张着的嘴合不上了，说："啥？啥？啥？这就是你写的对联？你这写的是哪国的对联？能不能给俺念念你写的都是啥？"孙林木把碗反扣在桌子上，拍拍手拿起一张门竖念道："这是上联，上联是'团团圆圆团团圆'！"念完又拿起另一张门竖，说："这是下联，下联是'圆圆团团圆圆团'！"念完又拿起门横念道："日月团圆！"一院人都笑弯了腰，眼泪都笑出来了，指着孙林木笑骂："孙亲戚，你这狗日的还会李白似的解蛮书呢！"刘二秀才笑得让烟呛了喉咙，连连咳嗽，用手背擦擦笑出的眼泪："爷们，行！你是真行！你是打死也不露啊！"孙林木一副无辜的样子："你看你、你看你！大冷的天你让我露啥？"

一群人笑过，刘二秀才把孙林木写的"对联"卷巴卷巴放到一边，说："爷们，你写的对联我收藏了，我再给你写两幅吧。"孙林木嘟嘟囔囔："你看、你看！这成啥了？"等孙林木拿到手了对联，才恢复本来的面目，一脸坏笑地指指点点一院子看热闹的人说："就恁这一群滑不出溜的东西还想跟我斗！恁一撅腚我就知道恁能屙几个驴屎蛋儿！回家再喝二两油吧！"说完不管别人在后面骂他啥，急匆匆回家打糨子贴对联去了。

整个油坊的人始终没摸透孙林木的水有多深。说他不咋的吧，一本皇历却不知啥时候吃得很透，春夏秋冬、日月辰星、子丑寅卯、甲乙丙丁常常说得人瞠目结舌。说他行吧，又从没见他写过字，还整天假不拉唧的。有人干脆断言，孙亲戚纯粹是螺螺蛛的腚眼子——夹丝（假斯）！因迎风口有个有真才实学的"真先生"刘惠民，于是油坊人给孙林木起了个外号，叫"假先生"。

迎风口离油坊不太远，庄上有户从砀山迁来的刘姓——中医世家。老辈行医名声在外，颇治了些家产。到了"惠"字这辈，却是千顷地一棵苗。老先生一生济世为民，便为独子起名惠民。知子莫若父，刘老先生既了解儿子的品性，同时对世事时局看得又明明白白，所以行医之余除传授儿子岐黄之术外，更让儿子诗、文、书、画、琴、棋、拳术样样都学。刘惠民天资聪颖，少年时即多艺精通，尤以书、画、拳术见长。十八岁时，泼墨的花鸟，深得张旭、怀素笔法精髓的草书，即已入大雅之堂。家资颇丰，为人又潇洒好客，常与四乡学子相聚，谈诗说画，兴致勃勃。与乡野庄稼汉，也能为伍，亦常约三五，来家相聚，那便是玩斗鸡、品鹌鹑。

刘家老先生算是开明人士，不但医病，而且医愚。出资办了一所高级小学，解决了方园二十里孩子的读书困难，刘惠民任名誉校长。只是学校里从不见这位名誉校长教授国文、算术，却常常不定期地给高年级学生示范作画，教低年级学生练骑马蹲裆等武术基本功。由于刘惠民的学问是真功夫，四乡里便称他为"真先生"。

刘惠民与孙林木真假二位先生两个人学问、地位悬殊，但二人却时常互访，平时见了面总聊个没够，这倒让人摸不着头脑。想来想去，能让两人关系如此不寻常的，引子也就是斗鸡、玩鹌鹑了。事实也正是如此。

假先生孙林木是种地的人，玩斗鸡、玩鹌鹑只是个小爱好，养养玩玩只凭传统的、道听途说的方法、技巧。真先生刘惠民不一样，他虽然是个玩家，但毕竟是个读书人，能理出头绪，结合自己的经验，形成自己独到的方法，玩得更精、更神。假先生因一家老小要吃要喝，没有多少时间用在这方面；真先生却有的是时间，给假先生聊这方面的常识常把假先生说得目瞪口呆，喜得是抓耳挠腮。斗鸡方面诸如什么"小头大身架，细腿线爬爪。"什么"三分鸡，七分养。"大清早要带鸡遛遛，响午要训练鸡的跳跃能力，晚黑来要给它按摩。训练鸡要有什么：撵、溜、转、跳、推、打、抄、搓、掂、托、揉、绞、扰等，说得孙林木的头都大了。最让孙林木长见识的，是真先生在田楼的厨子刘光远刀下买来的黑芦花，被他调教得斗败故道两岸无敌手，在圈内人称"花和尚"。玩鹌鹑方面，真先生也有自己独到的见解。真先生对孙林木说，养鹌鹑、玩鹌鹑大同小异，最好斗的黑嘴白胡子的，有"牛不换"之称。次一点的，是黑嘴红胡子的。有一次孙林木到真先生家作客，大热的天真先生把一只鹌鹑轻轻夹在胳肢窝里。真先生说，这是为了培养鹌鹑的暴躁性格。真先生说，把鹌鹑放进穿了一天的臭袜筒里，更能训练鹌鹑暴躁脾气……真先生的方法土洋结合，使假先生对他佩服得五体投地，时常上门讨教。

到真先生当家理财时，刘家老人已过世了。真先生是个性格散淡的人，不想被世俗事物拴住自己的腿脚，药铺索性也不开了。真先生又性格孤傲，懒入仕途，生活便渐渐入不敷出，只好靠卖田产过日子。卖地出契时，买主是要办酒席请卖主和中人的。每当这时，真先生总是绕个弯儿把假先生带着。假先生没有啥文化，却精明伶俐眼头子活，也善插科打诨冲淡酒席的尴尬气氛，使买田产的主儿不张狂，也让卖家业的真先生不显难堪。

假先生回到油坊村时脸膛红扑扑的，见人便真真假假地自吹自擂一番，说和真先生又谈啥学问了。有时还说啥事"又把真先生难倒了。"有时候油坊村的人说："老假，又喝高了吧？墙走你不走的！你能把真先生玩倒？我看要不是跟前的这棵树，你能把自己给扳倒！"假先生借着酒意，斜愣着两眼脸红脖子粗地说："给你这样的鳖羔子说啥？说了你也听不懂！"

慢慢地，人们发现，假先生孙亲戚说的并不都是吹牛的话，看得出他和真先生还是有交情的。比如，油坊村有人病了，家里请不起先生，托假先生领着，能请真先生给把把脉、开个方子；谁家揭不开锅了，想求真先生帮个忙，再高雅一点的想求张字画，经假先生的手都能办成，真先生从不驳假先生的面子。假先生很少找真先生给自己办事儿，找了一次还闹出个笑话。

有一次，假先生到乡政府领救济款，发款的乡丁性子尴古[2]得出奇，必须得盖戳子才能发放，按手模都不行。说是私凭文书官凭印，没有戳子就不行，一点通融的余地都没有。乡丁这关死门的一招让很多人犯了难，庄户人哪有几个有图章的？假先生转身去找真先生。真先生正在家里喂鹌鹑，假先生把事儿一说，真先生说："这算个多大的事！"起身到屋里找块料，拿把刻刀三凿两别便成了。靠着这方图章，假先生顺利把救济款领回。听说假先生的图章是真先生给刻的，油坊的刘则宇从假先生口袋里掏出来把玩。由于这方图章是真先生急就章给刻的，用的又不是啥好料子，刘则宇三玩两玩竟把章上的字给弄毁了。刘则宇忙向假先生赔不是，假先生手一摆，从未有过的大度说："没事儿、没事儿！毁就毁了吧，哪天让老真再给刻一个！"

夏天到了，真先生邀几位志同道合的书朋画友掂了酒菜去黄河故道的窝子赏荷花，在路上碰巧遇到假先生戴顶破席夹子扛着锄去耪地，真先生就拽着他一起去热闹热闹。

窝子在故黄河的一个拐弯处，距油坊不到五里路，这个窝子在一般人看来都是个好地方。

可能是当年黄河拐弯时水急浪猛，凿地过深，冲刷出一片深不见底的大坑，就算故道偶尔干旱得断了流，窝子里的水仍是深不见底。春时，窝子边

2　尴古：音 gǎ gu，指人性情暴躁怪癖，行为怪诞。

苇子钻出紫红色尖尖的小笋，过了两天，小笋吐出新绿的小旗；各种杂草也渐渐发出嫩黄色的叶芽。夏时，成群的野鸭和红鹳子、白鹳子等鸟儿在苇棵里游来游去，苇喳子在芦苇丛中欢快地叫着，浅水处绿得发黑的藕叶成片成片的展开，分外清新，水珠儿在藕叶上随风滚来滚去，像一颗颗灵动的珍珠。莲蓬花开了，红的，白的，露出嫩黄色的小莲蓬，引得寸长的火红的小蜻蜓飞飞停停，欲落还休。窝子中心水深处清水涟漪，形成一个天然的浴池。秋时，硕大而蓬松的芦缨随风摇曳，等着人剪了去编御寒的毛窝；擀面杖粗、尺把长、赭红色的蒲棒散发着浓得发腻的香味，等着人割去晒干后填充枕头。入了冬，气清天高，残荷枯柳，别有一番肃杀韵味。一年四季景不同的窝子常引得真先生之流的文人乡贤到此寻找诗文书画灵感，流连忘返。

　　轻风掠过，柳枝婆娑，藕叶翻卷，真先生和他的一干朋友顿觉爽目清心。他们在大柳树下放好毡毯、酒菜、笔墨纸砚，对着大窝子神侃起来。假先生和这些文人在一起感到有些不自在，要是他们聊斗鸡、聊鹌鹑自己还能插上嘴，但他们聊的自己都听不太懂，颇感无趣。假先生凑个空到真先生身边说："老真，你给我刻的那个图章被俺庄刘则宇这个龟孙羔子给弄毁了，抽空再给我刻一个吧！"真先生也知道假先生从不写字，便想开他一个玩笑，伸手搭着耳朵说："你说啥？这两天我上火，耳沉，没听清。""图章坏了，你再给我刻一个！""啥？你大声说！你写给我看看，怎么了？"假先生一边大声说图章，一边用指头在沙土上写了一个"坏"字。由于多年不写字笔画不润，"坏"字下又画蛇添足地加了一横，写成了"坯"字。真先生一看，点点头笑了："好、好！改日、改日！"

　　一泓碧水引得真先生和他的朋友心中发痒，等身上的汗被风吹跑后，一个个便脱衣下了水，洗澡、赏荷、摸鱼、捉虾……一群成年人玩出了童趣。热闹了一阵子，个个甩着水湿漉漉地上了岸。有人用细芦苇串着鱼虾，有人带着莲蓬花、嚼着嫩藕，还有人提着一个盘子大小的老鳖，嘻嘻哈哈，十分有趣。假先生没和他们一起下水，而是跑到不远处的一个瓜地里想赊个西瓜给几位先生吃。哪知瓜庵子里一个人也没有，老假在瓜地转了几圈没有找到人，扛了扛头，咧嘴一笑，想起了小时候扒瓜的事儿。他贼眉鼠眼地向四周看了又看，弯腰顺了两个绿皮大西瓜，喘着粗气跑回窝子边，把西瓜滚在窝子里起起伏伏让水湃[3]着。真先生上岸时，顺便把两个西瓜抱了上来，假先

3　湃：音 ba，是指将东西放在冷水使之变凉。

生将就着用锄头切开。

大家擦净身子穿上下衣后，有的吐籽吃瓜，有的躺在松软的草地上枕着手看天上云卷云舒，有的挥毫泼墨。假先生则假模式样的帮着磨墨、裁纸、扯纸，俨然一个书画行家里手。

真先生兴致极大，挥笔便泼出一帧《风竹》。眉头稍皱，深思片刻，擦了擦额头汗水，又题五绝一首：

六月十四日，炎威热如焚。

画竹招秋风，凉飕笔下滚。

题好后让大家来看看，大家齐声说："好！"

真先生的画友萧龙士先生画一帧《虾》，须爪交错，剔透玲珑。大家齐声说："大有白石之风！"真先生思绪敏捷，遂提笔在左上角题五绝一首：

平生嗜此物，家贫难常得。

手中虽无钱，案头有纸笔。

大家又说："画得好，题得更好，可以算是上乘珍品了！"

假先生见他们画得精神，说得热闹，心头不禁起了附庸雅兴，凑上前去，端详半天，啥也看不懂。萧先生画的虾猛一看像，仔细一看又不像，远看像，近看不像；真先生的字写得有的粗有的细，有的地方墨浓，有的地方墨淡，在他看来歪歪斜斜像屎壳郎爬的似的。但真先生的朋友都说好，那肯定是好的，只是自己不懂罢了。看了一会儿，假先生对真先生说："老真，咱弟俩也算是真真假假地耍了几年的伙计了，谁都知道咱俩不错。你看，俺家里就没有你的一张画、一幅字。有人串门看到俺家的四壁白墙，连我同你的关系都怀疑，说我瞎胡吹。我说老真，把你的遗作无论是字、是画给我一幅行不？让俺家的墙也变变样。"

假先生满脸虔诚，说得一字一板。听的几个人都找着借口转过身子笑，真先生沉得住气，不笑。不但不笑，还眯着眼想了半天。真先生的朋友是了解他的，促狭起来也不是个好主儿，一看他这个架势，就知道他憋不出啥好屁。真先生想了好一会儿才满面真诚地对假先生说："老假，多亏你提醒了一下，你要不说，我还真的给忘了。以往你找我都是帮别人要字、要画，我还真没给过你一张。我是该给你一幅遗作。说到做到，不放空炮。现在就给！"

说罢，真先生弯腰展开一张宣纸，先濡笔画了一个纱帽堂堂的跳加官，然后又在下面补了一只螃蟹。螃蟹画了一半，笔锋一转浓墨一涂，竟改成了老鳖，纱帽翅和鳖爪相辉映，颇有情趣，再加上用墨浓淡相宜，画面十分得体。画成，真先生又蘸蘸笔，嘴一歪露出一丝坏笑，在一旁题起款来：

黄河老鳖大，故道名士多。

图章则字坏，活人有遗作。

真先生这么一题，大家憋了半天的肚子再也绷不住了，个个笑得前仰后合。假先生又不傻，大伙一笑，他就知道画的、写的有毛病了，但自己又不知毛病出在哪里。一边一头雾水地收拾画，一边讪讪地说："真先生不是个正道人，像油坊人似的，净是花花肠子。肚里有鬼，笔下有刀。给张画还得跩几句酸不溜溜的词儿。"

真先生题的款是狂草，假先生一个字都不认识，哪里知道是戏谑他的。当别人憋着笑把真先生写的词儿给他读一遍，并略作解释后，假先生的脸"腾"地红了："哎，我说老真，你整天说你的字画要流传后世。这样的画咋留？咋传？这不是要误人子弟？怪不得人家说文化人肚里有牙，骂人都不带脏字！强扭的瓜不甜！你要真不想给就明说，我还不愿意要呢！"假先生说完，把画扔到了地上，掂起锄头转脸就要走。

真先生一看假先生真的生气了，知道自己的玩笑开过火了，忙走上前，搂住假先生的肩膀，真诚地说："老假、老假！都怪我、都怪我。别生气、别生气！我是给你闹着玩的，咱弟俩谁跟谁？俺几人给你画张最好的！"几个朋友也在帮着真先生打圆场。

真先生把地上的那幅画撕巴撕巴揉成团，扔进窝子里。随后重又展纸，由萧龙士先生画一个束兰，郑正先生画一片牡丹，真先生接笔补了山石、题了款，顿成一帧绝趣的《春意图》。假先生见真先生向自己道了歉，几位有学问的人给自己画了画，也就顺坡下驴，接过墨宝。真先生不但把《春意图》给了假先生，连同《风竹》《虾》等作品一并送给了他。

也别说，假先生这一生气，还真给真先生和他的朋友上了一课，让他们认识到泥人也是有三分土性的，从此再也不敢和假先生这样的大老粗朋友开过火的玩笑了。

假先生得了画屁颠屁颠回到家，精心用苇篾子编了个圆筒，把字画小心翼翼地卷起来放进去，放到梁头上珍藏起来。没事时就把它们取下来，一张张小心翼翼地展开，翻来覆去地看，没完没了，看得老婆直让他跟那些字画过日子去。

鬼子快离开黄河故道又一次扫荡至油坊时烧了一把火，假先生当时只顾逃命，惊惶之际藏画的苇筒忘记拿了，连同他的几间草屋都被付之一炬。鬼子走了，同庄上人一起从故道里的苇丛中回来后的假先生心疼得捶胸顿足，嘻嘻连天，跳着脚直骂日本鬼子的八辈祖宗。

假先生心疼他的破草屋，更心疼真先生他们送给他的那些字画。

毛水浒外传

　　毛三在日本鬼子还没离开时，就已经是黄河故道两岸名声大震的说书匠了，那时他才二十来岁。毛三和故黄河滩上的另一说书人赵江海不同，赵江海凭着镇上破落小地主的帮助，说的书目多，后来凭一部一般说书人不敢涉足的《聊斋》红遍徐州城。毛三没有赵江海的运气，只说得一部《水浒》。

　　青头青脑的小青年毛三无论在哪里摆下书案，听者总是围坐得黑压压一片，黑压压的一片人听得是鸦雀无声。临了，无论毛三怎样五辞三谢，总难散场，总是让毛三再来一段、再来一段。毛三说《水浒》有三绝：一是故事情节扣人心弦，结场的关子卖得奇巧，叫你非听下回不可；二是动作、音韵搭配合理，说得是抑扬顿挫有声有色，有时故意把话吊起，听得人宁可屏气憋住肚子里的屎尿，也不声响；三是诗词典故批得通俗易懂，文人听了不俗，俗人听了不践。再加上他动作干净，吐字清晰，人送外号"毛水浒"。毛三怀揣被手润得发亮的长约一寸、阔约半寸梨木刻削而成的醒木一块，想赶集会就赶集会，不想赶集会就找个大一些的镇子坐场。每到一镇不说个三五个月是走不了的。许多集主都主动找他订约，要他常年驻会。那些年，毛三风流得像个新科状元。

　　毛三家里很穷，没进过学屋门，十来岁时还一年到头掂个粪扒子、挎着粪箕子到处遛，整天穿件光腚袄，光着脚丫子穷混。人是很机灵，和同龄人相处得很不错。

　　人穷孩子多。夏天还行，一到冬天，别说添床被褥，就是身上穿的棉袄棉裤都让人愁得睁不开眼。常有几家大人孩子都处得不错的，找间空屋，打平伙般你凑把麦穰、他凑把豆草，为防潮最下层铺层棉柴打个地铺。地铺上面铺张草苫子破席，几床满是补丁的家织布被子、褥子往上一扔，让几个男孩子黑来一起睡窝打铺，毛三便是其中一员。几个孩子在土墙上用铲挖个小洞，放盏灯头黄豆粒大小的油灯，屋外西北风"呼呼"地刮着，小窗户上的纸受了惊吓似的一鼓一瘪"哗哗"地掀着。天短夜长睡不着觉，几个人坐在地铺上听毛三满嘴跑舌头瞎胡嗙[1]。毛三坐在一群孩子间给他们拉呱，拉的呱多是和鬼有关。毛三说："后庄的谁谁几个人喝过汤后在李大善人家的牛屋里烤火说话玩。说到三星正南小半夜了也不困，这时候有一个人就到隔着房箔子、喂几头牛驴的里间去解手。过了好大一会子那个人还不出来，有人说，这家伙蹲里边是屙泰山呢还是尿黄河呢。几个人停住话听听，房箔子那边动静有点儿不对，有人就一手端着灯一手遮着灯头偏着脸去看看是咋回事。到里面一看，鬼撕的似地直喊：'快来人！快来人！'另外几个人边连声问：'咋回事儿？咋回事儿？'边叽里咣啷地向里间跑。一看，都愣了。只见先前到这边解手的那个人正蹲在一头黑叫驴的腚后面，两只眼亮得吓人，一手抓一个驴屎蛋子正往嘴里掖，边掖边呜呜噜噜地嘟囔：'又大又白的馒头真好吃！又大又白的馒头真好吃！'说得几个人头发都竖了起来。一个胆大的听说过这种事儿的人快步走过去，一把薅住那人的脖领子把他拽起来，左右开弓"啪啪"两个大耳刮子，然后把他拖出来，给他往外抠嘴里的驴粪，给他灌凉水。那人干哕了好一阵子，才缓过神来，眼光迷离地看着一圈人，说：'恁弄啥来？'原来那人被饿死鬼用驴粪蛋子喂了土馒头了，再晚去一会儿，那人非噎死不可……"吐着黑烟的小油灯一闪一闪，照得几个孩子的影子在墙上影影绰绰的。毛三说得平静自然，像真的一样，另外几个孩子却听得后脊梁直冒凉气，透过窗棂子看着黑乎乎的外面。灯花"啪"地爆了一下，竟吓得几个孩子脸都白了，听着拉着哨的风

---

1 嗙：音 pǎng，自夸，吹牛。

鬼哭狼嚎一样的尖啸声，谁也不敢一个人出去尿尿。

小孩子都这样，既想听鬼的事，又怕听鬼的事，既怕听鬼的事，又想听鬼的事。也不知毛三从哪儿听来那么多鬼的事，当事人都是有名有姓的，他差不多每天黑来都要讲一个两个，听得头发都支愣起来的小伙伴睡觉时破被子往头上一蒙都往里挤，挤成团、粘成蛋。毛三倒好，一个人占了大半个地铺。这个时候的毛三不知哪一会儿就会伸出一只攥成皮锤的手放到一个小伙伴鼻子前，说："闻闻、闻闻！"小伙伴不知啥事，就"哧哼哧哼"地用力抽鼻子。毛三这时手指猛地张开，一股臭气钻进小伙伴的鼻子。小伙伴光着腚从被窝里"腾"地跳出来，往毛三身上扑，骑在毛三身上揍。原来毛三刚才放了个闷屁，用手兜住后放到小伙伴鼻子跟前。嘻嘻哈哈打打闹闹中，刚才毛三制造的紧张气氛被稀释了很多。

冬天混在一起睡，只是穷人家孩子没有办法的办法。一个小猪不吃食儿。孩子恋群，家庭条件较好的陈吉文也喜欢冬天的夜里与他们挤在一起打闹，听毛三拉鬼的呱。

陈吉文上小学时，上学、放学的路上常常能碰见挎着粪箕子的毛三。只要陈吉文告诉毛三上课时学的啥，毛三便会记下不忘；课文读一遍给他听，转眼就会背。有时候陈吉文黑来做功课，毛三就会偎在桌子旁看着陈吉文，陪着他点灯熬油。碰到难题，他总会想出稀奇古怪却有用的点子。陈吉文的父亲常常叹息说："毛三是个状元坯子，只可惜投错了家门！"

毛三还有个特长，听了曲儿听了唱段就能学，学得还特别像。当时黄河滩有个戏班子，叫得响的花旦有大辫、二辫，声震黄河滩的大红脸麻松，二花脸德连，吹喇叭的蔡二，毛三学谁像谁。蔡二的喇叭吹神了，夏天时，水上来了，圆鼓鼓的西瓜漂在水面上，蔡二坐在高岗处，喇叭哼哈有声，"咕呱、咕呱！今年不行明年再来吧！"有一年夏天，毛三在大蜀黍棵里割草时捏着嗓子学大辫唱《白蛇传》，一句白素贞"为许郎杀出了金山寺……"的唱腔引得河滩上干活的戏迷放下镢头、锄头、抓钩子到处找大辫。

吊儿郎当的毛三除了拾粪、割草，就是在黄河滩里放羊。放羊时，他会甩着鞭子在空旷无边的黄河故道里唱：

八月里来桂花香，

九月里来菊花黄，

张生月下跳过粉皮儿墙，

这才使崔莺莺呼啦啦把门儿插上。

张生跪门旁，

哀告我家小红娘，

可怜书生离家乡，

你要是不开门来我就跪到东方亮。

呼啦啦把门儿开，

转过郎君张秀才，

小哥哥忙施礼哎，

小妹妹我呀飘下来。

....

也不知毛三从哪学来的。

毛三聪明，记性好，嗓子好，当然调皮捣蛋也是把好手。还有一项不知算不算是毛三的长处，那就是"骂大诙"的本事。"骂大恢"是黄河故道喜闻乐见的笑骂逗闹方式，靠的是反应，斗的是智、是才、是嘴皮子功夫，"官姑夫"李老庭是个中翘楚。李老庭"骂大诙"的本事是一辈子在与人斗嘴的过程中历练出来的，别说嘴上无毛的孩子，就是周围十里八村最喜欢斗嘴的人，在他身上也很少能讨得便宜。一天，李老庭挎着粪箕子，抄着手，胳肢窝下夹着粪扒子顶头碰到了与他同样装备的毛三。李老庭笑嘻嘻地说："毛三，人家都说你聪明过人，精得像没有外爷爷似的，今儿个我得跟你这个小龟孙较量一下！"

毛三见"官姑夫"出口就骂人，"精得像没有外爷爷似的"就是说某个人是稆的，是私生子，还骂自己是小龟孙。十三四岁的毛三一脸诚恳相，说："你不就是俺达达吗？"李老庭一听怔住了，老半天才咂摸出味来，自己被这个胎毛还没掉净的毛孩子给装了进去，骂道："恁奶奶个老腚瓣子，回家问问恁爹……"毛三马上接过来："哎，你的嘴真甜！"李老庭知道又吃亏了，转身就溜："大人有大量，我不跟你这奶孩儿斗嘴！"毛三说："那你这奶孩儿就自己一边玩去吧！"转身亮着嗓子学着大红脸麻松扬长而去。骂遍江湖鲜有对手的李老庭很少吃这样的亏，套了一辈子兔子，倒让一个兔羔子蹬了裆！

　　毛三转眼十六岁了，家里顿顿数着粮食粒儿下锅还是穷得三天两头小锅冰凉，吃了上顿还不知下顿在哪儿，而他还是那样没心没肺嘻嘻哈哈不知愁的整天玩。他爹生气了，骂他："瞧你能的那熊样！嘴巧是能当馍还是能当饭？能说会道就能吃风屙沫不吃食了？一天不说话能把你当哑巴卖了？整天老雕叼个蒜臼子，云里雾里瞎搋。要真会说就凭着上下两张嘴皮子去弄个仨瓜俩枣的！恁爹恁娘还没老得不能动，也不要你养活。你要是真有点儿囊气，就把自己的肚皮先填满再说！要不行，就薅根眼子毛上吊去吧！别整天没脸没皮地瞎胡闹！"

　　人面贵似金。毛三从小到大没听达达说过自己一句重话，达达这一番数落让他不知钻到谁家麦穰垛里一连三天没照面——一个机灵过人的小伙子，哪能经得住这么一逼！第三天黑来，毛三钻到陈吉文的被窝里，正儿八经地对他说："吉文，哥想求你和我一起办一件大事，你看行不？"

　　陈吉文一愣："咱俩能办啥大事？"

　　毛三说："你前几天给我拉过一个呱，叫啥智取啥纲？才有意思！你还说是从一本啥书上看到的。我想这本书肯定是本好书，你能不能从头到尾给我念一遍？"

　　"那是一本叫《水浒传》的书，明朝人施耐庵写的，那一段叫《吴用智取生辰纲》。书不是我的，看完后我早就还给人家了。"

"《水浒传》是不是《水浒》？这书我知道。行者武松、花和尚鲁智深、黑旋风李逵不都是《水浒》里的吗？"

"你咋知道的？"陈吉文眼睁得老大。

"我赶集听书听来的，我不管是谁写的，再借来看看行不行？"

"我说毛三哥，那本书我还看不太懂呢，看得囫囵半片的。"

"不要紧，没事儿。囫囵半片的就管，只要能说明来去就行。"

"你听《水浒传》想干啥？"

"实话给你说吧，前两天俺达达把我好一顿臭骂。长这么大还是头一回挨这么狠的骂，把我给骂醒了。我都这么大了，也该干点正事儿了，我想刻一块醒木去说书！"毛三很认真地说。

"说书？你能行吗？这事儿够呛！听说说书得拜师傅。"陈吉文摇摇头。

"拜不拜师也不一定。你不是也知道赵江海吗？他就是在小地主的帮忙下扬的名立的万儿。他行我咋就不行？你还别说，说书还真带劲儿，醒木'啪——'地一拍，那真是一鸟入林，百鸟压音！我觉得我就是这块料。你看我，第一，不管啥样的场我都不怵；第二，我的记性好；第三，我觉得我的嘴皮子还算利索。保准能干好！……"

陈吉文被毛三翻过来倒过去地给说动了，第二天就从同学那里把那本破烂得拿不成个儿的《水浒传》又借了过来。由右到左、从上到下翻了一遍，先把《鲁提辖拳打镇关西》《林教头刺配沧州道》《赤发鬼醉卧灵官殿》《吴用智取生辰纲》等几回热闹的章节读给毛三听，不认识的字就跳过去，哈啦胡哧的字就不读。每回章节读两遍，然后毛三拍着自己刻的醒木学着说书。开始只是毛三和陈吉文两人一起，毛三说，陈吉文听，说落的地方陈吉文就给他补充。慢慢地，陈吉文觉得毛三说得有声有色的比自己读得好听。后来，陈吉文就约自己的同学来听；再后来，便有庄上的闲人来听。大家伙一听就迷上了，说："毛三这家伙真能！"

这事儿一传两传传到毛三爹的耳朵里。庄户人虽然喜欢听书，但对说书这一行当向来是有偏见的，认为是下九流的手艺，老了后也入不得祖坟。但毛三爹娘日子都过到这份上了，也管不了那么多了，儿大不由爷，要是他真有这个能，也就瞎子放驴——随他去吧！

毛三通过由小到大的场合一点儿一点儿的练，书目越来越熟，胆子也慢慢大了起来。有一天，他到穆集赶集，正碰上一位中年汉子在一片空地上说《水浒》。毛三听了一阵子，心里有些发痒，趁着中年汉子吸烟喝水的工夫，伸手打了一炮，说的一段便是《吴用智取生辰纲》。听书的一圈人以为他是中年汉子的徒弟，挺着脖子也为他鼓了几阵掌，叫了几声好。

外行看热闹，内行看门道。歇歇喘喘拉袋烟的说书人听出毛三有些功力，看看他的年岁，心里还真有点儿佩服。但毛三的毛毛楞楞不懂江湖规矩，也使他心里有点儿不舒服。说书人把烟袋往鞋底搕了搕，说："小兄弟，口齿不赖啊！不过，我听来听去，觉着你失了一招。不知道是疏忽大意，还是欠点才学不敢提及。"

毛三忙恭恭敬敬地说："请大叔指点赐教。"

说书人说："这个段子里有一首七言绝句，这首七言绝句是这一段儿的眼，少了这首绝句，这一段儿就失色不少。这几句话对这一段儿来说那是至关重要的，你为啥不说明白、不交待清楚？"

毛三傻眼了，懵了："啥是七眼嚼句？"

原来书上的诗文陈吉文能读通，但弄不太懂，就没给毛三读，所以毛三不知道这一段儿还有首诗。说书人一问，毛三张开的嘴便合不上了。

说书人接着说："我说给你听听。要是你有功底呢，便给在座的老少爷们解解；若解不出呢，嘿嘿……"

说罢，便清清嗓子沙哑着喉咙开口道白：

赤日炎炎似火烧，野田禾稻半枯焦。

农夫心内如汤煮，公子王孙把扇摇。

毛三没听过这几句，听说书人说了一遍也不知道是啥意思，只窘得红着脸、咧着嘴、抆²着后脖颈子傻笑。

说书人直了直腰板，淡淡一笑后瞪圆了眼："没有三把神砂还敢倒反西岐？别在这儿给我屎壳郎插鸡毛充大尾巴狼了！滚！想戗我的场子夺我的饭碗，你还嫩点儿！回去再跟恁师娘吃两口奶学着点吧！你个不知天高地厚的奶孩起来的！"说罢又挥拳，又踢腿，无地自容的毛三连滚带爬在一片哄笑声中从听书的人群中钻出了书场。这时候地面要是突然裂个缝儿，毛三也会问也不问一头就攥进去。

灰头土脸窝了一肚子火的毛三回家后，看见陈吉文就是带着哭腔劈头盖脸一顿臭骂："你把我卖了，卖得我差点找不着家！我饶不了你！"

陈吉文丈二和尚摸不着头脑，被他骂得乱了方寸。待毛三冷静下来，把倒霉的事说了一遍，陈吉文一听心里踏实了，寒着脸说："毛三哥，这事你不能怪我。你瞎咋呼啥咋呼？我说我识字不多，念不明白，你说囫囵半片的就管，诗我哪里品得透？"说完把身子转了过去。

毛三听完一咂摸，是不能怪陈吉文，就呜噜嘴了，低着头不再说话。半天后才对噘着嘴的陈吉文说："吉文，别怪哥，哥不该对你生气。嗐——！看起来，说书这碗饭我是吃不成了！咱没学问，读不了诗，解不了词，万一哪天再碰上个抽书筋的，那还不得丢人丢到姥娘家去喝南瓜汤去！"

毛三和陈吉文脸对脸闷着头呆坐了半天，陈吉文想出了一个办法："毛三哥，我倒是有个点子。俺学校的名誉校长就是那位有名的真先生。我把《水浒传》里每一回里的诗、词、弄不懂的句子、典故都抄出来去请教他，他准会说得明明白白的。他说明白了，我再学给你听，这不就行了吗？"

毛三一拍腚，跳了起来："好点子！好点子！好得就像两个小哑巴亲嘴——没法说了。行、行、行！你这就去、这就去！"

毛三是个猴腚搁不了陈蚯的人，陈吉文只好连忙找纸笔，把前几

---

2 抆：音 kuǎi，搔，轻抓，挠。

回书中的诗、词抄下来，去找真先生——名誉校长刘惠民。

出生在中医世家的刘惠民因着父亲的开通，浸染成一个琴棋书画无所不通的人，特别喜欢好读书的孩子。他自己就是个啥书都读的人，对于学生读书也不加以限制。虽然有老话说"少不读水浒，老不读三国"。但在他眼里只要是书，那就是"姜太公在此，百无禁忌"，纯粹的是开卷有益。见陈吉文抄了《水浒传》中的诗词向他请教，便拍着陈吉文的小脑瓜说："我早就注意到你是一个勤奋好学的孩子，咱们学校将来的名声，我看就全靠你了。以后有啥不懂的地方，只管来找我！哪怕我再忙，也得先教你。我不懂的，就是请教别人，也得满足你的要求！"说完便伏案给陈吉文逐字逐句解读。字句解过，又解诗意，并且讲解一些诗词是谁作的，为什么会作这些诗词，最后把这些诗词作者的年代背景、人生简历都给陈吉文讲了一遍。

到底是真的大学问家，名誉校长刘惠民说得头头是道，深入浅出。说得明白，听得清楚。陈吉文回到家，便给毛三讲。毛三更是久旱逢甘雨，听得如痴如醉，句句入心。再叫他学说，便说得有板有眼，不带走样的。他高兴得像猪八戒吃了人参果似的腮帮子直扭，脑袋乱摇。

其实，人是有无限潜力的。比如，一个双目失明的人，啥都看不见，但为了生存，他的听觉绝对是正常人无法比拟的。他听到一个人说话，多年后当同一个声音在他耳边响起，他会说出那个人姓甚名谁，说出两人在什么地方会过面，有谁在场。一个没有多少文化大字不识的人，他的记忆力也是超群的。因为他没有识字人对文字的依赖性，只有调动所有的感官去记忆，如凿如刻般铭记在心，多少年前的某年某月某日，阴晴雨雪，什么人说过什么话，做过什么事，言语动作，前因后果，说出来都跟眼前一样。这不奇怪，因为当老天爷为你关上一扇门时，必然也为你打开一扇窗户。

当毛三把刘惠民先生转个弯儿传授的诗词解读反过来倒过去羊倒沫般消化无数遍后再去打炮时，便把诗词解读当重头段子，一些说了一辈子书的老说书匠也听得瞠目结舌。其实，整个黄河故道的说书匠把本领全部加在一起，也比不上刘先生的一个小手指头。所以他们在受到刘先生间接指点过的毛三面前只能甘拜下风。毛三的名头与声望也就与日俱增，渐渐发红，由红而紫。

黄河故道解放前夕，陈吉文要参军入伍走了，毛三极力反对，整整七天不说书，喝过汤就滚到陈吉文被窝里极力挽留，哭得鼻涕一把泪两行的。这时候的毛三不光《水浒传》说得滚瓜烂熟，《三国演义》也啃了一大半，还学了《聊斋》的一些段子。

陈吉文被毛三哭得不忍，便在一个晚上带他去见刘惠民先生。刘先生对毛三说："你说的书我也听过，你说的书从哪儿来的我也知道。这年月有这本事也算是个奇才了。"

毛三前一段听陈吉文读《聊斋》时，知道在书场江湖中不少高手不愿说其中的《胭脂》篇，只因《胭脂》的判词太过深奥，很少人能解得通。毛三见了刘先生，便认认真真地向先生请教。刘先生说："依你的学识、年龄，现在还无法理解《胭脂》判词。《胭脂》判词我是读完了《四书》才去读它的，还是啃不动。也可能是我的悟性太差了吧。后来专请一位名人管吃管住坐窝子讲了三天，我才算明白是怎么一回事儿。年轻人不要贪多，饭要一口一口地吃，路要一步一步地走！俗话说'不怕千招会，就怕一招鲜'。一部《水浒》够你吃一段时间的了。等你把《水浒》《三国》都琢磨透了，再加上你的人生阅历也差不多时，我再给你讲《胭脂》判词。"

陈吉文当兵走了，因少了陈吉文这个桥梁，毛三也就没再去学《聊斋》，啃了一半的《三国》也放弃了。失落了一段时间的毛三只是再三细心揣摩《水浒》，把《水浒》说得更神了，没枉担了"毛水浒"的名号。

鬼难拿瘸二

瘸二吕志兴在关家庙算是个人物。个子不高，精瘦精瘦的，有些尖嘴猴腮，两只圆圆的黑豆眼一转就是一个点子，一肚子花花肠子，人送外号"鬼难拿"。

鬼难拿瘸二住在关家庙西北角一个一年里半年有水半年干的大坑北面，东边是个堆满麦穰垛、豆草垛、秫秸团的闲置麦场，西邻是一座破败不堪的关帝庙。关帝庙里有关羽塑像，秉烛夜读《春秋》的坐式，左右分别站着义子关平及替关羽拿着青龙偃月刀的黑脸周仓。不时有外庄人来此求财、求福、求护佑，来烧香、摆供。近水楼台先得月。瘸二从小便吃关帝庙，无论什么样的供品，心到神知，东西人吃，庙门一关，全是他的。他常常对人说，他是爹娘在自己三岁时许给庙上的，庙里的麻子和尚说过，等他长大了，就正式出家住庙。麻子和尚死了，他也没有出家，也没有住庙，但庙权却死死揞[1]在自己手里。任何人，任何言论和行为，只要他认为有损关帝庙的尊严，那就如同刨了他家的祖坟一样，非跟你拼命不可。大家都在吃了上顿找下顿，挣扎着自己的穷日子，谁也没有心思跟他计较关帝庙的事。要是真认真起来，说关帝庙是公庙，不是哪一家哪一个人的，把这条生路给他堵死了，他张嘴骂骂咧咧是小事，狗急了还会跳墙呢。他又是光棍一条，天天堵你的门腌臜[2]你，你又能咋着他？这个人本来就是个沾毛赖四两的货，更何况你堵了他的生路？别说堵着你的门讹你个三斗五斗，就是

1　揞：音 kèn，用力抓、攥的意思。
2　腌臜：音 ā za，糟蹋、使人难堪。

一升一斗不讹，你伸手，他伸脸，你掀锅拍，他伸碗，伸着勺子捞稠的，填饱肚子把身转。屙屎赖式的连啃你十天半个月的，你就算不憋出气臌病也得憋疯。好鞋不踏臭狗屎，再说他没爹没娘，又瘸胳膊拉腿的，要是真给他一样，别人还不说是欺负他？算了吧。关家庙的人也就睁一只眼闭一只眼，清楚不了糊涂了地就算了。

日子青青黄黄的过着。到了抗战后期，小鬼子在黄河故道也不怎么敢太嚣张了，大家都睁大眼睛盼着过好日子。这时候，吃了关帝庙二十多年的鬼难拿却一反常态地对关帝庙造起谣来，满庄子散布关帝庙闹鬼，见谁都咬耳朵："你知道不？前儿黑来一阵狂风，大河头卷起漫天的黑雾，结果把李大楼李家的闺女给卷走了。一庄子的人撒出去找了三天三夜，还是活不见人死不见尸，连个人影子也没找着。一家人哭得昏天黑地的。哪又有啥用？没用！知道为啥吗？那是咱庄关帝庙的关二爷起了性，想纳个二房。喊！别说找三天三夜，就是找个三月三年，影儿也见不着！"又过几天，关家庙有人家夜来丢了一头牛，一大早半截庄子的人在丢牛人家门前议论纷纷，有的说要顺着牛蹄夹子印找的，有的说要赶紧报官的。瘸二也凑上前，咬钢嚼铁地说："别找了，报官也没有用，又是关二爷捣的蛋。昨儿半夜里我起来趿拉着鞋上屎茅子，影影绰绰听到有人说'想喝牛肉汤'，还有人说'想吃红烧牛肉'，又有人说'那好办，我使一阵风，恁看谁家的牛肥，弄过来不就行了！'接着就'呼啦啦'起了一阵狂风，我蹲在屎茅子里动也不敢动。再后来我就啥也不知道了。恁都想想，在咱这里有哪尊神能呼风唤雨？可不又是关二爷？！"

瘸二本来就是个看热闹不嫌事儿大的人，这会儿传得更起劲，两嘴角子白沫绘声绘色的。一传二，二传三，传十传百传千万。没多久，整个故黄河滩都知道关家庙的关老二是个又骚又孬的不是个东西的东西。有熟知三国的人将信将疑："不大可能吧？当年关二爷护送皇嫂千里走单骑都没出啥幺蛾子，关家庙的关二爷咋就是这样一尊神？"有人接过话来说："那有啥不可能的？说不定当年过五关斩六将时，关老二就睡了刘备的两个媳妇，给他大哥刘备戴了绿帽子呢！”“那为啥又要偷人家的牛？”“不是娶了二房起了性吗？还不是想吃牛鞭、牛蛋补补……”

鬼难拿瘸二四处可着劲地煽风点火，把关二爷娶小、偷牛的事编排得天衣无缝。故黄河滩上的人大多没文化，瞎扯的事三传两不传也就信以为真了，比真的还真。只是关家庙的人对这座破烂的关帝庙和那尊早已金身不全的关帝爷很少寄托些什么，也不太祈求些什么，更不依恋什么。庙兴也就兴，庙衰也就衰。瘸二把关帝庙当自家的祠堂供着，别人不眼热；瘸二把关二爷骂得狗血淋头，也没有人可怜他。只是一件，既然瘸二把事儿说得有鼻子有眼的，也就有好事者见到李大楼的人就会问是谁家的闺女被大风卷走了。不光关家庙的人问，别的庄也有人逮着机会就问。一问才知道，李大楼根本就没有谁家的闺女早亡或失踪。李大楼人被问烦了，开始发火：“恁家大闺女才被人拿了被人睡了！”知道是关家庙鬼难拿瘸二捣的鬼后，李大楼人咬牙切齿，非要剥了这个瘸龟孙的皮不可。可关家庙的人都拿鬼难拿没招儿，李大楼的人又能咋着他？不管咋说，关二爷的骚名倒是不洗自清了。又过了一阵子，偷关家庙牛的小偷被官家逮住了，一审二问，连吓唬带打骂，追回一张牛皮，又罚了一大笔钱。此事也与关二爷无关了。再到庙里看看，关二爷依然是一副大义凛然的样子，不再猥猥琐琐。这时候关家庙的人才开始猜疑瘸二的用意，你吃了喝了关二爷二三十年，咋就能翻脸不认人尽往关二爷身上涂屎抹尿呢？这个瘸货又起了啥歪点子？谁也摸不清瘸二肚子里有啥牛黄狗宝。

这一段时间瘸二总往人多的地方扎，关二爷身上的脏水被洗清后，大家对瘸二都有些冷。大人的情绪影响着孩子的态度，一些捣蛋孩子只要看到他一踮脚一踮脚地走路，就在他身前身后边一瘸一拐地学他走路边唱：“我是瘸志兴，走路一咯哼。人家问我咋弄的，我说路不平！”一遍又一遍的没完没了，吕志兴想蹦蹦不上，想抓抓不住，便骂，啥话难听他骂啥。

瘸二吕志兴瘸得似乎没有道理，站直了看，两条腿一般长短，好孩子似的。可一走路就看出来了，一脚高一脚低，腚一拧一拧的。据说瘸二生下来时，两只脚的脚心各有一撮黑毛。接生老妈妈儿"哎哟"了一声说："这孩子脚心咋有两撮毛？这可对他不好！"吕志兴他娘刚刚疼得死去活来、累得筋疲力尽，话也不想说。听老妈妈儿这样一说，问了声："二奶奶，那咋弄？"那老妈妈儿说："趁着还没见天日，用剪子铰了去就好了。"志兴他娘说："铰就铰吧。"正好旁边有剪脐带时用的剪子，老妈妈儿拿过来"嚓、嚓"两声，两撮毛被剪掉了，各渗出一个圆圆的血滴。吕志兴哇哇大哭，不知是不是疼的。关家庙人慢慢地知道了吕志兴生下来脚心有两撮黑毛的事。后来吕志兴大了，走路不稳，东倒西歪的。这时候有人说，吕志兴出生时脚底下的两撮黑毛要是不铰掉，会走路就是个飞毛腿，多快的兔子也跑不过他。一铰，违了天理、伤了元气，两条腿再一般长也是个瘸子。

　　瘸二出生时，是农历五月初一太阳刚露红的时候。这样的时辰出生的孩子命硬，不剋爹就剋娘。瘸二比谁都厉害，爹娘他都剋。十来岁时，爹娘便被他剋得相继离世。东邻西舍看一个瘸孩子可怜，你拉一把我拽一把，一口凉一口热的好歹也活成了个人儿。看到瘸二这孩子命这么硬，族里人也不想太靠近他，怕弄不好惹火烧身又剋了自己。

　　也许是缺少管教，也许是从小就历经世态炎凉，瘸二的心态及为人处事就是和别人不一样。

　　鬼难拿瘸二走路不得劲，再加上力膀头不大，出不了大力，嘴皮子却总是画眉溜嘴儿巴啦巴啦的，说说笑笑不闲着，整天瞎胡嘈。一个庄的人都知道这个人儿是个大侃皮。小锅冰凉了，肚子里三天没进食了，见人还得挺着肚子说："今儿个菜叫我炒得没盐拉味的，肉入了口，木渣似的。菜都这样了，酒虽是好酒，也喝得没味。"一副很懊恼的样子。赶集上店碰上亲友，总是热情之极，拉着拽着非要管饭，那份热情让你感到不去就对不起他似的。你要真去了，荤的素的他来点，孬酒好酒他来选，一壶酒得大半进他的肚子。最后请客的是他，掏钱是你。就是你掏了钱，他还总是说："你看你！你看你！我请你吃饭你掏钱那咋行？"很不好意思的样子，自己的手塞到裤腰里，像被裤腰带勒住一般，总是抽不出来。说话总是很大，办事总是很小。啥事到他嘴里都是："那有啥！不就是掉包小烟吗？"事实上，无论他与谁来往，总是不占便宜是吃亏，芝麻粒儿经他的手也得小一圈儿。这家伙眼里头有水儿，家活懒、外活勤，人家的活不累人。这要分给谁干活。在关家庙家境条件好的人家面前，他像个三孙子似的跟在腚后头，给他们干活那真是狗颠尾巴似的，哪儿都能看到他一高一低、一高一低的肩膀。这时谁再说一声："志兴真能干！"他会踮着脚肩膀头频率极快地高高低低人来疯一样的出力。再苦再累，脸上总是笑嘻嘻的，生怕惹主家生气。主家到了饭时儿要留饭，他总是嘴里说着："不了、不了，回家一个人孬好吃口就对付了！"腿却不挪步，眼睛直往锅屋里瞅。一般人家有事，帮忙的人手不够，想让他出把力。不要问了，不是腰疼，就是头疼，要不然就是昨儿黑来没吃好，跑了一夜屎茅子。多挖一锨地墒沟，半夜爬起来扒人家的屎茅子偷人家的粪，没他不干的事儿。地虽不多，但亩产却高，高得连庄上最会做庄稼活的人家都赶不上他的尾巴尖儿。当然大家伙儿都心里明白是咋回事。地里少了几块红芋，少了几抱豆子，少了半筢子大蜀黍棒子，少了一些小蜀黍穗子……都知道是咋回事。可是捉奸拿双，捉贼拿赃。谁也没亲眼看见是他，只是见他那破烂的小院里整天晒着、晾着自己地里没种的作物，大家都心知肚明：这个熊东西幸亏铰掉了两撮黑毛。铰掉黑毛都比《水浒》里的鼓上蚤还鼓上蚤！不铰黑毛又能到哪一步？谁也说不上来。鼓上蚤是谁？听过毛水浒说书的人都知道。窝了一肚子气，也只能自认倒霉，财入光棍手，哪有吐出来的理儿？要是真咽不下这口气去问他，他会晃着脑袋、龇着黄牙一步深一步浅地往你脸前凑，两眼立愣着，满嘴唾沫星子很横地说："是恁家的吗？是恁家的吗？你哪个眼看着是恁家的？你喊它它答应不？天底下一样的东西多的是，全都是恁家的？"一副滚刀肉的样子，噎得人喘不过气来。鬼难拿不正经过日子，地里产的，外面搂的，都换了包子、油条、小酒进了肚，长到三十五岁，还是穷得一敲叮当响的一根光棍儿。有本家长辈看不过去，就劝他要好好过日子成家人时，他咧嘴一笑："吃是真精，穿是威风，不吃不穿活是冤种！"气得长辈直用手里的拐棍捣地，从此再不过问瘸二的事。

关家庙的人猜不出来瘸二作践关二爷是想弄啥，但瘸二自己心里明镜似的。关家庙的人都说瘸二嘴上没个把门的，是个狗肚子里装不了二两香油的货，但这场把戏的核心，除了他自己，关家庙还真没有第二人知道。瘸二捂臭豆子一般捂得严严实实的不透一丝风。

前一段时间的一天快到晌午时，一个头戴礼帽、身着长袍的阴阳先生云游时路过关家庙，皱着眉头围着关帝庙和鬼难拿瘸二的宅院转了两圈后，对着庙门微微一笑。

瘸二的破院子门口当时有一群闲人背着风靠着土墙晒太阳。有的边晒暖边脱下破棉袄掰着线缝逮虱子，逮着一个比麦粒小不了多少、圆鼓鼓的老母猪，两个大拇指一挤，"啪"的一声虱子就瘪了，指甲上留下黑的红的血。有的手里把着鹌鹑闭目养神，鹌鹑的头爪露着，手里像攥个温热的小手炉。有的支着耳朵听鬼难拿"前三皇后五帝，王母娘娘招女婿。东庄的母猪生大象，西庄的绵羊将[3]叫驴。"的胡侃。这时一个长着招风耳的人说："大拿，你看咱弟俩一直处得不错，你又会过日子，哪天我托俺连襟给你保个媒咋样？"瘸二一听，来精神了，问："哪来的？"招风耳说："北高陡上沿曹店的，老头叫曹头站，闺女长得不错，漫长脸，滴溜圆的大眼睛。就是有点儿柴坏[4]。"旁边有人说："哎！大拿，你这家伙真是骑马布子顶在头上，要走红花大运了。"瘸二不理这个茬，歪着头问招风耳："啥柴坏？"招风耳想了想说："算了、算了。俗话说，一不做中，二不做保，不做媒人三辈子好。还是算了吧！"瘸二哪肯放过这个好事儿："啥不做中不

---

3 将：畜、兽类生子，将猪，将羊。
4 柴坏：毛病。

做保的，咱俩谁给谁？大鲤鱼你怕吃不上咋的？"招风耳吭哧了一会子说："行，那我就给你说说，你要愿意我就下集费费鞋底帮你问问。那闺女也没啥大柴坏，就是两只耳朵有点大。"瘸二说："耳朵大没啥，耳朵大有福，三国刘皇叔刘备还双耳垂肩呢！"有人就笑。看别人一笑，瘸二从娶媳妇的美梦中醒过来了，对招风耳笑骂："恁老丈人才是头驴呢！"……

阴阳先生刚开始倒没有引起他们这一群人的注意，当阴阳先生转第二圈时，他们才把注意力转到这个看上去颇有仙风道骨的阴阳先生身上。看到阴阳先生对着庙门面带笑意，便一个个站起来拍拍腚上的浮土围了上去。瘸二一看眼前情境，黑豆眼一转，站起来一踮脚一踮脚地推开人群，来到阴阳先生面前，热情得有些过分地笑着说："哎哟！大哥，你啥时候来的？咋也不事先打个招呼？快家来坐、家来坐！"

阴阳先生看着庙门微笑的时候，只不过是认为找了个能落两天脚的地方，现在看到有人主动上前攀亲套近乎，何乐而不为？到底是跑江湖的，阴阳先生忙向瘸二拱手。瘸二没等阴阳先生开口，紧接着说："大哥，我是志兴啊！咱弟几个在城里结拜完就分手了，这一别可就是好几年，我可想死恁了。那几位兄弟都好吧？这两年我一直想去看看恁，只是腿脚不太方便。"阴阳先生满脸高兴的样子："你看看！你看看！刚才你们坐在那儿说话，我也没注意你。我到这儿来，就是想来看看你的。咋样？志兴，这几年过得还行吧？""还算凑合，撑不着饿不死。来，大哥！屋里坐、屋里坐！"瘸二边说边去揽阴阳先生的胳膊肘，一群人见是鬼难拿的把兄弟，简单地打个招呼便作鸟兽散了。

阴阳先生在关家庙住了三天，虽然也有人找他看阳宅看阴宅，但庄子还是太穷了，实在没有多少油水可捞，便筹谋着要接着走四方了。阴阳先生在入庄时见鬼难拿瘸二主动攀交情，就知此人虽不是江湖同道中人，也肯定对自己有所求。住了三天，鬼难拿拉着腿陪自己转了三天，啥也没说，这倒让阴阳先生有些奇怪。

原来鬼难拿跟风水先生套近乎时，真是没有别的想法，只不过是想狐假虎威地借借阴阳先生的光，来抬一抬自己在庄上的地位。常年在外走江湖的阴阳先生也算讲些规矩，对瘸二热心陪了三天心里很过意不去。临行前的黑来，阴阳先生出钱让瘸二打了壶酒，弄了两个小菜，在瘸二的小屋里喝了起来。二八盅后，阴阳先生对瘸二说："志兴啊，我得给你指条阳关道，你老是这样下去就老是穷。来那天我就看出来了，你穷就穷在庙上，你的腿脚也毁在庙上。这座庙占了恁家的风水，所以你在庙上吃喝了二三十年，也只是混个嘴饱，没有点儿结余。要是你能拆了庙，把你的院墙扩大些，不出三年，就会兴旺起来。我不敢说你能置多大家业，但娶妻生子日子过得喧腾的，那肯定是扳倒树摸老鸹，手拿把攥的。"鬼难拿心里一亮，多亏了这个不知从哪里冒出来的"大哥"，要不是他，我还不知道要穷到猴年马月呢。

第二天送走阴阳先生后，鬼难拿把这件事放在了心上，让这个念头鼓弄得睡在床上直翻烙馍，心想："庙田是老官东的，和我的地连边。砸了神、拆了庙，这片没人管没人问的地就空着了。等过了年把，庄上的人也就不当回事了，到那时这片地还不得慢慢地归我了？！"从那以后，鬼难拿没事儿就坐在破院子里托着腮帮子看着关帝庙出神、发呆，满脑子的砸神、拆庙，拆庙、砸神。

这年是腊月打的春，正月初五已交"七九"。一九二九不出手，三九四九凌上走，五九六九河边看柳，七九河开，八九燕儿来，九九加一九，耕牛遍地走。到了七九，天气就不那么酷寒，风也不那么尖利了，热气从故道地下往上升，把冰冻半尺深的地都溶开了，冻得石头蛋子似的土坷垃自己就酥了，一碰就散。枯水期故道里的冰，看表面还冻着，下面挨着水的部分已开始从下往上消融，越来越薄。柳树在近处看不出啥变化，枝条还是那样干枯，但远处看就能看出它已淡淡地抹上了橙黄浅绿的颜色；就连小鸟的叫声也不那么凄婉，叽叽喳喳地高兴多了。黄河滩上眼子毛稀的麦苗也在懒懒地舒展着瘦腰。

瘸二在关家庙的人缘不算好，但秦桧还有三个相好的呢，何况瘸二的心智及行为还远没下作到秦桧那一步。瘸二凭着他的如簧巧嘴伙了一群帮手，找出撬棍找锤铲，喝喝闪闪地要对关帝庙下手了。一日之计在于晨，一年之计在于春。瘸二决定在开春的日子完成自己的心愿，也许是为了给自己的人生重新开个好头吧。

动工那天，瘸二不看日子，也没查皇历。太阳红着脸的时候天还是蓝的，一丝风也没有。天上的云彩一缕一缕的，院子里的鸡鸭猫狗都很欢，枝头上的鸟儿"叽叽喳喳"地叫着，整个黄河故道都暖洋洋的。在人们端碗糊涂5咬着窝窝头"咯吱咯吱"嚼着咸菜吃饭时，才知道在自己的不经意间已经起风了。风初起时先是摇摇挠挠晃着最机灵最敏感的树梢。随后，树梢经不住撕扯，就拉出了尖利的哨响。花花白白的黄河滩上先是随风荡起好看的、一层压一层的沙波，像画儿似的。后来，随着风力的加大，无数的沙土粒被风裹着比着快似的往前跑，干燥的沙土随风张起了两头看不到边的沙墙。再后来，沙墙随着风慢慢往上长，漫天扯地让整个天空都昏昏沉沉的。透过黄色的沙雾看太阳，太阳像一个没有点儿热乎气的盘子。庄子、庄稼、房屋、树木都无助地被幔在了巨大的土黄色的沙帐之中，鸡鸣狗叫都显得惊恐而又无助。

生活在黄河故道上的人都习惯了这种状况，谁身上没埄6有一层土？谁眼前没有一团沙？谁家水缸底没有一层黄泥？水面没有一层黄澄澄的水膜？瞧瞧故道两岸的村庄吧，无论是成片的屋顶发黑的草房，还是孤零零的黑鱼鳞瓦的人家，家家屋顶都落了层清一色的黄中发白的沙土。大风中，瘸二拽着风箱在四面透风、屋顶露天的低矮锅屋里吃力地烧开了一锅水——找人干活瘸二是不会管饭的，要不是想拆关帝庙占地，连开水他也不会烧。水烧开了，他往锅里撒了一把在黄河滩掐的晒干了的嫩柳叶头，一泡两泡，本来就浑黄的水就更黄了。

瘸二用只裂了个口子的破葫芦瓢把开水舀进只有一只耳朵的瓦罐，送到没有三步远的庙里。瘸二烧水时脸抹得横七竖八的像唱大戏，他撩起破衣襟擦擦脏脸，说："弟兄们先灌点水润润肚子再干！"

---

5 糊涂：稀饭。
6 埄：音 bàng，被扬起的尘土遮盖。

人群中有人说:"大拿,你平常脸皮洗三遍比地屋子墙还要厚,今儿你唱的是哪一出?是妆包黑子还是演赵公明?"瘸二说:"演恁二大爷!"风沙中有人拿撬棍"当当"地敲着关帝庙墙脚,把一只刚睡醒说不清多少只脚从墙缝爬出来的蚰蜒砸成了肉泥,说:"大拿,别先上茶,才吃完饭又不渴。烟呢?"瘸二的脸真比地屋子墙还厚,被人点到这份儿了还脸不红,心不慌,他不说不给烟吸,只咧着嘴黄牙龇得狗肉幌子似的说:"一大清起来我就去买了,跑了好几家,篮子里都缺货。等会儿有遛乡的来了,我准给你买。不知你是吸粗的还是吸细的?吸旱烟锅还是吸水烟袋?"鬼难拿不供烟,嘴还挺涮。有人说:"大拿说话也不嫌屁打牙!"有人小声嘀咕:"真他娘是个小鸡蛋壳抱出来的!"瘸二只当没听见。

天有不测风云,人有旦夕祸福。正在瘸二忙里忙外张罗时,关帝庙大殿屋脊上一块松动的兽头瓦片被大风吹落下来。风卷瓦片,瞄准似的不偏不斜"啪——"的一声正落在鬼难拿的后脑勺上。瓦片碎了,瘸二眼一黑头一懵,身子一歪趔,趴倒在了地上,血流了一脖颈子。

砸着人了,流血了,来帮忙的人登时乱了起来。大伙放下手里的家伙一窝蜂地朝瘸二凑过来,看到他龇牙咧嘴两只眼挤着,嘴里:"哎哟哟、哎哟哟……"叫个不停,知道这货没有多大事,就七嘴八舌地闹开了:

"大拿,还不到一个月呢,咋又见红了呢?上个月是初几?"

"大拿,血是值钱的玩意儿,你等会儿再淌,我去拿碗接了给你喝下去。俗话说'肥水不流外人田!'"

"大拿……"

有人伸手把瘸二的破褂襟子"哧"的一声撕下半片来,顺手在地上抓把沙土揸在流血的地方,然后把他的头缠裹起来,裹得像女人坐月子似的。有人"当当"地用铁铲敲着撬棍唱:"肚子疼、往家跑,上床盖被再盖祆。红糖鸡蛋预备好,不是妮儿就是小!"

瘸二被砸得懵懵怔怔地,但在这一帮子家伙面前绝对不能装胎熊,脖子一挺，坐了起来，笑呵呵地说："没事，没事，别看我瘦，身上三斤二斤血还是有的。走！他砸了我头，我砸了他娘的蛋！""对、对、对！大拿的头就是关二爷的蛋！砸了他这个孬龟孙！"也不知道骂的是谁。喊得咋咋呼呼，手脚却是斯斯蔫蔫的，谁也不上前动第一锤。

砸神、拆庙，说真的，是很少有人愿意干的。求仙拜佛历来是故黄河滩上穷人的精神寄托，虽然关家庙人对关帝庙及关二爷不咋上心。要不是平常吃了鬼难拿的猪头肉、喝了鬼难拿的烧酒抹不开面子，谁也不愿意蹚这趟浑水。再说，帮鬼难拿这个东西拆庙，庙拆了，屋料、地皮早晚都是他的，自己是弄啥的？就算自己不是个二百五，干的也是人家偷驴你拔橛的二半吊子事儿，到头来还不是得落个老公公背儿媳妇上泰山——出力不讨好？再说这熊孩子也太不讲究，你得了田得了地，连根烟都不上，真是个大头不算小头算，抱着驴头找驴蛋的货！大家内心里不愿意干，可又张不开嘴说不干。说笑打闹一阵子后，一个稍微上了点年岁的人把烟袋锅一搕，慢言拉语地说："志兴，我觉着这庙不能拆，关二爷的金身不能砸。他和别的神不一样，他是有家有户的，山西蒲州是他的家。山西人搁咱徐州府做生意的在云龙山上山西会馆建有关圣殿，两边有对联说'生蒲州长解州战徐州镇荆州万古神州有赫，兄玄德弟翼德擒庞德释孟德千秋至德无双。'说的就是他。咱黄河滩还有句老话，就是说'大旱不过五月十三'，因为每年农历五月十三这天，关二爷都会蘸水在磨砺石上磨他的青龙偃月刀，年年这一天都要下场大雨，那大雨就是关二爷的磨刀水。你扒他的庙，他能高兴？这不，一块砖头（在他的嘴里瓦片变成了砖头）砸到你头上，这才是关二爷显灵呢。前一段时间你整天瞎胡扯，说关二爷不干人事儿，他老人家大人不计小人过，不和你一般见识。今儿个你又要扒他老人家的庙，砸他老人家的金身，一而再再而三的惹他老人家，他能不显灵治治你吗？你想想，你在庙跟前住了那么多年，咱黄河滩年年刮大风，你听过还是见过谁被风吹落的砖头砸着了？又为啥只把你砸得血糊淋涮的？照我说你还别死眼珠子肉眼皮的羊头不吃吃羊眼，等哪天出了大事，你哭都没有地方哭去！"

这么一说，瘸二心里也犯嘀咕了，别人也都趁势顺杆子爬，说："大拿，俺哥几个可是你请来的，冒犯了关二爷出了啥事，你都得担着。别看你疵毛撅腚的，磕着碰着了，你得包骨养伤；伤了胳膊断了腿，你得当老爹养活起来；要是真有个三长两短，那你就得披麻戴孝挑着幡杆子一步三叩首、三步九打躬地给送进南北坑。"

瘸二平时确实滑，但真的遇到了事，倒是真的麻爪了。见一个个请来的帮手说的又是包骨养伤又是当爹养着又是要挑幡杆子送到南北坑的话，心想："等我哪天死了，有没有打幡杆子的我都不知道，还要我把你们送到南北坑？"心里又烦又怵，不再是平常死猪不怕开水烫的样子了，脸苟戚得蛋皮一样，手一摆，说："好了、好了，庙不拆了，恁都滚蛋吧！"

大伙儿一听，撬棍锤子一扔，怕粘在手上似的，个个脚底都像抹了生香油，溜得比兔子它爹都快，生怕鬼难拿反悔。边走嘴里还叨叨唠唠不停："大拿，一根烟没捞着吸，一口水没捞着喝，你真是馊抠得猴嘴里掏不出枣核来。"

心疼得"咝咝"直嗍牙花子的瘸二没有心思跟他们斗嘴，心里窝着一团火："日他个亲娘祖奶奶的，人倒霉的时候放屁都砸脚后跟儿。今儿个白白地让我烧了一堆柴禾弄了一锅开水，屁事也没弄成！他姥娘个腿的。"

"哎哟！"鬼难拿瘸二后脑勺被瓦片砸破的伤口又火烧火燎地疼起来了。

烧木炭的金子

　　金子人长得很标，浓眉大眼的，肩宽腰细，再加上白净脸，在年龄不相上下的小青年中称得上人中吕布。可就是这么精精神神的一个人儿，却被大家认为是个绣花枕头，中看不中用的主儿。

　　金子小的时候，他爹攒两个钱送他进了学堂，书本一到手，人就蔫巴了，上下眼皮就像抹了驴皮胶似的。大一点儿了，看上去一个精明伶俐、嘴皮子也不笨的人，办事能力又是真不行。做生意，蚀本；拜师学木匠，拉大锯尽不走线上；学厨子，菜丝切得像板凳腿儿。到了十七大八的时候，还只会跟在他爹腚后头干庄稼活。俗话说"庄稼活、不用学，人家咋着咱咋着。"可金子干庄稼活也不行，耕地不能扶犁铧头，耩地不能扶耧，耪地苗倒草不倒，扬场能灌自己一脖子麦糠……

　　金子这个德性，气得他爹老成常常摔桌子打板凳地骂他："我上辈子造了啥孽？咋生了你这个笨种！你是干啥啥不行，吃啥啥没够。就是他娘的狗屎做钢鞭——闻（文）不得舞（武）不得。人家都说'是金子总会发光的'，你这块金子发了啥光？你是驴屎蛋子表面光！一块坷垃头还能擦腚哩，你说你能干啥？就凭你这个熊样，一辈子也别想吃四个碟子！买块豆腐撞死算了！"

　　已经被他爹骂疲沓了的金子掰块窝窝头塞进嘴里，边嚼边呜呜囔囔地说："那也不一定。前庄的罗憨子，一加一都不知道是几，偏有歪才，会逮野兔子，一逮一个准，又大又肥，天天有肉吃，谁能比上他？"金子一句话把老成气得直拍腚，说："好、好、好！好、好、好！前后庄那么多好孩子你不比，偏偏跟一个吃鼻涕屙脓的憨子比。行、行、行！你真行！你就等着吧，你就张着嘴睡在地上赚等着老鸹屙给你吃吧！"

老成整天骂金子谁都知道，很多人都劝过他。

一天，李老庭在路上顶头碰见老成，李老庭说："哎，我说老成，孩子都那么大了，也是有皮有脸的，咱不能天天骂吧？再说孩子吃哪碗饭也不是咱定的。慢慢学呗！甘罗早发子牙迟。姜子牙当年在朝歌卖猪猪贱，卖羊羊贱；卖鱼鱼糟，卖肉肉臭。就是挑担子面卖，不也是被黄飞虎的兵马蹚翻后一阵风给刮得没影了？咋弄？姜子牙就不活了？那是时运没到！最后咋了？打将封神，官拜宰相，哪天不吃香的喝辣的？慢慢来、慢慢顺，说不定哪一天孩子就开了窍，就走对了路数。"

老成嘴一撇："嘻，这孩子是瘸子的腿，就了筋了。狗尿苔咋着都成不了灵芝草！他还有皮有脸？他还想天天吃香的喝辣的？我看他吃屎都赶不上热的！"脸一转双手一背，一撅一撅地走了，烟荷包在腚后头一甩一甩的，像个调皮的小尾巴。李老庭被他晾在那儿了，热脸贴到了凉腚上的李老庭被晒个整的，他气得拿粪扒子"喀喀"砍地，直骂："把好心当成驴肝肺的东西！真是癞蛤蟆没毛——随根儿！"转过身来，粪扒子往胳肢窝里一夹，嘴里哼哼有声："龙生龙，凤生凤，屋螺牛生儿扭个弯，老鼠生儿会打洞……"

金子心里不急是假的，可越急越出错，越想把事儿弄好，越是砸场子。金子听过书，做梦都想着能像书里面的人物那样，拜高山上的仙师学艺，下山后让所有人都另眼相看。可黄河故道两岸一马平川的并没有山。金子没出过远门，没事儿就想着外面是啥样子的。金子一心想到外面看看，看看别人是咋活的。金子知道东边的徐州府是个大地方，可要去徐州还得到杨楼车站坐火车。金子远远地见过火车，心里一直想不通这家伙为啥"忽突忽突"地爬这么快。李老庭说过，火车爬都爬那么快，要是站起来，那一步还不得趄[1]里把路？那得跑多快！

1　趄：音chào，抬腿跨、迈的意思。

李老庭肯定是捣着玩的,这个老家伙一天不给别人拴个套儿让人钻着玩心里就痒痒。金子想了几天,决定到西南三十里外的黄口去看看。

黄口是个大镇,地处苏鲁豫皖接壤处,陇海铁路铺设前原是一片盐碱荒地。一九一五年陇海铁路铺设经过这儿并建了车站。时隔不久,祖籍山东的史忠明逃荒要饭到了这儿,在距车站五十来步远的地方找了块闲地搭了间草棚以卖茶为业。一年后,周边各县商人纷纷在此落脚经营。陇海铁路靠其南,徐(州)商(丘)官道附其北,黄口慢慢繁荣膨胀起来,成为周围三五十里最大的集镇。棉麻粮药都有市,还有一个黄牛市场,一四七、三六九的交替变换买卖,招引方圆百十里的人。

金子揣着几个窝窝头一路奔黄口而去。

黄口镇确实是大,看得没见过世面的金子狸眼转圈的。粮食市有大麦、小麦、黄豆、绿豆、黑豆、大蜀黍、小蜀黍、大米、小米,还有金子熟悉的红芋干子;水产市有鲤鱼、鲢鱼、草鱼、混子、火头"噼里啪啦"地打着水花,老鳖懒懒地伸头吐着泡儿,黄鳝、泥鳅吐着白沫钻来钻去;家禽市有"咕咕呱呱"的公鸡、草鸡、麻鸭、白鹅。金子没有目的瞎转着农具市、菜市、肉市。在一个铁匠铺,金子看到一块生铁被送到炉子里,由黑而红而白,被大钳子夹出来放到猪头大的铁砧上,大师傅小徒弟小锤大锤"叮叮当当"一通猛砸,铁块变圆变方变扁变长,又被夹住放到一个大水桶里"哧"的一声冒一股白烟。金子没敢走近,怕火星子迸到身上。在布市,金子看到街两边摆满了各种颜色的布,伙计抖着布唱曲儿一样高声地吆喝着。这时一个穿着过膝大裤衩、光着上身的秃头汉子手里扣着一块砖走到一个摊位前,一伸手,伙计装作没看见。那汉子把手一转,砖头"啪"的一声拍到自己脑门上,砖头断成两截,血立马淌了一脸。眼看就要滴到布卷上,老板伸手向汉子手里塞了一把钱,回头一脚踹到伙计的腔上,大骂伙计没眼色。那汉子血也不擦,又走向另一个布摊,又是一伸手……金子看得心惊肉跳,腿都软了。不知转了多长时间,金子竟转到火车站前,看到停下的一列火车门开了,小房子似的车厢下来一群拿着大包小包的人，又有一群拿着大包小包的人进了小房子，门从里面关上了。正当金子想着那么长的火车能装多少人的时候，火车"嗷"的一声，把没有准备的金子吓得一腚坐到地上。接着，他听到一阵铃声，看到火车头冒出一股子一股子的黑烟白烟，巨大的"呼哧呼哧"声中，扒在比庄头石磨还要大的漆红的轮子上的大蚂蚱腿，一扒一扒地开始动了起来，脚下的地震得一个劲儿颤。火车又"嗷、嗷"大吼几声，开始往前爬……金子知道火车是咋走路的了。蚂蚱腿真有劲！回头得和李老庭好好说说。

看了火车，金子又转到了勤行。来黄口的外路人多了，把卖吃食的勤行也带了起来，两条街都是吃食摊子，包子、油条、热粥、辣汤、馒头、壮馍应有尽有。在街拐角的一个烟摊前，金子算了又算，买了一包最廉价的烟揣在怀里。

金子揣着烟又游着逛着走了好几圈，还是不知哪一行是他能干得了的。最后他来到牛市。金子以前赶集时，最眼热的就是牛行人，不用一分本钱，手里拿根小鞭作幌子，买家面前嘀咕嘀咕，转身又到卖家面前嘀咕嘀咕，牛绳一换手，行佣便到了手。牛行人凭着一张嘴，东集吃到西集，猪头肉吃得满嘴流油，小酒喝得整天醉模山倒的，腰里还别着大把大把大面值小面值的卯子[2]。

金子想，靠嘴皮子吃饭，前后庄有了赵江海、毛水浒，还有一个看阴阳的张山，牛行人也是靠嘴皮子吃饭的，干这个我该差不多吧。主意一定，就跟在牛行人的腚后头直转悠。转了半天，有两件事儿让他直迷糊。一件是，牛行人不都是用嘴说话，有时候要把自己的袖口对人家的袖口，不时吐一两句咋也听不懂的"横子""镢子""满子""叉子"……到底是在干啥？他不知道。第二件是，牛行人生气时，也就是买卖不成时，为啥总是骂自己？骂爹骂娘，骂祖宗八代，别人跟着骂他不光不恼，反而笑。他想找个牛行人摸摸底。

金子看到一个年纪比自己大不了几岁的行人跑大老远上屎茅子，

---

2 卯子：纸币。

自己也跟了过去。等那人从屎茅子出来，金子掏出烟邀那人到树底下坐坐。那人点着烟后，金子就小心翼翼地问他行里的事。那人一听，笑了，看金子白白净净的，用话套了两下，知道是个雏儿，不是来黑自己的。再一想到自己当初入行时的难，便也放开了，给金子聊一些行里的事儿。再说行里的一些话一些事儿，也不是听完就会的。那人笑笑说："能从一查到十吗？"金子脸一红："俺又不是不懂事的孩子！"那人又笑笑说："一到十，谁都会查。但是同样是一到十，在行里各地都是不一样的。比如在西安，那是'捏、丑、斜、查、眼、舌、条、犒、罗、强'；在南方是'留、月、旺、拾、中、神、仙、张、爱、台'；就是在咱这一片，各行之间的行话也不一样，如鸡鱼行是'水、哑、木、封、土、天、腥、山、火、金'；粮食行是'旦底、抽工、扁川、谓回、缺手、断大、毛根、入开、弯子、田心'；在牛行是'横子、弹子、品子、方子、满子、挠子、镍子、叠子、钩子、叉子'"。那人又接过金子递过来的一根烟对着后说："庄户人买头牛是件大事，所以在买牛时那是又细心又小心。买牛首先是看牙口，就是看牛的年龄。看牙口就是看牛的门牙，要是牛的一个对牙没长齐，被称为'半截牙'；长一对牙的称'嫩口'或'一对牙'，年龄大约一岁半，这样的牛就可以干活了。要是牛长到两对到三对牙，那就是'圆口'，牛已经四到六岁了，正是出力干活的时候，啥都练出来了。长满八个牙的称'满口'，是牛精力旺盛的标志。看过牙口后，再看牛的肥瘦、毛色等等。耕种用的牛要买腰壮、腿短的，俗称'抓地虎'。有句话说：买牛要买抓地虎，娶媳妇要娶大屁股。这样的牛用起来有火性有耐力，能干活。买牛还要看走相，俗话说，是骡子是马拉出来遛遛，牵着它走两圈，不但能看出它的腿脚是不是有毛病，还能看出牲口的身子骨状况和性情。"

金子听得津津有味，把一包烟都塞到他手里，问："那对袖口是弄啥的？"那人说："对袖口就是两个行人把买卖双方扔到一边，在袖口里或用席夹子挡着捏摸，一到五的数就用五个指头表示，大小拇指伸开为六，五个指头捏在一起为七，大拇指与食指张开为八，食指勾着为九，要是表示十，就握成皮锤。最后买卖双方都同意后，行人把钱遮住留下行佣后把钱交给卖主，行佣提多少，买的卖的都不知道，这叫'捂行'。"

金子问："干这行一集能挣多少？"那人说："这很难说，得看巧不巧。"他用手指指牛市，"你看有多少行人？都在互相帮忙，没有谁敢拆台的。生意成了，见者有份。生意不成，几个人都弄不了钱，就骂，啥话都能骂出来。想入咱们这一行？管！下了集找个馆子先把到场的师兄、师叔、师爷们请一场，每人敬三杯，磕三个响头。大伙说行，咱再传艺。不这样不行。哪个乖乖要哄你，当初龟孙不是把老娘跟人家睡觉的钱都拿出来了。咋样，有这股子血没有？"

那人的最后几句话，把金子吓得直吐舌头，满腔的干柴烈火被他一泡尿给泄灭了。正在这时，牛市里有人喊："麻杆、麻杆！"那人忙站起，对金子说："真想干下了集就来找我，不想干就当我啥也没说，你啥也没听到。"说完拍拍腔，下了牛市。

金子搭了一包烟，啥也没学到，但最起码知道牛行人自己是不能干了。第一是没钱请客拜师；第二，自己能干啥不说，说啥也不能让自己的爹娘和地下的老祖宗不得安生。金子转身离了牛市，又到集上没头苍蝇似的瞎转。在集头他看见一群人围着一面墙在看啥，反正没事的他也往里挤。挤进去后抬头看见砖墙上贴了一张印着黑字的大白纸，有些黑字下还用红笔划了个大勾子。看的人都不声不响，脸都沉着。金子不识字，好容易挤进去了，又不好意思马上出来，也仰着脸看那张白纸，看白纸上的黑字，和大大的红勾子。

正当金子装模作样之际，听到有人在喊："那不是金子吧？金子！"金子扭头一看，是李老庭。金子知道李老庭是个啥人儿，生怕他在大庭广众之下揭露自己不识字的老底，便讪笑着喊了声："大姑夫，你也来赶集了？"那李老庭是个不甘寂寞的人物，出来半天没人斗嘴心里正痒得慌，看见金子站在人群里面狗吃麦苗——装羊，

57

便开了口："金子，你个龟孙羔子早晚[3]认的字？还人五人六的看布告！那上面写的啥？念出来给我老人家听听！"看布告的人都转过头来看金子，有人还发出轻轻的笑声。金子的脸一下子红得像关公。

真是怕啥来啥，金子平常就怕和李老庭斗嘴。也算是卤水点豆腐——一物降一物。别看他嘴皮子叭叭的和别人斗起嘴来十斗九赢，可是就怕李老庭，见了他就像老鼠见了猫一样，浑身的骨头都软了。这个时候金子被李老庭突然杀出，冷不丁地来了这么一句，脸一红心里一急，机灵劲也没有了，懵了半天，才气急败坏地说："李老庭……李老庭……恁外爷爷是个秃子！"李老庭完胜，金子被李老庭憋了个烧鸡大窝脖。

李老庭对金子来说，那是一朝被蛇咬，十年怕井绳。在金子还不到十岁时的一个伏天，太阳火辣辣的，金子他爹老成在耪与肩齐的大蜀黍，小褂都溻透了，耪了一歇儿在大树底下喝口水，抽袋烟，和几个人说说话。这时走在大坑边的李老庭看见金子和几个孩子在水里泡着，就说："金子，你这熊孩子太不孝顺了！"金子说："咋了？"李老庭说："你泡在水里是凉快了，你没看见恁达达热得水兔子似的？"金子抹了一下脸上的水珠："那咋弄？"李老庭说："人家都说你精得跟三生子猴儿一样，原来是个笨能猴儿！老母猪它爹咋死的？笨死的！"金子最怕别人说自己笨。李老庭指了指坑里边说："那不是有藕叶吗？你掐一个大的给恁达达戴在头上挡太阳不就行了？"金子说："藕叶能戴吗？"李老庭一本正经地说："别人能不能我不知道，恁达达肯定能！"金子一听，转身搋了个猛子，掐了一个最大的藕叶，光着腚爬上来，拿着藕叶往大树底下跑。到了树底二话不说把藕叶一翻，一下子扣到达达的头上。老成一把扯下，扔到了一边，呵斥到："弄啥的你？滚一边去！"顺手照腚一耳刮子。金子的腚上火辣辣的，他看到达达一脸的不高兴，满肚子委屈地说："大姑夫说，戴上这个你就凉快了！"老成看到往树底下走的没事人似的李老庭，笑骂道："你

---

3 早晚：啥时候。

都多大了？咋还给个吃屎的孩子一样？"李老庭嘻嘻一笑："你真是狗咬吕洞宾，不识好人心。孩子好心给你弄了顶帽子戴，你咋还让[4]他？"老成说："你想戴你拿去戴！"李老庭说："你以为你戴上了再抹下来别人就看不见了？……"

被达达打了一耳刮子，骂了一句，都是大姑夫这个老家伙惹的事儿。从那以后，金子见了李老庭就发怵，不知他在憋啥坏水。

金子在黄口东瞅瞅西看看，转到晌午歪了也没找到能混饭吃的行当。快散集时他走到集北头，用吃剩的窝窝头在一个地摊上换了条皮带，这才扎在腰间垂头丧气地转身回家。

黄河滩上的生活变化像水里的屋螺牛爬一样慢，除了剪了辫子，同百十年前没啥大的区别。女的穿大襟袄，顶黑手巾，脚脖扎带子；男人穿对襟袄，戴马猴帽，腰间扎一条黑的、灰的、蓝的大带子；小孩子穿开裆裤，后面系一个屁帘儿。吃饭用大黑碗，筷子就是树枝子、秫莛子。吃饭不用饭桌，一手端黑老碗，一手拿着足够吃的窝窝头，窝窝头的窝窝里摁满红红的辣椒酱，窝窝头就辣椒，越吃越添膘。有时候是拿根指头粗的大葱，或一把腌萝卜片、一块腌苤蓝疙瘩，往庄当央[5]的那棵老槐树下一蹲，半截庄子人大会餐一样。边吃边拉，稀奇古怪的事都说得有鼻子有眼的。以前金子是不太入这个场的，主要是怕李老庭拿他心灵手不巧的事戳喽他。今儿个他扎着窝窝头换来的皮带入场了，这个稀罕物就成了饭场的话题中心。

"乖乖！金子，你这根皮带能系几辈子吧？"

"金子，有人在给你尅架时，当紧想着解皮带抽他！"

"啥破洋玩意儿？说不定一挺肚子就崩了呢！"说这话的叫周诚，二十啷当岁，不是庄上的户头，是南院老振山家的娘家侄，专门到姑家来帮忙烧炭窑的，也是个能得冒泡儿的角色。老振山是庄上新发起的户儿，他发起的原因就是烧木炭。这一片是著名的桃乡，方圆数十里桃林相连，新陈代谢，年年都有许多老桃树要更新换代。桃树婆婆

---

4 让：批评，责备，谴责。
5 当央：中间。

娑娑一片片，可桃树的枝干却不堪大用，只有仨不值一地卖给城里镇上的饭馆里。但是桃树的废材要是变成木炭，那身价可就不一样了。老振山的娘家侄虽然年龄不大，却是个烧木炭的好手，老振山就让他来给自己帮忙。周诚来到后，在庄外盘了几个土疙瘩，没过两年，老振山的日子便鼓了起来。烧木炭是技术活，周诚谁也不给说，就是他姑夫问他，关键的档口他也是滴水不漏。别人想照方抓药，也找不到药引子。越是这样，大家就越感到神秘，越感到这个家伙能。烧炭之余，周诚整天挺胸鼓肚，像个骄傲的小公鸡似的庄里庄外摇来晃去。

不管端着碗的老老少少说啥，金子都是一笑了之，唯独周诚一张嘴，金子不高兴了。这也是一个槽上不能拴两头叫驴。金子放下碗，把新皮带解下来，扔到端着碗蹲在地上的周诚面前，说："就你羊屎蛋子钻天——能豆！多嘴嘹舌的！也不搬块坯照照你那熊样！给，我看你能把它崩断！"

周诚要是呵呵一笑也就过去了，偏偏这也是个有把子力气的犟种。况且要是这时候软了身段，金子肯定会说自己是光腚惹马蜂，敢惹不敢撑。周诚放下碗站起来："我羊屎蛋子钻天——能豆？你才是豆芽子钻天——能豆带尾巴呢！"李老庭在旁边用筷子敲着碗，看热闹不嫌事大的对周诚说："小子哎，我晾你也撑不断。你就别瘦驴厮硬屎——硬撑了！撑不断多丢人！"天怕虹[6]，人怕晾。那周诚抿了抿嘴，拿起皮带朝腰间一系，吸了吸肚子，把皮带系得绷紧，接着一躬腰，一挺肚，"嘣——"的一声，崭新的皮带刀割般分成两截。周诚弯腰把两截皮带拾起来扔还给金子，说："咋样？说话不嫌屁打牙的家伙？早就知道你小子没啥好货！玩把戏的死了长虫，没啥玩了吧？"大家一片叫好，一阵哄笑。金子的脸有些挂不住了，吭哧了几声说："小表叔，我这皮带可是新的，昨儿个才从黄口买来，花了好几块袁大头还没束过一天呢。爷们，是给我照这样的买条新的呢，还是原价卖给你呢？路费我就不要了，你不是振山爷的内侄吗？咱也是实在亲戚，

___
6　虹：音jiàng，义同"hóng 虹"。民间有俗语"东虹轰隆，西虹雨，南虹出来卖儿女，北虹出来刀兵起。"

路费奉送！"

周诚愣了，他只是脑子一热，哪里想得到还要赔偿！再说光棍也不只是靠卖嘴皮子的，得手中有钱。周诚窘了，脸红红地笑笑说："金子，咱亲戚里道的，不兴这样的吧？不是你让我崩的吗？咋又……"

"我吃饱撑的！抓把麦糠往自己裤裆里放？"金子眼一睁说，"我让你崩的？你沙土窝里炕油馍，说话也不嫌碜得慌！咱亲戚归亲戚，交易归交易，桥归桥路归路，哪码归哪码。我不想讹你，你也别想赖账！"

大伙一看金子来真的了，都不说话了。细想想，也对也不对："人家刚买的条新皮带，你给弄断了，可不得赔！""本来说是打吃玩的，咋又能让人家赔呢？"

金子这样一说，周诚也不愿意了："我说金子，大不了我哪天给你买一条不就行了？"

"嘚呵！你说得倒轻巧。"金子说，"你以为我这皮带是啥地方都有的？错了。我这皮带是出在比云南鳌子国还远的南印度犀牛身上的皮，一头犀牛只能剥一根！知道犀牛是啥不？药铺里最贵的药就是犀牛角，一点粉末就值一斗粮食。这犀牛皮比犀牛角贵多了。爷们，砸锅卖铁你也赔不起！"金子的嘴确实很利索。

两个人越说越呛，金子说周诚，不就是会烧个破窑吗？周诚说，那也比说话吹牛呱呱的，办事尿床哗哗的人强！说着说着就要动手。有人出来打圆场，拉的拉，拽的拽，说的说，劝的劝，但两个家伙都是越说越劝越上劲。李老庭本想开口逗逗两个小家伙哈哈一笑了事，看看两个人火里崩星地恼了脸，便由他按按这个劝劝那个最后折中调和——由周诚免费教会金子烧木炭，金子的新皮带就算是学艺的酬金。

周诚一开始不愿意，他头一拧说："千招会不如一招鲜，我还要凭这项手艺养家糊口呢，谁不知道教会徒弟饿死师傅？"李老庭一撇嘴说："还出门在外搁外头混呢，你懂个屁！货卖大堆你知道不知道？你帮恁姑夫烧炭，恁姑夫只能一个人挑到集上卖给打烧饼的，价格也不是自己说了算。要是会烧木炭的多了再抱成团，价格谁说了算？俗话说客大欺店，店大欺客。到时候价码还不是大伙儿说了算？别说咱挑出去卖了，他们都得上这儿来求咱，你说哪个好？"周诚想了半天，才点点头。李老庭又说："要教就得好好地教，大老爷们吐口唾沫落地成钉，要是学猫教老虎还留下爬树这一手，这个庄以后你还能来不？"周诚说："大姑夫，你放心好了。你费了那么多唾沫给圆了这个场，给脸不要脸的龟孙才会让你里外不落人呢。"说着，拿眼斜了斜金子。

李老庭转身又找金子，金子脸扭到一边。李老庭说："你看你个熊羔子样！你他娘的别半夜里跑驴——不知好人逮（歹）！我对你说，要学就好好地学，学到真本事才是本事，要不那就是憨毛驴儿打场拉石磙，转一百个圈子，撒绳不还在人家手里攥着？嘻——！你学不学散熊，管我啥屁事？我才是咸吃萝卜淡操心呢！"转身就要走。说话听声，锣鼓听音。金子听出来李老庭没给他闹着玩，也转过脸来认真地对他说："放心吧，大姑夫，你看我的能耐吧。你看我能不能把他的蛋黄子给挤出来！"听金子这么一说，李老庭嘻嘻一笑就要开口，金子一看李老庭一脸的坏笑，就知道他要屎壳郎打喷嚏，连忙朝他做了鬼脸拿起碗溜了。李老庭在后面笑骂："你个孬龟孙起来的，打完了斋就不要和尚了！"

周诚本来帮姑娘、姑夫砌窑烧炭的方法一直是秘不外传的。现在没办法了，只得破例。谁也没想到，从此金子还真的走上了正道。金子钻了进去竟迷上了烧炭，整天小表叔长、小表叔短地喊着周诚。周诚待答不理的，金子就驴驹子与牛犊子牴架，全凭着脸上。周诚说点儿难听的，金子也都当面条子喝了。周诚拿这个赖皮的死缠烂打没办法，整天寒着的脸也就开了。两人年龄相差不大，整天没大没小地打闹着。金子自己砌了一个窑，用自己家的桃枝桃杈做试验，边摸索边总结，一窑一窑又一窑。第二年，他就成了技术高超的烧炭好手，功力不下周诚。

在金子带动下，庄子的庄头路边到处都出现了三五连片的窑群：馒头式的窑包，一侧砌一个一人来高的烟囱，一侧开出一个立体长方形的窨门,窑包里空似一个个牧包。把木棍锯成三尺、半尺不等的窑材,在窑洞中密排,排满窑肚,然后封门点火。火是文火,烟囱喷冒着黑烟,到黑烟转成蓝烟时,将烟囱、火门全部封死。闷上一天后再泼水、出窑,木棍便成了一条条晶黑、特轻的木炭。不过,这一道道程序,可不是随随便便就能弄成的。比如装窑,装松了,木棍容易烧完;装紧了,木炭会有夹生。闷早了,木炭不熟;闷晚了,木炭焚化;火大了,木棍烧焦了,火小了,木炭烧不透,火候掌握不好,一窑木炭就全废了。道道程序都得凭眼力、凭熟练、凭经验。除了金子外,一个庄子里还没有第二个人能掌握烧炭窑全活的。所以每年冬春烧窑旺季,便见金子从早到晚,行色匆匆穿行在浓烟滚滚的窑群中,发出一声声简洁、坚定的指令。不长的时间,庄上的木炭便名震方圆百里,不时有人前来收购,徐州府十家糕点作坊,就有九家用的是这个庄的木炭。

金子成了庄上最忙的人,谁家砌窑、闷窑都少不了他,帮谁家烧窑、看火从不收分文。"老邻世交的一个庄住着,帮这点儿小忙还要钱,那还算个人吗!我就是要让老少爷们看看,我金子也不是个上不了台面、不能吃四个碟子的人!"有人提到当年周诚撑断他新皮带的事,他笑了,"真该好好地报答报答那位小表叔。改天我买条结实的新皮带当面送给他。"这时金子看到挎着粪箕子的李老庭正伸头往窑里瞅,话头一转:"话又说回来,这事儿还真亏了大姑夫。别看他一辈子吊儿郎当没干啥正经事,这一次他还真屙了回人屎。要不是他,咱庄上哪能烧得出木炭?"

李老庭一听,坏劲又上来了,咧嘴一笑,话里有话地说:"浪子回头金不换。金子,回头我得给恁达达说说,你窑里窑外又钻了几回,这回可不是驴屎蛋子表面光了。乖乖咪,你终于混得有个人样了!"

金子看着李老庭的一脸坏笑,也嘻嘻一笑:"大姑夫,别忘了,恁外爷爷可是个秃子!"

神姐儿

夜深了，起风了。小毛驴儿的硬蹄子在被风吹净了浮土的路面上"嗒嗒"作响。夜风中透着寒意，刚刚长出新芽的树梢在夜风的裹挟下发出不大不小的"呜呜"声。风起沙飞，天上的星月渐渐模糊起来，空气有些黏稠，喘气时鼻子有些发痒。

神姐儿吴翠玲起初坐在小毛驴身上也没多想，走了好大一阵子后，小毛驴还再蹄声"嗒嗒"地往前走。吴翠玲有些疑惑了：来人说的庄子没有那么远，走了那么长时候咋还没到呢？她转头问："病人到底在哪个庄住？"

"孙庄，再往前走几步就到了。"牵驴的头也不抬。

"孙庄在西边，咋还没下高陡？"吴翠玲四下看了看："咱咋往北走了？这不是往大河底去的吗？"

"神姐迷路了，再走几步就下高陡了，咱就是往西走的。"跟在小毛驴身后的汉子说。

吴翠玲不再问了，她深信有梨山老母的保护，凡人是不能把她咋着的。她把衣服裹了裹坐稳驴背，又困又乏的她眯着眼打盹儿。迷迷糊糊中不知又走了多远，这时前头牵驴的人说："神姐，醒醒吧！这就到了。"吴翠玲睁眼抬头，前方好像是一片黑乌乌的村落，吴翠玲有些悬着的心放下了，但耳中听不见庄子夜间常有的狗叫，刚放下的心又立马悬了起来。再往前走，吴翠玲害怕起来了，那黑乌乌的原来是一片很大的树林。吴翠玲疾声厉色地大声问："恁想上哪儿去？恁是啥人？恁到底想干啥？"

两个人不说话，一个驴头一个驴尾快步往前走。刚进树林，牵驴的"吁"的一声拦住驴头，猥琐下流地笑着说："神姐，咱们到了。兄弟也不想干啥，只是一般的女子也睡过了十多个，还没跟神仙睡过觉，今个儿就是想跟神仙姐姐睡一觉，看看神仙和一般人有啥不一样！"话音刚落，跟驴的汉子伸手把吴翠玲拉下驴背，双手抄住她的腰。牵驴的快速将驴缰绳拴在一棵小树上，顺手把驴背上的褥子揭下来，弯腰抬起她的腿，快步往树林里面走……

不知是不是神仙有了感应，羞于看这难以启齿的一幕，把本来就不咋亮的月亮一把塞进了一大团黑云里，树林里更黑了，伸手不见五指。

在前不着村后不着店的树林里，谁能想得到一直都是风光无限的神仙姐姐能遭此厄运？吴翠玲又羞又怕，想喊，喉咙里像塞了团棉花；想挣扎，身子因惊吓软得像根面条。两个年轻人把她抬进树林，找了块平地，把褥子随便一铺，开始扒翠玲的衣服……直到他们都心满意足了，才慢慢地系上裤腰带，牵着毛驴儿甩甩拉拉地哼着："一摸呀，摸到呀，大姐的头上边呀，一头青丝如墨染，好似那乌云遮满天。哎哎哟，好似那乌云遮满天。二摸呀，摸到呀，大姐的眉毛边呀，两道眉毛弯又弯，好像那月亮少半边。哎哎哟，好像那月亮少半边……"一步三晃地朝故黄河心走去。

黄河故道神仙多，一棵老柳树、老槐树，不知年月的老梨树，一只黑嘴嗅或白尾巴尖的黄鼠狼子，一只并不常见的狐狸子都有可能修炼成仙。成了仙的它们附在男人身上，男人就是神汉子，附在女子身上，女人就是神妈子。有些小病小灾日子过得疙疙瘩瘩的人家就请他们驱驱鬼，撵撵怪，求得身家平安。

黄河故道虽然不能说每个庄上都有不靠医术靠仙术给人看病的"神仙医生"，但也是普遍得很。"医术"高者有之，李小楼的神姐儿吴翠玲，就是在这个行当中挂得上头牌的。方圆三五十里内没有不知道她的，每天鸡叫后天还没放亮，她家的小院门口就排起了长队，更有周边城镇及大码头徐州府的富贵人家坐着轿子赶着车前来求吉问凶。有时候也会被人用重金接走，看阳宅、看阴宅，查看一家老少的命运前程，一走就是三五天不着家。吃香的喝辣的，送回来时还有大包小包的谢礼，小日子过得十分红火。

吴翠玲作闺女时，温文尔雅，端庄俊美，未语先羞，一说话脸就红，还在村里上过三年的小学。吴翠玲十五岁那年，家里刨一棵不知哪辈子栽的老梨树，翠玲给爹搭手时，被一根手腕粗的树枝剐蹭了一下，当时就一个趔趄倒在地上不能动了，面色灰白，不言不语。爹娘吓坏了，看来看去，没看到碰破一丝油皮。翠玲她爹匆匆把梨树推倒后，就慌忙去请郎中。戴着瓜皮帽留着山羊胡的郎中用修长的手指给翠玲把了脉，反复问询，也说不出个所以然来，用长长的银针扎了几处穴位，翠玲一点反应没有，郎中只好满面羞惭地让翠玲爹娘另请高明。三天过去了，吴翠玲两腮开始下陷，气若游丝。翠玲爹娘千喊万唤也听不见闺女回音，两口子急得直推磨。

这天傍黑快喝汤[1]时，翠玲的二叔走进屋子，对愁眉不展的大哥大嫂说："庄里来了个算命先生，在咱门前踅摸来踅摸去就是不离开，咱是不是让他给玲儿看看？"翠玲爹娘此时已经没有啥咒可念了，这时候管他是啥人？只要能给闺女看好病，啥条件都不是条件。翠玲她爹快步走到院外，看见一个五十多岁面目黧黑的高瘦男子，衣着不像平常的庄户人，身上有一种神神乎乎让人很难接近的感觉。翠玲她爹客气地把男子请到屋里，男子说自己住在西北方向百里之外，受人指点专来此地给翠玲看病的。翠玲爹娘这才知道来人是个神汉子。这时候哪还管什么神汉子神妈子？能把闺女的病看好就是大罗金仙！

翠玲她爹急忙安排兄弟办饭。神汉子说荤腥不吃，滴酒不沾。简简单单几盘素食后，神汉子用小蜀黍秸为骨糊上白纸扎了个大幡。三更前后神汉子在院子里挑着大幡走七星踏八卦兜圈子，口中拖着长音念念有词，地上点燃香烛焚烧纸钱，弄得整个院子神神秘秘的……

1　喝汤：吃晚饭。

一顿饭工夫，吴翠玲嘤咛有声，既而翻身坐起，直说饿得慌。翠玲爹娘喜出望外，直呼那汉子活神仙，提出要重谢恩人。神汉子摆手婉拒，说："恁不必谢我。我是替梨山老母来收徒儿的。从今往后，恁家闺女就有了仙体，可以救苍生、治百病。这是梨山老母可怜你们这一方穷人多，派个救世主来的。"说罢，分文不取，双手一拱飘然而去。

这件事确实离奇，但并没有人去仔细查究这事儿的根棵。有时候民间造神的力量是无穷的，一件无中生有的事，也会给说成有花有朵，就像说话人亲眼看到似的，说得有鼻子有眼的。一传十、十传百，不到十天半个月，吴翠玲有仙体的事就在周圈传得沸沸扬扬的了，接二连三的就有人赶来央求救命之术。翠玲爹娘对于男女老少各色人等进进出出未出阁的黄花闺女的房间，总觉得不是个事儿，怕时间长了传出不好听的话来，就托媒人匆匆忙忙把闺女嫁到了李小楼的李家。吴翠玲神姐的名声嫁到李小楼后更响了！神姐这个名就是吴翠玲在嫁到李小楼后得的。

吴翠玲嫁到李小楼后，一开始也没有啥异象，就是庄上刚过门的一个普普通通的新媳妇，见人低头含羞，招呼长辈轻言慢语。过门几个月后，翠玲要回娘家，外人[2]牵着小毛驴儿，吴翠玲偏坐在毛驴儿身上的褥子上。走到半路时，小两口看到一家人哭得悲悲切切地抱着一个匣子慢慢地往前走。吴翠玲让外人把驴停住，问路旁一个挂着锨把往那看的中年人是咋回事儿。中年人叹口气说："这家人五代单传，到了这孩子时，还是凑不成双筷子。这不，孩子还不到八岁又殇了。这孩子一走，香火头就灭了。这可叫一家大人老小咋活？"

吴翠玲听说后，便让外人把她扶下小毛驴儿，捏着手绢走上前给这家人说她要试试能不能救活孩子。孩子家的大人正抱着已装入匣子的孩子往乱葬岗子送，这时有人愿意出手相救，也就有枣无枣打一杆了。吴翠玲就地打坐，闭眼请仙、念咒。只见吴翠玲几个哈哈后，张

---

2 外人：男人，丈夫。

嘴便是蛮言侉啦语的，快得像爆豆，几乎听不清楚。屏住呼吸、支着耳朵的孩子爹娘听出好像要为孩子拍胸口、捶后背，于是相互瞅了一眼后两人一齐下手，前胸后背"乒乒乓乓"一阵捶打，孩子竟"哇"的一声吐出浓浓的一口血痰，睁开了眼睛——孩子醒了！那两口子"扑通"一声跪地不起，双眼含泪，头磕得尘土飞扬，大喊："神仙奶奶，救命恩人呐！感谢您的大恩大德啊！……"

吴翠玲初为人妻，脸皮子薄，对奶奶、婶子、嫂子之类的称呼还羞于接受，便对上门求仙的人说："我不是神仙奶奶，要叫就叫我神仙姐姐吧！"神姐之名，由此传开。

穷乡僻壤，思想愚昧，难得有精神寄托。即便神姐儿救不了命，心里也安生，总比眼睁睁地看着亲人睡在床上等死要好受些。俗话说，神仙也难一把抓。把神姐儿请来能不能抓住，那就看病人造化了。之所以治不好，那是病人没这个福分，跟神姐儿没关系，要不别人能治好，自己咋治不好？捎东西越捎越少，传话越传越多。口耳相传，轮番地添油加醋，神姐儿吴翠玲一时间成了黄河滩上声名鹊起的人物。

说真的，吴翠玲长得很不错，修长身材，鸭蛋形的白脸膛，柳叶弯眉，双眼叠皮的，两腮虽不丰腴却有着两个深深的酒窝。头发墨黑，鬓边留两绺流海，额前短发齐眉，脑后绾一个馒头式的圆纂，喜欢素雅装扮，看上去颇有一番不同于他人的高雅气质。人又机灵，言谈举止注意分寸，薄薄的嘴唇一启声音叮当脆响。就那平常的款款一坐，缓缓地三言两语，就会令许多庄户人自惭形秽。

吴翠玲给人看病，病人不去别人替去也能看。问了问病情后，开始净手、漱口、上香、伏拜，叫来人也到蒲团上代病人磕三个头。来人磕完头往往会上前一步将香火钱放到桌子上的香炉下，这时候的吴翠玲在一边不言不语闭目打坐。片时工夫，神姐儿仰面朝天，哈哈连连，弯着右手大拇指开始不疾不徐地掐其他四指。过不一会儿，三个大哈哈过后——神来了。吴翠玲闭着眼，有声有韵地念起来，她先是把来人进门后说的病人情况又问了一遍，然后便编排一通病因——说是得罪神灵了，动了不该动的物品，野外碰到谁家死去的老邻居了，等等。然后叫病人不是还什么愿，就是上什么供，或舍什么财物来破忌一下。再后来便是说一通"灵不灵，看心诚不诚"之类的话。最后又是三个大哈哈，将神送走。有时候会从香炉里抓把香灰让来人带走给病人冲水喝，来人千恩万谢、欢欢喜喜而去。

婆家因为吴翠玲这个聚宝盆，本来很平常的日子很快就活泛起来了。不几年，便盖起了一色的青砖到顶的浑青屋、浑青院儿、浑青锅屋带猪圈儿。在周圈都是黄土墙、经风经雨经霜雪而变黑的草屋顶的环绕下，显得特别招眼。同时，置了田置了地，还买了一犋牲口，打了一辆结实的四轮太平车，犁耙齐全，一家人过着万事不求人的日子。经济基础决定个人地位。公婆在翠玲面前说话都小心翼翼地，外人是个三棍子打不出屁来的主儿，娶了个那么俊的媳妇，宝贝得不得了，更是不敢大言大语。不光家里重活、轻活都不让她干，就是想吃啥穿啥都能立马办到。吴翠玲清起来从不和公婆、外人一起啃咸菜、喝糊涂、吃杂面馍，婆婆每天早起来第一件事就是给她烧开水打两个鸡蛋汕碗鸡蛋茶，放白糖、点香油，热气腾腾的，然后双手端送到翠玲房间。有时吴翠玲想吃馓子、烧饼、油条、麻花，不管谁在家，都会到路口等挎着篮子遛乡的，从无怨言。吴翠玲吃得好喝得好，钱多了裁剪得体的绫罗绸缎就上了身，加上长相俊美，真是一位让谁看着都是眼前一亮的神仙姐姐。

快到清明的一天，傍黑时吴翠玲"出诊"回来了，花包袱皮裹着鼓鼓囊囊的礼品盒，直说累得骨酥皮软的。婆婆一见连忙给她调面剂子擀了碗面条，葱花炸汤，卧了两个白生生的溏心黄鸡蛋，点几滴香油，吴翠玲呼呼噜噜一口气吃完后就早早睡了。

二更天时，庄里庄外的大狗小狗"嗡汪"乱叫，两个年轻人牵头身上搭了条褥子的小毛驴儿、提着四盒点心来敲翠玲家的大门。吴翠玲的外人披衣开门后，两个年轻人进到院子里说是家里有人得了急病，想请神姐去救命。

被敲门声惊醒的神姐儿隔着窗户懒懒地说："我夜来从不出门，有啥事等天明再说吧。"吴翠玲在外面跑了一天，就是有毛驴儿代步，也累得骨头散了架似的，一动也不想动。

两个年轻人立马"扑通"跪在当院里，对着窗户带着哭腔苦苦哀求："俺娘本来结结实实的，不知咋的突然倒下起不来了，眼看着气就短了。求求神姐，俺还有三个弟弟妹妹，俺达达前几年走了，俺娘要是再走了，俺家就塌了天了。求求神姐，你老就发发善心可怜可怜俺救救俺娘吧！"边说边磕头，边从腰窝里往外抓钱。

吴翠玲在屋里听着两个人说得可怜，便叹口气摸索着起床。点上灯，凉水洗了把脸，梳梳头，找件厚衣服笼在身上后出了屋门。吴翠玲让外人把院门顶好，自己上了两个年轻人牵来的小毛驴儿……

叫天天不应，叫地地不灵，突如其来的打击让吴翠玲昏过去了。迷迷糊糊中好像是在做梦又不是在做梦，浑身又酸又疼。她不知昏睡了多长时间，醒来时看见周围黢黑一片。想走，不知东西南北；不走，又怕再生意外，怕那两个挨千刀的再回来。树梢上的鸟偶尔一声夜叫，也能把她吓得紧紧揪住胸前的衣襟，后背冷汗直流。更有那夜猫子的怪眼在黑暗中亮闪闪的发着贼光，特别是它那不时发出的瘆人的怪叫，能吓得人灵魂出窍。黑暗得不见星光的树林里还不知藏着什么东西，地面的桔草丛不时发出"嚓嚓嗦嗦"的声音，不知是什么小野物跑过。整个树林恐怖得让人毛骨悚然。吴翠玲汗毛直竖，哭了，但又不敢哭出声，怕招来什么东西，只能把头埋在臂弯里哽咽抽泣，动也不敢动，怕弄出声响。又冷又怕又伤心，神仙没能使她躲过这一劫！翠玲浑身哆嗦着在恐惧中苦熬着。时间过得真慢。

东方泛鱼肚白了，黑黢黢的天空渐渐灰蓝、瓦蓝，星星一个一个地消失了。树林中早起的鸟儿"叽叽喳喳"地叫着，远处传来公鸡"喔喔喔"的打鸣声。鸟儿的叫声、公鸡的打鸣声唤醒了昏昏沉沉的吴翠玲。她揉揉红肿的眼睛，扣好纽扣，理理头发，静静心神，定定方向，这才脚不点地的朝家中走去。

回到家的吴翠玲一头倒在床上，昏睡了两天两夜。公婆和外人看到翠玲神态不似往常，也不敢细问。直到第三天吃过清起来饭后，吴翠玲才对家里人说："那天夜来我的道行被病人家的恶鬼给破了，我和他撕打了半夜，也没能赢，只好输着回来。从今往后我再也不能给人瞧病了，要是再给人瞧病，咱家就会大祸临头！"

彻底金盆洗了手，神姐儿吴翠玲言行举止开始如同常人，洗洗涮涮，忙里忙外，且说话办事不再神神叨叨，回归成平平常常的庄稼人了。还有就是，无论是谁，就算是她娘家庄上的人上门相求，她也婉言谢绝，再也不给人看病了。

生活步入正轨的吴翠玲用实际行动告诉熟悉和不熟悉的人，"神姐儿"吴翠玲已成为一个传说。

鸟王老五

董寅五是这一片最会玩鸟的人，勉勉强强认得自己的名字，人称老五。由于老五玩鸟玩得神乎其神，黄河滩上没有不知道他的，都叫他鸟王老五。

日本鬼子占领黄河故道那年，老五不过十来岁，跟着爹娘和全庄的人藏到黄河故道的大芦苇坑里。一群鬼子在汉奸翻译的带领下来到苇坑边，架起机枪就要往里面突突——要是真开了枪那可是谁也别想活！老五他爹蹲在芦苇棵里碰碰儿子，老五一点头，一抖肩一张手，把肩上的、手里的七八只老雀全放了出去。小东西双翅一振，从芦苇丛里"吱吱楞楞"往天上飞去。鬼子一看泄了气——芦苇丛里要是有人的话，鸟儿早就飞得一干二净了！小头目喊了声："开路！"便收拢队伍离开了黄河滩。鬼子走远了，一个庄的人都说着感谢老五他爹的话儿，说要不是老五，这一二百口子还不都得让鬼子打死？这时的老五早跑到一边，在河滩上挺着圆鼓鼓的小肚子吹了声口哨，那七八只老雀"叽叽喳喳"就像当兵的听到集合号一样，匆匆朝他飞来。

别看老五斗大的字不识一筐头子，人却极聪明，无师自通地就会卷土枪造土炮。枪柄是硬木或榆或槐削制而成，枪管是一根长筒钢管，扣动扳机击发一粒扁豆荚状的火纸内嵌火药的炸炮儿，引发火药出膛，可以打兔子可以打鸟。炮管成人拳头粗细，由炮捻引发。两人抬到故道，点燃炮捻，"轰"的一声巨响，炮口喷出火舌，铁砂石子疾如风骤如雨扇面般暴射出去，成群的野鸭"扑扑楞楞"落在芦苇丛里。火药是他用黄河滩的碱土熬硝自己配制的。黄河滩上从来不缺少碱土，白如霜雪，扫来后放入水池中用井水冲，沥出来的碱水放锅内煮熬，出小盐也出硝。小盐可以低价卖给别人做饭，换来的钱用来买硫黄，硝则留着用来配火药，再趁家里做饭时烧些木炭。老五根据古方"一硫二硝三木炭"自己摸索着配制出了火药。老五心灵手头子也准，甩石子、打弹弓百发百中，家里野味不断，两个嘴角天天油乎乎的。

老五会爬树。当然乡下的男孩子没有不会爬树的，爬树和洑水一样好像是黄河滩上的孩子生存的必要技能之一，算不得啥稀奇。爬树的动作和技巧各不相同，老五爬树时看上去像个猴子托生的。别管槐树、柳树、梧桐树、杨树、榆树、楝子树，只要是树，别管多粗多高，老五把鞋一脱，往手心里吐口唾沫一搓，肚皮往树上一贴，看不到手脚如何动作，已壁虎游墙般到了树的二木、三木的位置。到了树上又如同猴，手脚并用，攀攀走走如履平地。

黄河故道的各种树大都不结什么好吃的果子，但树的枝杈上有鸟窝，老五爬树就是奔着鸟窝去的。在老五手里，鸟蛋可以孵出小鸟，生鸟可以变成熟鸟。不管是屋檐下捉的老雀、洋槐树上摸的黄鸟、梧桐树洞里掏的啄木鸟、大杨树稍逮的马嘎子，抑或是画眉、金丝、斑鸠……他从不用笼子养着，再生的鸟，到了他的手里，不出三天，准会跟着他飞。任凭它们飞多高、飞多远，老五一声口哨，那鸟都会箭一般朝他飞来，落在他肩上，落在他头上，吱喳地叫着，扇乎着翅膀保持平衡。

老五养鸟成瘾，庄里庄外常见的鸟儿差不多被他养个了遍，就连被庄户人视为不祥之物、谁见了都要"呸呸"连声驱赶带有秽气的黑老鸹、俗称夜猫子的猫头鹰也想试试。可是当他费尽心思不知从啥地方弄到这两种鸟的幼雏时，却被他爹一顿胖揍。他只好吸吸鼻子，放下养这两种玩意儿的想法，把这两只幼雏扔给家里的老狸猫。

老五还会编鸟笼。凡他见过的奇巧的房子——四方楼、大翘檐、六角亭、庙里的大雄宝殿等等，他拿出竹坯，边看边扎，配上秫莛子，留下小门，扎出的鸟笼子活灵活现。他扎的鸟笼子从不装自己养的鸟，而是为了卖钱。别看黄河故道人家穷得大都口袋比脸还干净，老五身上却从没断过钱，腰窝里从来都胖鼓鼓的。

老五不是没念过书，老五是上了一段时间学的，最后却被先生赶出了学堂。老五上学时成绩跟不上，学的东西不能过夜，过了夜就啥都没有了，跟书本结有八辈子冤仇似的。但跟小伙伴们的关系却很好，大家都劝他把心思放在读书上，说："老五，就凭你的聪明，要是一认真，俺这些人哪个都不如你！"可是他不干，囊着鼻子说："识那些破字有啥用？不解馋、不压饿，十个字也换不来一粒糖蛋儿，我才不干呢！"不干是不干，他爹非让他读书不可，他只好把身子留在教室里，在先生面前同大家做伴，心却随窗外的鸟儿飞来飞去。有时听着课，老五的眼神与心思就被窗外吱喳的鸟儿引走了。为此，老五的耳朵常常被先生揪得红红的。

心不在焉的老五终于有一天被暴怒的先生抡圆了枣木戒尺把手心打得像酸面卷子。先生那把长二尺余、厚约一寸、宽约二寸、红得发黑的枣木戒尺，特别沉，平时拍在讲桌上"啪啪"作响，那声音让每个小孩后脊梁都冒冷汗，谁都不想以身试法。老五挨揍是有原因的。那是因为经常被先生揪耳朵的老五偷偷地往先生的烟荷包里掺了晒干捻碎了的兔子屎。先生有一根长长的烟袋，看上去很精致，很讲究，烟袋的长杆中间用长长的红绳系着烟荷包。先生抽了掺有兔子屎的烟叶末，上课时便憋不住肚子里的屁，"嘣嘣噗噗"响声不断，小孩子在下面捂着嘴"嘿儿嘿儿"地笑，把先生弄了个大红脸。太失师道尊严了！先生把课停下，三审五问便把老五这只小小的狡兔从羊群中揪了出来。

老五挨了这一顿，仍不思悔改。手上的肿胀刚刚消下去，又好了伤疤忘了疼，偷偷地在先生的尿罐子底部钻了个小洞，然后把从黄河故道的淤泥里摸来的两只一拃多长的泥鳅放进尿罐子里，放到屎茅子的一角。先生也没在意，喝过汤后将尿罐子提到床前。先生夜里小腹鼓胀，披衣起床蹲在尿罐子上小解。还没解到一半时，就听到尿罐子里"稀里哗啦"一阵响，先生吓得一激灵，"哗啦"一声，一腚将尿罐子坐得稀烂。地上湿热的尿泥里有凉凉的黏滑的东西贴着腚乱动，先生失声大喊起来。邻居听到先生瘆人的叫声，忙衣着不整地跑过来。几个男人进屋点着灯，看到床下脚塌子前面的地上有两只大泥鳅在尿泥水里头动尾巴摇，先生的腚被尿罐子碎片劐¹了好几道血口子。

先生教了半辈子书，从没见过这样的妖孽蛋，老五被他爹拽着耳朵薅回了家。后来老五说，那天黑来他在窗户下面等了半夜才听到先生的叫声，那真是磨盘压了狗耳朵，嗥得没有人腔。说完还轻蔑地撇撇嘴。

老五不光捉弄先生，就连所谓的神汉子、神妈子也不放过。一年的秋天，老五不知在哪受了风寒，一连多天吃饭不香，睡觉不实。爹娘便把神姐儿吴翠玲请到了家里，要给他去去邪气。吴翠玲等到老五爹娘许的香火钱到了手，就在老五家的堂屋点燃了香烛，自己挨着小蜀黍秸织成的房箔子坐下诵经念咒。老五趴在房箔子那边里间的床上，透过房箔子的缝儿往外看了一会儿，从枕头底下摸出一根平常用来卷枪造炮的、尖尖的铁丝，看准方位后，透过房箔子戳一下神姐儿的腚瓣子。那神姐儿猛地一受疼，身子往上一蹭歪。老五过了一会儿又一戳，神姐儿又一蹭歪……三戳两戳，神姐儿受疼不过，咒也不念了，气急败坏地站起身边揉腚边对老五爹娘说："恁家妖仙道行太深，俺的法术降不了他！"一边说一边捂着腚快步离开老五家。老五爹娘不知神姐儿说的啥意思，两个人把神姐儿送到大门口，就快步进入里间看看儿子咋样了。一看，蒙头大睡的老五在被窝里直哆嗦。两口子吓得连忙把被掀开，见儿子脸憋得通红，正笑得四爪乱蹬说不出话来。

老五是个独苗，又为啥叫老五呢？故道里有个习俗，兄弟排行是以叔伯兄弟的年龄为依据的。老五的爹兄弟三人，老五的两个叔结婚早，先后各自生养了两个儿子。等到老五出世，尽管他爹是三兄弟中的老大，是长子，但这个儿子也就只能排行第五。不知这习惯是祖先

1 劐：音1ì，用利刃割。

们从山西洪洞县大槐树下带来的，还是在黄河滩上定居之后才形成的，反正一般人家都是这样排。管他是老几吧，叫老五，出门在外别人还以为他亲兄弟五个呢，挺壮胆的。老五除了当初加入中国人民志愿军在朝鲜过了两年多，就再也没出过远门。老五除了和鸟有关的事儿外，也很少有过风流年华，但因鸟而传出的奇闻，却脍炙黄河故道多年。

老五用鸟救人并不只是从日本鬼子的枪下那一次。鬼子离开黄河故道没两年，故道两岸进入了颗粒无收的塞年。地薄人穷，又加上鬼子七八年的折腾，本来就只能汤汤水水的吊住命的庄户人，现在看来连命也难保了。

民以食为天，土里刨不出食，就要饿肚子。地里不长庄稼，长野草、野菜，野菜吃光了，榆树的榆钱子、树皮吃光了，地皮上能吃的东西都进了肚子。有人甚至到故道里捞水草，反复淘洗、晒干去水腥味后拍成饼状蒸煮后用来哄肚子。故道里长年不断的苇喳子、野鸭、红鹳子、白鹳子……都不见了。你想想，连水草都捞出来吃了，水中的鸟还能存活？更别说水里的鱼了。故道两岸有草、有草籽，可人说到底毕竟不是食草动物，开始头晕眼花，行动无力。人不是食草动物，自有那吃草籽、吃虫子的物件，那就是天上的鸟。

老五眼看着左邻右舍的老少爷们眼珠子都饿蓝了，咬咬牙，把自家养的鸽子、鸟儿拿出来救命。每天拿出三到五只，给病情严重的，让他们拔毛煮肉炖汤。僧多粥少，也不能总按死蛤蟆捏。老五索性把鸽子全部放出去，又扎了几个打笼，天天用自家的鸽子去引野鸽子，用打笼打其他的鸟。别看鸟小分量轻，饿慌了的人能有一碗沾荤腥的汤喝，也算是救命良药了。老五像个司令，身边带着几个帮他扛打笼捡鸟的兵，整天游走在黄河滩上。这一年庄上有多少人是老五用鸟救过的，老五自己也不知道。老五只知道当庄稼长出的颗粒半生不熟能进嘴时，老五家里连一只会飞的玩物也没有了——这在老五养鸟的过程中算是一个特殊的阶段。

老五不到十二岁就玩起了鹌鹑。鹌鹑一般都是上了年纪的人才玩，可这个胎毛未掉净的小孩子也玩起来了。他腰里掖个鹌鹑笼子，鹌鹑笼子晃晃荡荡直打他的腚帮子，引得大人直笑。玩是玩，老五明显没有上了年纪的人有耐性，只玩出了两只。就是这两只，奠定了老五在黄河故道玩鹌鹑的地位。老五的这两只鹌鹑，公的，斗战四乡八方从不落败；母的，叫声震响半河滩，拿出去"诱户"，能引来远近十里的好色之徒。因而，许多玩鹌鹑的"老家儿"也不得不对老五刮目相看。迎风口的书画大家刘惠民，精医道，诗书画俱佳，在玩鹌鹑上，也是迷得不得了。见了好鹌鹑就拉不动脚，一只好鹌鹑往往能从他手中换得一幅铁画银钩的狂草作品。老五手里的鹌鹑引得刘惠民直咽口水，问老五："卖不？"老五摇摇头："不卖！""我教你读书？""不读！""我教你写字？""不写！""我教你画画？""不画！""那能不能让我玩两天？""不行！"刘惠民见这小子油盐不进，也只好皱皱眉，转身蹦达蹦达走了。刘惠民走了，老五也转身让鹌鹑笼子敲打着屁股蛋儿跑了。老五之所以不愿意和刘惠民玩，是因为他一听刘惠民提读书写字，就条件反射地想起了用枣木戒尺暴打他的那位先生。

　　据说，老五入伍加入了中国人民志愿军到了朝鲜后，身边还是鸟儿不断。玩的都是在朝鲜现逮的鸟，整天围着他转，他把自己的干粮捏碎给它们吃。班长就熊他："你这孩子是来打仗的，还是来玩鸟的？真是要饭的牵猴，玩心不退！"老五不说话，想让班长看看他是咋玩鸟的。一天夜来，老五没打招呼就提杆枪掖了几颗手榴弹摸到联合国军两个阵地的缝隙处，把身形隐藏好后，一声尖利的口哨响过，身上的十几只鸟儿腾空而起，半空翻飞时吱喳的惊叫声似要引爆本来就很紧张的战地氛围。老五不慌不忙地朝东边阵地"当！当！"开了几枪，朝西边阵地"轰！轰！"扔了两颗手榴弹。联合国军本来就怕志愿军的夜战，天一黑神经就绷了起来，这时先听见夜鸟惊飞，又闻枪响手榴弹爆炸，红色共军来了！一时间两个阵地间"哒哒哒"的机枪、卡宾枪齐发，"轰轰"的手雷乱扔，枪弹织成的诡异火网在漆黑的夜间令人心悸。

联合国军那边枪炮齐鸣，志愿军这边也不知发生了啥情况，一个个瞪大了眼睛屏住呼吸时刻关注着外面的战况。直到天快亮时，老五才答复着口令爬回坑道。班长、排长逐级上报，上级领导才知道是一个小兵用鸟引发了联合国军之间的一场乱战，耗费了他们不少弹药，这也算是战争史上的一个奇闻吧。上级领导又好气，又好笑，于是决定，老五功过相抵，因无组织无纪律而蹲三天禁闭，加强教育。班里、排里对老五刮目相看了，对他养鸟不再排斥。在朝鲜战场上，志愿军的通讯联络手段与以美军为首的联合国军相比，根本不是一个层次的，电话线不时被炸断，通信兵抱着线拐子跑得腿肚子转筋，疲于应付。战事千变万化，前线后方的沟通顺畅与否，往往决定着千百人的生死存亡。老五的本领派上了用场，冷兵器时代的飞鸽传书这种古老的通讯方式在现代战场上出现了。当然，用的不是鸽子，而是老五在朝鲜随手捕捉到的各种鸟儿。志愿军指战员都说老五真是个奇人，是公冶长转世。公冶长是谁？老五不知道，但知道是夸他，心里挺高兴。老五随所在部队回国修整后不久便脱下军装回家了。

脱下军装的老五在拿起锄头抓钩子的同时，又开始整天和鸟对话了。老五因养鸟救过庄里人两次命，又在朝鲜用鸟打过仗，老五在黄河故道两岸成了传奇人物。

俗话说，成也萧何，败也萧何。老五曾因玩鸟风光无限，却也因玩鸟遭殃受罪。

当"文革"的风"呼啦啦"地卷到黄河故道时，老五所在的小庄子也一下子冒出了所谓的"造反派"。如同黄河故道的水窝子平日波澜不惊，遇狂风骤雨时便会黑水翻滚，水底深处的污泥烂草、泥鳅老鳖便翻腾上来了。鱼找鱼、虾找虾，王八单找鳖亲家。"造反派"招来了一批批不三不四的这友军、那同盟，先破"四旧"，后抓"黑帮"。老五不解，破"四舅"破谁的"四舅"？抓"黑帮"是不是抓穿黑鞋帮的人？乖乖！那可不得了，整个庄子谁的鞋帮不是黑的？只有家里老了人才在黑鞋帮上蒙层白布。老五看到外边来的人有的穿草绿色的军用鞋，有的穿白球鞋，再看看自己的脚上，有些心惊。

庄子穷，本来富户就不多，一家富裕中农早已成了人民公社社员，自打有了董洼，全庄连一个吃"皇粮"的人也没有。有三个党员，都是大字不识一笸子头的，既不是走资派，更不是啥反动学术权威。革命没有成果使得"造反派"和他的友军陷入一筹莫展，闷着头点灯熬油放下包袱开动机器，按照"凡是有人群的地方，都有左中右之分"的理论判断，董洼绝不是太平港，只是革命对象隐藏得太深。没有"五类"找"九类"，"九类"也没有那就只好瘸子里面挑将军了。结果，曾参加过中国人民志愿军的老五中奖了。

"造反派"头目坐在桌子旁，跷着二郎腿，左手拇指、食指、中指掂根烟轻轻撩着桌面，说："董寅五，你成了革命的对象了，知道为啥吗？"

老五本来是个精明人，出过国，也算见过世面，但骨子里仍是个庄户人，加上多年来庄里庄外一直都叫他"老五"，突然的一个"董寅五"把他叫懵了。懵了的老五张口就是："俺连个舅都没有哪来的四舅？俺是'黑帮'，可哪个庄子不大都是'黑帮'？咱这里只有家里死了人才是'白帮'？"

"造反派"头目不知老五说的啥，想了一会儿才明白过来，而自己脚上穿的正好是双白球鞋。他听老五这样一说，"腾"地站了起来，左手往桌子上"啪"地一拍，疾声厉色地说："董寅五！你不要装憨！二分钱的毛铬扳在水盆里，谁不知道谁的？好好想想你的问题！"小头目用鼻子"哼哼"冷笑了两声："董寅五，我知道你好玩鸟，既然玩鸟，就应该玩过鹞子吧？玩过鹞子就应该知道咋熬鹞子吧？那咱就熬熬？！"

作为玩鸟高手，老五当然是知道鹞子的。鹞子就是鹞鹰，翅膀张开有小案板大，性子烈，爪子狠，打兔子的人有时用它做帮手。不过鹞子这玩意儿不是一般人能治得住的，抓住后要狠熬，熬个几天几夜才能把它熬得俯首帖耳。老五是知道咋熬鹞子的，心想："乖乖，这咋比美国鬼子对待志愿军还狠！"

老五被关进一间窗户很小的屋子里反省，如同当兵时犯了错误被关禁闭反思。老五知道民不和官斗，老五也知道下级绝对服从上级。伍子胥过昭关一夜白头，老五蹲在小屋里抱着脑袋眉头紧皱。老五挖空心思绞尽脑汁想了一天一夜，敲着门板对外面的人说："是的，我有事儿，我犯了错误！"

老五不说自己有罪，只说自己有事儿。老五有着故道农民的小狡黠。

还是第一次场景，只不过这次小头目把烟卷叼在了嘴角，鼻孔里一股子一股子地喷着青烟，院里站了一圈人。老五垂着手站在他对面。小头目斜坐着，大腿摞个二腿上，狗蹄夹子乱晃荡，说："董寅五，那你就交待吧！说实话，咱邻居百世的，谁也别难为谁。我先说说共产党的政策：坦白从宽能立功受奖，抗拒从严顽固不化，只能死路一条。何去何从？内因决定外因。你自己好好掂量着办吧！"

"我说、我说。"老五不说"交待"两字。

"好吧，我们会根据你的态度来确定你的行为。问题不在大小，关键在于态度。懂吗？"

老五眼瞅着脚面连连点头，说："懂！懂！别管咋说，我还是在朝鲜战场打过几次冲锋的，难道连这点儿都不懂？我懂！"

"交待吧！"

"我犯了三条错误。"

"别先给自己定性！"小头目说："你咋认定是错误而不是犯罪呢？先交待事实！咋交待是你的事，咋定性是我们的事。懂吗？"

"懂！懂！别管咋说……"老五又要提抗美援朝。

"别提朝鲜战场了！赶快交待吧！"小头目有些火。

"是、是。"老五说："我有三条……三条……第一，我八九岁的时候，在西河滩大柳树旁边的瓜地里偷过西瓜，还是偷贫下中农的。第二，我在朝鲜战场上又偷过阿妈妮家的凉水喝，因为她们家没有人。咱志愿军的纪律是不拿群众一针一线，我喝了阿妈妮家半茶缸子凉水。

第三……"

"瞎胡扯啥？东扯葫芦西扯瓢的！你得找你的要害问题，不要避重就轻！说说你一生最爱干的是啥。这是一个啥问题？"

"一生？"老五一听问他的一生，他抬起头，眨了半天眼，说："除了在朝鲜来去两年多，剩下的时间都在家里种地。种地是为了填饱肚子，还能为啥？"这时的老五心里有些定了下来。

"董寅五！"小头目桌子一拍，茶缸子翻了个滚儿"当啷"一声掉到地上，里面的水顺着桌子边往下流。小头目喘着粗气怒目圆睁："你不要耍小聪明，革命群众的眼睛是雪亮的！你不要不撞南墙不回头！咱打开天窗说亮话吧，你的问题要害是玩鸟！懂吗？提笼架鸟那是玩物丧志的资产阶级玩意儿！董寅五呀董寅五，你本来有着很好的出身，又在革命队伍中锤炼过，可惜呀可惜，玩鸟使你丧失了阶级本性！你看看你啊，你看看你！你浑身上下还有半点无产阶级的气味没有？不要说在董洼，就是在整个黄河滩上你也得算是蝎子的尾巴尖——毒（独）一份。拿你作全县的典型绰绰有余。严重啊！你要悬崖勒马啊！我说董寅五！"

老五的心轻松起来，原来是玩鸟这屁大的事，原以为是啥天大的事呢！同时，老五也恼了，他奶奶个蛋的！不就是玩个鸟吗，多大点儿事？老五压压火，不亢不卑地说："玩鸟还能玩出啥资产阶级来？我养的鸟从日本鬼子枪下救过全庄的人，鬼子走后我养的鸟救活过左邻右舍大家伙儿！朝鲜战场上我养的鸟帮志愿军打美国鬼子！还资产阶级？哼！"老五冷笑着摇摇头。

一看老五这态度，小头目气得口不择言："什么他娘的从日本人枪下救过全庄的人？什么他娘的救活过左邻右舍？什么他娘的帮志愿军打美国鬼子？要深挖你的思想根源！"

老五眼一睁，说："你咋呼啥咋呼？有理不在声高。我问你，'抗美援朝、保家卫国'是谁提出来的？"小头目不假思索："当然是伟大领袖毛主席了！"老五说："你恨毛主席？"小头目还不知就里："像你这样的人才恨毛主席呢！"老五说："那你为啥要骂毛主席？"小头目这才反应过来——被老五摁住了死穴，脸"刷"地蜡黄。老五不紧不慢地说："只有谁才恨毛主席？只有哪种人才恨抗美援朝？那就是资产阶级的孝子贤孙秃头老蒋的人！俺当年到朝鲜是为了啥？"老五的火上来了，越说越快："还不是为了打美国这个最大的资本主义国家？你骂抗美援朝是不是因为抗美援朝打疼了秃老蒋的美国主子？李二蛋，你浑身上下还有点人味吗？毛主席他老人家为了咱这个国家，吃不好睡不好，天天黑来忙得连汤也不得闲喝，有点儿空还得到苏联去访问。你还骂他，你还是个人吗？老少爷们，你们说谁才资本主义？我不懂'文化大革命'是啥，我只知道就凭恁这帮龟孙羔子，再好的经也被恁这一群歪嘴和尚念歪了！李二蛋，我今儿个还得告诉你，要不是我，你他娘的还不知道在哪个龟孙的腿肚子里转筋呢！"

小头目李二蛋等一帮人见情势有变，便一哄而上抬胳膊架腿把老五弄走又锁到小屋子里。

李二蛋住在董洼村东头，他爹比老五小两岁，当年遭塞年挨饿的时候，要不是老五的一只斑鸠早就跟阎王爷拉呱去了。

老五被软禁起来了。因鸟得祸，干脆把鸟全放了吧，从今金盆洗手，永不玩鸟。老五叫来家里人，要他们把鸟全部放掉。

说来也怪，老五的鸟儿就是不远去，一只一只终日停留在树梢，望着关老五的草屋子叫，见着老五的影子、听见老五的声音就直朝他飞。老五狠狠心不再沾手，只好躲开。鸟儿见不着老五，便不食不饮，哀鸣不止，渐渐地一只只瘫落，死了！老五痛不欲生，决心冒死要把还活着的鸟儿收回来，他姥娘个腿的，是福不是祸，是祸躲不过！老五向李二蛋他们提出了要求。

玩鸟这事儿到底有多反动？李二蛋他们派人到上边去问，上边的造反派也说不清楚。这时的李二蛋他们正身处骑虎之势，如果老五不提出要求，够他们抓耳挠腮的。要是他们中有一个脑子是透亮的，老五提出要求时他们就应该就坡下驴，开门放了老五一走了事。他们不，他们非要死撑到底不行，他们要像海潮似的，呼啸着涨起来，也要呼啸着落下去。这一撑，便把老五撑得过后与鸟绝缘了。

"董寅五，我们不想眼看着你陷在泥窝子里拔不出脚来，你的表现我们还算满意。至于你想收回那几只还没死的鸟么，我们也不完全拒绝你。只是有一条，鸟在哪里你只能到哪里去逮，不许引唤。要是逮住了它，不客气，立马摔死！咋样？"

老五出了门，抬头看看天，对李二蛋理也不理。

老五回到家，站在院子里抬头看了看，撮着嘴吹了几声口哨。老五等了又等，知道活着的宝贝只有两只画眉了。它们停在大榆树稍，也都饿瘫了。即使允许引唤，只怕也飞不动了。要论爬树，别看老五已是四十多岁的人了，那还难不倒他。他低头找了根绳子系在腰上，望着树梢喘口气，脱下鞋，往手心里吐口唾沫，然后贴身上树。

粗大的榆树下围着半截庄子的人，他们都想亲眼看一下老五爬树是不是还像当年那样神奇，同时也想看一看老五是咋从树梢把两只画眉弄下来。毕竟年龄不饶人，老五爬到树杈，喘了一会子才又往上爬了两节分枝。不能再上了，枝条细软，无法承重。这时候老五离鸟儿还有两米多，手伸得再长也是够不到的。看着在树上手脚已显笨拙的老五，树下的人都替他提一口气，捏一把汗。不过，老五倒不慌张，他从腰间解下绳子，把身边的细枝拢起来，然后用力束紧，束成一个粗粗的枝条捆。细枝成了捆，支撑力就大了。老五攀着枝条捆又上了一节，对着画眉轻轻吹了两声口哨，两只画眉对他扇扇小翅膀，点点头。老五伸过手去，把画眉捧在手心里。两只小东西尖尖的小嘴噘起，轻轻啄了啄老五的手心。老五在树梢同两只小宝贝闲暇一番，然后才把它们放到肩上慢慢下了树。

老五到底还是没有把两只画眉调理过来，小小的身子由温热慢慢变凉。老五拿把锨，在大榆树下挖了个坑，把它们羽毛整理好后，并排着放在以前婚事用来传柬的拜盒里，小心翼翼地把它们埋了起来。

老五在堆起的锨头大的小土堆前蹲到两腿发麻，才拄着锨把慢慢站起来，眼泪濡湿了胡茬。

从此，老五不再玩鸟，连一只鹌鹑也不玩。当别人让他看看手里的鹌鹑让他品评一下时，他只是摇摇头，咧嘴笑笑完事。

老五不玩鸟儿了，邻居们再也看不见他爽朗的笑脸，听不见他清亮的笑声。

鸟儿是老五的命，鸟没了，本来挺精壮的一个汉子如同被抽了筋，很快便朽了，朽得如同一块沤糟了的木头。

鹌鹑玩家

　　宗庄的宗世标是个鹌鹑迷。

　　宗世标大高个儿，为人耿直厚道，会种地，过日子也节俭，家境殷实，不愁吃不愁穿的。一辈子不吸烟不喝酒的他，唯一的爱好便是玩鹌鹑，玩鹌鹑玩得把家业玩去了大半。秋冬深夜熬鹌鹑时，总是泡好茶、拿好烟招待来看热闹的，有时还又买馓子又买糖的招待玩友。这人啥都好，就是有一个怪毛病——他玩的鹌鹑不管孬好，别人都得说"这是我见过的鹌鹑里最好的"。斗鹌鹑时，从不许半道插手，吹胡子瞪眼地非斗出输赢不可。按他的话说，那才叫过瘾。

　　有一年，宗世标玩了一只黑嘴红胡子的好鹌鹑，前后下场七十余次，无一败绩。他爱惜得宝贝蛋夜明珠似的，恨不能黑来睡觉都搂在被窝里。气得老伴整天嘟囔他，要他去跟红胡子过。有一天由于他的疏忽，红胡子被庄上谁家的猫给咬死了。他后悔得直扇自己的脸，难受得胃里直泛苦水，两天两夜不吃不喝也不睡，一心要杀了那只猫为红胡子报仇。可庄上那么多猫，谁知道到底是谁家的猫咬的？他一咬牙，出大价钱把全庄子的猫都买来，一夜之间用镢头全部砸死，然后挖坑埋掉。后来，邻居知道了这件事，责怪他说："老大，你这是何苦呢？鹌鹑死就死了，你就是杀了人也不能活了它吧？不就是一只鸟吗？动那么大肝火弄啥？你把一个庄的猫都砸死了，那老鼠咋弄啊？"

　　宗世标才不想猫和老鼠有啥关系呢，环眼一睁，一脸的毛胡子钢针般根根竖起，咬牙切齿地说："杀人偿命，欠债还钱。要是让我知道是谁家的猫咬死了我的红胡子，我非把他家的孩子抱起来扔到井里不可！"宗庄一个庄的人都知道宗世标是个吐口唾沫落地成钉的主儿，从此以后再也没有谁敢议论猫咬鹌鹑这件事了，怕不小心说走了嘴，不真不假地落到谁家头上，他真要是把人家孩子扔到井里，那事儿可就闹腾大了。

黄河故道并不是富庶之地，因交通，因物产，因黄河滩时不时地漫天风沙，在故道上生存的人家舒心的日子并不多。当然，小孩子除外，没心没肺的他们只要肚子里有食，啥时候都是嘻嘻哈哈的不知愁苦为何物。大人则不同了，光一家老小的穿衣吃饭，就把自己弄得精疲力竭了，想调节自己的心情，只能自己去找。于是，在劳作之余，男人们开始寻找生活的乐趣，给平淡困苦的日子增添一抹暖色。

成年人各自找着各自的乐子，有的喜欢玩土枪打兔子，有的喜欢撒网逮鱼，有的喜欢赶集听书，有的玩起了斗鸡，有的人玩起了鹌鹑。

玩斗鸡的人相对较少，因为这种活物儿训起来较难，并且需要一定的场地。玩鹌鹑就不同了，手里可以随时把玩，可以随时训练，斗的时候也不需要多大的场地。就这样，宗庄土地庙的鹌鹑场不知从啥时候就开始形成了。农历每月的三、六、九，四周圈庄子玩鹌鹑的玩家都会到宗庄的土地庙斗鹌鹑。

土地庙不大，有些破落，胖乎乎很富态的土地爷、土地奶奶整天微笑着不说话，平时不大能看得到人儿，现在看着一群又一群的人和一只只小小的活物在他们面前跑来跳去很是高兴。土地庙不大的破烂的院子里，有一棵合抱粗的梧桐树，夏天时如伞如盖，枝头上有一个篮子大小的凤凰窝。土地爷不是一尊大神，平时求他办事的人也不多，一般的日子这里都是空荡荡的，顽皮的孩童也不到这里玩，只有不喜欢见人的大大小小的老鼠在这里出出进进。可是一旦到了每月的三、六、九，则是人头攒动，摩肩接踵。院外边则有脑瓜灵活的人挎着篮子蹲在墙根卖些诸如炒花生、麻花、烟叶之类的东西。长着黑豆眼的大大小小的老鼠很知趣地退避三舍了。

来这儿玩鹌鹑的多是地方小名流，小富裕户，也有个把穿着撅腚棉袄的庄户人参与其中。一些半大的孩子咋咋呼呼不看人脸色地钻进钻出，纯属看热闹。不过，洒扫土地庙的小院，摆放折子、笽篮，买烟、烧茶，有时斗鹌鹑的人到了饭时儿打平伙会餐需要帮着打酒买菜跑腿的，也都是这些小家伙的事。大家都争着抢着干，谁也不偷奸耍滑。不然的话，外庄上人来得多了，小院子蹲不下，被清理出去的首先就是看热闹的孩子。手里有个猴儿牵着，便自然不会被赶出去，这样就可以伸长脖子看斗鹌鹑了。

斗鹌鹑大都是在清起来，饿了一夜的鹌鹑天一亮就要找食吃。人为财死，鸟为食亡。鹌鹑一饿，斗性就起来了。也有下半天斗的，只是早上少喂，晌午不喂。鹌鹑也分年龄段，会斗的鹌鹑都在盛年期，玩家称之为"白堂"。鹌鹑的年龄很好辨别，因为它们的年龄都在身上的羽毛上写着，分为处子、早秋、探花、白堂四种，参加鏖斗的鹌鹑只只都是白堂。其实，斗鹌鹑称为"咬鹌鹑"更为准确。玩鹌鹑的人故作高深，把斗鹌鹑称为"冬兴""鹌鹑圈"。鹌鹑咬斗，每斗一次称一圈，"鹌鹑圈"由此而来。

斗鹌鹑开始了，地上放一个比箩筐大得多，但比箩筐浅的、长方形的、簸箕柳编成四角抹边的笽篮，或用平常圈麦子圈粮食的芦苇篾子编的折子，围一个笽篮大小长圆形的圈子。决斗双方的主人在笽篮或折子圈两头面对面蹲着，各自从腰窝好看的鹌鹑袋里掏出自己的心爱之物，把在手里。主人一手把着鹌鹑，一手用大拇指与小拇指的指甲弹击，发出轻轻的"啪、啪"声，把在手里的鹌鹑则伸长脖子"咕咕"地轻叫。然后，有一家一伸手把自己的鹌鹑放入斗圈中，打了个亮翅，立即收回，另一家再放。决斗前，两家鹌鹑是不照面的。等到两家都打完了亮翅要斗了，才把各自的鹌鹑给对手见见面儿。双方主人往笽篮或折子圈中间各丢下几粒小米，而后把鹌鹑同时放入圈内。别看小东西平时温顺木讷，形同呆瓜，饿了一夜，肚内空空则低头寻米充饥。几粒小米如何能饱？为了争食，就各自亮翅，一言不发地斗到了一起。一旦决战开始，便立即进入状态。两只鹌鹑面对面腾空而起，"吱吱叽叽"地叫着，你扑我，我扑你，一口一口朝对方的小脑袋咬去。跳跃着咬不着，就俯冲。有脾气暴烈凶猛的鹌鹑几口过后就恼了，在咬住对方时会腾起身子，双爪猛蹬对方，小脑袋一摆，咬下一口毛，接着便是一撮毛一撮毛的飞落。此时，所有的围观者都是观棋不语真君子，鸦雀无声。既不言语，也不走动，连轻轻地咳嗽也不允许，肚里有屁都得夹着忍着。而斗主则只能抱着"天要下雨、娘要嫁人，随它去吧"的心态，任凭自己的鹌鹑或英雄或狗熊，既不许动手，也不许动口。要是认输了，则如同拳击台上抛白手巾，举手示意后可以宣布收兵，然后插手把自己的鹌鹑收回。不愿认输，那就蹲下来干等着两只鸟儿最后搏斗的结果。不过，一般相熟的玩友在鹌鹑斗到不分胜负而又势均力敌时，便相互致意，双双插手，下一番"和棋"。曾经斗鹌鹑斗出成见的人，却是咬着牙不见高低决不收兵的，那种相搏，气氛是十分的紧张。斗圈内鏖斗的一方真的撑不住劲了，就会找个机会马打盘旋脱离战团折身冲天而去，即为宣告投降。鹌鹑败逃时总是凄厉地叫一声"吱——儿！"因为发声急切，且拖腔过头，那声音简直是向对方大喊一声"止！"这时候，围观的人群才"吁——"地长出一口气，品评两只鹌鹑的胜败。看热闹的孩子则勾起食指刮着鼻子对落败的鹌鹑嘲弄："噢——噢——！你这家伙不行喽！快跟恁大爷回家喝南瓜汤去吧！"这时的败家往往无地自容，面红耳赤。有的败家会因恼羞成怒而无法控制自己的情绪，竟一把抓住小东西抬手摔死在地上，半年数月不敢也不好意思再到宗庄土地庙来。

咬败的鹌鹑斗败的鸡。两只斗鸡相搏，败了的那只，休养生息总结经验后还会再上场缠斗，屡战屡败，屡败屡战，生命不息，战斗不止。与斗鸡不同，鹌鹑一生只败一次。鹌鹑败了，那就真的败了，不要问出于什么原因，它就是永不再踏入斗圈半步。这时的它只能被主人装进枝条编的笼子里，挂在屋檐下，轻声鸣叫。失去斗性的它被人称为食之无味、弃之可惜的"叫叉"，令人感喟不已。

家养的鹌鹑一般是不会斗的，会斗的基本都是在黄河滩逮来的野鹌鹑。

逮鹌鹑是件很辛苦的事儿，但爱好此物的人却是乐在其中。收了秋的黄河故道宽宽展展的，嫩绿的麦苗还没有完全覆盖黄褐色的田垄。逮鹌鹑的人早早起了床，在挂满了露水的庄稼地里走呀走呀，眼睛和耳朵全力搜寻着赤褐色活物儿的踪迹。一旦自己的脚步声惊起了一只，就看准了它再次落下的地方，然后轻手轻脚地靠过去，开始了一次艰难的捕捉行动。因为鹌鹑是无法直扑的，人一靠近，它就"腾"地一下飞走了，所以只能智取。办法就是绕着它转圆圈。先是走得很大很大，让鹌鹑感觉不到威胁，傻乎乎的它便在原地打着转瞅人。这时，捉鹌鹑的人开始一点儿、一点儿地缩小圆圈的半径。鹌鹑忽视了这一点，照旧瞅着人打转。当人越走越近越走越急时，那鹌鹑就转得已经开始晕了。从它黑豆般的眼里望出去，那人似乎就在它的四周飞转了。这时候人扑上去，那转懵了的鹌鹑自然是束爪就擒。但这种把戏并不是每次都能得手，因为鹌鹑也有聪颖愚钝之分。有些精明的，你转它不转，以不变应万变，你转了半天累得腿酸气短肝花肠子乱动弹，自己晕了也转不晕它。所以这个法儿逮鹌鹑最好是两三个人一起转，那鹌鹑就不知瞅谁好了，往往喝多了一样提前晕倒。

玩家土墙屋的屋檐下总是挂着各种各样自制的笼子，用麦麸子、玉米糁子调好食儿喂它们。玩鹌鹑的人大都不太喜欢到地里用转圈子的笨法子去逮鹌鹑，一方面是太累，另一方面是踩踏庄稼。逮鹌鹑本来就是玩的事儿，别弄得自己高兴庄稼的主人不高兴。他们大都像故道人逮鱼一样，喜欢用网去捕获。每到秋末冬初，天刚麻麻亮，几个头天约好的老伙计拿着哨子带着网到棉花已拾净、棉柴还没拔的棉地里驱捉鹌鹑。先在地的一头把网张开，这时地的另一头就有人吹着哨子吆喝着蹚着棉花垄往前赶。干硬的棉柴枝枝杈杈的，躲在里面的鹌鹑飞不起来，受了惊的它们只好顺着棉花垄往前跑，到了地头，便一头闯入为它们准备好的网里。

鹌鹑不像其他玩物，是穷的富的都能玩得起的玩意儿，迎风口的书画大家刘惠民就是个玩主儿。到底是文化人，他几乎不去野地里逮野鹌鹑，而是想着法儿在家里自己孵鹌鹑。别人孵的鹌鹑一般不会斗，他孵的鹌鹑则能杀四方。聊起鹌鹑来他会放下手里要紧的不要紧的事儿大侃鹌鹑经：春天的鹌鹑蛋孵出来的鹌鹑，叫春草，最窝囊软蛋；秋天的鹌鹑蛋孵出来的鹌鹑，叫秋白，也不咋的；冬天的鹌鹑蛋孵出来的鹌鹑，那叫冬英雄，最好。冬英雄孵出来后要是只用平常的料子喂，也不行。要用小米掺着煮熟的鸡蛋黄喂养，还得好好调教。孵出来后，要养过三年，皮老筋强，要常往人堆里带，让它习惯人场，然后才能不怕人不怯阵，听见公鹌鹑叫就炸翅，伸脖子红眼就要斗，那才是上好的冬英雄……为了玩两天鸟王老五的一只好鹌鹑，他曾向还是个孩子的老五低身，要给老五写字，要给老五画画，要教老五认字……可老五拧着头不干，刘惠民心里疙疙瘩瘩了好几天。

宗世标玩的鹌鹑主要是靠自己逮。每当收了秋以后，他就背一捆截成短杆的柴禾棒子到黄河滩上选一块地方，插一片三四间屋大小的场子，在离场子四五十步远的地方挖一个半人深的坑作掩体，这就算布下了天罗地网。

逮鹌鹑在小孩子看来是一件很刺激、很好玩的事儿，宗世标的小侄子常缠着他要跟着去逮鹌鹑玩。

时令已是初冬了，鸡叫头遍时宗世标叫醒了头天晚上闹着要跟他睡的小侄子，让他帮着挑两只母鹌鹑的笼子拿一个插杆，自己拿着网，也提着几只母鹌鹑笼子上路了。爷儿俩脚步轻轻地走在路上，他对小侄子说："到了场子后，一不能说话二不能动，连喉咙痒痒了咳嗽半声都不行。要不，引来的鹌鹑都被吓跑了！"小侄子说："大爷，我要想咳嗽那咋弄？"宗世标当真不当假地说："那好弄！憋不住了，就摸块坷垃头填到嘴里。再不行，就把坷垃头嚼了吃了！"小侄子听说过饿死鬼让人吃土馒头的事儿，听大爷这么一说，浑身发紧，看看四周黑黢黢的，就往大爷身上靠，紧紧地挨着大爷，半步也不敢离开。

初冬的凌晨，故道的风有些割脸，但爷儿俩走得浑身汗津的。喘口气后，宗世标把小侄子安排在早已挖好的掩体里，自己走过去把插杆插在场子的一头，挂上母鹌鹑笼子，又在场子的另一头张好网，然后也回到掩体，拿出没装烟叶的烟锅干吧嗒。小侄子说："大爷，你还没装烟叶呢！"宗世标说："这会儿可不能吸烟。鹌鹑这家伙不光精，鼻子还灵着呢，闻到烟味就不来了。吸几口空烟锅过过干瘾就行了！"稍微歇了一会儿，宗世标把烟袋揣到怀里，顺手把自制的竹哨子摸出来衔在嘴里"嘟嘟、嘟嘟"地吹起来，声音极像母鹌鹑的叫声。

本来平静的场子，宗世标一吹竹哨子，插杆上笼子里的母鹌鹑也疯狂地跟着"嘟嘟"起来，声音虽然单调，在平平展展的黄河滩上，在空旷、静寂的黎明里，却显得清脆、嘹亮，如风卷波涛。笼子里的母鹌鹑除了参差不齐的"嘟嘟"声以外，有时候还喊出特别响亮的"咯咯嚓嚓！咯咯嚓嚓！"宗世标很兴奋，把束腰的黑布大带子解开，坦露出胸脯，马猴帽推到脑后，含着竹哨子"嘟嘟、嘟嘟"吹个不停。小侄子听到大爷的竹哨子声，外面母鹌鹑的叫声，小心脏兴奋得"扑腾、扑腾"跳个不停。大约两袋烟的工夫，宗世标便不吹了，但插杆上的母鹌鹑却依然大叫不止。这时，宗世标侧过脸把耳朵贴在地上，像是闭目养神。后来他告诉小侄子，他是在听场子里的动静，听听有几只野鹌鹑进了网子。

因起得太早，听着听着，小侄子趴在掩体里睡着了。东方鱼肚白时，宗世标把他推醒："走，赶场子去！"小侄子揉揉眼，懵懵懂懂地问："大爷，你说场子里有没有野鹌鹑？"宗世标笑了，说："你个小瞌睡虫起来的！没听见'扑通、扑通'的响声吗？至少得有六七只。"小家伙一听精神来了，同宗世标一起趴在凉凉的地皮上向场子爬去，一边爬一边还轻声地"吭哧"着。两人爬得很慢，直到东方发亮，才赶到场子的一端。这时，宗世标一跃而起，张大嗓门"噢呜——"一声冲进场子，动作异常迅速地动手卷网。让小侄子目瞪口呆的一幕出现了，被宗世标一嗓子吓蒙了的七八只毛茸茸的小团团在网里拼命挣扎，就像落了网的鱼儿在奋力腾跃，掀得网子飘飘闪闪的。宗世标紧张地喘着粗气顽童似的揭网捉拿,一只一只小心翼翼地放到空笼子里。

小侄子兴奋地数了数,这一网就逮了八只。宗世标这时候才用火镰子"咔咔"地打火把烟锅点着,舒舒服服地从鼻孔喷出两股青烟。爷儿俩挑着笼子夹着网、插杆回家时,宗世标对小侄子说:"等会儿到家后,这三只又大又肥的给你。"小侄子说:"咋了大爷?你不玩了?"宗世标今儿个心情极好,说:"母子[1]不能玩,但可以当下酒菜。"路上宗世标一高兴,对小侄子说起逮鹌鹑的事儿来:"用这种办法逮鹌鹑,就像说书人说的三十六计中的美人计。用哨子声带动母鹌鹑叫,这些自投罗网的家伙都是经不住诱惑的好色之徒。只有那坐怀不乱的柳下惠之流的,才是难得一见的好鹌鹑。只是这样的鹌鹑很难逮,不知插多少次网子才能逮到一只。"说这话时还咂巴咂巴嘴。

回到家,宗世标把杂毛横生的公鹌鹑挑出来,连同三只肥肥胖胖的母鹌鹑一同送给小侄子,让他家人用黑棉油给他炒着吃,自己则开始着手有计划地把鹌鹑、熬鹌鹑。

新逮的鹌鹑不能立即下场争斗,要是那样,它会一飞冲天,逃之夭夭,让辛苦了半夜的逮鹌鹑人狗咬尿脬——瞎欢喜。为了约束鹌鹑善飞的习性,捕获后要把它先放在笼子里。鹌鹑的笼子很别致,有的是用剥了皮的细藤条编织,有的是用圆木掏洞挖空而成。鹌鹑笼子没有盖,里面衬以柔软的布料,上盖儿部位接一段深色的布缝成的布筒,长约半尺。鹌鹑刚被逮到,野性未泯,为避免烈性的鹌鹑撞破头,玩鹌鹑的从不把笼子挂在墙边、树上,而是把笼子挂在腰间,大家称之为鹌鹑袋儿。

接下来是要对鹌鹑耐心调理,这个过程玩鹌鹑的人叫"把鹌鹑"。把鹌鹑握在手里,将其两腿夹在小指和无名指之间,使其两爪悬空,拇指和食指夹住颈部,这样鹌鹑既舒服又不至于跑掉。把它带到人群

---

1 母子:母的,雌的。

中闲逛，让它适应各种场面和环境，改变它怕人的习性，为以后入斗圈打好基础。如此天天把玩。鹌鹑饿了，把小米置于掌心，任其啄食；鹌鹑渴了，主人用唾液让它解渴。鹌鹑太肥，主人会用茶叶水给它洗洗毛，然后用干布包起来慢慢儿暖干。一般洗上三两次，鹌鹑的膘就会被拉下来。

宗世标乐此不疲地把玩着。为了使鹌鹑的性格暴烈，他同许多行家一样，会采取多种办法。黑来睡觉时，把鹌鹑装在穿了一天的臭袜筒里，鹌鹑在里面又臭又闷，肝火上升，性格逐渐变得暴烈。有时也会把鹌鹑夹在刚干完活满是汗臭味的胳肢窝里，叫鹌鹑憋气。等到鹌鹑完全听从自己的控制，他就开始琢磨啥时候能让鹌鹑参战了。

有一年宗世标的运气不好，从秋到冬都没逮到一只好鹌鹑，前一年逮的两只好的又都笼了起来。眼看着来年就不能下斗场，他心里十分着急，见面就向玩友问讯打听"哪里有好鹌鹑"。功夫不负有心人，最后终于打听到郑庄的玩友有一只鹌鹑中的极品，是一只人称"牛不换"的黑嘴白胡子鹌鹑，已被调理得来年就可以入斗圈了。宗世标还没听完就把手里的活儿一撂，啥也不管地就往郑庄跑。快六十的人了，又有些驼背，走路性子又急，穿了几个庄子下来，已是满头大汗直喘粗气了。可他到郑庄庄口歇也没歇，怕有人在他前面抢走了似的，直朝玩友家而去。一见人家的黑嘴白胡子，两眼就直勾勾地热上了，两眼睁得溜圆对玩友说："你说个价吧，我买了！"那人说："这只我可不卖，我要留着自己玩呐。要不你看看别的鹌鹑？"

宗世标急了："我知道你有一只好的，这只卖给我吧，我不亏待你。"

"都是玩家都知道，老大你知道好，我就不知道？我是真不卖！"

"你看这样行不行？人都说这样的鹌鹑叫'牛不换'，我把我的弯角大老犍给你换，咱谁也不找谁，咋样？"宗世标急赤白脸地说。

宗世标的大老犍是远近出了名的。身子长长的，肌肉结实，四个蹄子碗口大小，两只短而粗的尖角朝后弯着，浑身黄毛缎子般油亮，阴天晴天放着光。身大力不亏，大老犍自己拉一辆四轱辘太平车湿庄稼，再大再陡的坡，一挺腿就上来了。一辆太平车空车子都六七百斤，再加上满车的青庄稼，大老犍真可谓神力了。大老犍拉犁子耕地拉石磙打场从不用套别的牲口帮忙，前年有人出八十块袁大头，宗世标眼皮都没翻一下。如今，却要拿它去换一只鹌鹑，算是下了血本了！"牛不换"也得用牛换来，看你用的是啥成色的牛！

那位玩友一听愣了，怔了半天说："老大，你是和我闹着玩的吧？！"

"啥闹着玩的！"宗世标说，"我都小六十的人了，红口白牙的能给你说着玩？你这就拿着鹌鹑跟我去牵牛，咱们一手交牛，一手交鹌鹑！"

玩友有些动心，可心里还不踏实，犹犹豫豫地说："老大，你觉得合适吗？要不，你再想想？"

"想啥想？想个屁！啥叫合适？你要不觉着亏得慌就合适！是我找你换，不是你找我换，我都不怕你怕啥？别人就是说啥也只能说我不能说你！走、走、走！大老爷们别跟个娘们似的！"

一只没有皮锤大、既不能当吃的又不能当喝的玩物换一只虎虎实实的大老犍，简直就是天上下雨掉馒头的事儿！谁不干？不干那才是憨实心的憨子呢！玩友在路上背着宗世标偷偷咬了几次自己的手指头，疼！

结果，这个交易也没请中人说合便成了。看着憨壮结实的大老犍为了换只鹌鹑就给抓着牛鼻桊拉走了，宗世标一家人都气得不行。但也都知道只要是和鹌鹑的事缠巴在一起，谁的话在他跟前都是耳旁风。且木已成舟，要是反悔的话，当家的脸往哪里放？一家人都心疼，就是宗世标不心疼，精心把玩、驯养白胡子。来年春天，宗世标用这只白胡子第一场就斗败了三家。宗世标喜得哈哈大笑："我一头大老犍，不管说啥也得斗倒三五十家！"

鹌鹑斗赢了，宗世标心情好，饭吃得多，觉睡得好，干活也有劲，一个人的情绪搅动着全家人的情绪。

俗话说，强中更有强中手，且也没有常胜的将军。斗倒无数鹌鹑的白胡子第二年还是被别的鹌鹑斗败了。不过宗世标没把白胡子咋样，而是把它装进笼子，挂在屋檐下，一有空就站在旁边听它叫唤。

虽然用大老犍换来的白胡子被斗败了，但宗世标不灰心，不气馁，除了秋冬自己逮外，还接二连三地高价购买，牲口、土地都是资本。总之，三、六、九那是非出场不可的。

宗世标七十多岁时，得了场重病，有同是鹌鹑玩家的好友去看望时聊起了他用大老犍、用地换鹌鹑的事儿。他呵呵一笑说："钱是啥？钱是龟孙！生不带来死不带去的。再说，孩子要是有本事，你一个子儿不留，他也能挣座金山、银山。孩子要是没有本事，你就是给他留座金山、银山，他也能败坏得一个子儿不剩！人活一辈子图个啥？还不就是图个痛快，图一个恣儿。人就该咋活咋活，只要自己到时候不后悔就行，只要认为自己没做啥葬良心的事就管！反正咋着活都是一辈子，谁都没有两辈子的命！"说得坦坦荡荡的。

宗世标走后，宗庄土地庙里的三、六、九依然热闹不减。宗世标的后人也玩鹌鹑，只是玩得不像宗世标那么投入，那么狂热，只是平常的玩玩而已。

当然，他们也就没有玩出宗世标在黄河故道鹌鹑界的名头、声望与传奇。

鱼王凫子

黄河故道的名人颇多，出名的原因也是离奇多样。比如老五，比如宗世标，比如凫子。老五玩鸟成精，宗世标玩鹌鹑成痴，凫子则是黄河故道罕见的逮鱼高手，人称"鱼王凫子"。

凫子的名字叫大水，凫子出生时，黄河故道发了连黄河滩上年纪最大的老年人都没有见过的大水。庄稼地变成白地，柴禾垛被冲得不见半根柴禾棒子，水草挂在树杈上。放眼望去，一眼看不到边的黄汤。大水来了、大水来了，大水爹娘叹口气，就把这时候来的男孩子起名大水。大水娘奶水不足，就用苘杆子燎勺子底儿将好面搅熬成黏稠汁状的餔¹袋子喂着他，长得倒挺结实。

一到夏天，大水浑身上下黑不溜秋的，像个火头橛子。有人说大水在水里比硬头鲹子还快，比泥鳅、鲶鱼还滑。

大水是如何学会洑水的，连他爹都不知道。据说，庄上人知道大水水性不孬有点儿偶然，那是大水七岁时的夏天。

黄河滩水贵，虽说黄河故道里有水，但地势较高的庄稼地却很难见着水，庄稼常常因缺水歉收。加之黄河滩大都是沙质地，吸水能力强，故道的河心也是时断时续，连苇子都干渴得无精打采，蔫头耷脑地随风摇头晃脑。除了黄河窝子终年不断水及汛期时黄河故道水量充足外，其他季节要缺水、少水好几个月。在多水的季节，却又总是坑坑洼洼，积水成涝。原因很简单，庄户人过日子大都是各扫自家门前雪，哪管他人瓦上霜，谁也不想出头露面组织人力扒沟排水。水来了，

---

1 餔：音 bù，婴儿吃的糊状食物。

只能眼瞅着它成灾成害。凫子七岁那年，一场暴雨没日没夜的下，庄里村外的低洼处，都被水填平了。庄里上百户人家多年来的居住地形成了一个大四合院方式，四周都垫有高台子，庄子当央便因取土形成了一个两亩多大的大坑，最深处足有一丈半深。每当夏季积水成潦时，水往低处流，四周的水都往这儿淌，水坑便满满登登的，一阵风吹来，浮边浮沿的水荡荡漾漾，要溢出来一样。这时候，各家大人都精心地看着自家的孩子，生怕掉下去。可大水偏偏恋水，或拣个瓦片"欻、欻、欻"地打水漂；或拾块半砖头扔到水里听那"嘭"的一声，看那溅起后迅速落下的水花。

一天快晌午时，大水蹲在坑边拿根树枝划拉来划拉去，捞水里的烂枝碎草玩，一不小心，脚下一滑，出溜一下子没了影。一个不到门鼻子高的孩子掉进了深度要超过屋山头的大坑里，水坑边在条石上"嘭嘭啪啪"捶洗衣服的妇女立马慌乱起来，心提到了嗓子眼，大声喊叫："大水掉坑里了！大水掉坑里了！救人啊！快来救人啊！"嗓子都喊劈了，尖厉的声音因紧张因惊惧如钢针般直扎人的耳膜，听到喊叫的人汗毛都竖起来了，"刷"地起了一身白毛汗。人们放下手里的活儿快步往大坑跑，识点水性的衣服也来不及脱就"扑通"一声跳进水里，边拼命划水边声嘶力竭地喊："大水！大水！"还有人到近坑的人家找来长杆子长绳。可水面没有大水的影子。大水娘跟跟跄跄跑到大坑边，一句话也说不出来，用手朝大坑指了指，身子一仰，背过气去。大水爹急喽栽跟头地到了坑边后，站在水边，双手拶掌着——吓失机了。就在大家坑沿上深水里咋咋呼呼乱成一锅粥时，大水从远处的水面露出头来，扬着手喊了一声："我在这里！"喊罢，又一头扎进水里。出出没没三四回，才一个猛子扎到岸边，光着脚丫子上来，两手抹了抹脸上的水珠，咧开大嘴笑了。

一群妇女围在大水娘身边，又是扭，又是捏，掐人中、灌温水，大水娘慢慢睁开了眼。醒过神来的大水爹，蒲扇大的巴掌带着风扇到大水的腮帮子上，大水的腮上立马起了五个红红的指印，疼得大水直咧嘴。捯过气来的大水娘"嗷"的一声抱住大水，用手撸撸撸撸[2]大水挨了一耳刮子的腚瓣子，连声地问："俺的乖乖咪！俺的乖孩子，没喝水吧？没呛着吧？疼不疼？"

大水用手摸摸火辣辣的腚瓣子，抽了两下鼻子说："没事儿，没喝水。我在水里恣儿着呢，水里可好玩啦！一睁眼，啥都能看见。"

一场虚惊过后，大水出了名。又过了几年，大水的水性越来越精，有人叫他"鸭子"，有人叫他"鲹子"，有人叫他"小水龙"。毛水浒恰好被这个庄请来说书，听完大水的事后，说他是"浪里白条"。有人说："'浪里白条'个屁！人家那张顺是一身白生生的肉，你再看大水，像是刚从锅腔子里扒出来的一样，'浪里黑条'还差不多！"毛水浒虽然书说得好，但也是个年龄不大的愣头青，他像个好斗的小公鸡，说："就你圣人蛋！就你能！你说叫啥？总不能叫'黑旋风'吧！"为了给别人起外号竟吵起了架，这在庄上还是头一回。大先生出来打圆场说："算了，算了！'浪里白条'不衬，'浪里黑条'不顺。咱这管大人小孩会玩水叫洑水，按古书上说，'凫子'就是在水面钻上钻下的野鸭子，大水能在水里钻来钻去，钻进钻出，像凫子一样，以后就叫他'凫子'吧！还有点文绉绉的呢。"就这样，大水的本名渐渐也就没有人叫了。

凫子的脚很大，他娘都说他人还没到脚就先到了。大水玩水玩得花样百出，有时立着身子，肚眼子露出水面，两手或平伸或上举，全靠两只脚踩着水往前游往后退，或在原处上上下下一耸一耸的。有时四爪朝天，露出来的黑肚皮像扣着的半个葫芦，靠头、靠两只大脚往前游。有人曾将满满的一碗水放在他的肚皮上，他沿着水边游了一圈后滴水未洒。有时候一个猛子捣下去，一袋烟的工夫都不见人影，五六十步外平静的水面突然"泼剌"一声响，露出一颗湿漉漉的小脑袋。在水里玩藏老荒时，谁也不愿意把他当对手，因为他逮你时一逮一个准，而你想逮他就难了。在水中三五个年龄般上般下水性也算不错的

---

2 撸撸：音 hulu，用手掌按住轻轻地来回揉。

孩子围着他也别想碰到他的脚后跟，想逮他也只能跟在他腚后边吃屁。

没水玩的季节是凫子最扫兴、最百无聊赖的季节。这时候的他像个小呆瓜，东走走，西转转，眼皮塌巴着，整天没睡醒的样子。每年一到黄河故道汛期时，上游来水，天上落水，沟满河平的，他的精神就来了。哪里水深他去哪儿，哪里水宽他到哪儿。由于水性好，故黄河窝子是他玩得最痛快的地方。大抱大抱的莲蓬花，成串成串的莲蓬，还有一节节、一条条白生生的莲藕，整天往岸上搬，高兴时就把龙王爷的虾兵蟹将带上来玩。玩伴们喜欢他，庄上的大人也喜欢他，都说他能耐大。他爹可不这样想，整天忧心忡忡，只要见他下水，总是大声斥骂："耳朵塞驴毛啦还是咋的？谁的话都不听！哪天让水鬼逮住了你当替身！"可凫子依然如故，整天带一身水锈回来，黑光腚上一扎几道白印子，像个小花狗似的。有人劝凫子爹："孩子水性好，你就让他想咋玩咋玩呗！"他爹说："老话说'吓死胆大的，淹死会水的'。常在河边走，哪有不湿鞋的？说不定哪一天一个大漩涡就把他吞了。"凫子不信，他说："吞不了，我不光会洑水，我还会换气，在水里一点都不憋得慌，不信咱试试！"说罢一头扎进水里，足有一袋烟的工夫才伸出头，面不改色，心安神稳。

黄河故道人家虽然以耕种为主，却也是家家备有鱼叉、鱼罩、抄网、丝溜子等逮鱼的家伙。大多数人只擅长其中一件两件，凫子却是十八般兵器样样精通。即使没有逮鱼工具，他也可以徒手捉鳝鱼、摸老鳖，在稀泥里用手挖肉滚滚的泥鳅。十五六岁的凫子成了逮鱼高手，不管多难逮的鱼，只要从他面前一闪，就没有走脱的可能。大家都说凫子这家伙真是个成了精的鱼王！这时的凫子不光是夏季汛期时在故道水边游走，只要故道里有水，就能看到他的身影。

汛期时，下游的鱼逆水而上，上游的鱼被大水裹挟而来，汛期也是故道两岸逮鱼人最喜欢的季节。凫子手里常备着两把叉，一把是扁叉，一把是蓬蓬杈杈的灯笼叉，叉齿都打磨得发着寒光。叉尖带有倒钩，鱼一旦被叉中，想跑也跑不掉。扁叉入水快，主要叉火头、鲤鱼等个头较大的鱼，灯笼叉多使用在小鱼成群的地方，一叉下去，往往会有三四条鱼在叉上拧动，白白的、长长的很让人动心。

凫子仔细地看着水面，有气泡处即有鱼的踪迹，一叉投去，必有所获。在所有的鱼中，最好叉的是鲶鱼。鲶鱼虽然满身黏液，异常滑溜，但却是头大脑子少，傻乎乎呆乎乎的。只要阵雨一过，鲶鱼就会浮出水面，头动尾巴摇，优哉游哉地呼吸新鲜空气。凫子一叉过去，若没有击中，凫子也不急，因为这笨家伙记吃不记打。不一会儿，鲶鱼又摇头摆尾地露出水面，忘乎所以地四处游动。凫子憋住气，寒光一闪，一条胖胖的鲶鱼就被带出水面。

与鲶鱼相比，火头更难叉。这家伙凶狠莽撞，生性多疑，且反应敏捷，动作迅速，偶尔一露头吹了个水泡后马上又潜入水中。稍有风吹草动，倏忽之间，它会在你眼皮底下打个水花窜匿得无影无踪，并且不会像憨老鲶似的在老地方露面。凫子叉火头自有办法，那就是找火头窝。春季是火头产卵的季节，火头有护窝子的习惯，凫子在水边看到有鱼卵的水面，就会插上一根草棒，一旦发现草棒摆动，便一叉投去，十中八九。过了些日子，火头卵里的小火头出来了，这时候的凫子会沿着水边走，看到成片成片的水草间有一处脸盆大小的地方没有水草，还有寸把长的小火头苗欢快地游动，就知道这里是个火头窝，会有公母两只大火头在此处生活。凫子会掂着叉，一动不动地等大火头出来吐泡换气。

叉鱼讲究的是不能叉鱼的头部和尾部，要叉其接近头部的背部，一是容易入叉，二是叉到后的鱼使不上劲摆脱。要在电光火石之间稳、准、狠地完成选择和动作，并不是三两年能练成的。但凫子不，第一年摸叉，试了几次，便练就了很多成年人也达不到的叉鱼技术。

鱼罩是用竹子做的，一般的罩上口直径约二尺，高约三尺，下口直径约三尺半。下口和上口由十六根竹竿支撑，下面固定在约四指宽的竹片上。上下口用竹片把竹竿夹紧，用荆条或皮绳勒紧系牢，形成罩的骨架。然后在骨架周围用一指半宽的竹片编成围子，用细麻绳固定结实。在罩的上口，人们还会用旧渔网围住半个罩口，防备在摸鱼时，鱼会跳出罩外逃掉。

水浅时，凫子会把家里刷过桐油、悬挂在屋梁上的鱼罩解下来。走在水里的凫子两手抓住罩沿上口，鱼篓被一根长长的绳子拴着，跟在他的身后像一条大鱼浮出水面游。鱼篓里有空心干葫芦，凫子不担心鱼篓会沉入水中让里面的鱼跑掉。水不深，很多人在一个不大的区域里，有罩的，有摸的，鱼被吓得东奔西窜。凫子站着不动，时不时地突然间双手举罩"唰"的一声砍下去。罩内有没有鱼，别人凭的是感觉，凫子凭的是直觉。觉得罩内是空的，提起来再罩，觉得罩内有鱼，就会用力按按罩圈，根据罩内鱼的动静判断大小。要是感到罩被冲撞得很重，就知道罩住了大鱼，为避免大鱼逃走，凫子会扭头喊一声："来个罩！"同伴们都愿意帮他，把自己的罩接在他的罩上。这时凫子便会小心翼翼地弯腰侧着身子去摸鱼，尽量躲开头部和胸部，防备罩内的鱼冲撞，特别是罩住了大的火头。常有不知深浅的人伸手抓不住罩里的火头，就抬腿进入罩里，两腿在罩间搅动，得到的教训是惨痛的。圈在罩里的火头是疯狂的，无路可逃时，它会使尽吃奶的力气往外蹿。要是叫它顶到裆中要害处，那麻烦就大了。凫子年纪虽然小，却从没有吃过这样的亏，如果吃了这样的亏，凫子就不叫凫子了。

因水浅，凫子除了用罩外，还用泼网。在这样的时候，大多数人会用抄网。抄网是用一根手腕粗细的长杆前端固定一个撑起来的大半圆形的网子，网口簸箕大小。用抄网的人把网斜着没入水面，双手握着杆子往前推，差不多时，就用力端起来，网内往往或有或空。凫子一般不用这种网，凫子这时候用的是泼网。泼网比抄网要大得多，像展开的大被袱子，四周边缠绕固定。两根交叉勒弯的竹竿撑住四个角，竹竿中间绑一个木端把，端把后面有一个凹进去的托，正好扣住肩膀。逮鱼的人身后背一个鱼篓，鱼篓上挂一个油光发亮的葫芦瓢。逮鱼时，会弓着腰站在浅水里，网一边贴近水底，一边翘起。然后从身后的鱼篓上取下瓢，舀起水一瓢一瓢泼出去，直到把鱼赶到网里，这时一提端把把网提出水面，伸手用瓢把鱼抄起，往后一扣，看也不看就把鱼兜入篓中。

凫子拿着泼网在水边走着，这样的水不能太浅，也不能太深，附近要没有水草，最好是能被太阳照到的水面。凫子知道，鱼儿一般都喜欢温热的地方。凫子下网了，一开始几瓢水"哗哗"地泼得很远，而且是东一榔头西一棒槌漫不经心似的。近网了，凫子握瓢的手紧了起来，一瓢接着一瓢，一瓢水还没落下，另一瓢水已扬了起来。水泼到网口了，凫子"嘿"的一声把网提起，为了减轻分量，手会抖动几下端把，水花四溅，白花花的鱼在网中跳动。这时候网中的鱼大都是鲹鲦子、麻鲵鲇丁子之类的小鱼。但凫子可以保证网网不空。

故道人很少有人用撒网，一来是黄河故道相对来说渔季并不长，再说撒网是一个技术活，生手难以拿得起放得下。凫子不但会，而且网撒得很好。

行家一出手，便知有没有。看一个人撒网的功夫如何，网一出手便知。会撒的网成片，气定神闲口不喘；不会撒的一条线，弄不好还会被网带个跟头。初学撒网的人在实战之前总要在打麦场里练个十天半个月的，不然他绝不会提着网靠近水边——丢不起这个人。学撒网一学拢纲，二学叠网。一张撒网的纲绳有四五庹长，渔网出手必须保证纲绳不打结，其窍门在于把纲上下平放在手里。撒鱼时为使渔网张开，撒鱼人每次叠网都非常仔细。要撒网了，撒网人左手把网提起，右手在靠近身体的内侧提起半截网放在左手里，然后右手依次从右往左把网叠在手里，叠好后分一少半网给左手。撒鱼人提着网走到水边看好位置，右手在前，左手在后，腰一弓一挺，两膀一用力把网撒出，撒出的网像一个透明的大馒头"唰"的一声扣向水面。撒网要快，收网要慢。撒网人一脚前一脚后蹲在水边，慢慢收网，水底高低不平，快了容易让鱼跑掉。有时，也会偶尔停下来扽[3]一下网绳，在水面"唰"地揭起一片水花，探探网中是否有大鱼。渔网一旦露出水面，撒鱼人

---

3 扽：音 dèn，猛拉，使伸直或平整：把绳~直。

便会加快收网速度，网中的鱼临出水才知道自己已是大祸临头，会拼命挣扎蹦跳，网收慢了，网内的鱼会拱出网外。撒鱼人看到网底将要离水面时会猛地一提，有的鱼本来不在网内也会被趁着的水劲带到岸上来。撒网人提着网在地上撵了几下，确定没有漏网之鱼后，才会把网放在水里提着上下涮几下，涮掉网底的泥浆。然后把网摊到岸上，拣出杂草，腹白背青的鱼被收进篓里。

凫子每次撒网都会有很多人站在旁边看，同偶尔出现的撒网人相比，他撒到的多是大鱼。人们一边看，一边感叹，这孩子是纳鞋底不用锥子——针（真）行！

故道里的水沟野坑边有很多洞穴，有的是鳝鱼洞，有的是水长虫洞，有的是螃蟹洞。螃蟹洞是扁的，鳝鱼洞和水长虫洞都是圆的。鳝鱼洞和水长虫洞不同之处是水长虫洞一般贴近水面，而鳝鱼洞则在水面以下，并且鳝鱼洞里的水面会随着鳝鱼的呼吸有轻微的起伏。凫子会根据水的清浊，洞口细微的印迹及洞口水纹的波动，一眼就能找出鳝鱼洞的位置。只要找到洞口，钓到鳝鱼很容易。把蛐蟮[4]穿到钩子上，轻轻伸到鳝鱼洞口，轻轻逗引几下，只要觉着钩子被啥东西一挣，鳝鱼洞口的水面猛地一沉，那就是鳝鱼咬钩了。这时凫子会顺势一提，一条长长的黄鳝扭着身子就被带出水面，右手快速伸出，食指、中指、无名指上下交错将黏滑的鳝鱼扣住放入篓中。

鳝鱼一般会有前后洞，一旦发现鳝鱼在洞，凫子有时会在洞口周围寻找它后面的开口。他先把鳝鱼洞里的水搅浑，看看浑水从哪里冒出来。一旦确定后洞，凫子便将鱼篓口对着前洞等着，光着脚丫子伸到那后洞猛地一踩，这鳝鱼基本会随着洞里的水喷声入篓。

庄上有个捉鳝鱼高手，每每瞧不起凫子，下巴一翘，喊！虬子媅[5]蛋，他算个虮（几）？他钓鳝鱼时不许别人靠近，别人逮的鳝鱼他也一向看不上眼。有一天，凫子便和他的小伙伴合计操他一回。他们在一个满是芦苇棵子的野坑边用割草铲子的铲把捣了一个洞，并将洞下

---

4 蛐蟮：蚯蚓。
5 媅：音 fàn，鸟类、禽类生蛋。

103

面与坑水贯通，确保洞内的水面随着波浪有起有伏；然后用捉到的鳝鱼在那洞口来回擦，将洞口打磨得光滑溜圆，黏液层层。故道有个说法，八两以上的鳝鱼会有水长虫来保护它，他们又找了些蜕下的水长虫皮放在周围芦苇丛中……经过一番设计伪装，一个可以以假乱真的鳝鱼洞便做成了。

小伙伴里有个貌似忠厚老实却颇有心计的孩子，人称"老实玄"，凫子就安排他去走漏消息。得到有大鳝鱼洞的消息，这位高人野坑边看过后，很自信地对老实玄说："看洞口，这条鳝鱼最起码在二斤以上，周围又有大水长虫的保护，估计是鳝鱼王！"这人心里存不住话，天把的工夫，一个庄子的人都知道他发现了鳝鱼王。没过两天，大家也知道他被凫子他们几个小捣蛋给哄了，可他自己还蒙在鼓里。庄上人揣着明白装糊涂，见到他还会满脸期待地打听"鳝鱼王上钩没有？"他总是自信满满地说："快了！快了！瞎子磨刀，快了！"

后来的几天，这位老几天天蹲守在那洞口旁。凫子他们见他一边下钩一边不时地用白柳条在周围的草丛中竖打横扫，驱赶那暗中保护这条鳝鱼王的大长虫。一群孩子一边做着鬼脸一边捂着肚皮笑。直到多天以后，他老婆得知真相后劈头盖脸把他臭骂一顿，他才睡醒，脸憋得像个紫茄子。当然，几天蹲守他也不是一无所获，毕竟赚了个"鳝鱼王"的外号。 只是鳝鱼王没有斗过鱼王。

凫子毕竟是个孩子，是个孩子便往往还没抽掉懒筋。这时他会和小伙伴一起打好堰放好须笼，然后再一起去洗澡、捣蛋、偷桃、扒瓜，玩够了再来收鱼。

须笼的形状像一个大凹腰葫芦，是用黄河故道里的芦苇破成苇篾子精心编制而成的。须笼半人多长，分大入口、中入口，中入口后面有倒须。下须笼前要先打堰，这种逮鱼的方式最简便又不费力气。把堰打好，放好须笼，你尽可以忙别的事去，只要到时候来拿鱼就行了。堰打好了，须笼放好了，水通过须笼后哗哗地淌着，鱼在水里游，游着游着碰到了堰，就想找个地方顺水走，这一走，便一头扎进了须笼里。

104

须笼中间有倒须，许进不许出，鱼虾至此，左冲右突后只能乖乖就范。须笼里逮到最多的是小蚂虾、小鱼，也有刀鳅、鳝鱼。刀鳅兒子他们一般是不会要的，拣出来随手就扔了。而蚂虾，兒子也不喜欢，"吃蚂虾诳嘴"，远不如吃鱼来得实惠。

当兒子懒得下水而又童心大发时，也会钓蚂虾玩。兒子有一根很小的钓竿，是他砍了人家一棵小竹子自己制的。竹竿砍来了，先削去旁枝和丫杈，然后在火上烤，边烤边用手捋，弄得直直的。这时在细的一头拴一根渔线，从鸡窝旁边拾一些长鸡毛，扯去管旁的细毛，把鸡毛管剪成不到一寸长的几截，穿在线上，线头穿着一个小号鱼钩就成了。兒子会在水缸旁阴湿的泥地里挖一些黑色的蛐蟮，用破碗端着，来到庄里的大水坑边。不知啥时候，为了排出大水坑里的水，庄上人挖了一条深沟与黄河故道相通。为了方便，又在沟上修了座小石桥，并砌了大大小小的石块护着桥端，形成了很多小石洞。太阳出来了，水很清，站在岸上可以清晰地看到水底。大大小小的石洞口的蚂虾活泼地爬行，连一根根的虾须都看得一清二楚。把钩子放到水里，让蚂虾自己来上钩，是很慢的，小孩子也没这个耐性。兒子不让自己闲下来，他下了桥，蹲在近水的地方，把钓竿放下，不看浮子，单提着线，对着一个一个的石洞口，上下左右地牵动那穿着蛐蟮的钩子。这样，洞内洞外的蚂虾立即就被吸引来了。蚂虾很聪明，并不立刻就把穿着蛐蟮的钩子往嘴里送，它只是先用大钳子拨动着试探。要是这时候浮子在水面，就会微微的抖动，此时收竿把线提起来，蚂虾便会立刻松开大钳。但兒子只把线微微地牵动，引起它舍不得的欲望，它反用大钳子钩紧了，扯到嘴边。但这时它还不往嘴里送，又在做试探，把钩子一拉一推地动着，于是浮子在水面跟着一上一下地浮沉起来。兒子再把线拉得紧一点儿，它这才把钩子拉得紧紧地要往嘴里送了。然而，要是只凭着浮子的浮沉，蚂虾会常常脱钩的。有些聪明的蚂虾常常不把钩子的尖头放进嘴里，它们只咬钩子的弯角处。每遇到这种吃法的蚂虾，兒子就把线搓动着，一紧一松地牵扯，使钩子正对着它的嘴巴。

看着好像它把钩子吞进去了，但凫子这时还不立刻提线，他要把线轻轻绕到蚂虾的反面，让钩子扎住它的嘴角，然后才用力一提，它才"嘶嘶"地弹着水离开了水面。凫子把钩子从蚂虾嘴里拿下来，把蚂虾扔到一个小桶里，再取一个新鲜的小蛐蟮放在左手心，用右手轻轻地拍两下，把旧的去掉，换上新的，第二只蚂虾又很快上钩了。同一个石洞常常住着好几只蚂虾，洞外又有许多散心似的蚂虾爬来爬去：腹上鼓鼓的贮满虾子的母蚂虾，全身长着绿苔的老蚂虾，晶莹透明的活泼的小蚂虾，这些蚂虾一个个都上了凫子的钓钩。

"凫子就是能，钓蚂虾都比别人钓得多！"桥上来来去去的人说。凫子笑笑不说话，任大大小小的蚂虾在小桶里上下左右地叠着堆着。

要钓鱼了，凫子换了长竿，在水边用钓竿探一探距离，试一试深浅，找适合下钩的地方。从水面的气泡凫子一眼就能看出水面下是啥鱼。单独气泡的是曹鱼，成群的大泡沫是有着游行性的鲤鱼，成群的细泡沫是有着固定性的老鳖。凫子根据鱼的种类，决定使用什么样的蛐蟮。瘦长的红蛐蟮是曹鱼的最爱，但鲤鱼和老鳖是不太会吃的，它们喜欢吃胖胖的黑蛐蟮。

凫子这次钓的是曹鱼。他把一条红蛐蟮拍死，穿在钩子上，往自己看准的地方丢下去，然后一手提着钓鱼竿，静静地站在岸上注视着浮子的动静。水面平静得镜面一样，七粒浮子有三粒沉入水中，连细微的颤动都看得见。鱼钩离岸较远，小鱼小虾是不去的。曹鱼开始探钩了，这从浮子上可以看出来：最先，浮子轻微地有节奏地抖了几下，这是曹鱼在试探，钓竿不能动，一动它就走了；随后水面的浮子一粒或半粒沉了下去，又浮了上来，反复几次，这是它把钩子吸进嘴里又吐了出来，钓竿仍不能动，一动，还没深入的钩子就从它的嘴边溜了；最后，水面上的浮子两三粒一起突然往下沉了下去，这是它完全把钩子吞了进去，凫子这时候迅速把钓竿提了起来。凫子知道，要是慢了半拍，等本来沉在水下的三粒浮子送上水面，那就是曹鱼已将诱饵吃下脱钩而去了。

凫子摸鱼只当是玩。夏天，他和一群孩子赶着羊到故道里放羊，羊群啃着青草，大大小小的孩子则在窝子里洗澡。大大的窝子是一个呈锅状的水坑，周围浅，越往里走越深。一般的孩子大都不敢到窝子中心去，他们只在窝子浅一些的地方玩闹，水被他们搅得如同稠粥。天越来越热，吃得差不多的骚狐头、水羊在柳树的凉影下趴着倒沫，窝子里的鱼也贴着凉凉的河床一动不动。这时候，小孩子便用手顺着水下河床摸，摸到硬硬、滑滑的，就两手兜住，一条不大的鱼儿被捧了上来。多是拃把长、指头长的鲹鲦子、麻鲵鲇丁子、小鲶鱼、泥鳅之类的小东西，有时还会摸到鲶鲶燕儿。鲶鲶燕儿这种鱼背鳍的最前端有一根钢针一样的硬刺，平时贴在脊上，遇到危险时刺便竖起来，在挣扎过程中，那根硬刺往往会扎进摸鱼者的手指或手心。硬刺上应有一定的毒素，因为被扎过后要疼痒很长一段时间。摸鱼的孩子"嗷"的一声把鲶鲶燕儿扔回水里，一边用另一只手捏住被鲶鲶燕儿硬刺扎过的地方，一边疼得弯腰吸气。凫子一看，大喊："快尿尿！快尿尿！"被鲶鲶燕儿扎过的孩子站着身子"哗哗"地往水里尿。凫子气得大骂："你个熊笨蛋！你是吃老母猪奶长大的？快往手上泄！"小家伙这才知道凫子让他往被鲶鲶燕儿扎过的地方尿。半泡热尿泄在手上，疼痛感立马消失了。

　　凫子则在水深的地方玩着各种姿势，有时候会一个猛子扎下去，端上来一只小锅拍大小的老鳖，送到柳树下给几个小点的孩子玩。看着圆圆的灰不溜秋的东西，一群小家伙又兴奋，又害怕，可谁也不敢伸手逗弄它。一群人围着老鳖转，围着老鳖看，当老鳖伸出头来看看动静后快速往窝子里爬的时候，又一个个大呼小叫的，只敢用鞭杆子捣着它的硬壳。凫子看没有人敢玩，就上前一把抠住老鳖的硬壳，身子转了两个圈，扔铁饼一样把老鳖扔进窝子里。老鳖这家伙又腥又难弄，很少有人买，也很少有人吃，还不如送它回老家。老鳖在空中旋转着越飞越远，最后"啪"的一声仰身落在水面上，硬壳贴在水面打水漂般"欻、欻、欻！"地又往前蹿了几蹿，摔得七荤八素的。被摔蒙了的老鳖清醒后，四个小短爪拼命地刨着，一个跟头钻入水底，暗自庆幸遇到了贵人，逃过了一劫。

看看太阳快正南了，该回家了，一个个孩子被水泡得眼睛通红，嘴唇乌紫，惨白的手掌、手指肚一按一个坑。出水后拍打掉吸在身上的黑蛐蜷一样的蚂蟥、两头小中间粗暗黄色的蚂蟥，手里提着用柳枝或细芦苇穿腮的一串小鱼。这时凫子又一个猛子扎进窝子心，半天不出来。鱼这东西，当它在泥窝水草、河床上休息时，并不轻易游动。人的手摸到它，它还认为是别的鱼碰到它呢。在稍浅的、水有些浑的地方，凫子就用手摸。凫子在窝子深处的清水里能睁得开眼，要是小鱼，凫子就放过它，要是大鱼，凫子会迅速把它的腮抠住。水里的鱼"斤鱼斗力"，不过，要是把它的腮抠住了，它就失去了气力，逃脱不了。岸上的孩子等得心焦了，这时，水面响起"哗"的一声，凫子一只手抠住一只大鲤鱼的腮，嘴里还咬着一条尺把长的草鱼，踩着水向岸边游。

黄河滩上有时一年会收某种庄稼，就是庄稼人并没有对某种庄稼给予特殊的照顾，但这种庄稼却长得出奇的好、出奇的丰收。黄河滩上会收某种庄稼，黄河故道里也会过某种鱼。就像大家不知道哪年收哪种庄稼一样，过的鱼是哪个种类也不一定。过蚂虾时，随便在啥地方下个筛子、箩筐伸到水里，端上来滤去水就是半下子，长长短短的蚂虾舞着须子乱动；过鲤鱼、鲶鱼、草鱼、混子、火头之类的鱼时，站在水里鱼都往你的腿上碰；过黄鳝、泥鳅时，水面下滑腻腻的让胆小的人轻易不敢下水。过老鳖、螃蟹时，因黄河故道很少有人吃这两种物件，也就没有多少人下水去逮，只不过提着灯笼在岸上看，看老鳖成群结队地划着短桨往前游，看螃蟹举着两只大螯吐着白色的泡沫横着走，"唰唰"有声……无论过哪种鱼，都是一夜之间的事儿，第二天睡醒了再去想好事，那是黄花菜都凉了。逮鱼人都盼着过鱼，但谁也不知道啥时候过鱼。凫子知道，凫子会在天挨黑喝汤时眯着眼轻描淡写地说，今儿黑来大河里要过啥啥鱼。初时，谁都不信，嘴一撇：

"喊！你个小屁孩说过啥鱼就过啥鱼了？"但夜里真的过了像凫子说的那种鱼。第二次凫子开始装神弄鬼，盘着腿坐在庄头石磨上，左手抱怀，右手拇指快速地掐着另外四个指头，嘴里嘟嘟囔囔，一群人围着他看。过了好一会儿，凫子"腾"地跳起来，两只眼睛亮亮的，喊一声今儿黑来过啥啥鱼。拔腿就往大河跑。听完凫子的话，一群人都喊着，带动半个庄子的人拿着各种逮鱼、装鱼的家伙跟着凫子去大河，个个满载而归。夜里回家后，他娘问他："大水，真的会算过啥鱼？"凫子咧嘴一笑："娘，我哪会算！我是看出来的。我是跟他们闹着玩的。"他娘说："往后可不能这样玩啦！知道过啥鱼了就给大家好好说，不要跳大神似的哄人。要是庄上的人都把你当成神汉子，长大了连个媳妇都说不上。"说得凫子嘿嘿直笑。从这以后，故道里再过鱼时，凫子只是说今儿黑来可能要过啥鱼。再没有人和他饿着了，因为凫子是鱼神、鱼王，跟着凫子走，看鱼欢死狗。关于鱼的事，凫子从来都是一说一个准。

凫子的鱼始终都是鲜的，他逮的鱼往往还没来得及走到集上，在半路上就被人捷足先登了。要是没有日本鬼子进入黄河故道，凫子也只是一个识水性也识鱼性的民间奇人而已，过着平静而又有点传奇的安生日子。鬼子来了，凫子的命运也改变了。

日本鬼子来的第三年汛期时，扫荡扫到了黄河滩，受维持会的人撺掇，鬼子让凫子逮鱼给他们吃。凫子跟着他们走到庄子当央的大坑边，蹲在水边用手拍着水面，时轻时重，时快时慢，时长时短。等凫子下网时，逮上来的都是小不丁点的又丑又瘦的鱼秧子。鬼子的鼻子都气歪了，回头吹着小胡子瞪那个维持会的人，维持会的人忙上前，让翻译对着鬼子"咿哩哇啦"说了一通日本话，鬼子就端着枪押着凫子去黄河窝子逮大的。

只不过，凫子一去不复返，再也没有回家。凫子他爹和全庄子的人到窝子里找了又找，捞了又捞，啥也没见着。凫子爹娘伤心地说，凫子要么被鬼子砍死了，要么在给鬼子摸鱼的时候被淹死了。就在凫子爹娘伤心欲绝时，河套里的黄河窝子出了奇事。

鬼子知道了黄河故道的窝子水清、鱼多，还有成片成片的藕叶、莲蓬花。一个麻鸹油吃香嘴了，便常常有成队的鬼子借故道扫荡之机在这里洗澡、掐藕叶、摘莲蓬花，还用大枪逼着人帮他们逮鱼。为不沾是非，附近庄户人最喜欢去的窝子，再没有谁想去了。即使正在距窝子不远处干农活，看到鬼子来了，也都惹不起躲得起，或跑得远远的，或蹲在庄稼棵子里。一个好好的窝子被鬼子狗撒尿般占住了，窝子里成了啥样子？只有被鬼子强迫去逮鱼的人知道。

庄上被强迫给鬼子逮鱼的人闷声闷气地对大家说："藕叶很多都被扯碎了，鬼子刚开始掐藕叶时被藕莛上的毛刺扎了手，气得把浅水处的藕叶莲蓬花全都用刀砍了，一个好好的窝子被他们弄得乌烟瘴气的。"说得大家直生气。他还告诉大家另一件事儿，又惹得大家哈哈大笑了一阵。说是鬼子在窝子里洗澡时，不知哪个鬼子摸到一只大老鳖抱上了岸。鬼子不知道老鳖的厉害，一个个争着用手翻老鳖的硬壳，拽扯老鳖回缩的脚爪。老鳖因害怕头缩进壳里，任他们摆弄。后来他们开始把老鳖踢来踢去，扔来扔去，把老鳖惹恼了。当一个鬼子想把它抓起来再扔时，它伸出头来一口咬住了鬼子的手指头，疼得鬼子满嘴的鬼话，说的啥，他也听不懂。老鳖咬住鬼子不松口，他提着老鳖像提着一个大大的、一面灰一面白的啥好玩的玩意儿。一群鬼子围着他转，在地上摔，狠砸老鳖的硬壳——谁也没有办法让老鳖松口。维持会的人对翻译说："听说老鳖听见驴叫才会松口！"可翻译跑出芦苇丛上岸后四处看，四下里连个人影都没有，更别说毛驴了。鬼子手指上的血"滴答滴答"地淌了出来，老鳖嘴里有了腥味，咬得更紧了，鬼子嗥得没有人腔。翻译便让维持会的人学驴叫，被请君入瓮的维持会的家伙无奈之下，只好扯着脖子："呜啊——呜啊——"地学驴叫。不知是维持会的人学得不像，还是老鳖知道是哄它的，坚决不松口。无奈之下，鬼子只好用刀把老鳖的头割了下来，但和身子已经分开的老鳖嘴还是掰不开，老鳖头弄不下来。一群鬼子只好快速草草整队回据点，被老鳖咬住的鬼子让别人扛着枪，自己一只手捧宝贝似的捧着另一只手，手指头上还吊着个老鳖头。

大家都笑出了眼泪，心里也在想，不知是不是鬼子以前放过的那只大老鳖，说不定就是那只老鳖来给鬼子报仇的呢。笑过想过之后心都痛着，也只能叹口气，对这帮有刀有枪不吃粮食的外国矮锉杂种能有啥办法呢？想到窝子，也就想到凫子，那是一个多能的孩子啊！竟然活活地被日本人杀了。因为他们都知道，再深的水也是淹不死凫子的。

鬼子去大窝子作恶，一次两次没啥，时间一长，生古事儿就出来了。

鬼子发现，他们好几次来大窝子，上岸时人数总是不足，总有一两套衣服、一两杆大枪没了主儿。鬼子四下搜索，也找不到人影，活不见人死不见尸的事儿让维持会的人也没法解释。维持会的人找来附近庄子的保长，把他带到鬼子面前。保长一脸神秘地对鬼子说："皇军不知道吧？这窝子里有水怪。住在这一片的人都知道，很多人都见过。那水怪身子像牛一样大，头像个大笸子，嘴一张小簸箕似的，夜里出来时，两个眼像两个红灯笼。你看，窝子里苇子长得多，草长得旺，藕也多，鱼也多，就是很荒，没有人气，那都是因为平常谁都不敢去那里。"鬼子虽然不信，但却觉得士兵失踪得有些古怪。但狗改不了吃屎，再加上窝子对他们的诱惑力太大，他们还来洗澡，还来逮鱼，当然，还会有鬼子不时被"水怪"吃到肚子里。鬼子有些气恼，也有些恐惧，便派了二十个人的扫荡队前来探个究竟，同时还让五十个伪军封锁大窝子四周芦苇丛外围，负责警戒。

二十个鬼子穿过芦苇丛的缺口来到大窝子边，把三八式大枪架在草地上，脱得浑身上下无条线儿握着战刀或刺刀慢慢下了水，一直到水淹胸口窝时，也没探到"水怪"的影子。他们放松下来，开始砍苇子和藕莲，"嚓嚓"声中，指头粗的苇子应声而倒，锅拍大的藕叶应声而落。就在这时，突然从对面的藕叶丛中"唰"的一声飞出一只黑乎乎的不大的团蛋儿。鬼子还以为是他们惊飞的水鸟呢，抬头看着它，

"咿哩哇啦"地乱叫，咦？这只中国水鸟怎么没有翅膀呢？鬼子疑疑惑惑地互相看着。就在"水鸟"下落距水面三尺左右的距离时，"轰！"的一声爆炸了，几个鬼子被弹片击中脑袋，惨叫几声后，一个个横尸水面，水面被脏血染红了。鬼子们做梦也不会知道，那是一颗他们日本人制造的最新式手雷。

游击队！剩下的鬼子转身"泼剌、泼剌"光着腚往岸上跑。冲上岸后，顾不得穿衣服，先后摸枪，"乒乒乓乓"向窝子里射击。其实他们开枪也是白开。鬼子的三八大盖算是穿透力较强的枪了，射出的子弹也只是初入水时尚有杀伤力，子弹到水下一米左右，就会因水的阻力而飘飘摇摇如同一只小鱼儿。水性好的人潜伏在水深处，半根毫毛也伤不着，高兴时还会伸手接住子弹头。

窝子里枪响了，封锁在外围担负警戒任务的伪军以为里面的皇军和游击队接上了火。一个个缩着脑袋、心跳如鼓，沟沟汊汊被苇子绊着一步趄不过四指地往里走，枪口对准窝子。里面的枪声密如爆豆，伪军透过随风摆动的芦苇棵子，好容易才看见窝子边一群光着身子的人端着大枪朝窝子射击，以为是游击队在打寻找"水怪"的皇军。在他们眼里，皇军一直是军纪严明的，天再热，也是鞋是鞋帽是帽的，绝不可能一丝不挂地打仗，能这样不要脸的打仗的，肯定不是啥好东西。伪军们在芦苇丛中半蹲半跪"哗啦哗啦"地拉动枪栓，眯着眼瞄着白皮光板猪一样的东西扣动了扳机。

芦苇棵子中枪一响，窝子边草地上的鬼子以为芦苇丛里也埋伏有游击队，一半人转身趴在地上朝芦苇丛里射击，"嘎勾！嘎勾！"枪声响成一团。这时从藕叶如盖的莲蓬花丛里又接连飞出两颗手雷。窝子里外一起开火，二十多个鬼子倒下了大半。直到趴在地上的绝望而又疯狂的鬼子红着眼喊出"嘎叽哏"时，伪军们才知道瞄错了敌人开错了枪。只是此时双方都是损失惨重，各损大半。

鬼子一边朝芦苇丛大骂"叭嘎"不止，一边把活着的胆战心惊的伪军的脸个个扇成了紫茄子。日本鬼子气得吹猪的似的让伪军们下水打捞尸体，伪军们一个个脸苫戚得蛋皮似的，但又不敢不去。一个个战战兢兢地下了水，嘴里不住念叨："'水怪'呀，你是中国的'水怪'。中国'水怪'可不要吃中国人啊！"就在他们在齐肩深的水里抓住一具尸体扯着腿胆战心惊地往外拖时，又有一颗手雷飞出，炸死了好几个伪军。其余的伪军撒开拖尸体的手转身朝岸上划，有的被水草绊住了脚，还以为是"水怪"抓住他的脚脖子要吃他，吓得脸色惨白，四肢无力，"咕嘟咕嘟"几口水就呛晕了，张开手瞎扑腾几下便沉了下去。鬼子无奈，只好抬着岸上的尸体撤走。

第二天，来了更多的鬼子，抬着强征来的几条小船押着小船的主人来到窝子里。水鸟在芦苇丛里"呢喃吱喳"，水面如镜，如果不是芦苇丛里和草地上有枪战留下来的弹壳，谁也不认为窝子里外昨天死了一群人。鬼子把岸边的芦苇全部砍倒，又逼着人划船把窝子里的藕叶、莲蓬花都砍净，接着把几捆长柄手榴弹扔进窝子中央，把窝子里的水炸成冲天水柱，只不过连"水怪"的一根毛也没见着。

日本人对黄河窝子既怕得要死，又恨得要命。可是又说不清是他们惹了水怪，使水怪用神秘力量用他们自己的手雷炸他们自己，还是游击队送他们中的一些人先他们一步回了东洋老家，见他们的天照大神去了。

他们不明白，可庄上人都知道咋回事了，大家都说："肯定是鬼子这小子干的。要不是他，谁还有那么好的水性？这家伙对窝子太熟了，比自己家的屋当门儿还熟。看到窝子被鬼子糟蹋了，还能不出来治治他们？"

说是说，可谁也没见到鬼子，被满庄子的议论引起一丝希望的鬼子爹娘时不时地到大窝子边看着窝子发愣。窝子没有了苇子，没有了藕叶、莲蓬花。水面很静，偶尔有耐不住寂寞的鱼儿蹿出水面"噗噜"一声打个水花。他们失神地看着水面，希望儿子又从远处的水中探出头来，对他们喊："我在这里！"如同儿子七岁时那样。但他们没看到儿子从水里出来。

　　两口子揪心揪肺地熬着日子。过了一段时间的夜半时分，有人敲他们家的窗户，原来是黄河抗日游击大队派人来到他们家，给凫子爹娘送了慰问品并向他们口头报喜，同时感谢他们生养了一个机灵大胆的好儿子。

　　这时候，凫子的爹娘才涕泗横流、喜极而泣："孩子还活着！"

保长赵六

在庄上你要问谁是赵保福，五六十岁的都知道。那是个八十多岁、矮矮胖胖、活着的时候整天笑呵呵的、和善的小老头儿。要问谁是赵六，那就要问庄上年龄最长的老人。他会对你说，赵六就是赵保福，他之所以改名赵保福，是因为他冒充过庄上的副保长。他还有一个名字，叫赵大六，那是因为他后来当了两年保长。一堆绕口令似的话，把说的、听的人都绕晕了。

赵六走马上任这个比针鼻儿还要小得多、入不了品的官儿时已经是四十多岁的人了。一个庄的人谁都想不到，大字不识一个、憨乎乎的他竟能当上保长。有人说他是走了狗屎运，有人说他是哑巴吃扁食——心里有数的憨老刁。不然的话咋能当上保长？

赵六身高刚过门鼻子，不往高里长却往横来长，腰圆圆的，走路一拧一拧的，像个员外。黑黢的脸宽宽的，鼻子眼都被脸上的肉挤得相对小一些。鼻子眼被肉挤了，耳朵不受牵扯，喝着号长成了一对大大的招风耳，很有喜感。赵六之所以会这么胖，一是他会吃、会睡、不喜欢用脑子，一天到晚乐呵呵地咧着个嘴进进出出；再一个，他完全属于那种喝凉水都长膘的人。你想想，庄户人能有啥好吃的？赵六从春到冬一年到头都敞着怀，腰里系一根自己都不分清颜色的大带子，寒冬腊月都袒露着红扑扑、肉乎乎的胸脯。加上一年四季的光头、整天乐呵呵的神态，活脱脱一个不知愁苦的弥勒佛转世。

赵六有两大长处：一是力气大，盖屋上梁、出殡请棺这样的力气活，非他莫属，庄上谁家的重活他都主动干，只要管顿饭就行。饭量不算大，也就一般人。二是性情直，直得脑子不大会拐弯，别人说啥他都当真，是个实猴子，不知道底细的人会认为他有点儿憨。赵六喜欢孩子，走到街上见到小孩总要捏下腮帮刮下鼻子逗一逗，不管是怀里抱的，还是三两岁的。孩子被逗急了，嘴一撇想哇啦大哭，还没等哭出来，赵六已经用胖手揪着自己的大耳朵，挤眼攒鼻吐着舌头做鬼脸，又把孩子逗得咯咯一笑。

如果不是日本鬼子来到黄河故道，赵六可能一辈子就这样乐呵呵地走完自己的一生。鬼子来了，赵六的人生道路同故道其他人诸如西边庄上的凫一样被鬼子带得拐了个弯。

来到黄河故道的鬼子，枪也响炮也响，弄得故黄河滩整天不得安生，大人喊小孩叫地整天跑反。庄里很多人没见过日本鬼子，赵六家西边隔了三四家有个做小生意的，他在杨楼火车站跟鬼子脸对脸的照过面，他比比画画地说："小鬼子矮矮的，都是不到四尺高的小萝卜头，还没有他自己手里的枪高。鼻子下留一撮小胡子，像趴了个小屎壳郎。"并开玩笑说："赵六要是鼻子下粘撮小黑胡子，就和小鬼子没啥两样了。要是再换上小鬼子的那身皮，他二舅五大爷也分不出是真是假。"

玩笑是玩笑，平常庄上人也和赵六闹着玩，赵六也只是笨口拙腮惜字如金地斗斗嘴，傻呵呵地一笑了之，从不往心里去。可这个玩笑让赵六听了心里不高兴了，暗骂给他开玩笑的人，因为把他比成了不是中国人的日本鬼子。赵六更骂日本鬼子，心里恨恨地，怼这些龟孙羔子不在家好好地耕种自己的一亩三分地，大老远地跑到俺黄河滩来弄啥？

骂是骂，恨是恨，可小鬼子似乎要在黄河故道扎下根来。在杨楼、黄口、张集、庄里砦等地抓人、拉石头、拌洋灰、砌青砖盖炮楼。炮楼盖好后，还要在炮楼顶上挂一面小孩屎褯子一样的旗子，在风中趾高气扬地东飘西抖。吃饱了喝足了，就整天吆五喝六地由汉奸翻译带队不是扫荡就是清乡。这时候，故道北岸赵台子的黄玉平组织的抗日队伍——黄河抗日游击大队也明里暗里在徐州西北部萧县、铜山、丰县这一段的黄河故道两岸活动，虽然说不上神出鬼没，也是隔三岔五地把小鬼子戳得肉疼。黄河大队边打鬼子边宣传抗日救国，用庄户人听得懂的话告诉庄户人："日本人、汉奸是坏蛋，游击队是亲人。咱们大伙儿要把五个手指头攥成团，把小鬼子赶出咱黄河故道、赶出咱中国去。"

赵六住的庄子是黄河大队的落脚地之一，黄河大队的人都知道赵六的秉性——性子太直，直得不翻盆儿，领会东西慢。但要是他真懂了，他就会印在脑子里，抠都抠不掉。这要有人掰开了揉碎了给他说。

一天黑来，黄玉平身边的猴子完成侦察任务后住在了赵六家。两人脚对脚坐在一个被筒里，脸对脸地聊天。长手长脚的猴子说："六子哥，你知道啥是鬼子不？"赵六说："知道。"猴子又问："知道啥是汉奸不？"赵六说："不知道！"猴子问："知道岳飞不？"赵六囫囵半片地听过《说岳》，"嗯！"了一声点点头。猴子问："知道是谁杀的岳飞不？"赵六说："不就是那个奸贼秦桧吗？"猴子说："对，秦桧就是岳飞那时候最大的汉奸，是个吃锅里屙锅里不干人事的东西，专帮别人杀自家人。东庄秦老财的三小子跟秦桧一样，也是个吃红肉拉白屎的弯巴孩子，别人给他块骨头让他咬自己爹娘，他都会龇着牙往爹娘身上扑！"赵六愣了一下，说："那咋秦桧和秦家三小子都姓秦！"猴子笑了笑说："龙生龙，凤生凤，老鼠生儿会打洞。那是因为秦桧是秦家三小子的祖宗！"赵六扢了扢光头："不对。那一次俺赶集听秦老财说他的先人是秦琼。"猴子"呸！"了一声说："他也不尿泡尿照照他那熊样，他咋不说他祖宗是秦始皇？秦琼是谁？赛孟尝秦叔宝仗义疏财，为朋友两肋插刀。秦老财是个啥东西？就知道喝穷人的血、舔鬼子的腚！"赵六听过《隋唐演义》，知道秦琼是隋唐英雄中第十六条好汉，肯定和秦老财这样的人扯不上。猴子问："这秦家三小子大名叫啥来着？"赵六说："叫秦凤梧，俺小时候都叫他疯五。听说他娘生他时，他达达夜来做了个梦，梦见凤凰落到他院里的梧桐树上，就叫他凤梧了。"猴子一挤眼："要是他达达做的梦是一只公鸡落到他家菜园的篱笆上，那他该叫啥？"赵六想了想，哈哈大笑起来，用短胖的手指点着小瘦猴子："你这家伙起来的！"两人唧唧咕咕小半夜时间，猴子让赵六弄懂了啥是汉奸，汉奸又是干啥的了。憨憨直直的赵六一个念头刻在了心上，"杀鬼子！杀汉奸！"

赵六真的这样干了。

一天，赵六孩子姥娘病了，媳妇带着孩子回娘家看看当天没回来，一个人在家的赵六黑来喝汤时连晌午的剩馍剩饭也懒得过把火，就风卷残云般地进了肚。到了夜里，赵六的肚子开始翻江倒海，肠先生和肚先生叽里咕噜地挤挤闹闹，赵六一夜不知跑了几趟屎茅子。

公鸡打鸣了，天亮了。当家家户户做饭的风箱声"呱嗒呱嗒"响起的时候，赵六又皱着眉、苦戚着脸，两手把提着裤子几乎小跑着到屋山西头的屎茅子里，在里面"吭哧吭哧"地蹲着。庄里庄外远远近近有人喊"鬼子来了！鬼子来了！"一个庄的人训练有素一样，舀一舀子水把锅腔里的火浇灭，牵着羊抱着鸡往黄河故道里跑，去钻芦苇棵子。

在屎茅子里神情专注捂着肚子的赵六没听见，等他捡块墙角的坷垃头擦好腚，慢慢系好裤腰带走出院门时，他一下子感到怪怪的，整个庄子就好像只有他一个喘气的。树上没有鸟，地上没有鸡鸭鹅狗，也听不见风箱的呱嗒声，静得有些瘆人。这个时候应该是庄子最热闹的时候，咋回事呢？赵六不知出了啥事，一大早的，一个庄子的人都弄哪儿去了？他用厚厚的手掌短粗的手指搂撸搂撸光头，向庄东头的老井走去。井沿边是个人场，半截庄子的人有事没事都好在那里说说话拉拉呱。

当赵六由西向东走着晃着快到那眼老井边时，听到南边有杂乱的脚步声。赵六紧走几步转过一家的院墙往南一看，毁了！一个人领一群鬼子离他不到三丈远了。赵六心一慌小肚子一沉，咕噜连声，又想蹲屎茅子了。

赵六一伸头就被那群家伙看见了。赵六平时反应就比别人慢半拍，这时候还没等他脑子转过圈来，鬼子已快步走到他跟前。鬼子小铁锅一样的铁帽子倒扣在头上，耳朵边各有一块布，猪耳朵似的随着脚步乱扇乎，一个个端着枪，明晃晃的刺刀对着他，差不多要戳到他圆鼓鼓的肚子。赵六以前只是听说过鬼子，还没见过真鬼子，这会儿看见了，连脸上的黑雀子都看清了。他们的个子真的和他差不多，短短的小腿用黄布缠绑着，一个个走路呈外八字。一个没戴铁帽子，布帽子前面有颗星星，脚上穿着过膝盖的靴子，腰里挎着长刀的鬼子"叽里咕噜"地不知说些啥，边说边用戴着白手套的手对着赵六指指点点。带着圆圆眼镜的瘦翻译走了过来，右手端着王八盒子点着赵六厚胖的胸脯。赵六一看，这不就是东庄秦老财家的三小子吗？赵六打小就认识他。有一次在故黄河滩上放羊时，因这小子对一个要饭的小女孩儿使坏，小女孩儿让他惹得哇哇大哭，被赵六摁倒揍得鼻青脸肿的。当然回到家后，赵六又被老爹打得鼻青脸肿的。后来，听说这小子到东边的徐州府上学去了。过了两年，他达达秦老财又卖了几大车粮食、挖出埋在堂屋门后青砖下的一小坛子银元，费劲巴拉地把这小子送到天边的日本国去念书，一心等着他回来光宗耀祖。想不到这小子到了日本国把书念到狗肚子里去了，学业弄得半生不熟就当了翻译，领着鬼子回来坑害街坊四邻了。

正当赵六头脑懵懵的手脚没地方放时，领头的鬼子"唰"地从腰间刀鞘里抽出长刀架到了他的脖子上，吹胡子瞪眼地"咿哩哇啦"又说了一通日本话。赵六战战兢兢转着脖子去看秦老财的三小子，秦家三小子说："你个憨货看啥看？太君说你是黄河抗日游击大队的干活，要砍你的狗头。"

在没有任何心理准备突然遇到生命威胁的情况下，大多数人的第一感觉还是怕死的，没见过啥世面的赵六这时候也怕死。

赵六感觉到那发着冰凉寒气的刀刃好像已割破了脖子上的一层油皮，他的心一紧。平时要想让赵六有啥快速反应那是太难了，但在这性命攸关的当口，他一下子想起了猴子给他说过的，他有时候去杨楼刺探情报，见了鬼子就要喊"太君"或"皇军"。这会儿眼见小命就要没了，强烈的求生欲望使赵六电光石火之间一闪念，大声说："我不是黄河大队的，我是保长，是庄上为太君办事的！"声音大的连他自己都吓一跳，耳朵里"嗡嗡"直响。他吓一跳，留着分头的秦家三小子也吓一跳，兔子一般蹿到了一边，脚底下被绊了一下，手里的枪差一点儿走了火。他感到自己在太君面前失了态，瘦棱棱的脸红得像两片猴腚，对着赵六大吼道："你他娘的喊什么喊？叫魂咋的？保长上次我们见过，根本就不是你这个憨熊。你说你是保长，那个瘦瘦的、长着刀条脸的是谁？"到这个时候了，伸头是一刀，缩头也是一刀。该死该活屌朝上！赵六牙一咬，脖子一拧："我，我……我是保副！"

"保副？"秦家三小子龇着抽大烟抽黑的里七外八的牙，掂着枪指指戳戳，"就你这个憨熊样子还是啥保副？就这么个腌眼子大的小庄子还有啥保副？"

赵六怕极了，冒充保副已突破了他的智商极限，一见秦家三小子这个样子，更不知咋说才好，只能一个劲地点头。不知啥时候他那招牌式的傻笑竟浮到了他那胖乎乎的脸上，表情显得挺真诚。鬼子头儿见赵六连连点头，且面带微笑，竟鬼使神差地相信了他，把长刀"唰"地收回鞘里，伸出手拍拍他的肩膀说："保副？哟西！大大的良民！"秦家三小子见太君相信了赵六，也不敢再说啥，点头哈腰朝鬼子谄媚地笑笑，转脸又厉声对赵六说："那好，既然你是这个庄的保副，那就领着太君到各家各户转转，看看有没有藏着黄河大队的人。"

光棍儿不吃眼前亏。赵六没办法，只好带着他们往庄里走。赵六一拉腿才觉得裤裆里湿湿的、黏黏的。赵六心中一团无名业火"腾"地蹿了起来，这些龟孙羔子，把老子吓得拉了一裤裆！小孩子尿床、尿裤子都觉得是个很丢人的事儿，何况小四十的赵六今儿个是拉了一裤裆，传出去好说不好听。赵六感到一种从未有过的奇耻大辱，非宰了怹这些狗日的不可！"杀鬼子！杀汉奸！"深藏在赵六头脑深处的念头被无名业火引逗得翻腾上来。

赵六被秦家三小子用枪顶着后脊梁，带着鬼子出了这家进那家，干看着他们老母猪拱菜园子一般地翻箱倒柜，砸锅摔碗。鬼子搜了小半截庄子，人影也没见着。鬼子也累了，那个小头目让赵六带着秦家三小子和一个鬼子继续搜，自己带着其他鬼子回到庄东头井沿边歇着。

赵六带着两个人又搜了几家后，就来到自己院门口。他推开门一眼就看到了斜倚在过邸墙上、黑来顶门用的槐木顶棍。这根槐木顶棍手脖子粗细，很趁手。他闪身让秦家三小子和小鬼子进了院。秦家三小子右手端着短枪，左手推开锅屋门，端着长枪的小鬼子把铁帽子往背后一推，直奔堂屋。当小鬼子一手持枪一手要推开堂屋门时，忽听脑后生风，还没来得及回头，槐木棍已"梆"的一声落到了头上，打得是万朵桃花开。小鬼子哼都没哼一声，身子一歪趴，"哗啦"一声碰翻了门旁咸菜缸上的陶盆。秦家三小子听到外面有动静，吓得"噌"地从锅屋里跳了出来，一看那场面脸都绿了，还没来得及喊叫、举枪，一声闷响，脑袋如同一个破葫芦也被赵六砸瘪了。赵六把槐木棍"咣当"一扔，把秦家三小子、小鬼子身上能解下来的都解下来。他快步绕过东屋山头来到后墙，先把东西扔过去。别看平常赵六显得很脮[1]，这时候也不知哪来的劲，倒退两三步往前一冲一蹿，一下子翻过比他高得多的墙头，把东西一卷，脚下生风，顺着小蜀黍趟子向黄河窝子狂奔……赵六将长短两支枪和子弹、皮带交给黄河大队后说，他一辈子也没跑这么快过。

杀了人抢了枪的赵六的确给庄上带了一场灾难。鬼子发现了两具尸体后，怒火冲天，"叽嘎""八格牙鲁"一通狂吼。疯狗一样的将整个庄子里能砸的都砸了，能烧的都烧了，整个庄子黑烟滚滚，树梢上的树叶都燎得焦黄。

就算小鬼子把庄子作践成这样，事后庄子里也没有一个人怪赵六。相反，通过他们的口耳相传，赵六赤手夺枪杀鬼子、诛汉奸的事很快就传遍了故黄河滩。

鬼子走了，日子还要过。虽然天不冷，但也不能睡在露天地吧！家家都在搭简易草庵子草棚。赵六哪家都给帮忙，给每家帮忙时，都

---

1 脮：音 chuái，指肥胖而肌肉松弛，有时也指人行动或思维迟缓，做事情不利索。

要很真诚地说两句"要不是我，家里也不会毁成这样"之类很内疚的、很过意不去的话。大家都说："六子，这事也不能怨你，要怨也只能怨秦家三小子和他领来的那群不吃人粮食的孬龟孙！真的没啥，要是我也得和你一样玩命的和他们干。"说得赵六心里热乎乎的，浑身有使不完的劲。

抗战胜利了，艰难困苦的日子过去了，庄上建立了新政权，让大伙选保长。这时有人说："选啥选？别选了！赵六两年前就当保长了，还让他接着当不就行了？"

赵六憨憨一笑，说："我，我那是哄鬼子的。再说，我也只是冒充保副，没冒充保长。"

"保副、保长无所谓。就算是保副，当了两年也该拔拔帽檐儿了。你就当保长吧！大家伙儿有没有意见？"

赵六的为人处事一个庄的人都是知道的，大家谁都没有反对意见，赵六真的就当了保长。

当上了保长，又是四十的人了，再管人家叫赵六，有点不太讲究，庄上的人就给他加了个"大"字，成了赵大六。就这样，赵六的保长一直当到黄河故道解放。不过，赵六当国民党的村官期间确实没干过一件坏事，因为歪门邪道的事他想不到，也不会干。整天呵呵傻笑的他，不管啥事到了他跟前，他都说："行、行、行！咋着好咋办，你看着弄就行了！"既没有贼心也没有贼胆的赵六无为而治，庄里庄外竟也出奇的太平，连个偷鸡摸狗拔蒜苗的都没有。

解放了，一切平稳下来后，上级要进行人口登记。公家人问到他时，他傻呵呵地咧嘴一笑说，我叫赵六。旁边有人起哄，叫赵大六；还有人说笑，叫赵保副。公家人一头雾水，这时便有好事者给他介绍赵六的基本情况。公家人听完后笑了，想了想说："那就叫赵保福吧，要好好保住共产党给你的、给咱黄河故道的幸福日子。"

于是，赵六从此便叫"赵保福"了。"赵保福"这个名字一直陪着他走到了人生的尽头。

赵江海说书

赵江海是赵六的胞弟，比赵六小七八岁，别看是吃一个娘的妈妈[1]长大的，可按庄上人说，咋看都不像一个娘的。

赵六又黑又矮又胖，江海却又白又高又瘦；赵六心直嘴笨，上石磙都压不出一个屁来，江海却一肚子弯弯绕，瘦猴儿似的他眼皮一眨巴，就会有一个别人想不到的鬼点子；赵六吃苦耐劳，江海却是游手好闲。江海做啥都和赵六不一样。小时候赵六和一群玩伴一丝不挂地在黄河故道里洗澡摸鱼，江海却不知从哪里弄一根竹子，扯上线，垂着自制的鱼钩穿上蛐蟮身着小裤衩蹲坐在水边钓鱼。边钓边念念有词："钓钓钓，钓钓钓。大的别来小的到。"别人不知这小子心里想的啥，钓鱼谁不想钓大的？问他，他眼皮一翻，说："在水里一斤鱼十斤力，要是大鱼咬钩，还不把我拽到水里去？"果然，要是有大点儿的鱼咬钩，他就尖着嗓子鬼掐的似地喊："哥、哥！快来、快来！"，赵六也就唏里哗啦跑过来攥着杆子帮他往草地上甩。

看着江海整天晃着小身板晃悠。庄上人都说："三岁看大，七岁看老。江海这个熊孩子整天吊儿郎当的，豆芽子长到一树高也是一刀菜，这孩子一辈子也别想吃四个碟子的席。"这话传到江海耳朵里，他嘴一撇："嗨！四个碟子算个屁！我要身不带分文吃遍天下！"他撇嘴，别人也撇嘴："就他能屌苔！屎不出来屁出来！他凭啥？能得他！"

庄上的大人们不像待赵六那样待见江海，可谁也不招惹他，有时候看他高兴也给他闹两句："江海，恁舅呢？"江海也嬉皮笑脸地说：

---

1 妈妈：乳房，奶。

“俺舅搁俺妗子家来。”

这个事儿还是江海八九岁时候干的。一天江海和几个孩子偷偷钻到庄西头一个篱笆小院里，用砖头瓦块砸枣树上青的、红的枣吃，不知是谁一砖头落到了磨盘上的和面盆上，“当啷”一声，把内里和沿口上了釉的陶质和面盆砸掉半块。几个小家伙一看不好，拔腿就跑。就在江海一愣神的时候，女主人回来了。屙屎逮个拔橛的！女主人薅着江海的衣领不让他走。这时候，外面传来“钑盆哎——钑锅！”的吆喝声。江海说：“别薅我、别薅我！那个小炉铁匠是俺舅，你让俺出去俺让俺舅把面盆给恁钑好！”那女主人说：“嘁！跑的了和尚跑不了庙，恁家锅屋门朝哪儿俺都知道！”松开手，江海提提裤子跑到门外，那家女主人跟了出来站在门口。江海迎着小炉铁匠说：“钑盆钑锅的！那站在门旁的是俺妗子，家里的和面盆烂了，让你给钑一下。”小炉铁匠挑着挑子到了女人的家门口，放下家伙事儿又是钻眼又是上钑镴子，抹上白石灰后舀瓢水倒进去，滴水不漏。小炉铁匠说：“手艺咋样？”那女的拿起盆来敲了敲：“还行吧！”小炉铁匠伸手要钱，那女的一愣，说：“你不是他舅吗？”小炉铁匠也愣了：“那小孩说你是他妗子！”女人一听要翻脸，小炉铁匠说：“别忙！别忙！”两人再四下里瞅找江海，早不知道跑哪去了。

在孩子堆里他也是不显山不露水的，但点子较多，被称为狗头军师，有点儿蔫儿坏，有时也用歪点子整治人，不知哪一会儿就被他背地里下了蛆。

一次江海和几个孩子去扒瓜，被种瓜的老头儿逮住往腚上死踹，一个个被踹得直打趔。别的孩子死犟，醉死不认这壶酒钱，有的说是来玩的，有的说是割草路过的，有的说撵兔子跟过来的……而江海啥也不说，老老实实地向老头儿认错，说往后再也不来了。另外几个孩子都骂江海是个胎熊，江海也不说话。过了两天，江海倒和种瓜老头儿的孙子玩上了，且玩得还不错，经常跟着他到瓜庵子里去玩。有时候老头儿有事，就让江海和他的孙子照看一下瓜地。

大热天一天天过着，整个瓜园快要拔瓜秧了。种瓜老头儿把瓜庵子旁边不远处那个枯草盖着的最大的绿皮西瓜摘下来，准备切开后让几个到瓜庵子来玩的老伙计吃掉瓜瓤，吐出籽来晾干后做种子用。几个老友看着小石磙一样的西瓜，瞅瞅瓜蒂、拍拍敲敲后，纷纷向种瓜老头儿伸大拇指。老头儿兴奋地、满怀期待地用薄薄窄窄的长刀"咔嚓"一声把瓜切开，不料一股臭气扑面而来，把一群人熏得跑出了瓜庵子。一群人都没经见过新鲜西瓜臭得一塌糊涂的事，种瓜老头儿是个种瓜老手，种了半辈子瓜，啥时候有过这样的怪事？种瓜老头儿后来才知道，是江海这个小舅子羔子干的好事儿。

　　有一天晌午，老头儿有事就让江海和小孙子在瓜园帮着照看一下。两个孩子玩了一会后，小孙子玩累了在瓜庵子里睡着了。江海早就看准了老头儿要留瓜种的那个大西瓜，他用小刀在大西瓜上开了个三角小口，把瓜瓤慢慢掏出来一些后，再脱掉裤子撅着腚往里面屙了个屎橛子。然后再用瓜皮堵上，用尿泥一糊，把西瓜放回原处……

　　赵六父母都过世了，俗话说长兄为父，可赵六根本治不了他。江海两片薄嘴唇叭叭地，赵六说他一句，他有三句等着，常常把赵六噎得脸红脖子粗的。打又不舍得，再说，爹娘在世的时候也没动过他一指头。只好自己种着两亩薄地，农闲时靠着身壮力不亏帮别人干点粗活，自己能吃着稠的，就不让兄弟喝稀的。

　　一天黑来喝汤时，赵六说："小海，你都十七大八了也该干点正事了。你整天晃来晃去的啥时候是个头儿？咱达达咱娘走的时候把你交给我，到哪天哥就是砸锅卖铁说啥也得托人给你说门亲事。你整天这个样子，谁家大闺女能许给你？买得起马配得起鞍，娶得上媳妇管得起饭。就凭你自己都管不好自己，成家后又咋弄？"赵六还从没一口气说这么多话过。江海端碗糊涂，不在乎地说："娶那玩意儿干啥！还得管吃还得管喝，这不是个累赘是啥？"平日待他不错，正端着碗喂孩子的赵六媳妇剜了他一眼。江海脖子一缩脸一红，忙低下头，咸菜也不夹窝窝头也不吃，呼呼噜噜光喝糊涂。

江海二十岁那年，还真的有了出息，虽然没有吃遍天下，却也真的是身不带分文吃遍四乡。二十多岁的时候，竟然在东边徐州府的娱乐场所成了红角。凭啥？凭说书。江海说的还不是一般的书，平常在黄河故道江海说的是《三国演义》《水浒传》《七侠五义》，在徐州一炮走红的是一部清代蒲松龄的《聊斋》。

说起赵江海以说书成名，也算是一件奇事。

人人都知道，他是一天学屋门也没进过的，斗大的字不认识一筐头子，连自己名字也认不全。他咋会说书？还能凭一部文戏《聊斋》红透半个徐州府？最神奇的是平时说《三国》时，连出场人物的名、字、籍贯、性格都交待得清清楚楚。这是咋回事？

庄上人不解，其实说穿了，倒也真是件异事。同时，你也不能不佩服赵江海这家伙脑瓜子好用。

赵江海从小就喜欢听庄上的老人讲古，整天喜欢待在老头儿堆里听几个老头儿叼着烟管说些陈年古董的事儿："自从盘古开天地，三皇五帝到如今……"鬼啦、怪啦、妖啦、魔啦……江海咋听都听不够；庄上或前后庄来了唱大鼓说书的，他总是第一个到，最后一个走。《五女兴唐传》《十把串金扇》《连环套》《万花楼》等他不知听了多少。稍大一些，便到集上听，刘套、郝集、庄里砦、张集……像个集串子似的哪里逢集往哪里去。他赶集既不逛骡马市也不逛成衣市，就是为了听书。给他印象最深的是一个说《杨香武三盗九龙杯》的说书人。杨香武是《彭公案》的主角之一，与黄三太是同门师兄弟，他身材矮小，骨瘦如柴，身轻如燕，长着"窜天攘地七上八下的阴阳胡"。那说书人身材也不高，瘦瘦的，光头，小圆眼，如同杨香武再世。加上他伶牙俐齿、口若悬河，或动或静、栩栩如生，一把扇子在他手中或刀或枪或剑或金鞭……说书人把江海弄得如痴如醉，每每等到有人端着小盘到他跟前起钱时，才如梦初醒，红着脸躲开，因为他身上没有钱。说书也能挣钱，这是他以前没有仔细想过的。

那天喝汤时被哥说了几句，被嫂子剜了一眼，似乎把江海弄醒了，黑来躺在自己的小屋里开始想心思。

说心里话，江海不生哥嫂的气，哥哥就是那样的人，心实人也善，就是没有大的本事。嫂子对自己真的很不错，对自己这个小叔子确实像对她自己的娘家兄弟一样。想想自己都十七大八了，满庄子的同龄人都成家立业各人过各人的日子了，没有谁有时间天天同自己闲扯淡。虽然老话说"长兄为父，长嫂比母"，自己也不能啃哥嫂一辈子，那成啥了！

赵江海在床上翻来覆去烙烙馍，想着自己到底能干啥。干活不行。一是自己不想出力，二来自己力膀头也不行。都说是车到山前必有路，船到桥头自然直。车到了山前了，船头要碰着桥头了，赵江海脑子里还是一团糊涂糨子。以往没心没肺沾枕头就着的江海愁上了，他人生以来第一次知道了愁是啥滋味。这时候，耳边似乎听到"嘣嘣嘣"的声音，中间还夹杂着清脆的"叮叮当当"声。这声音太熟了，这是说书人敲着圆圆扁扁的小鼓，及另一只手里两块半月形的钢板碰击的声音。赵江海似乎还听到说书人略显公鸭嗓的唱腔："敲一敲大鼓钢板叮，老少爷们仔细听……"江海心里一亮，对，说书！

赵江海说过书，那不过是和小伙伴们在黄河故道里放羊割草时打发时间闹着玩的。虽然小伙伴个个听得眼睛溜圆，关键时候大气也不敢出，可江海还是要他们赌咒发誓不让他们告诉他哥嫂。因为在比较传统的故道人眼里，说书不是啥正当手艺，属于下九流。所以赵江海会说书庄上大人们没有谁知道。可眼下屎都堆腚门子了，管他啥上九流、下九流，能凭自己的本事过日子就是第一流！

主意拿定，赵江海蒙头大睡。曾经说要身不带分文吃遍天下的话，似乎就是为今儿个夜来的决定而埋下的伏笔。

路子选好了，就得好好地走下去。赵江海也知道，凭自己平常东挠一把西抓一把听来的书，根本上不了台面。要凭嘴皮子混世，还真得好好想想办法。拜师要好几年才能出师，还要请中人，还要行拜师礼，要是遇着不太讲究的师傅，猴年马月能出师都不一定。赵江海又开始琢磨了。

赵江海平时游手好闲，正路子不多，斜路子不少。不知通过啥途径打听到邻镇有个破落地主，祖上是曾被御赐过黄马褂挂过千顷牌的。到了地主这一代，日子虽然有些破落，但瘦死的骆驼比马大，家业还是有一些的。可地主的独生儿子小地主不争气，虽是个饱读诗书、满肚子学问的人，却因交友不慎，染上了吸食鸦片的恶习。

鸦片这东西，吸时全身没有一处不舒服，四肢酥软，七窍畅通，接着便是全身力气从天而降，精神焕发，手也勤脚也快，看见啥干啥，只怕活儿不够似的。谈笑风生，能说会道，像是挂上了六国帅印似的，普天之下谁也不如他有能耐。要是瘾上来了，那也就天塌一般。真像是散了骨头架子，全身酸懒，四肢无力，眼皮耷拉着，鼻涕一个劲地流，嚏喷打个没完没了，哈哈一个接一个，看见谁都别扭，觉得事事不顺心，不是笤帚放歪了，就是簸箕搁的不是地方。这时候想那"土"那"面"，想得比爹娘都亲，万两黄金一包他眼都不眨一下。有钱就吸它，花多少都不心疼。没有钱时，卖房子卖地卖棉袄也得吸，直吸到倾家荡产，无衣无食……

小地主这一吸不要紧，偌大的家业全变成缕缕白烟被他吹得风流云散。结果是老地主被气死，媳妇带着孩子回了娘家。小地主落得个家破人亡，妻离子散，三十来岁腰就直不起来了，整天眵目糊遮着眼，破衣烂衫地在街面上吃人白眼。白天想法儿弄个半饥不饱的，黑来就在一座破土地庙里和掌心向上的要饭花子为伍，整个儿的斯文扫地。

赵江海打听明白后，就到黄河故道里摸了两条鱼，在黄河滩上套了只又大又肥的兔子。当江海在破土地庙里找到小地主时，小地主正胡子拉碴地裹着破衣服哑吧着嘴，慵懒地倚着墙根晒太阳，一身的酸臭味。赵江海等小地主把烤熟的兔子一口气吃掉半个后向他说明来意，说是想借他的学问，然后再用他的学问换钱，换来钱两个人分着用。小地主正过着吃了上顿不知下顿在哪儿的穷困潦倒的日子，哪能想得到自己既当不了吃又当不了喝的学问还能卖钱？所以满嘴兔子肉的他不管赵江海提啥条件他都直点头"唔、唔"地满口答应。

谁也想不到，赵江海这个看似异想天开的想法不但成就了自己，也挽救了小地主。

学得文武艺，卖给帝王家。帝王家不买，小地主为了生存，就把自己的学问兜给了赵江海。因为《水浒》情节热闹，打打杀杀的一般人都喜欢听，小地主便从《水浒》开讲。小地主抽大烟把家抽败了，家庭抽散了，身子骨抽毁了，脑子倒没抽坏，且记忆力超强。每天给江海讲一段，精彩的段子还要讲两三遍。赵江海记性好，脑瓜灵活，小地主讲的，到了他的耳朵里就变成他的了，有时候还会添枝加叶补充进自己的想象。

这样一个卖，一个买。小地主怕失去了主顾，便卖得真；江海怕失去了好机会，便买得实。江海得了好东西细心揣摩消化后，再到故道上的集市上、庙会上卖，一单生意倒也够江海和小地主生活个三天五天的。赵江海在说书过程中，他发现自己还有一项绝技，那就是口技，人欢马啸、锣鼓声声，狼嗥猿啼、电闪雷鸣，刀枪声、杀伐声、鸡鸣狗叫声……从他嘴里出来无不以假乱真，再加上身段手势干净利索——赵江海火起来了。

生活慢慢有着落，小地主也痛定思痛洗心革面，换了衣服洗了澡，慢慢戒了大烟，在杨楼火车站前摆了个替人读信写信的小摊，弄个零花钱。赵江海拉开架势在书场江湖闯荡，高陡上下，故道南北，一时间无人不知铁嘴赵江海。赵江海有时候十天半月不回来，有时候三天五天不出去，静下心来和小地主总结得失。

小地主说，说书千万不能说脏口，无论是在集镇还是在别的地方，说了脏口，你的书就说臭了。一旦有了臭名，书也就不要说了，因为下次没有人再听你说了。另外，说书一是能扯，二是能圆。扯就是人们常说的斜撇子，不要怕斜撇子。要是说一部书是一棵树，那斜撇子就是树的枝枝杈杈，花花叶叶，也就是说斜撇子是书的一部分。同一部书换个人说，说的都不一样，那是说书人扯的斜撇子不一样。这就要说书人在说书时既能扯得云山雾罩的，又能圆得滴水不漏，要不然那就成了瞎胡扯了。小地主给江海讲了个小故事，说有一个人在徐州府说《水浒》，当说到武松要上景阳冈时，因家里有急事，三天后才能回来。这时他只好让徒弟救场，自己匆匆赶回家。等过了三天回来后，他问徒弟说到哪儿了，徒弟咧嘴一笑说，武松还在十字坡喝酒吃人肉包子呢！那人一听，长叹一口气，说，行了，孩子，你能出师了。江海听了轻轻一笑，记在心头。

在黄河故道闯荡了几年，对《水浒》《三国》等烂熟于心的江海胆子越来越大，心也越来越野，便想到徐州府走一走。小地主说："徐州是个大码头，一般的书很难说响，咱得想想办法。"

小地主琢磨了两天，对江海说："江海，这几年我讲的你说的都是《三国》《水浒》《七侠五义》之类的。这些都是寻常书目，在咱这一片哄哄庄户人高兴行，要是靠这几部书进徐州，肯定起不来。为啥？徐州是啥地方？那可是方圆几百里最大的一个码头。徐州人都是啥人？那都是见过大世面的人。这些打打杀杀的书他们听得多了，很难引起他们的兴趣。没有绝招，就算进了徐州，也得夹着尾巴回来。你知道啥是'生书、熟戏'不？"

江海愣了一下："啥是'生书、熟戏'？"

小地主说："'生书、熟戏'是说听书要听没听过的书，听戏要听耳熟能详的戏。生书、熟戏才能留得住人。所以，咱得改路子，以前咱说的都是打打杀杀的，这根本就入不了徐州人的法眼，咱得说《红楼梦》《镜花缘》《西厢记》之类的文戏。"

江海说："这文戏咋说？"

小地主说："说武戏讲究的是放开，说文戏讲究的是拿捏。"

江海是没有啥办法的，小地主咋说咋办吧。

小地主想了一会儿说："咱先试试《聊斋》咋样？"江海不知《聊斋》是部啥书。小地主就先给他讲蒲松龄、讲蒲松龄写《聊斋》的过程，及《聊斋》的大致内容。讲完后先讲了《画皮》给江海听。

一开始江海听得云里雾里的，很难听懂，这才知道，文戏真的不好说。

江海暗想，看看《三国》《水浒》《七侠五义》，醒木一拍，刀枪剑戟、斧钺钩叉、锐棍槊棒、鞭锏锤抓、拐子流星，什么带尖的、带刃的、带钩的，带刺的、带峨眉针的、带锁链的、扔得出去的、拉得回来的……说起来大可以亮开嗓子慷慨激昂，大江东去，还是这带劲。对于《红楼梦》《西厢记》江海只看过戏文，没听说书的说过。试想想，林妹妹的孤独、悲伤、多疑、小性子，让说书人如何开得了口？宝玉的一句："问几时孟光接了梁鸿案……"又让说书人如何回答？

江海心里有些虚，小地主说："江海，你要知道，宝剑锋从磨砺出，梅花香自苦寒来。你的脑子好用，多听几遍试试，要是真不行，咱再想别的办法！"小地主又讲了几遍，还别说，江海静下心来还真的进去了，站起来说："好，我可以试一下。"结果是经过几年锻炼的江海叙事没啥说的，只是说《聊斋》时文采不足，承转不顺，听起来有些别扭。小地主又教他咬文嚼字，又给他抠字眼，江海闭目潜心默记。两个人窝在屋里成个月没出门，小地主所讲的一些篇章直到两人都满意后，才在杨楼火车站买了两张票，东进徐州。

到了徐州，两人租间小屋住下，每天一大早吃完饭后小地主就给江海讲《聊斋》，吃过晌午饭江海到书场给听众说《聊斋》。

《聊斋》这部书不好说，讲的尽是鬼怪神狐，男女情爱，且都是单独成篇，鸡零狗碎的。不像《三国演义》《水浒传》是一大块、是一个整体，拎着一根主线就可以往下捋，且打打杀杀热闹异常，能留得住人。但江海却把一般说书人想也不敢想的《聊斋》说得风生水起，弄得徐州城的文人雅士也五迷三道地天天及早赶往书场。听得入了神，还每每击掌、点头、叫好，有时还要上前请教一二。

一天傍晚，一个带着瓜皮帽、留一撮山羊胡的老头儿听了他的《胭脂》篇，待他退台后，右手挂着拐棍，左手细长的手指拎着长袍下摆走上前一拱手很客气地问："可否请教先生？"江海忙站起，拱手作答："老先生赐教。"老头儿捋着胡子问："先生的《胭脂》说得真可谓深知此中滋味，不知先生能否解批《胭脂》判词？"江海抚扇呵呵一笑："听先生一言便知先生是位有学识的前辈。别的我不敢说，有一点我可以告诉先生，我虽与愚山先师不是同朝同代人，但我却是愚山先生的第六代传人。先生应该知道，那篇《胭脂判》不就是愚山师的得意之作吗？由他的传人来解又有何难？老先生如有意，明日中午宴春楼小可做东向先生讨教如何？"

那老头儿听江海一张嘴就搬出了施愚山，已知此人非同小可，两手一拱，忙说："不必了，不必了！"这一下，江海在徐州府的声望更高了。

其实，江海对施愚山也不是太了解，小地主也没给他讲透。小地主给他讲《聊斋》时影影绰绰提到过这么一个人，江海有点儿印象，知道这个人与《胭脂》有一定的关系，老头一问他，他便顺手拉出了施愚山。要是老头再仔细给他盘盘道，他就要露出马脚了。

世上的事就这样，撑死胆大的，饿死胆小的。行走书场江湖有了年头的江海泰山崩于前而不变色，虚晃一招，倒也转危为安。事后江海才听人说，这老头儿同清初徐州名士张竹坡一样，不事经书，却对稗史小说有着浓厚的兴趣。张竹坡对《金瓶梅》的研究达到前所未有的高度，这老头儿醉心《聊斋》，这部书的犄角旮旯都被他摸得门儿清。江海知道后脊梁骨直冒冷汗：徐州城还真是藏龙卧虎之地！

知道自己不足的赵江海更加用心起来，放下别的书目，一心琢磨《聊斋》。小地主也挺高兴，便想着下一步要替赵江海准备《西厢记》《红楼梦》。

说实话，小地主对赵江海帮助是很大的。徐州是个大码头，既藏龙卧虎，也龙蛇混杂，一不小心，就会一脚踏进污泥里拔不出来。小地主有过交友不慎以至于吸食白面招惹得家破人亡的切肤之痛，时刻提醒赵江海不要误入歧途，要心无旁骛地做一个正派的说书艺人。赵江海也没辜负小地主的期望，从不涉足歪道旁门，一心用在说书上。

赵六因冒充保副杀了鬼子夺了枪，院子、草屋被鬼子烧成了灰。江海回到家掏钱给哥嫂盖了屋垒了院，又留了够哥嫂一家嚼用一段时间的钱，嘱咐哥嫂有机会也让小侄子认几个字，让他们搏着点花，下次来时再给。赵六知道兄弟不是池中之物，送到庄头千叮咛万嘱咐，出门在外要照顾好自己，有空时常回家看看……弟兄俩这才洒泪而别。

蛇有蛇道，鼠有鼠道。赵江海仗着自己的脑瓜子灵、嘴皮子活，借着小地主的学问火了黄河故道后又红遍半个徐州城，这是知道江海的小时候人和事儿的人做梦也想不到的。正应了江海小时候那句"不带分文吃遍天下"的话。

牛校长传奇

一个人能引发一段传奇，那是有一定原因的。俗话说时势造英雄，英雄既需要时势，英雄本人也要具备成为英雄的因素。同样，一个传奇也需要特定的环境及特定的人物。校长牛桂珍的传奇就是具备了多方因素而促成的。

说牛桂珍是个传奇人物，并不是因为她有啥出奇的作为，或有过人的俊俏，或是有什么特异专长。她的传奇就是乡野中极普通又不普通的传奇。就拿她出嫁来说吧，一个女孩子出嫁，本来是极普通、极平常的一件事，但在她身上就能引发一段传奇。这个传奇在黄河故道不断缕地口耳相传了多年。故道上很多人就算不知道县长是谁、区长是谁、乡长是谁，可没有人不知道牛桂珍，她的知名度首屈一指。

桂珍家住牛庙，在庄上算是一户殷实人家。她五岁就入了庄上的私塾，九岁上了村小，聪明伶俐，成绩在所有孩子中名列前茅。桂珍要是把书一直读下去，个人能发展到啥程度，谁也不知道。可就在她上学上得正起劲的时候，她爹发话了："女子无才便是德。女孩子读那么多书干啥？知道仨俩字能认得自己的名字就行了，又不去考状元！"桂珍不愿意，哭着喊着要上学。她爹脸一黑，眼一瞪。眼泪啪嚓的牛桂珍了解达达的秉性，一看达达这样，知道说啥都没有用了。

牛桂珍不上学了，家里的活又不让她干，便噘着嘴跟着娘学针线活。到十二三岁时，她的针线活精巧得出奇，描龙像龙，绣凤像凤，看得到的花鸟虫鱼，绣起来不带走样的，成了出了名的巧妮子。桂珍读过书，能帮邻居读信、写信；桂珍手巧，能帮邻居剪裁衣物，描绣鞋样……这样的闺女很招人稀罕，引得周圈各村各庄家境不错的人家接二连三地托媒人上门来攀亲。

一家有女百家求，桂珍爹左挑挑右拣拣，一心想找个门当户对的人家，生怕闺女以后日子过得磨不开手。闺女是爹的贴身小棉袄。嫁得不能太近，啥话都能传过来，耳根子不清净；又不能嫁得太远，来来往往不方便。权衡来比较去，睁大两眼的桂珍爹最后选中了谢家楼的谢家，两家订了童子媒，即童年订婚。

在黄河故道男孩女孩十六七岁就要成家，桂珍十六岁那年，是日本鬼子侵占黄河故道的第二年。兵荒马乱的世道，谁家女孩子也不敢在家久留，定过亲的就想把闺女匆匆送到婆家了却一桩心事。桂珍爹与老谢家一商量，定在农历六月十八给两个孩子把事儿办了。

他们就是打破头也想不到，他们翻遍皇历选的这个日子，成就了桂珍的一段传奇。

桂珍离门的前两天，桂珍爹趁着到镇上买菜，打听到鬼子近期不会扫荡，于是一家人有条不紊地准备着。十七黑来喝过汤后，由本家嫂子过来给牛桂珍绞脸。闺女没有出嫁，不论年龄大小，都被称为黄毛丫头，绞过脸的闺女，则由大闺女变成了小媳妇。本家嫂子用红棉线拔去桂珍脸上细小的汗毛，一位嫂子绞脸时，另一位嫂子手里拿两个煮熟的红皮鸡蛋配合，在桂珍的脸上滚动着，嘴里念念有词："一根线，把脸绞，又生妮儿又生小；闺女小子生一片，喝糖茶吃鸡蛋……"桂珍脸上微疼中透着痒，被嫂子念叨得脸通红。绞好脸，嫂子又开始给桂珍绾发髻。现在要做新媳妇了，桂珍留了十六年的大辫子被打开了。嫂子把她乌黑的长发盘成一个扁圆形的发髻，罩上丝线网，别上银簪。清纯的桂珍瞬间变成了待嫁的新人。

六月十八一大早，桂珍空着肚子梳洗打扮后抿了口温开水就上了谢家来的花轿。虽是动荡年月轻装简从，连个木箱、桌椅也不敢明着陪嫁，但是响还是要请一个的，就算不敢大吹大擂，过个村过个店还是要吹打一番的。据说，结婚时没有个响，对两家都不好，对以后的孩子也不好，不是聋子就是哑巴。

桂珍上了花轿，四个轿夫腰一弯，轿杠上了肩，紧一脚慢一脚地往谢家楼赶。当轿子走在桃园边的路上时，忽听前方远处有人喊："鬼子来了！快跑啊！"并听见"当、当！"的枪响，一行人便一折身慌慌张张地往桃园里钻。钻了不远，因桃枝横遮竖挡，轿子不易前行，轿夫把轿子一扔，跑了。跟轿的嫁娘把头顶蒙头红子的桂珍搀下轿来，急匆匆地到桃园深处躲避。

这一年的桃园并不因鬼子的到来而垂头丧气，而是枝条长得特别旺，叶子绿得发黑，遍野郁郁葱葱，隔一节地的庄子都看不到屋顶。闻听得鸡鸣狗叫，看得到缭绕上升的炊烟，才知道很近的地方有个村落。桃树不光是枝繁叶茂，桃子也结得特别多，只是由于小日本的不断骚扰捣乱，桃农们谁也没有心思管理，枝条长得有些疯。六月中，早桃下去了，仁不值一的换不了几个钱。晚桃子没下来，也没人放在心上。整个桃园便显得空，显得野，加上溜腰深长得青头楞叶的杂草，很容易藏人。桂珍怀揣小兔般躲在桃园里时，她不知道离她不远的地方还有一个也是今儿个出嫁的新人。

为图个吉利，无论是穷家还是富户娶媳嫁女都要找个黄道吉日，找先生掐掐算算。庄户人识字的不多，一家认为是吉日，十里八村待嫁待娶的人家也都认为是吉日，冷不防便撞到了一起。就在桂珍家选定的六月十八这一天，另一顶花轿走在桃园边时也因鬼子而躲进了桃园，新娘子也下轿躲避。两只空轿相距并不远，只不过因桃树枝叶的遮挡，彼此没有看到对方。日本鬼子恶作剧似的朝桃园里"当、当！"放了几枪，打落一些桃子、桃叶，吓得藏在桃园里的人脸色发白后，才大摇大摆地一直往北到故道里"扫荡"去了。

鬼子走远了，惊慌失措的人静下心来。新人、嫁娘从隐蔽处出来，又惊又怕，见了顶花轿就往里钻。就在这匆匆之间，黄河故道上天地洪荒以来最大的奇事发生了：两个新娘竟进错了花轿！那顶花轿急手忙脚地去了谢家楼，载着桂珍的这顶花轿则被轿夫脚不沾地般地抬到了杨庄。

黄河故道上男孩子、女孩子的婚姻历来是奉父母之命，媒妁之言的。只要媒人一牵线，两家老人一点头，两个从没照过面的陌生青年男女的命运就会永远牵在一起了。两个素昧平生的人彼此一点儿都不了解，完全是隔皮猜瓜。只有拜罢天地、拜罢高堂入了洞房后，由新郎官拿秤杆挑去新娘子头上的蒙头红子，二人才会首次见面。有的女孩子性子腼腆，揭去红盖头的时候也不敢抬头，那就只好等到深更半夜，闹洞房的都走了，才大气不敢出地、趁着明灭不定的烛光用眼角偷偷地向男人瞟一眼。而这一眼也只能决定以后过日子的心情，却不能改变自己的人生命运。到这时，就算摊上了个歪瓜裂枣、秃头麻脸，就算是心里一百个不乐意，回到娘家后哭得梨花带雨、愁肠百结的，那也已是板上钉钉再也没有机会走回头路了。

嫁出去的闺女四天后要被接回娘家回门。喜日子过后的第四天，桂珍的娘家哥、娘家侄牵着毛驴儿来到谢家楼。本来是要用四轮太平大车的，因时局不稳怕惹眼，桂珍爹改用毛驴了。桂珍他哥敲开谢家大门，一看，愣了，出来的不是自己妹妹。仔细一问，毁了！转身急急匆匆火燎腚般地往家赶。那边接亲的人也一样，到了杨庄，看到的也不是自己要接的人。

杨家人知道事情出了差错，忙让族长出面，借来牲口套上车拉着桂珍去牛庙。到了牛庙地界，族长让车停下，自己先去见桂珍爹。桂珍爹见儿子灰头土脸地空着手回来了，一问之后大惊失色，正在急得鼻子窜烟之际，杨庄杨姓族长到了家门口……

洞房已过四天，生米已成熟饭。虽然四家当家事主都惊讶不已、叫苦连连，也只能把苦往自己肚子里咽。桂珍爹知道杨家家境后，仰天长叹："有道是命里有时终须有，命里无时莫强求。人算不如天算呐！"就这样，本来该是谢家媳妇的桂珍，阴差阳错地成了杨家媳妇。

上错花轿嫁错郎！

初听此事的人往往不信："瞎胡扯吧，天底下还有这样的事儿？"

一经核实后，就会大嘴张得合不拢："乖乖，这也错得太离谱了吧！"这话一说，很快就把黄河故道卷得满地风雨。俗话说，常事不出门，奇事传千里。两个新娘子上错花轿拜错堂的事儿像长了翅膀一样，方园数十里无人不知，无人不晓。这里又是四省八县接壤地，不出半月，徐州上四县丰、沛、萧、砀及下四县之首的铜山，连带着安徽、河南、山东与之毗邻的县都传遍了，越传越离谱，越传越离奇。有人说，有风水先生路过杨庄时说过这样一段话："别看杨庄'山羊''绵羊''骚狐头''水羊'一大群，都不行，都不撑个儿，还得一个大个儿的来带！"别人说了，杨庄人听了，听了也就算了，谁也没往心里去。谁也没想到的是，杨庄还真的来了一个大个儿的，来了一头"牛"！

在传奇事发地的黄河故道穷人多，穷人心地多善良，总是把事儿朝好的方面想，渐渐地把这件事儿美化了，说神了。

有的说杨家日子是有些贫，可孩子长得标致，又勤快又厚道。一家老少的心性也都善良，人缘也好，与老亲舍邻都处得不错。老天有眼，给他家送了个好媳妇，论人品也不算亏待桂珍。谢家楼谢家虽然家底儿厚实，但那儿子游手好闲，赌场、酒场、斗鸡、走狗、玩鹌鹑样样少不了他，不像是个有出息的孩子，是不配有好媳妇的。说谢家儿子人品不好的人，并不真的了解谢家，也许只是出于安慰桂珍，让她安安心心地过日子。

桂珍一开始整天自怨自艾，以泪洗面，哀叹自己是小姐的身子丫环的命，从福窝窝一下子掉进了穷坑坑。过了一段时间，想想、比比，觉得公公婆婆、外人也都顺眼称心，便认为自己命该如此，决心一辈子姓杨了。刚开始杨家也为这事儿揪着心，不知道和这个"富贵"人家出身的儿媳妇该咋处，她是不是能过得下去自家的穷日子。当看到桂珍慢慢活泛起来以后，一家人始终悬着的心才放了下来。平稳安静的氛围一直笼着这一家人。

桂珍在变。以前在家因爹娘、哥哥们的疼爱，衣来伸手、饭来张口，那过的真是风不打头雨不打脸的胳肢窝的日子，自己还要时不时地向爹娘嗲啦一下娇惯一下自己。现在要自己动手丰衣足食了，桂珍完全抛弃了自己以前的生活，完全融入到了左邻右舍之中。

情绪变了的桂珍性格爽朗，为人厚道又热心，加之也算高小毕业，在杨庄这个穷庄也算得上是个女秀才了。抗战后期，杨庄要办一个小学校，大家没钱请先生，就请她，她走上讲台，教孩子们："大羊大，小羊小。大羊蹦，小羊跳。"教孩子们生活中要讲究卫生，说话办事要讲究礼节……庄上的孩子都是没上过套的生马驹子，一开始在课堂上喊"婶子"的有，喊"嫂子"的有，可桂珍不问是"侄子"、是"兄弟"，都能和其他小户人家的孩子一样看待，深受满庄子人的尊重。

庄子穷，识字的人少，教书先生自然成了庄上的圣人。再加上桂珍为人厚道，处理事情周全圆满，慢慢地成了庄上离不开的人：庄上有事儿，得请牛老师说个进退；谁家有事儿，得向牛老师问个短长；两口子勺子碰到了锅沿子，也得请牛老师评个是非……庄上人开玩笑，说牛老师比族长还族长。正是因为比族长还族长，谁家有了红白喜事，也都要请桂珍到场，能请到她，一切场都圆了；若谁家请不到她，总觉得失了脸，没了面子。当然，如果没有特殊情况，桂珍一般都不会驳人面子的，一个庄子住着低头不见抬头见的，一碗水尽量往平里端吧。有时候庄上也有小青年给她开玩笑："嫂子，要不是你当年钻错花轿，杨庄这个鸟不拉屎的地方还真怕请不起主事先生呢！"这时的桂珍已不怕人提上错花轿的事了，她会浅浅一笑："别看你能，说不定哪天给你拜堂的就是一位钻错花轿的区长、县长的千金呢！要是再给咱庄带来一大车金银财宝，那不比我还强？"小青年咧嘴一笑说："要真是那样，还是你开了个好头呢！"

穷乡僻壤的日子是有些清苦，但桂珍心里舒坦、踏实。到底是有文化的人，桂珍心胸宽，度量大，什么事儿只要她一到场，以理以俗都能办得妥妥帖帖的。抗战胜利的第二年，桂珍办的一件事使她在黄河故道又出了名，引得故道人不住点儿的叹服，说她是故道女诸葛。

黄河故道零零散散的庄子的布局满天星似的，杂乱无序，看上去完全没有规律遵循。但无序中又似乎透露着有序，在某种看不见的力量的驱使下村庄之间也产生着某种联系。

距杨庄最近的两个庄子是张口和程庄，和杨庄三足鼎立，箭地之隔，实实在在的是鸡犬之声相闻，也实实在在的是老死不相往来。三个庄子虽然不是屋搭山，但地却连着边，并且是呈犬牙差互状的"你中有我，我中有你"。有的地块因历史原因还形成"飞地"，即在某个庄子土地的包围下，有一块属于另一个庄子的地。三个庄子间的关系极为杂乱。不知从啥时候起，三个庄子便因争地边子、挤路、占河、排水结下了仇怨。严重的时候，一年会有几次大的械斗。官司打到乡里、区里、县里都解决不了，最后弄得三个庄子连婚都不通了，老亲也走得躲躲闪闪的。日本鬼子到了黄河故道之后，民族矛盾上升为主要矛盾，三个庄子之间的仇怨暂时搁在了一边。也许是心存"安内必先攘外"的念头，三个庄子之间的事再大再小毕竟是自家的事，你日本鬼子算他娘的老几？胆敢到黄河故道来撒野？这时候三个庄子倒也能拢在一起，与零零碎碎的鬼子汉奸周旋，打闷棍，套兔子……日本鬼子投降了，开溜了，干扰三个庄子的外来力量被清理干净了，打开了场子撂开来蹦，没有马蜂来蜇腚，自己家的事又拾掇起来了。

黄河故道土薄地贫，但毕竟是地，是地就能长庄稼，庄稼结了籽儿就能养家糊口吊住命。地是庄稼人的命根子，有水才能长出好庄稼，便要抢水。但水多了也不是啥好事儿，黄河滩是个蛤蟆尿几滴子尿就能走舟行船的地方，这时候就要挖沟排水。为了本能的生存之道，因为地、因为水，三个庄子有时会合纵，有时会连横，乱得如同千年前的魏、蜀、吴。三个庄子好像都读透、读烂了《三国演义》似的。哪个庄子都有明白人，也都知道退一步海阔天空，可谁都拉不下脸来往后退半步，相反的，为了里子、面子还要拼命往前挤。

这一天，程庄的程家刨地头树，放树时压倒了张口张家的一片刚吐出鸡爪状缨子的大蜀黍。张家见程家刨树压毁了庄稼响屁也不放一个，叫来几个人就把通往程庄的路给挖断了，不让程家往家里运树。

通往程庄的路旁是杨庄杨家的地，杨家认为张家在使坏，要把路挤到杨家地里去，让程杨两家斗，自己蹲在一边看哈哈笑，就戳喽几个虎不楞登的棒小伙子把张家断路的人绑了起来。杨家在绑人时，看到程庄程家的人来探路，心想："没有恁程家刨树，张家就不会断路，事情就是恁程家引起的。两只羊也是赶，三只羊也是放。一不做二不休，扳不倒葫芦洒不了油。绑！"连程家人一起绑到了杨庄。张家、程家认为，压了庄稼断了路，张、程两家可以商量解决，你杨家是哪家的鸡？河边无青草，哪儿来头多嘴驴？不打招呼就绑人纯属是吃饱撑的没事找事！敌对情绪越酝酿越浓，空气中战事的氛围渐渐浓了起来，三个庄子都在作战前动员。

张口人说："三国时先人张飞张翼德当阳桥头一声吼，喝断桥梁水倒流。百万军中取上将头颅如同探囊取物，咱张家怕过谁！"

程庄人说："想当年，先祖程咬金三板斧定下瓦岗寨，还有咱拿不下来的事吗？"

杨庄人说："咱杨家世代忠烈，杨家将横扫北辽，一个烧火做饭的黄毛丫头都力敌千军。到了咱这儿决不能丢祖宗的脸！"

在鼓动士气的同时，各庄也都在筹钱筹粮、准备家伙，欲一鼓作气把对方打得俯首贴耳、跪地称臣。虽不敢说要对方年年进贡，岁岁来朝，也要对方再不敢小看自己，再有非分之想。

眼看战事一触即发，哪个庄都有年过古稀参加过数次械斗的老人，阅历广了，对赌气好斗之事也就看得淡了，便想息事宁人，要庄上的年轻人忍忍了事。可一个个的都在火头上，谁也听不进去，说："忍！忍！咱忍，他们忍吗？再忍就骑到咱脖颈子上屙屎尿尿了！那还不得得寸进尺？再忍他个一百年咱的庄子都没有了！忍啥忍！你忍了他还以为你怕他呢！谁想当缩头鳖脑的玩意儿谁当，反正我们不干！"噎得劝话的人直翻白眼。

要开战了，杨庄上学的男孩子也没有心思进学堂了，跟着大人腚后头"吼吼哈嘿"地舞刀弄枪。桂珍看到没有男孩子来上学，一头雾水的她一打听，才知道是咋回事儿。她心里一惊："一打一闹，耽误农活、毁坏东西事小，致死伤人事儿可就大了。再说，旧仇没走，又结新怨，旧疤刚愈，又添新伤。仇仇恨恨啥时候才能算是个头？"

桂珍急匆匆找到杨庄第一权威的族长。老族长皱着满脸核桃纹，捋着山羊胡子叹了口气："唉！小龙他娘，这几个庄的疙瘩结的不是十年八年了，谁也没有法把它解开。说句不好听的话，只怕咱也看不到解开的那一天，还是留给后人来解吧。我想，后人里头肯定会出能人的，会想出办法的。"

"还要一辈儿一辈儿往下传？他以为这是玩击鼓传花呢！"桂珍心道，她坐在矮板凳上抬手将一绺黑发捋到耳后。"大爷爷，咱这样一辈儿一辈儿传下去，到啥时候才算完事？咱往下传，后人不说咱无一[1]不办事吗？咱不能给后人留下金山银山，也不能把疙瘩难缠的事儿留给他们吧？这样不大好吧？大爷爷，你走的桥比我走的路多，吃的盐比我吃的面多。经多见广的，我有个想法你看行不行？这一仗咱杨庄先按兵不动，要是程家来打，咱就挂免战牌，咱也不先打张家。这是第一步。第二步，咱们派人到程庄去，承认绑错了人，以礼先把人送回去。同时再去张口，问问他们为啥要挤路。要是人家挤得合情合理，咱也得让让。没道理地强挤，咱们不答应。我想还是先礼后兵的好。"

老族长在族里一向只按家规条款、传统习俗处理事务，没有啥文化，虽心地善良，碰到大事总是拿不出办法，习惯跟着别人的步点儿走，不然的话这样的事儿也不会拖到今天。老族长听桂珍这么一说，起心里认为这是个好主意。可是他心里又有些打鼓，他说："小龙他娘，事情能这样办是再好不过了，可谁去办呢？几辈子以来连个见面点头的交情都没有了。"

桂珍说："只要大爷爷点个头，我去试试！"

"你？"老族长有点紧张："这……"老族长心里有些慌乱。杨

1　无一：没用，没本事。

家也是个大门大户，还没落到当年十二寡妇征西时的光景，让一个年轻媳妇抛头露面去周旋沉积多年的老疙瘩，程家和张家那还不说老杨家是牝鸡司晨、骒马出槽？那还不让这两家笑掉大牙？老族长点不下这个头。

桂珍看透了老族长的心思，就说："大爷爷，作为杨家媳妇，又是晚辈，我出面不是很合适。从另一方面来看，作为学校老师，我看咱庄上谁还都不如我合适。他们还能把一个老师怎么样。"

老族长一听，心想也对，"小龙他娘要不是教书先生，满庄子的人也不会那么看重她。"可老族长犹豫了一下还是说："你去……你去是合适。不过，光你一个人不行，我得和你一起去。"

"咋的？大爷爷，你也去？你是不放心我还是咋的？"桂珍有些不解，睁大了眼睛。

老族长不好明说是为了保护她。说真的，要是那两个庄的人真玩横犯浑的话，杨庄就是去三五个壮小伙子也护不了她。就打个哈哈说："小龙他娘，你过门也不是一年两年了，你也知道咱杨家也算是一方的旺族，谁都知道我是咱杨家的族长。我去呢，一是给你压阵，二是为你壮胆。另外呢，你是咱杨庄的教书先生，我是咱杨家族长，咱爷儿俩一块去，显得咱是当回事儿办的，咱不能让人家挑理说闲话。"

桂珍觉得老族长的话在理，便答应爷儿俩一块去。

第二天清起来吃过饭后，老族长和桂珍爷儿俩一起去程庄。老族长背着手，长烟管插在后脖颈衣领里前面走，桂珍提四盒点心紧跟着，不像是去仇家说事，倒像是去走热门亲戚。

到了程庄庄口，老族长拱手向一个小青年很客气地询问程家族长住处。小青年一问才知道是杨庄的族长和杨庄小学的牛老师来找自家族长说事的。老族长不稀罕，当年钻错花轿的牛老师可是个人物。小青年颇有礼貌地详细告诉本家族长住处后，便快步往回走，见谁都说："杨庄那个当年钻错花轿的牛老师来了！"

老族长和桂珍不紧不慢地走着，程庄被那小青年喝闪得满街筒子都站满了人，向桂珍指指点点。老族长目不斜视地往前走，桂珍微笑着大大方方地向路两边的程庄人点头致意。

到了程家族长家里，程家族长虽不知来者何意，但两国交兵还不斩来使呢，就很客气地把他们请到堂屋，让座敬茶。族长院里院外站满了程家人。老族长和桂珍待程家族长坐定后，便说出来由并向对方道歉。这一道歉，院里院外程家人的气儿也就消了一半，他们原以为老族长他们是来下战书的呢！这边一真诚道歉，程家族长那边也是以礼相待。

其实，程家族长何尝想以刀枪棍棒说话？骂人无好口，打人无好手。谁都不想让自己的族人动刀动枪，伤了谁都是族长的罪孽。今儿个程家族长看到杨家族长和牛老师的诚意，便面对面坐下，各说对方好话，并开诚布公各说自己的不是，最后握手言和。说说谈谈，不知不觉间就到了晌午，程家族长要着人安排酒菜。老族长拱手含笑："大兄弟，这顿饭俺是要吃的，不过今儿个就不叨扰了。改天约个时间，咱老哥俩正儿八经地喝几盅！"桂珍见气氛远比来前预想的要好得多，便趁势含笑说："程大叔，恁同张家的事，我看是不是也先别动手？咱缓一缓再说？改天让俺到张口走一趟，把恁两家的疙瘩也解一解，您老看怎么样？"程家族长一听也觉得有理，便说："咱庄户人都盼着能安安稳稳地种好咱自己的地，打啥架呢？只是张家欺人太甚，咽不下这口气！"

桂珍笑笑说："大叔可先别这么说，我一看您老就是个通情达理的明白人。咱把气先咽咽，我要真的说不成了，您老找张家再吐这口气也不晚。"

桂珍他们要走了。无功不受禄，程家族长说啥也不愿收他们带来的四盒点心。推来让去，只留下两盒。程家族长陪他们走到庄头，才拱手道别，说改天一定到杨庄拜访。

老族长和桂珍第二天又去了张口，前后话说完后，桂珍对张家族长说："程家刨树压毁了张家的庄稼，让他认个错，赔点儿钱；恁挖的路自己主动修好，咱们三个庄子和解了，不是很好吗？"张家族长也是个明白人，对桂珍的意见很是认同，便说："牛老师是个热心人俺早就听说了。你屈身到这里说和这件事，我啥都不说了。只要程家认个错，赔不赔钱那是小事，挖断的路我这就让俺的人去填！"

桂珍本来想得很简单，那就是打盘子说盘子，打碗说碗，然后通过说和这件事来解开三个庄子的疙瘩。哪知道三个庄子怨结得太深，疙瘩结得太大，一开个头，鸡零狗碎、陈年古董的事又都掀了个底朝天。每个庄上的人都到自家族长跟前说冤屈、谈条件，每个族长都在祠堂里召集族人议了无数次，桂珍和三个族长碰了无数次的头，议了谈，谈了议，沟通妥协，妥协沟通……桂珍觉得自己把半辈子的话都说尽了。

看着桂珍为三个庄的事儿脸瘦了一圈儿，婆婆直心疼。婆婆没有闺女，桂珍进门后，婆婆一直拿她当闺女看。一天傍黑桂珍进了家门，坐在一张小板凳上捶捶酸胀的腿，婆婆给她端来碗开水，心疼地说："龙儿他娘，你看你又要顾着学校，又要顾着家里，这趟浑水咱别蹚了行不？咱又不是观音菩萨，犯不着给他们洒净瓶露水！"

桂珍也知道是自己一开始把事儿想简单了。这时候想退也退不回来了。接过碗笑笑，对婆婆说："娘，这不管事大事小总得有人问吧？"婆婆说："那大官小官都问不好的事儿，咱一个老百姓能问好吗？"桂珍说："娘，你是知道的，庄子和庄子，就跟咱居家过日子差不多。你看咱一家人，要是天天你看我就转脸，我看你就生气，有点小事儿就吵吵闹闹，咱这日子还能过好吗？都是一个理儿。咱这三个庄子挨那么近，赶个集上个店儿都能碰着脸，就是不能坐一块儿说个话。有点事儿就是动刀动枪的，谁还能静下心来过日子？"婆婆说："谁说不是呢？几十年的老疙瘩了，你扯我拽都成了死襻儿[2]，不是几句话就能说开的。你看看你，脸都瘦成啥样了！"桂珍笑笑说："我不累，也就是多走几步路，多说几句话。三个庄的仇结了几十年，谁都有理，谁都没有理，谁都怨，谁都不怨。都觉着自己屈得慌，那就让各个庄的人都把想说的话都说出来，消消气儿。气一顺就不憋屈了。就像大

---

2 襻：音 kuì，绳索系成的疙瘩。

先生说的，痛则不通，通则不痛。一通就啥事儿也没有了。"婆婆"扑哧"笑了："看你能的！啥通不通、痛不痛的。这事儿说的咋样了？"桂珍一看婆婆笑了，也笑着说："瞎子磨刀——快了。娘，刚才你还让我别再蹚这趟浑水了，现今大爷爷、程庄、张口的族长也都想把咱这三个庄的扣儿解开，我一退出来，大伙儿的心都得散，再想拾起来就更难了。就给咱蒸馍一样，眼看着锅都冒热气了，馍都半熟了，再加两把火顶顶，水就开了馍就熟了。要是这时候把风箱搬走，把火撤下来，等锅凉了再烧，不光费柴禾费工夫，那蒸出来的馍味道也不一样了。"

婆婆看桂珍这样一说，爱怜地叹口气说："你这孩子，我是怕你累毁了身子。行，你歇歇吧！我烧汤去。"桂珍站起来把碗放到一边，要去帮忙，婆婆一边系围裙，一边说："行了、行了！我自己就管！上上下下一把火的事儿。你去哄小龙吧！"

桂珍跟婆婆说这件事儿是瞎子磨刀——快了。这件事儿还真快不成。

黄河滩的庄户人有的是老别筋，油盐不进，光着膀子骂大街说破大天也不愿和解。从大蜀黍顶端吐缨开始说事儿，大蜀黍结棒了，大蜀黍棒子吐须了，黑的、白的、粉的须子成了干枯的褐紫色，大蜀棒子的外皮由深绿变白变黄，撑破皮儿的地方露出大马牙般的金黄的粒儿……桂珍还在奔走着一桂珍的犟劲也上来了：我就不信猫不吃咸鱼！

桂珍的双腿几乎要把三个庄子之间的路趟出一道道沟，嘴唇磨破了几层皮。

三个庄子的人看不下去了。都说，人家一个妇道人家，又不是为自己的事儿，天天风里来雨里去的，图的是啥？还不是为了这三个庄子的几百户人家！各自对自己庄子的打横炮的人家开始不满。族长也生气了，把拧筋头一个个儿叫到祠堂里，吹胡子瞪眼拍桌子打板凳地训骂："恁看看恁！恁看看恁！一个个人五人六的！啊！啥龟孙大不了的事儿？还说到死都不来往，你说不来往就不来往了？鬼子来的时候，咱三个庄子还不是摽在一起跟鬼子干吗？咋的，现在没事了，皮又痒痒了？恁说恁挨打了，恁没打人家？恁说恁吃亏了，人家没吃亏？看路要往远处看，不要光看眼皮子底下那四指远！人家牛老师就比咱看得远！恁说人家图个啥？是图咱一口吃的还是图咱一口喝的？啊？人家上有老下有小的，还要教一个庄的孩子念书，整天忙得团团转，还要为咱这个事儿操心费力的。恁一个一个的，整天叽叽歪歪！陈谷子烂芝麻的事天天挂在嘴头上，好听咋的？好意思吗？好，那今儿个咱在祠堂里就有啥说啥，一个萝卜一棵葱，别给我扯别的！说不出个道道来家法伺候！我不能让恁这几个人寒了人家牛老师的心！"

......

牛桂珍牵头，会同三个庄的族长，费了九牛二虎之力，三家的看法才基本达成一致，并由桂珍执笔立约。最后杨庄、程庄、张口三个庄子的人各在族长的带领下在三个庄子中心关帝庙前的桃园边吃了酒席唱了戏，点的就是《桃园三结义》。桂珍和三家族长一席，心情舒畅，酒喝得痛快，桂珍又是敬又是端，三个族长脸红得跟旁边的关二爷似的，桂珍也脸泛桃花。三族头人虽没有歃血为盟、交换金兰牒谱，三个庄的世仇却完完全全解开了。

桂珍这位当年花轿错抬进杨庄的传奇人物，一下子又让黄河滩的老百姓佩服不已，说到她时无不咋嘴称奇，各竖大拇指，说："这女子胳膊上跑得开马，心胸里撑得开船。要是个男子汉，作为不下当年的苏秦、张仪、诸葛亮！"

新中国成立前夕，杨庄、程庄、张口经过沟通协商，在当初喝酒唱戏的关帝庙里推倒神像办了一所学校，公推桂珍为第一任小学校长。牛校长在任上一直工作到头发花白才解甲归田。

这期间，牛校长三个儿子都成了家，两个当了国家干部，一个遵从桂珍的意愿当了老师。两个闺女也都有了称心如意的家庭。牛校长家孙、外孙十来个。虽然离休了，她还是离不开学校，出了门，老老少少见了她还是一口一个"牛校长"！

一丈青杜月娥

　　谢家楼最有名气的女人是杜月娥。不过，你要在谢家楼打听杜月娥这个人，就是围着庄子转三圈，也没有人知道谁是杜月娥。你要问广顺家的，秀儿她娘，他们会恍然大悟，哟！你说的是一丈青啊！

　　黄河故道的住户大都是祖上从外地迁来落脚的，且家谱上大都会说是在朱洪武当皇帝时从山西洪洞县大槐树下迁来的。看看，都是有一定来头的。虽然在黄河滩上生活艰难，但思想观念却一直是保守得严丝合缝，死抱着老传统不放。女子出嫁了，便没有了名字，嫁给姓张的，娘家庄上的人见了便招呼"老张"，嫁给姓王的，便喊"老王"，不管女子是十六，十八，还是二十。在婆家，辈分低的按规矩称呼，长辈则喊石头家的，二蛋家的。等有了孩子，称呼又变了，成了柱子他娘、香儿她娘。故道女子的名字只是在出嫁前属于自己，成了家，名字便锁进了箱底。稍能体现女子身份的某某氏，也是极少时候用，当有人喊某某氏时，被喊的人往往一头雾水，不知是喊谁的。杜月娥的外人姓谢，杜月娥也只是在拜堂的时候听主事的喊一声"吉时到！新郎谢广顺、新娘谢牛氏结婚典礼现在开始"。拜堂时杜月娥太紧张，连外人叫啥都没听见，更别说别的了。

　　杜月娥是在抗战第二年嫁到谢家楼的，那一年她二十岁，照地方习俗，那是算大龄了。她进了谢家楼没几天便名噪四方，这不是因为她的年龄，而是因为出嫁那天躲鬼子时，上错了花轿嫁错了人。

　　杜月娥家里穷，媒人给说的杨庄的婆家也穷，门当户对嘛。传了柬、定了亲，双方老的便托人择吉日行事。举行婚礼仪式是夫妻双方一辈子的大事，人们对此格外重视，认为结婚选对了良辰吉日，婚后会一顺百顺。杜月娥的爹娘和对方的父母把孩子的生辰八字告诉给算命先生，让他推算出最吉利的日子。算命先生选定的吉日多以女方的出生日期为主，并结合男方及其他人的出生日期，最主要的是不能与男女双方的生肖相冲。算命先生一言九鼎，便定下了农历六月十八。日子定下后，杨庄男方就派人送来喜帖，喜帖中包括迎娶的日期、时辰、上轿的时间、方位、上下轿应该避忌的属相等。看日子送喜帖非常隆重，因为所走的路线就是迎娶的路线，出庄时不能走庄西头，而且不能原路返回。

就在六月十八的前几天，杜月娥一直不太敢吃饭。饿嫁不是爹娘对闺女的一种惩罚，而是女孩子的一种自我约束，避免在出嫁当天出现难堪。因为女孩子对自己的名声格外看重，婚礼中间出现的任何闪失和意外，几乎都会被人当成笑话传一辈子的。特别是一个女孩子，离开了家门，嫁作人妇，在婆家人的眼里，她不愿失去矜持的形象。出嫁那天，即将离门出嫁的闺女尽管肚里很饿，娘把剥好的鸡蛋端到面前，她仍不敢吃。防的是在当天的婚礼中不要有任何的闪失。一旦坐入轿中，在这个大喜的日子里，她就要遭受种种并非恶意的嬉闹和刁难。像途中轿夫恶作剧的颠轿；拜堂时亲友的推搡；新房中丈夫表哥表弟们的非难、撕扯、瞎胡闹……此时，新娘子势单力薄，孤独无助，只是被动地被推来推去。新娘子最怕的是结婚当天想上屎茅子，这会被婆家看作缺少家教，这也是饿嫁的最主要的原因。

六月十七的晚上由本家嫂子用线绞了脸上的汗毛开了脸，然后打开辫子绾成纂。十八一大早杜月娥坐在窗前涂了香脂抹了官粉，一挂鞭炮响过之后，在唢呐、竹笙鸣里哇啦欢快的《百鸟朝凤》曲调中上了迎亲花轿。

花轿有节奏的一颠一颠地走着。农历六月天，大太阳晒着，地面烤着，路两旁不是大蜀黍，就是小蜀黍，一丝风也没有，轿子里又热又闷，蒸笼一样。杜月娥几次想伸手把轿帘撩一点儿缝，都没敢动手。

只好把脚慢慢往前伸，想用脚尖挑起轿帘下摆，看看能不能透一丝风。可刚一挑开，前面轿夫蹚起的浮土便钻了进来，呛得鼻子直痒痒。

结婚出嫁当然是看过皇历的，可看皇历的先生只是看到六月十八宜婚嫁，却没看到婚嫁的人这一天也能遇恶鬼。

轿子拐过那片无边无际的桃园就要到了，轿夫们一口气还没松下来，忽然听"当当"几声枪响。正当几个轿夫及喇叭手面面相觑时，前面跑来一个割草的孩子，草箕子也不知扔哪儿去了，手里挥着铲，没命地喊："鬼子来了！鬼子来了！"一头扎进桃园。

轿夫、喇叭手一听，脸都白了。他们都知道这帮龟孙的德性，要是见了新娘子还有个好？轿子一转，拼命往桃园里钻。

这一钻桃园不要紧，命运给杜月娥开了个不大不小的玩笑。她不知道桃园里还有一个新人也在里面躲鬼子。等鬼子走了，两家迎亲的都赶紧招呼新娘子上轿。惊魂未定的杜月娥和另一个新人心慌意乱中竟钻错了花轿，杜月娥被轿夫急死活忙地抬着奔谢家楼而去。

在那个时候，两家结亲全凭媒人一张嘴，不光两个新人对将要和自己过一辈子的人一无所知，连两家大人也不知闺女婿、儿媳妇长啥样，如同隔山卖牛。这全要看媒人是咋撮合的了。讲究的媒人摸清双方性格、脾气、家庭情况后，往往会把婚事撮合得八九不离十。当然也不排除个别促狭媒人有意的恶作剧。故道两岸一直传着这样一个笑话，说是一个媒人给一个家道比较殷实的小伙子做媒，小伙子长得眉清目秀，老实能干。可就是爹娘有些小气，是个大白天连盏干灯都借不出来的主儿，对媒人的招待也就谈不上啥周到了。小伙子爹娘问了女方各项条件后，很是满意，又问闺女长的咋样。媒人拈笔写道："脚不大长乌黑头发没有麻子。"那当爹的也简单识几个字，一看还行，居家过日子，又不是唱戏难道还要找个七仙女儿？鞭炮唢呐声中拜完堂后入了洞房，等闹洞房的表哥表弟都走了以后，小伙子小心翼翼地用秤杆挑开蒙头红子上下一打量，人都傻了。那新娘子是一双大脚如小船，脸黑得赛张飞，而且又秃又麻。新郎官当时就气哭了。小伙子他爹翻出媒人写的那张纸风风火火地去找媒人。媒人就着壶嘴喝口茶，拿过纸来不慌不忙地念道："脚不大，长，乌黑，头发没有，麻子。"然后两眼盯着小伙他爹问："这有错吗？"小伙子一家人这才知道，被这媒人给坑了。

杜月娥稀里糊涂地被抬到谢家楼，鸣炮奏乐后，开始了一系列的仪式。杜月娥原先只是听娘说婆家同自己家过得差不多，可没完没了的繁文缛节让一直蒙着头的她心里直嘀咕："穷日子穷过呗！弄这些道道干啥？"

到了第二天，杜月娥才知道，婆家并不穷，不但不穷，在黄河滩应该是相当好的家庭。杜月娥心里直打鼓，不知是娘说错了，还是自己听错了。到了第四天要回门，由娘家兄弟、娘家侄接自己回娘家。当两个陌生青年男子牵头毛驴敲开门时，她才知道自己嫁错了人家。但是木已成舟，已没办法再回头了。只是，那位从小就锦衣玉食的娇小姐新娘子却要过吃糠咽菜的穷日子了。

杜月娥的外人虽然叫广顺，但杜月娥在谢家过的并不顺。她看不上婆婆一家，婆婆因杜月娥是花轿错抬过来的，心里的坎儿一直过不去，也看不上她。嫌她少调失教，嫌她脚大，人没到脚先到了。女孩子讲究的是一把攥的"三寸金莲"，女孩子好看不好看首先要看她两只脚，闺女家脸盘长得再白再好看，脚大就没有人愿意娶，就难以找到称心如意的夫主。杜月娥小时候也缠过脚，可一缠她就疼得吱哇乱叫，缠一次哭一次，缠一次哭一次。娘心软，索性就不给她缠了，由着她长。不然的话，她也不会到二十岁才离门。婆婆嫌她走路腆着胸脯子，快得一阵风，像猁㺄子拿的。女人讲究的是笑不露齿，杜月娥高兴起来就哈哈大笑。婆婆说她嘴张得像个瓢，都能看见后槽牙了。嫌她喝水不雅道，像饮牲口。杜月娥渴了，拿起水瓢伸进水缸里舀出凉水"咕嘟咕嘟"就往肚子里灌，看得婆婆直摇头，"啧、啧、啧！"地直咂嘴。他们家喝水不是这样的，他们家来客时是把一套茶具搬出来，有碗座、茶碗、碗盖，喝时左手把碗座端起，右手把碗盖揭开再喝，喝一口，盖上盖放下来，再喝再端起来。杜月娥看到他们这样喝茶就撇嘴，心里真替他们着急，恨不得捏着他们的鼻子给灌下去。

杜月娥在这家过日子总觉得别别扭扭，胸口总觉着憋一口气。因为老谢家家规严谨，完全按朱子治家格言过日子。全家除了病人、老人，都得带着星星起床，带着星星喝汤。下地上场，铡草起圈，打扫院子，就连孩子到地里割把羊草，也要捎带着拾把柴禾。一年四季，除了八月十五、大年初一吃顿白面，平常都是大蜀黍面饼子，大蜀黍面窝头，连个好面皮儿也不包。穿的一律都是家里的织布机"嘎叽、咣当"织出来的老粗布，男的用大河里削来的芦缨染成灰色，女的染成毛蓝，小女孩儿顶多花几个钱染蓝布时印几朵碎花儿。

杜月娥不管心里顺不顺，勤快的她还是该干啥干啥。可婆婆总是看她不顺眼，嫌她这嫌她那，啥事儿都吹着浮土找裂缝。

一天天刚亮，杜月娥起身后简单收拾下就开始扫院子，把树叶、浮土往腌臜坑[1]里扫。头发乱得鸡窝似的婆婆拧着小脚提着尿罐子从屋里出来，满眼眵目糊边走边扣着大襟夹袄的扣子，看了看儿媳妇扫的地，说了声："咦嘻！喷、喷、喷！这扫的是啥地？连鸡屎、草棒都没扫干净！在家里爹娘没教你咋干活吗？"平时婆婆嘟嘟囔囔的，杜月娥一听就过去了，这一次婆婆不光说她，连她爹娘都带着了，把一直憋一肚子火的杜月娥惹火了，扫帚"啪！"往地上一摔："谁扫得干净谁来扫！整天伺候恁老的伺候恁小的，还这不好那不好，不能过就分家！"

三吵两吵，广顺他爹披着衣服走了出来，胡子撅得老高，眼睁得溜圆："大清起来的吵啥吵？咋说的？要分家？我还没死呢！恁说啥就是啥了？这个家是恁说了算，还是我说了算？"

广顺娘把尿罐子提到屎茅子一声闷响撂在墙角，扣子也不扣了，转身一腚坐到大门外边，两只手捋着腿，从脚脖子捋到大腿根儿，坐地歪窝地一把鼻涕一把泪地数落广顺和杜月娥的不是："老天爷呀，

---

1 腌臜坑：一般农家院里都有一个较浅的坑，家常垃圾等物堆积时间长了后可沤作农家肥。

这还叫人活不？俺连一句话都不能说啊！俺哪辈子没干好事，恁想憋死俺啊！小顺呀，俺的乖儿咪，看你娶得好媳妇啊！老天爷呀，你咋不睁眼呀，叫俺好日子不得好过！……"广顺爹黑着脸蹲在院里石磨旁抽着短杆旱烟袋，鼻孔一张一合地直喘粗气。广顺嫂子起来了，劝完弟媳妇，又出来劝婆婆。

谢家这一吵一闹，谢家楼半截庄子的人都起来了，都揉着眼打着哈哈说这个广顺家的真厉害，这么多年来谢家还没有哪个孩子敢给广顺爹这个拧筋头叫板呢，一家人谁不顺着他的斧头茬砍？家里啥时候不是他说了算？

任爹娘咋喊，广顺也不出屋，广顺哥嫂急得团团转，一大家人连清起来的饭也没做，小孩子也只啃了块凉馍。

到小晌午了，杜月娥板着脸挑着桶到庄头的井里打水。井绳钩子钩住桶襻，把桶续到井里，桶底"啪"地一声轻响碰着水面了。杜月娥稍稍把桶提起，左右摇晃井绳，井绳钩子和桶襻摩擦出"吱扭吱扭"的声音，晃了几下后，杜月娥顺势把胳膊往下一伸，"咕嘟"一声，水桶满了。一桶水刚提上来，前庄上肩头搭条马褡子整天走街串巷卖老鼠药的二混子走到了跟前。

这二混子光棍一个，一人吃饱全家不饿。长得小头小脸，枣核样的小脑袋整天歪着一顶油腻的破帽子，八字眉，圆眼睛，几根稀不愣登的黄胡子，一说话浑身乱动弹。前后庄的都说，这家伙要是不卖老鼠药，还真亏了他这张脸了。故道庄子多，隔三岔五就逢集，二混子这时就门一关，也不上锁，马褡子往肩膀头一甩，踢里趿邋地去卖老鼠药。到了集上找个人多热闹的地方，把一块说白不白说黄不黄的布往地上一铺，摆上老鼠药，掏出竹板呱嗒有声，不紧不慢、合辙押韵地说起来："一包药四样鲜，一半咸来一半甜。一半辣来一半酸，赵乾隆赐名夺命丹。"有人问："你说得那么好听，药管用吗？"二混子头动尾巴摇地接着说："半夜子时正三更，没有顾上找郎中。老鼠何时丧的命？鸡叫三遍快天明。老鼠吃了我的药，保准它的死期到。

不屙屎不尿尿，鲜血打从七窍冒，家里的狸猫可睡觉……"二混子越说越有劲，嘴角冒着白沫："老鼠嘴，赛钢枪，隔了箱子咬衣裳。打了灯台砸了锅，哪个不值一吊多？摔了盘子砸了碗儿，哪个不值仨俩板儿……别看个小它真能，十二属相排头名。能钻窟窿能打洞，它是兽中状元公。当年五鼠闹东京，搅翻整个汴梁城。大人孩娃都害怕，吓得老猫直跳井。多亏大臣叫包拯，金殿上奏宋仁宗。买了俺的老鼠药，大宋才得享太平……"虽然一集能弄个仨瓜俩枣的裹个肚儿圆，也努得肝花肠子乱动弹。

杜月娥因生气，脸红扑扑的，煞是好看。走路走得鼻子窜烟的二混子眼都直了，直咽唾沫。不由得掏出卖老鼠药时用的小竹板，边"呱嗒呱嗒"敲边念念有词："大嫂大嫂给口水，给口水俺湿湿嘴，湿完嘴咱再撩腿……"杜月娥正在气头上，瞪了他一眼。那小子更来劲了，边敲边嬉皮笑脸地往杜月娥跟前凑。杜月娥正窝着一肚子火没地方出，放下井绳抬手抡圆了巴掌朝这个不长眼的家伙扇了过去。"啪"的一声把二混子打得眼冒金星，原地转了几个圈，手里的竹板不知扔哪里去了。他站稳后觉得满嘴咸腥，张口吐掉两颗大牙。二混子倒退几步，捂着腮帮子，跳起来就要骂人。还没等他张开口嘴，杜月娥"嘭咚"一声一脚将刚提上来的水桶踢翻，抡起扁担就要打。二混子一看不好，拔腿就跑，杜月娥提着扁担就蹿，大脚板把地跺得"咚咚"响。来井边挑水的人一看，嘚呵！这个二混子还有今天？便有意大声喊："快跑、快跑，蹿上了！蹿上了！"二混子听见脑后扁担钩子唏里哗啦响，脸都白了，跑得比兔子它爹都快，哪还敢回头看？脑后生风蹬不掉衣[2]似的一口气蹽出三里地。庄头看热闹的人看到这个场景，俺的亲娘哎，这不就一个一丈青扈三娘吗？

广顺爹娘一看杜月娥这秉性、这胆识，"唉——！"了一声，分就分了吧，谁让老天爷不长眼叫咱摊上这样一个活冤孽！

杜月娥和广顺有了自己的小家，心里轻松多了，可夹板气受了一

---

2 衣：胎衣、胞衣。

阵子的广顺却高兴不起来。广顺从小到大被爹娘安排惯了，自己单独
另过倒不知道咋弄了。可这对杜月娥来说，还真不是个事儿，她说：
"愁啥愁？这还不好弄吗？咱把庄家后分给咱的两亩地打口井改成菜
园，一亩园十亩田，那就等于是二十亩庄稼地。地里收成多了，还按
二亩地纳捐纳税，这不就划算多了？河滩地种庄稼，也足够咱嚼用的。
咱再赶集抓两只小猂猂儿[3]，一头猂猂一年能出二十车粪，两头猂猂
就是四十车粪。把这四十车粪一半用在园里，一半用在河滩地里，又
多打粮食又多出菜。再说喂猂猂又不是全用粮食，'猪吃百样草，看
你找不找'，咱上地干活时，顺手捎带着就把猂猂喂肥了。到了年底，
两头猂猂一卖不就是一瓜子钱？要不就卖一头杀一头。杀掉的卖半扇
肉，剩下给爹娘哥嫂分一下，孩子大人辛苦一年，也不容易。过年了，
有上咱家走亲戚的，碰上个大事小情的，切上两刀也显着好看……"
杜月娥一番话把广顺说得一愣一愣的，还真是过日子来范！

穷人的孩子早当家。杜月娥从小过的是苦日子，过日子精打细算
是把好手。公公婆婆不待见自己，但不管说啥也是长辈，大礼上该咋
做还咋做；大伯哥老实，嫂子性子绵，也处得相当好；小侄子整天往
小院里跑，小嘴叭叭的，叔、婶叫个不停，杜月娥是吃个蚂蚱少不了
他一条大腿。

杜月娥小日子过得红红火火的，人缘也很好。从小过的是穷日子
的她知道穷日子的难处，对左邻右舍光景不好的人家就如同对自己的
娘家人，比她和公婆的关系处得还要好。常常米呀、面呀隔三岔五地
接济一下一时揭不开锅的穷邻居。当然，这都是背着广顺干的。广顺
人不坏，可眼窝子浅，心面窄，知道了就得整天嘟嘟囔囔，听着心烦。
要是广顺哪天存不住话头，告诉了公公婆婆，又是个事儿。过日子还
是多一事不如少一事。

杜月娥有热心肠，但绝不蛮干。有一天，杜月娥听说赵六的二奶
奶病了，家里又断了顿。杜月娥便找了个皮口袋从面缸里挖了几瓢面，

3　猂猂：音lǎolao，猪。

准备给老妈妈儿送去。可是，鼓鼓囊囊的半袋子面咋拿出去呢？在这之前，广顺好像已察觉到媳妇成了家鼠往外捯腾东西，已开始注意她了。想了半天，杜月娥把面袋摊匀，把口袋围拴在腰里，拍了拍，又笼上肥大的斜襟大褂就要出门。一只脚还没迈出门槛，广顺卖菜回来了，气呼呼地问："不在家好好蹲着又要上哪儿去？"

杜月娥一看，毁了！便硬着头皮说："串门儿。"

广顺用手指着她的褂襟子说："串门儿？串门怀里揣的鼓鼓囊囊的是啥？"

杜月娥嘴一噘，脸红红地说："揣的啥？你说我怀里揣的啥？"杜月娥右手食指一点广顺的脑门，"广顺你是真憨还是装憨？我怀里揣的是啥你不知道？这几天我肚子不好，大先生让用热沙土暖暖。好好好！你解下来看看！你要不解下来看看你就是个王八蛋！有话你就明说，你要不想要，我这就找大先生开副药把它拿掉！"左手扶着门框，说着说着眼泪下来了。

不是真憨也不装憨的广顺听得云山雾罩的，以为杜月娥有喜了，搓着手嘿嘿傻笑："你看看、你看看，你咋不早说？你要早说，我赶集就给你捎点好吃的了。"

杜月娥脸一板手一摆，说："别给我虚情假意的玩哩格楞，往后少气我就行了。"边说边推开广顺，一步三晃地往外走。广顺扤扤头，不知是该跟上去还是该蹲在家里等她回来……

就这样，杜月娥经常用各种方法巧妙地周济着庄上的穷人。

庄上人提起善良仁义的杜月娥，像是讲一段传奇。杜月娥一生与人为善，儿孙成群，直至九十五岁才无疾而终。

人过留名，雁过留声。多年后，人们提起杜月娥，无不感叹她是个侠义奇女子，无人不竖大拇指。

娟 子

日本鬼子灰溜溜地滚出黄河故道的第二年，娟子已十八岁了，早已是该有婆家的人了。但娟子却一直没有订婚，爷爷奶奶、爹娘、叔婶不能提这事儿，一提这事儿一家人就愁眉不展，唉声叹气。

黄河故道地薄人穷，流行着娃娃亲的习俗。男孩子女孩子十岁上下就得订婚，谁家儿女到了十四五岁还不曾"过媒"，那将是一件让庄上人非议的事情，不是老辈为人不正派，就是孩子有生理缺陷。娃娃媒订不了，童子媒就难了，等到过了十五六岁，恐怕嘴再巧、再会撮合的媒人也不会踏过门槛讨杯茶喝了。

娟子家的家境在庄上算得上数一数二的，高台独院，二进二出，中间还有一座鹤立鸡群的炮楼。炮楼虽然只是孤零零的一间两层，也有枪眼炮眼，在庄上是独一无二的。黄河滩上有祖辈辛辛苦苦开垦的一二百亩地，三犋牛马，一辆四个轱辘走起来"轰轰隆隆"的太平大车，忙时雇短工不说，家里还常年用着一个长工，一个童工。论人缘，娟子家在庄上也数得上。娟子爷爷继承了祖辈勤俭的家风，天天晚睡早起，一出门，身上少不了他的两件宝贝，那就是拾粪的粪箕子、粪扒子。赶集上店怀里揣着家里烙的烙馍、龟打子[1]，或自家蒸的窝窝头，饿了，买碗茶顺着下了肚。一年四季除了过年那几天，从不吃纯白面，红芋面、小蜀秫面、大蜀秫面都只是用白面包一层皮做引食儿。老爷子自己节衣缩食，但对庄上过于贫困的人家，倒也不算小气，时不时地会抽手周济一下，或者让他们到自己地里、家里干一些杂活、碎活，

1　龟打子：把玉米面、高粱面用手拍成盘子大小的圆饼，在鏊子炕熟的食物。

最起码能让他们锅里不空，稀的稠的有碗饭吃，人称"善人"。

老爷子不识字，深知睁眼瞎的痛苦，年轻时暗暗发誓，就是砸锅卖铁也要让自己的孩子读几本书。老爷子有四个儿子，其中三个进过洋学堂。在父亲的影响下，个个都知书达理，通润人情。老三、老四青布长衫在三里外的小学当孩子王。老大，也就是娟子她爹长袍马褂在地方从政，乐善好施，从不仗势欺人。说实话，老大算是个好官儿，治理地方虽说不上夜不闭户、路不拾遗，却也应付自如，这在当时已是难能可贵的了。不过老大因官场的恶习，染上了吸食鸦片的毛病，薪金不够用，便常常回家向老爷子要钱要粮，跟老爷子的关系有点磕磕碰碰。从这点儿就能看出老大的为人，即使自己挣的钱不够用，也不吃刮地方，也不吃黑钱。一个庄的人对老大染上坏毛病多少有些看法，但对他的为人处事还真是没啥说的。至于老二，性格有些鲁钝，完全不是读书的材料。当初弟兄几个被送进私塾时，唯独他一拿书本就开始犯困。别看他读书不行，庄稼活却是样样拿得起放得下，庄户人家的活没有不会的，家里的喂猪、喂羊、磨面、铡草，地里的耕、耧、锄、耢，场里的洒、晒、簸、扬，这些活不光会做，还做得有模有样的。同时老二最喜欢摆弄牲口，大骡子、大马、倔驴子、犟牛在他手里都服服帖帖的。老爷子一看敦厚朴实的二儿子这个样，摇了摇头，长叹一声："得！算处不打算处来！你就留在家里支撑门户吧！"

就是这样的人家，闺女十七大八了还没有找到婆家、没能出阁，真算是家门之丑了。

娟子生来俊秀，一头乌黑的头发，胖嘟嘟的。两三岁时眉心处点个小红点儿，身上穿粉底花喜鹊登梅的小夹袄，粉红色的小夹裤，母亲绣的小花鞋上，蝴蝶儿张开翅膀在鞋尖上支棱着……稍大一点儿，柳叶眉、杏仁眼，脸蛋圆圆的，会说会笑，一笑腮上就露出两个浅浅的小酒窝，且嘴很甜，亲戚邻居都说她像画上的小仙女儿。娟子手巧，不到七岁就跟着娘学剪花样、学刺绣。娟子娘也是大家闺秀，性格温顺，做得一手好针线，十里八村没对手。一把剪刀一张纸，剪龙是龙，剪凤是凤。庄上谁家嫁女娶媳，剪窗花、绣彩衣，小孩子的虎头鞋、虎头帽的花样无不是出自她手。娟子心灵聪慧，无论什么花样总是一学就会，一点就透。再后来，两个教书的叔叔带她进了学校，写字、写文章都是极好的，才女的名称不久就传遍四邻八乡。叔叔们总是爱怜地说："可惜了这孩子的身子骨。"

叔叔们之所以这样说，是因为娟子在八岁时得了一场怪病，在床上一躺就是二十多天，家里把能想的办法都想了，能请到的医生都请了。令家里人痛心的是，高烧退去后，娟子再也站不起来了。从此以后，娟子移动个地方都得让大人抱着。慢慢地，手里多了两个毛窝底子大小的槐木小板凳，靠双手挪动着行走。娟子白嫩的小手被小板凳磨出了厚趼子，小板凳被娟子的小手磨得溜光水滑的，看着让人心疼。十二岁开始拄双拐，一个如花似玉的女孩儿像棵霜打的小草，再也挺不直腰板了。

娟子看到自己再也不能像小伙伴那样蹦蹦跳跳，只是个待在家里除了吃喝啥事也不能做的累赘，她感到里里外外都是灰蒙蒙的，她趴在娘的怀里抽泣着说："娘，我总想死。"

娟子娘害怕了："这你小小的孩子知道啥是个死？你要真死了，你见不到娘，娘也见不到你了。你没听说过吗？东庄的小菊生下来就啥也看不见，长这么大也没见过白天，也不知道爹娘长的啥模样。后庄有个男孩生下来只有一个耳朵，鼻子只有一个眼儿，人家还没死呢。跟人家比比，你比人家强多了。"话是这么说，娟子娘还抽出手捏擦子[2]揉眼。

娟子机灵，看到娘伤心了，知道娘把话领会错了，忙说："娘，我没怨你。我生下来啥都好。七岁以前谁见了都夸我长得俊，说我像画上的小仙女。是病让我不能走路，娘，是病！娘，我不怨你！"娟子流下眼泪，又伏到娘怀里，娘搂着懂事的孩子，哽咽着，眼泪止不住了。

2　手捏擦子：手绢。

娟子十岁上下的时候，日本人来到了黄河故道，成队的鬼子兵伙着伪军三天两头地扫荡。各个庄的人就得三天两头地跑反，向黄河故道里的芦苇棵子里跑，向桃园里跑，东躲西藏，避灾躲祸。唯独娟子，每当家里人要背她的时候，她总是死活打着滴溜儿不走，好容易弄到大人背上，她也哭着闹着出溜下来。家里人拿她没办法，只好把她藏在家里。鬼子来了，娟子就大喊大叫，想把鬼子引来结束自己的小命。可鬼子就是不遂她的愿，鬼子、伪军打过她，骂过她，甚至像猫逗老鼠一样逗弄她，就是不动手里的刀，手里的枪。

娟子依然活着，可娟子想死的念头在她心底扎下了根，始终没有去除。

夏季到了，几场暴雨，庄里那口两亩多、中间丈把深的大坑就满得溜边浮沿了。天晴了，大人们或耪或收忙着地里的活儿，娟子挂着双拐从家里走了出来。水坑里只有几只鸭子几只鹅百无聊赖地游着，时而"嘎嘎"地叫几声打破周围的宁静。平常喜欢玩水的男孩子也都或割草或放羊去了，娟子四下里看看，坑边一个人影也看不到。

娟子慢慢地走到大坑边，靠着一棵枝条拂着水面的大柳树歇了歇。她从小就知道这个大坑，小的时候也曾和叔伯弟弟们挖过里面的胶泥，捏小猫、小狗、小泥罐等小玩意，她捏得最像。叔伯弟弟们也曾在大坑里给她摸过各种指头长短的小鱼儿，放在脸盆里给她玩……娟子想了很多，最后长叹一口气，向四周看了最后一眼，双拐一推，一头扎进水坑里……也是娟子命不该绝，当娟子挂着拐艰难地朝大坑走的时候，正好回家拿东西的娟子二叔看见了她。娟子二叔看到她后没有大声喊，怕惊着她，只是轻步往侄女身边跑。娟子二叔紧赶慢赶还没跑到跟前，娟子已扎进了水里，娟子二叔衣裳也没来得及脱就一个箭步跳了下去……"二叔，你为啥救我，让我去死吧！"娟子一身是水地躺在二叔怀里说。娟子二叔两眼含泪："娟儿啊，你个憨孩子起来的！你死了让爷爷、奶奶咋活？让恁爹娘咋活，让恁叔叔、婶子咋活？你真狠心，不要咱这一家人了？"娟子二叔流着泪把侄女抱回了家。

人生无常，陡然一场病，常常能把年富力强气死牛的强壮汉子掠走，生命显得是那么脆弱；而有着弱残身体的娟子，时刻想结束自己，却总是能阴差阳错地活下来，又让人感到生命是那样坚韧。

娟子的跳坑事件给这个大家庭敲了一记警钟，老爷子发话了，这样的事儿决不能出现第二次！话是这样说，娟子毕竟是那么大的孩子了，不可能让她娘天天抱在怀里拴在裤腰带上吧？老爷子把儿子儿媳叫到了一起，商议咋能把娟子看护好。商议来商议去，决定让家里那个叫小李子的小长工照顾她，时刻不离娟子半步。

小李子是个孤儿，七八岁时爹娘死后就开始四处要饭，由于热冷温饱无着，十一岁时长得还没有大人腰窝高。但人很机灵，也很勤快能干，常常主动帮人干活，给口吃的就吃点儿，不给就拉倒，再有活还来干。小李子就是在十一岁那年帮娟子家看桃园时，被娟子爷爷收留下来的。小李子长得像个瘦弱的小猴子，身边始终跟着一条半大不大的黄狗。

这条狗是小李子十岁时在另一个庄子的一个秫秸团里发现的。当时小李子正坐在一捆秫秸上歇着，一个黑不黑、灰不灰的毛团儿从身后的秫秸团里钻出来围着小李子"吱吱"地叫。小李子一看是个还没出月的小狗儿，就伸手把它抱到怀里，把一块要来的菜团子嚼烂了给它吃。小狗儿吃得很香，吃完了，还用肉肉的小舌头舔小李子的手，舌头上的小肉刺使得小李子的手心直痒。喂完了，小狗便偎在小李子的怀里睡着了。在小狗熟睡的时候，小李子仔细地看着它。小狗儿的毛色不好看，可是白鼻子，白眼圈，白嘴巴，看着挺讨人喜欢。小狗儿柔软的腹部一起一伏的呼吸，特别是那小东西的体温，一下子传给了小李子，使他感到温暖、熨帖。他舍不得弄醒它，叫它在自己的怀里好好地睡了一觉。从此，小东西再也不离开他了，小李子就抱着它要饭。稍大一点儿，他走到哪里，它就跟到哪里。一个要饭的孩子连自己都养不活，咋还能养一只狗？小李子几次狠心把它扔掉，它又几次找到他。小李子也不忍心再扔掉它，就把它权当个伴，带着它四处流浪，自己有点吃的，也给小狗省下两口。

这一带桃林成片，三月桃花遍地野红，甜脆多汁的桃子从农历四月一直吃到八月，有时还要推着车子挑着担子上府下县去兜售。这年桃子刚红尖的时候，小李子就在园里帮忙，不但不要工钱，满园的桃子大人不摘下来递到手里他是不会吃的，小黄狗在园里蹿蹿蹦蹦逮蚂蚱，蹦地老鼠。娟子爷爷很快喜欢上了这个孩子，看到他正骑在小黄狗的背上啃自己刚给他的大桃子，就笑着逗他："李子，骑狗烂裤裆呢！看你的裤裆烂没烂？"小李子真的撩起破衣襟看了看，龇着小白牙笑了。娟子爷爷是知道他的根底的，就对他说："李子，别再到处走了，在我家干小工吧，管吃管穿，年底再给你几斗粮食当工钱。你自己省着点，攒着点，长大了也好娶个媳妇成个家。"

小李子嘻嘻一笑，"爷爷，我是一人吃饱全家不饿，有吃有穿就够了，要啥工钱？要给就给个窝住吧。"

小李子成了娟子家的小长工。这孩子心地厚道，活干得勤快，眼里又有水儿，家里上上下下只要一声"小李子！"，他立马就跑到你面前。有时碰到买个油盐酱醋的事，也是一分一毫不差钱，深得一大家人的信赖。小李子跟长工住在一起，叔长叔短地把长工叫得滴溜乱转。总之，家里老老少少都很喜欢这个小家伙。小李子比娟子小两岁，娟子厌世越来越重时是十四岁，小李子十二岁。一家人商定，就叫小李子专门照料娟子，做娟子的"贴身护卫"。

"李子，"娟子娘把小李子叫到自己屋里，"往后呢你就不要下地干粗活了，只在家里照顾娟儿，陪她玩玩，陪她说说话。你到俺家虽然只有一年多，你也能看出来，这个家里谁也没拿你当外人，我也相信你。往后娟儿能念书呢，你也跟着去学堂，读点书总比当睁眼瞎强。娟儿没有亲哥哥亲弟弟，我把你当成亲生儿子，就算是给娟儿找个亲弟弟。零花钱我供恁姐弟俩花。只是娟儿病了几年，心性有点怪，有个言差语错的，你也别往心里去，让着她点，有啥事给我说也行，给家里谁说都行。从今往后，家里人是不会亏待你的。"说完，就给小李子换了套新衣裳，换双新鞋，又要塞给他一些零用钱。小李子红着脸只愿意接受衣裳、鞋子，对零用钱说啥也不要，娟子娘好说歹说才塞到他的口袋里。

　　小李子已在娟子家一年多的时间，说实话，他跟娟子的接触并不多。只是心地善良的他看到娟子行动不便时，有时也伸手帮她一下。娟子对小李子的印象倒是不错，她隔着窗棂子经常看到小李子在院子里不停地忙这忙那。一天，大人还没起小李子就起来了，抱着大扫帚鬼画符般"吭哧吭哧"地扫院子，像一只小老鼠跟一把大木锨较劲。小黄狗在他身边跑来跑去，新扫的地面出现无数朵梅花状的蹄爪印。小黄狗尾巴摇着撒着欢儿围着小李子的腿脚乱转跟他捣蛋，不小心把小李子绊了个跟头，大扫帚也扔到了一边。娟子在屋里"扑哧"一笑，惊得小李子睁大眼睛转着脑袋四处看。看看没人，爬起来拍拍身上的土，向小黄狗扮了个鬼脸，拖着扫帚往牲口棚下跑。

　　小李子不再做体力活了，却不愿睡在娟子家给他安排的过邸旁的一间倒坐屋里，喝过汤还是跟长工挤在一起。长工是个厚道人，抽着小李子给他装好的烟袋锅对小李子说："李子，说实话，这些年我也在几家待过。我也不是恋这家的肥锅台，这个主家还是不错的，没把咱当下人看，工钱也给得够头，要不然我早就走了。你可一定要把娟子照顾好，这丫头太可怜了。"小李子睁大黑亮的眼睛点点头。自己在衣食无着时候，这家人收留了自己，主母对自己这么好，把自己的宝贝闺女交给自己照看，自己一定要把这件事做好。小李子人小，但经历颇多，知道人敬我一尺我敬人一丈的道理。

　　娟子虽然和小李子也熟，但是以前都是娘在自己身边转来忙去，现在让比猴子大不了多少的他顾自己，开始很不习惯。加上几年来因病产生的自卑感，使她时不时地发些小脾气、使些小性子。但小李子却不当回事，该怎么着还怎么着。时间没过多久，娟子就被小李子的勤快、憨厚打动了。再说都还是孩子，小李子岁小人小，她也真把他当成小孩子了，一眼看不到他就尖着嗓子扯着音儿喊"小李子——！"

娟子不高兴的时候，小李子就大声"呗儿——呗儿——"唤几声，小黄狗就不知从哪儿钻了出来，小李子噙着嘴"啧啧"有声地指挥着小黄狗，让它在娟子面前翻跟头、打滚、作揖、转圈追咬自己的尾巴……把娟子逗得"咯咯"直笑——家里人很长时间没见到娟子的笑模样了。

小李子给娟子端饭、倒水、拿拄棍，没事时便和娟子说话。一个小孩子能有多少话说？小李子主要说自己的事儿。小李子的身世及流浪遭遇让娟子泪水涟涟，但流浪孩子的调皮捣蛋也让她忍俊不禁。小李子会给她讲黄河故道里的各种水鸟：红鹳子、白鹳子、喜欢在芦苇丛里搭窝的苇喳子……讲黄河故道里的各种鱼：鲫鱼、鲤鱼、水长虫一样的黄鳝……讲偷桃、讲扒瓜……讲得眉飞色舞，听的颇为神往。这样的小男孩很会玩，小李子会从屋檐下摸大大小小的老雀、会上树掏鸟蛋给娟子玩；他会从庄里的大坑深处挖来猪肝色的胶泥，蘸上水后骑在院里的石磙上"啪啪"地摔。摔打得有韧劲后就捏小猫、小狗、泥娃娃、捏拳头大小瓮状的蛣蜊虫罐，反正是见啥捏啥，想起啥捏啥。晴天在窗台上晒，阴天下雨就咋咋呼呼往屋里拾，一身泥一身土的两个孩子乐此不疲。娟子手巧，捏得东西比小李子的好看，娟子经常取笑他，他只是"嗬嗬"傻笑着不好意思地扛扛头……娟子觉得除了家人就数小李子最亲。

娟子的脸色红润了，笑声多了。娟子跟着叔叔进学堂读书了，小李子小跟班一样为她背书包、扛板凳，也坐在娟子的旁边听，手里也有和娟子一样的笔墨纸砚。碰到雨雪天，小李子就稀泥噗嚓地把娟子背来背去。看到娟子一切安好，一家人长出一口气。

日子一天天过去了，日本投降了，日本鬼子不情愿地离开了黄河故道。偏离了正常生活七八年的黄河故道又进入沿袭了千百年的生活轨道。呜里哇啦欢快的唢呐、喇叭声时不时地在故道里随风延展。日本鬼子在的时候有谁家敢大操大办明目张胆地娶媳嫁女的？娟子一家人的心又平静不下来了。因为娟子的年龄早到了该离门的时候了。

生活相对平静下来后，庄上不问穷、富，不问俊、丑，比娟子小两岁的女孩子都先后被花轿抬走了，唯独娟子家连个上门的媒人也没有。庄户人娶个媳妇进门不管俊丑是要干活的，虽不能说是要上得厅堂、下得厨房，那也得是里里外外都要能拿得起放得下。娟子虽然模样长得俊，但在庄户人眼里长得再俊也不能当饭吃。于是俊俏的、知书达理的娟子，因病腿始终没有机会坐进迎亲的花轿。

家里人急了。男大当婚，女大当嫁。家里有个大姑娘不能离门算哪门子事？娟子娘情急之下放出话来："谁愿意娶娟子，我拿三十亩地给娟子当嫁妆！"说实话，这个条件在穷人多的黄河滩上确实还是让人心动的，便有人托媒人上门说和。可是由于时局的变化，国民党的势力一天不如一天，他们的基层残余势力为了不让人们接近共产党又放出风来，说共产党就是共产共妻共财，你的我的都是大家的。这样一说，有田有地的人家都心里慌慌的，娟子家的三十亩地也就没有啥吸引力了。

如此门户的闺女竟没有人要，确实不是一件体面的事儿。找个年龄大的或有身体有缺陷的，别说娟子不心肯，就是这一家子老老少少脸也没有地方搁。老爷子犯愁了，爹娘、叔婶们犯愁了，重金托媒人四处走访，还是定不下来，一家人的愁肠与日俱增。

娟子也算是个有文化的人了，已过及笄之年的她不能不知道自己的处境，家里老老少少面临的现状她是一清二楚。她手里缠绕着手绢，长叹一口气："要是当初死了，家里也就没有这些让人愁得睁不开眼的事了。"娟子也明白，人这一辈子没有假设，有的只是眼目前的日子。"不嫁了、不嫁了！一辈人都不嫁了！"气话是气话，可那又咋能行？只听说过有娶不上媳妇的光棍，还没听说过哪个庄有女的老死在爹娘家的。是女子就得出嫁，哪有不嫁人的女子？再说，爷爷奶奶、爹娘总要过世，他们都走了，叔伯弟弟们对自己再好也不可能贴身照顾自己一辈子吧？娟子窝在屋里不出来，连机灵的个子已高过娟子半头的小李子也想不出啥招来。

饭食不香的娟子苦思苦想了几天几宿，眼窝都陷了下去。一天黑来喝过汤，娟子拄着双拐走进了娘的屋里，像孩子的时候一样趴在娘的怀里，不看娘的脸，吐出一口气说："家里人都为我犯愁，我心里明镜似的。娘，娟儿命苦，咱就按着命苦的路走吧。"娘没说话。娟子用手撑着身子坐起来，看着娘的眼睛说："娘，这几天我也一直在想这件事儿。我说句实心实意的话吧，咱就别论啥门当户对的了，也别说啥人品处事的了，能找个知冷知热的有个家就行了。"

鱼尾纹已上了娟子娘的眼角，鬓角也出现了几丝白发。"娟儿啊，娘不也是这样想的吗？娘不是有话，说要把三十亩地作为陪嫁的吗？"

"娘，我提个人儿，我觉着只要爷爷和娘愿意，兴许能说成。万一说不成，我就当面找他。"

"谁？"娟子娘惊讶了，她看着闺女亮亮的眼神，知道孩子已经有了主心骨。

"小李子！"娟子吐出三个字。

"他……？！"娟子娘锁起了眉头。

"我和小李子在一起四五年了，我知道他是啥样的人，他为人厚道，心眼好，又勤快。要是成了，不用家里的三十亩地陪嫁，我想也饿不着我们。再说，要是找个图咱三十亩地眼里没有我的人，往后还不知道能过到啥样呢！"娟子说出了自己想了几天几夜做出的决定。

大家闺秀主动下嫁给自家的小长工？这要在平时，整个家庭还不得闹个鸡飞狗跳的？这样的事儿还不得在黄河故道传个沸反盈天的？

娟子娘定了定神，走出屋子，把娟子的叔、婶叫齐，进了老爷子的屋……

几个男人抽烟把屋子弄得让人喘不过气来，总觉得不是件啥体面的事儿，可是娟儿的愁嫁又确确实实摆在面前。一家人商议来商议去，直到三星正南，还是拿不下主意。总感到往前走难，往后退不易，东西南北无路可走，实实地让一家人一筹莫展。鸡叫头遍了，才由老爷子发话："那就先让娟儿她娘试试李子的口风吧。虽然李子在咱家待了几年，也不能咱说啥就是啥，这毕竟是一个人一辈子的大事。再说，要真是剃头挑子一头热，捆绑也不成夫妻。"

娟子娘躺在床上，翻来覆去地睡不着，咋着能磨开脸开这个口？要是小李子不愿意，那可咋收场？自己的脸往哪搁？要是小李子愿意……这孩子虽然不错，但毕竟是无根无棵的。娟子娘的思绪乱成一团麻。

迷迷糊糊中娟子娘听到外面扁担碰击水桶的声响，她知道小李子去挑水了。她起身后稳稳神，稍稍梳洗后走到院子里，"李子！"小李子看到娟子娘，擦擦头上的汗，走到跟前，"大奶奶，你咋起这么早？"娟子娘把小李子让到屋里，拉张板凳让他坐下，自己也坐了下来，低着头绞着手直咽唾沫，叹息着把这件事说了出来。然后又不无期待地说："李子，娟儿是个废人，难得这几年你照顾她。本不该把她推到你身上，给你添麻烦。这不，你也算这个家里的人了。难呀！说实话，我还得把话说回来，这事儿也不能强求，你要不愿意，那也没啥，就当咱娘俩今儿清起来啥也没说。"

"大奶奶，"小李子进了这个家后，一直叫她东家大奶奶。"我这条小命都是东家给的，要不是东家，我这条小命能不能留到今儿个都两说。娟子是个好人，长得又好，又识文断字的，只怕我不配她。再说我房无半间、地无半垄，我拿啥养活娟子？"

"这别的啥都不要说了，只看你愿不愿意。别的孩子还有爹娘给拿个主意，你没有亲人，自己好好想想，自己给自己作回主吧！"娟子娘说完揪着心低下头。

小李子低头不语，刚才擦过的额头又冒了一层汗，两只手无意识地把衣襟搓来揉去。

就在屋里的氛围窒息得让人喘不过气来的时候，娟子挂着拐从门外进来，看也不看小李子，流着泪对娘说："娘，别难为他了，他不愿意就拉倒。我这一辈子也就不嫁人了，一个人一个人的活法，咋着过不是一辈子！"

小李子急了，冲口而出："我早晚说不愿意了？我只是觉着你是个小姐而我是个下人，自己配不上你。"

"这么说你是答应了？"娟子娘急切地问。

小李子有些难为情地"吭哧吭哧"点点头。

"那好，那你这就改口吧，叫我一声'娘'！"

小李子羞羞答答跪下，喘着粗气低低地叫了一声"娘！"

小李子的这一声"娘"叫得娟子和娘抱头痛哭。小李子十分难为情地站在那里深也不是浅也不是，只好抽身出来，绕过正在扫地的长工低着头回到自己的床铺前。长工听到主家屋子里娟子娘俩的哭声，又见小李子从主家屋子里匆匆走出，以为小李子做了什么见不得人的事。他扔掉扫帚快步走回一把捽[3]住小李子的胳膊，声色俱厉地盘问小李子。小李子受问不过，红着脸一五一十对长工说了。长工愣了半晌，用手捋撸捋撸小李子的头，叹口气说："真难为你和娟子了！"

老爷子主持在自家近旁给小李子盖了房、垒了院，并请先生翻看皇历给小李子、娟子定了亲。娟子有了归宿，小李子有了家。这件事庄里村外风风雨雨议论了很长一段时间。小李子和娟子成亲那一天，婚礼办得很风光。一是老爷子一家本身人缘不错，再说还有人要瞧热闹看新鲜的。祝贺的客人满满登登一大当院子。老爷子当众宣布：小李子不是"嫁"给娟子入赘过来，而是娟子认认真真、堂堂正正地嫁到了李家！

鞭炮声中花轿出了门，围着庄子转了一圈，在喇叭、唢呐欢快的嘀嘀嗒嗒声中进了小李子的院落，从此庄子里多了门李姓。

时间一晃六十多年过去了，李姓成了大户，儿孙满堂，屋瓦连片。

---

3 捽：音 zuó，用力揪住，抓住。

桃子

　　黄河故道终年飞沙走石，黄土漫天，少长庄稼多长草。在这样的环境下，这里的桃子却是誉满苏鲁豫皖四省毗邻乡县的。每年初春，数十里的故黄河滩上，红浪翻滚，清香扑鼻。一望无际的桃花，常常诱引得十里八乡的乡贤野老前来欣赏。桃子成熟的季节，大车小车，驴驮肩挑，百里内外的大城小镇上无不是故道的桃子。民国初年地方改置建政，故道上组建的第一乡就命名为桃园乡。

　　桃树一亩地可栽植五六十棵，不用费太多工夫，挨棵儿追上肥，日常松松土，只要冬雪春雨调和，年年收成都会让人眉开眼笑。一亩桃可抵四亩庄稼的收成，桃树与桃树之间还能套种一些矮棵庄稼，如豆子、花生、秧子满地爬的红芋，产量虽因桃枝遮阳不会太高，但收益还是有的。

　　苏家洼的苏老顺是种桃高手中的高手。他家的桃树品种别出心裁，五亩桃园一半是成熟最早的"四月鲜"，一半是成熟最晚的"秋边"。两个品种一早一晚，都能卖出最好的价钱。这就叫巧种树，会种田。据说，黄河滩之所以能成为远近闻名的桃乡，大多要归功于苏老顺和他的祖上。

　　苏老顺有三个孩子，两个男孩子一个叫大山，一个叫大河，小闺女叫桃子。苏老顺给孩子起名同苏家洼的其他人家一样，并没有啥深刻的寓意。黄河故道没有山，很多人不知道山长的是啥模样。无山便想山，盖屋时东西两墙高凸的部分便叫屋山头。大山出生时，家里挑锅屋正挑到屋山头，苏老顺便给大儿子起名大山。二儿子叫大河，是因为故道人都管故黄河叫大河。至于毛妮儿桃子，那是因为桃子出生的那一年，家里的桃收成极好，两口子顺着就给毛妮儿起名桃子。

苏老顺两口子对桃子有些溺爱，当庄上来了私塾先生，桃子嚷着要和小伙伴们一起读书时，苏老顺就掏了两个钱让她进了学堂。苏老顺种桃子，便有熟人赊桃子，贩卖后再给钱。苏老顺不识字，只能凭记忆在墙上画圈圈划杠杠权当记账，时间一长就成了糊涂糨子了。桃子上了几天学，读了《百家姓》开篇，就拿着笔要替苏老顺记账。可毕竟认的字太少，桃子晃着两根小辫儿想办法。学了《百家姓》，对赊账人的第一个字儿大多数会写，黄河滩没啥怪姓。第二个、第三个字不会写的时候，她就画记号。比如说，"赵大牛两筐"，就在赵字下画个大个儿的牛，下面再画两个筐；"钱二狗"，就在钱字下边画两个小狗；"孙腻歪"，腻歪两个字没法画，她就在孙字下面画一个人坐在狗屎上，拧着脖了，苦戚着脸……一天黑来喝过汤，一家人拿着桃子记的账本看，桃子娘笑得直不起腰来，苏老顺笑得直咳嗽，用烟袋锅对着桃子指指点点，两个哥哥笑得在床上打滚，直喊肚子疼。桃子臊得脸通红，用双手捂住，从手指缝里看看这个，看看那个，然后一头扎在娘的怀里。这样的账本当然不能拿出来，拿出来叫被记的主儿一看，账还不还是另回事儿，弄不好非打起来不可。桃子上了三年学，因私塾先生走了，桃子便回了家。回了家的桃子成了爹娘的小尾巴，整天不离身地跟着他们在桃园里转，一年有大半时间长在桃园里，帮助爹娘看桃、卖桃。

桃子聪明，心眼也好，她在桃园看桃的时候，不光本庄的小伙伴随到随有桃吃，就是路过桃园的外乡外庄人，桃子也总是"大叔、大婶"地叫着，让人家"尝口鲜""甜甜嘴"。庄上谁家来了亲戚，又碰上自家的桃子不成熟或者早已打过园了，桃子就会摘一些送到门上，说："咱苏家洼是产桃的庄子，亲戚来了，吃不上鲜桃，多不好呀！"桃子的善良和懂事儿很快就传遍四邻八家，都说苏老顺养了个好闺女。受桃子感染，以后凡是到苏家洼走亲戚、串朋友的，别问亲戚、朋友家有没有桃园，也不问桃该不该熟，能不能吃，总是能够把桃吃个够，临走时还带些回家让家里人尝尝鲜。

桃花开了，桃花败了，桃子坐果了，桃子卖了。整天在桃园里浸润着满园桃花、桃果灵性的桃子慢慢地走到十六岁了。十六岁的桃子长得十分清秀，瘦长白净的脸盘儿时不时洇着一抹桃红，柳叶眉细长高挑，长长的睫毛下盖着一双明亮的大眼睛，一条乌黑系着红头绳的大长辫子垂过腰际，朴素而又合体的浅蓝色裤褂显得体态轻盈，在剪树枝、摘桃时，上下翻飞，如同一只蝴蝶在桃园里飞来飞去。

桃子灵巧的双手做起活来，轻快熟练。细小的针纫上线，在布上穿来穿去，使人眼花缭乱。做饭时，扑扑囊囊大半盆面，在桃子灵巧的双手下，眨眼工夫和成面团，面团白得像桃子的脸，桃子的手也干净得像面团一样白，连个面渣也没有。桃子干活干净利落，贴锅饼、烙烙馍、擀面条、切面叶……桃子包起扁食来，让人看起来真的是一种享受：面和得不软不硬，面剂子在桃子的擀面轴子下只一转就是个滴溜圆的薄皮儿。左手托面皮儿，右手拿着哥哥大山用桃木给她削的小木铲，用小木铲把馅铲到面皮上，然后把小木铲夹在中指和无名指之间，左右手一合，一个又周正、又好看的扁食就包成了。桃子边包边摆边说："千也忙、万也忙，别让扁食乱了行！"扁食像一个鸡下的蛋，大小模样一样，在算子上摆了一圈又一圈，在簸箕上摆了一行又一行。下扁食时，桃子掀开锅拍，水汽弥漫，桃子偏一下头，嘴里念念有词："家里有群鹅，扑啦扑啦都下河。"白生生的扁食争先恐后地往锅里跳。

红颜薄命。这个词儿在戏词里、大鼓书里常常用来说大家闺秀因种种不如意，而过早地离开人世。谁也想不到，这个词竟能用到心眼好、手又巧且充满青春活力的庄户人家女孩儿桃子的身上！

一个普通平常的家庭，如果不是因为战事、不是因为水火，它的衰败总是有一个缓慢的过程的。普通家庭的衰败，原因并不太多，一是出了赌徒，二是抽上了白面。这两种败家并不为人所同情，往往还会被人拿来作警世之用。还有一种家庭的衰败，那就是主事人持家时如同下棋出了一个败招，以至于一着不慎，引发火烧连营，好端端的一个家庭三五年间就从祥和平静走到分崩离析，妻离子散，让左邻右舍扼腕长叹，唏嘘不止。

苏老顺大高个儿，一张四方脸，两撇油亮的黑胡子，硬朗的身子骨，也算是个走过南闯过北的人物，可思想却守旧得很。不知是过日子心盛，还是早年苦日子过怕了，也可能有人调唆，竟痰迷地要拿闺女换钱。

桃子长得俊，三五岁时，就有人托媒人上门订娃娃亲，十四岁时媒人就踢破了门槛，要给桃子说"童子媒"。苏老顺把闺女看成自己桃园里的桃子，总想等个好买主，总想挑个家境殷实人家。酒香不怕巷子深嘛！苏老顺是这样想的。可是不知是苏老顺挑花了眼，还是有别的啥原因，一年一年过去了，桃子婚事还是没有定下来。老伴急了！女大不中留，留来留去留成仇。老伴天天冲苏老顺嘟囔。老伴冲苏老顺嘟囔，那是因为没有他拍板，桃子的事是定不下来的。那年月，儿女姻缘全凭父母包办，家里有媒人上门，桃子影影绰绰也知道一些，但也没太往心里去，因为她有了自己的心思。都说十八岁的女孩儿一朵花，虽然还不到十八岁，已是豆蔻年华的桃子对儿女事情亦有了懵懂的认识，不知不觉中已芳心暗许，偷偷地和后庄一个叫李志哲的小伙子好上了。李志哲是上过中学的，日本鬼子来了以后，就从县城的学校回了家。二十出头的李志哲分头整天梳得整整齐齐，面皮白净，很招人眼。桃子和李志哲虽然不是在一个庄住着，但两家的桃园却是头顶着头。每当桃花开或桃子坐果后，李志哲就会拿本书在桃园里走来走去，时而背倚桃树，时而手攀桃枝。两人谁先主动的，谁先招呼的谁，两人自己都说不清了。李志哲心里有了桃子，桃子心里也有了李志哲。桃子和李志哲商量好，说是等桃季过后，就由李志哲爹娘托媒人上门提亲。

可人算不如天算，还没等到李志哲家托的媒人上门，这边有上门的媒人给苏老顺带来了好消息。这媒人在离苏家洼七八里远的刘楼集上住，四十大几的人了，脸上还是整天涂胭脂抹粉的，蘸着刨花水把头梳得蝇子落上去都要劈大叉，穿一身与年纪不合色道的月白裤褂，褂子短得露着红腰带，裤脚肥得像两把伞，走起路来呼啦呼啦的，两只大脚活像两块煮熟的大块红芋，一走一歪扭。苏老顺两口子起先一看到她，心里就感到不舒服。因为十里八庄没有不认识这个媒婆的。她没儿没女，有个再嫁男人在集上卖大碗茶，她自己啥事儿也不干，整天东庄走走，西庄串串，专给人保媒拉纤，指着"媒人红"过日子，不是个啥正经人儿。

俗话说，伸手不打笑脸客。苏老顺两个人对这个媒婆再不顺眼，还是客气地把她让进了屋，倒了碗茶。这媒婆洒了香水的手捏擦子在苏老顺眼前甩呀甩的，两片薄嘴唇开开合合。不知是被媒婆的香手捏擦子甩晕了头，还是被媒婆的两片薄嘴唇说动了心，苏老顺的耳朵里竟鬼使神差地听进去了媒婆的说词。媒婆说，铁路南丁寨集集主有个儿子，因自家条件好，挑来挑去挑花了眼，二十八岁还没定亲，听说毛妮儿还没遇上可心的人家，愿意娶毛妮儿。只要苏老顺开个价，集主家大业大，在彩礼方面根本不在乎。

故道里生活的人对南北地域的划分有着约定俗成的概念，如黄河故道以南称"河南"；往南走几里是故黄河的大堤俗称高陡，高陡以下便称"高陡南"；再往南走几里就是贯穿东西的陇海铁路，于是生活在陇海铁路南的则又被称为"铁路南"。"河南"指的是黄河故道与"高陡"之间，"高陡南"指的是"高陡"与陇海铁路之间，"铁路南"则泛指陇海铁路以南，远了去了。反之亦然。"河南""河北""高陡南""高陡北"虽也界限明显，但不太影响婚嫁来往。而陇海铁路对铁路两边村庄的交往，却是个很大的障碍。那呼啸而来、呼啸而去的火车显然对人们有着巨大的震慑力，冷冰冰反射着寒光的东西不见头尾的铁轨几乎隔绝了铁路两边人们的来往，彼此生疏感很强，生活在两个世界似的。所以当苏老顺听说是"铁路南"时，有一种听到是云南鳌子国的感觉。

苏老顺起初嫌太远，走亲戚看闺女不方便。后来，感觉桃子也到了这个年龄了。再后来，听说彩礼可以丰厚，也就一口答应下来了。

苏老顺一直想再添五亩地，五口之家，十亩薄田，有可能的话再买头能吃苦、肯出力的小毛驴儿。这个普普通通的庄户人的梦想，从苏老顺的爷爷起都没能实现。苏老顺也不想实现，不是不想，而是不可能。黄河滩地虽薄，五亩地也得大洋二百块，或小麦八石。这可是一家人不吃不喝耗尽心血也攒不够的。现在不行了，不实现也得实现了，因为两座山已在苏老顺的头上悬了好几年了。

苏老顺的儿子大山、大河，早已到了成家的年龄。两个孩子模样周正，忠厚老实，干活从不偷奸耍滑。在媒人上门给桃子提亲的同时，也有媒人上门给大山、大河提亲。苏老顺不为闺女的事发愁，为两个儿子却一直愁眉不展。媒人上门，一说到家景，便再无回音。谁家愿意把闺女嫁到一个人均还不到二亩地的家庭呢？故道上日子穷，人们整日在饥荒中度日，没有谁不悬着心，谁都不想让自己的儿女再悬着心。

丁寨的亲事定下来之后，苏老顺心里轻松了很多，瞅个空儿让老伴把桃子叫到跟前。桃子进了门，肩靠着支撑房箔子的手腕粗的椿木柱子，双手绕着辫梢，脚尖无意识地踢着地上的小土坑。苏老顺抽着烟管，低着头也不看桃子，说明了这件事。"不是达达狠心把你许给一个大你十来岁的人，你不知道达达有难处呀。恁两个哥都大了，早都该成家了，我和恁娘拿啥给恁哥成亲？唉！达达的路比你难……"

桃子哭了，哭着跑回自己的小屋，扑倒在被子上，拿枕头蒙住头脸。黄河滩的女子你可以说她倔强，也可以说她温顺，但在关键时刻还是把握不了自己的命运。桃子哭了一夜，思前想后，还是听从了爹娘的话。黄河滩的闺女十有八九都是这样定的终身。嫁鸡随鸡，嫁狗随狗，嫁个笤帚抱着走。桃子认了，她觉得既然所有的女孩子走的都是这样的路，自己又有啥办法为自己另选一条不一样的路呢？罢、罢、罢！认了吧！

认了命的桃子不想和爹娘照面，爹娘以为闺女脸皮薄，也没往心里去。这时的桃子只是一天几趟地往桃园里跑，她要见李志哲一面。当表情木然的桃子见了笑呵呵的李志哲后，低着头攀着桃枝把满腹的心事说给了他。刚才还心情大好的李志哲如同被一桶凉水劈头浇下，脸"唰"地白了，身子一歪，靠在了一棵桃树上。本来李志哲是想和桃子说，他已经跟爹娘说了他俩的事儿了，爹娘也知道桃子是个好孩子，正准备找媒人上门呢。哪知桃子一见面给他说了这么一番话，他嘴唇哆嗦着一句话也说不出来，脑子里一片空白。心如刀绞的桃子看到李志哲这个样子，哽咽着哭也哭不出来，大颗大颗的泪珠顺着两腮往下流。她一咬牙转身扎进自己家的桃园里，她不忍心也不敢再看李志哲心碎的样子。一方绣着桃花的手捏擦子被一根桃枝留在了李志哲面前不远处……

桃子想认命，想按爹娘给自己找的路走下去，但就是这条路，桃子也没有走到头。

就在桃子与李志哲洒泪而别的第三天，李志哲这个情种竟然翻越高陡，胸口掖着桃子的那方手捏擦子站到了陇海铁路上，喷着白烟"嗷、嗷"狂吼连声的火车呼啸而至……手捏擦子上分不清哪是桃子的桃花哪是李志哲的血。

几乎就在李志哲弃命的前后脚，铁路南的桃子二姨到了桃子家，责问姐夫苏老顺咋把这么好的一个闺女许给一个蹦三蹦、蹿三蹿，指头尖够不着蚂蚁蛋的地蘑扭？地蘑扭不地蘑扭咱就不说了，他还是一个两只手张开都不知多少、裤子天天尿得提不上的憨子！

桃子姨大老远跑来，晌午饭也没吃，临走前的几句话像把刀扎在苏老顺的心尖子上。桃子姨"姐夫"也不喊，满脸看不起苏老顺的表情，用眼斜着他说："俺不知道你是让猪油糊了心了还是让人灌了迷魂汤。俺长这么大也听说过有卖闺女的，但从没见过你这样的主儿，把亲生闺女往火坑里推！"说完后转身出了桃子家院子，桃子娘咋喊都喊不回来。

桃子姨说的丁寨情况及临走时的话把苏老顺说得脸色灰白，直喘粗气。恰恰这时，后庄上李家递过话来，说李志哲的死和桃子有关，要跟苏家没完！苏老顺一听仰天倒在了院子里。被架到床上的苏老顺三天没睁眼，三天水米没打牙。就在苏老顺躺在床上的时候，知道了李志哲和丁寨情况的桃子也在床上哭得起不来。把桃子娘急得从这屋转到那屋，祖宗、姑奶奶地劝了那个劝这个，满嘴燎泡。

苏老顺躺了三天，在桃子娘的劝说下强喝了半碗汤水，硬撑着走出了堂屋。还没等他抬头看看天是阴是晴，邻居急匆匆地给他带来了更大的噩耗——桃子走了！

桃子在床上哭了三天三夜，想了三天三夜。第四天鸡叫头遍时，桃子摸到锋利无比、苏老顺平时用来修理桃树的一把小刀踉踉跄跄地出了家门。当邻居发现桃子时，桃子跪伏在李志哲的新坟上，脸白的像一张纸，血从手腕洇到了李志哲坟头的新土里。

苏老顺彻底崩溃了。

桃子被人抬回了家，一家人连门都不敢出，苏家洼三天没有人家掀锅拍拉风箱动炊动火。

丢人呀！一个黄花大闺女不明不白地死在别门外姓的一个青年小伙儿的坟前，这到底算哪门子事呀？苏老顺家倒了，苏家洼蔫了，但有一个人不能倒，也不能蔫，那就是作为长房长子的苏兆升。苏兆升到了苏老顺家，苏老顺睡在床上一个字也说不出来，大山大河又都没经过事儿，桃子娘一个妇道人家又能有啥办法？只能一切凭苏兆升作主。苏兆升看看这家人，叹口气。回到家后，思来想去的苏兆升仰头闷了一碗酒，拿顶帽子遮住脸去找后庄的保长，请保长约李家族长商量商量，看看该咋收场。

李家因儿子的死而痛苦万分，二十来岁活蹦乱跳的孩子说没就没了。同时也因儿子是横死而不能入祖坟窝了一肚子无名业火。

黄河故道多年的习俗是祖坟不能有孤坟，年轻少亡的都要先埋在祖坟旁边，待有机会结了阴亲方可入祖坟。如有孤坟，则家族不顺，或生残疾儿女，或大病缠身，或飞来横祸。人们为了图个吉利，都会想办法给家里死去的孤男孤女"结阴亲"，成就美好姻缘，留下祝福以保佑生人。

李家正在气头上，苏兆升这时候到李家说和，差不多算是捧着一张脸上门让人家扇。李家毕竟还有明白人，虽满腹纠结也没太难为苏兆升。本来"结阴亲"还要择吉日、选风水、先闹喜来再闹丧，男方还要送彩礼，给女方买棺材、准备真正的被褥、女孩子穿的衣服等，最后还要摆酒席招待女方宾客……商量后的结果是两家大人心情都不好，还是一切从简吧，把两个孩子安安稳稳合葬到李家祖坟成全两个孩子的心愿就行了。

桃子算是李家的人了，一对苦命鸳鸯生不能同衾共枕，死后却能同穴而眠了。苏家与李家算是至亲了。但这个亲结得有些晚，结得很尴尬，结得令两家男女老少欲哭无泪。

黄鼠狼子单咬病鸭子。生性要强的苏老顺从此总觉得在庄上抬不起头来，走路都低着头溜墙根儿。平日捻得油亮的两撇小胡子干枯凌乱了，承受不了心理重压的他忧郁地倒下了。苏兆升到床前去看他，他攥着苏兆升的手，眼里窝着两泡浑浊的眼泪对苏兆升说："兆升，咱爷俩这么多年，你也知道叔一辈子都是个要强的人，说话都要站高岗，占上风头。都说我过日子是把好手，到今每儿我才知道，我是不行，真的不行。祖上留下了几亩薄田，没能少，也没能多。几辈人都想再添些田产，几辈人都没做到。命里只有八斗米，走遍天下不满升。我以为我能，我想试试能不能满升。到今每儿我才知道，人的命，天注定，胡思乱想没有用。唉！福祸无门，唯人自召。兆升，我对不起桃子啊！我那苦命的闺女呀！呜呜呜……"苏老顺哭得苏兆升直掉泪，劝来劝去都是车轱辘话。

苏老顺在桃子走了不到半年，也撒手西去了。桃子娘领着两个没成家的儿子整天在泪水泡着又过了两年，也狠心地撇下弟兄俩去找老伴和闺女去了。好端端的一个五口之家，三两年之间就只剩下大山、大河弟兄俩了。

爹娘、妹妹都走了的大山、大河整天黑着脸给谁都不说一句话，出门头也不抬，进了院子就关门，不跟任何人来往。弟兄俩在没有一丝生机的院子里饥一顿饱一顿、热一顿凉一顿地熬着日子，在黑灯瞎火的夜里床对着床唉声叹气。

苏兆升看到小弟兄俩这个光景也不是个事儿，就暗地里四下托媒人，想给两个孩子成个家，说啥也不能让这个门儿断了后。可黄河滩上的媒人谁不知道桃子的事儿？没有谁愿意接这个招。

弟兄俩决定着自己的事情，默默地办着自己的事情。两个人不吱不声地卖了五亩地和地里的桃树，又卖了四间草屋，院子，院子里的树。家里能卖的都卖了，还清了殡三个亲人的借债，又在爹娘坟前立了块半人高的石碑。

一天挨黑上灯影时，大山捧着一壶酒，大河用篮子挎了几样菜来到苏兆升家。进了门大山、大河就跪倒在苏兆升脚下，两眼流泪："大哥，俺弟兄俩都是无能的人，支撑不起来这个家，给咱苏家丢了脸，落到这个下场。俺弟们俩原也想去找爹娘、找妹妹的。人总是要死的，丢人现眼的一辈子抬不起头来活着还有啥意思？回过头来又想想，还是不能死，五尺高的汉子身上总还有三碗血吧！大哥，你是咱苏家的领房人，俺弟兄俩来向你告个别。俺俩来就是给大哥说个明处，俺俩不是应孬[1]偷跑的，俺俩是要拼上三碗血到世上去混混。老天爷饿不死瞎眼雀，俺弟兄俩不比别人缺胳膊少腿的，不信就混不出来！大哥，俺在俺达达俺娘坟前立了块碑，想着哪一天回来时能看到爹娘的模样。万一俺弟兄俩白舍[2]，混不出来，也就不回祖坟了，哪里的黄土不埋人？逢年过节就麻烦大哥替俺弟兄俩给老人烧张纸。这壶酒敬大哥，也是敬咱苏家各房长幼，是俺对不住咱这一大家人。大哥，俺弟兄俩要走了！"

苏兆升是个内向的人，素来沉默寡言，谈吐极少。当弟兄俩卖屋、卖地时，他也有所耳闻，本想出头劝劝他俩。可他也知道这弟兄两个

---

1 应孬：耍赖，不讲理，不守信用。
2 白舍：没用，没本事。

都是老别筋，拿定的主意九头牛都拉不回来。再加上这几年家里过得一直疙疙瘩瘩的，换个活法对他们来说也不能说不是一件好事。整天头都不能抬地窝在这样一个圈子里，好人也能憋屈出病来，所以也就没有出面。可看着他们真的破釜沉舟跪在眼前，心又软了，伸手把这弟兄俩扶起来。他知道这时候说啥都晚了。

兄弟俩两手下垂着不敢坐，苏兆升也不知道咋开口，他低着头喘了半天气才说："大山、大河，妹子走的那阵子，咱苏家洼三天没动烟火，恁弟兄俩都看见了；送叔到南北坑时，又是家家不揭锅，这恁也知道。如今，恁弟兄俩又要远走他乡了，是凶是吉，前途未卜，当哥的心里痛啊！咱苏家出了这么一档子事儿，哪一个姓苏的出门能抬起头来？我不怪恁弟兄俩，也不怪桃子妹，也不怪叔婶，这都是命。事到这儿我也不再强留恁弟兄俩，我知道恁蹲在家里更难受。兄弟，要记住，黄河滩是咱的家，这儿有咱苏家的祖坟。只要能爬得动，无论到啥年月都得回来，都得归祖林！话说得有点远了。以前的人离开家时，族里都要给他讲讲老事，讲讲族谱。今天我也不多说了，恁要记住咱苏家的堂号、班辈，记住自己是苏家的几世。往后在外面安了家成了家人，给孩子起名不能乱了辈分。万一自己不能回来，孩子也要回来看看，说到底这儿才是自己的根。走的时候恁俩每人抓把土揣在怀里，想家时就把土拿出来看看。"说着，苏兆升站起来，端起了酒壶，拿过三个碗，"哗啦啦"将壶中酒一分为三，说："来，兄弟，恁弟兄俩要远行了，大哥代表全族兄弟爷们给恁俩送行，给恁俩壮胆！"

大山、大河两个虎实的壮小伙子"扑通！"一声又跪倒在地，两眼流着热泪，颤抖着手从苏兆升手中接过酒碗，仰脸喝尽，然后抱着苏兆升的腿大放悲声。兄弟俩的恸哭把全庄的苏家人都哭出来了，他们站在苏兆升家门口，摇头叹气，唏嘘不止。

大山、大河一人背一个简单的包裹卷趁黑走了。到哪里去了？谁也不知道。后来，庄上只要有人出远门走远路，苏兆升都要一再交待他们："无论到啥地方，千万注意打听一下大山、大河的下落，哪怕只是两个土疙瘩，回来后也要告诉家里！"

多少年过去了，大山、大河的下落仍是一无所知。黄河故道的苏家要续修族谱了，每个男丁都要拿一份钱，年近花甲的苏兆升交了大山、大河这一支的钱，并提交了大山、大河的官名。他说，说不定哪一天，会有大山、大河的后人来黄河故道寻根，看到族谱，就能确认他们的根就在黄河故道。

黄河故道桃花开，黄河故道桃花败。看到婆娑的绿叶间粉嫩嫩有着红腮、一层绒毛在阳光氤氲成柔光的桃子时，人们都会禁不住带着惋惜聊一聊那个叫桃子的精精灵灵的女孩子。

泥人刘山

　　黄河故道星星点点散落着无数个庄子，每个庄子的名字基本上都是以姓氏冠头，如董楼、赵台、张集、杨庄，董、赵、张、杨就是这样庄子里的老户。

　　庄子也会像磁铁吸附铁粉、铁末一样吸附外来户。外来户因种种原因在庄上落了脚，掺沙子一样散居在庄子的边边角角。外来的小户虽然经过繁衍生息，但庭院、人口与户门较大、人口较多的老户相比，在庄上仍得不到明显改观。门户较大的人家往往都有着淳朴的家风，小户人家则选择夹着尾巴做人，对老户人家保持着有尺度的敬畏。同坐地成树的老门老户相比，小户人家也有着自己的坚忍，有的小户还有着独特手艺，为波澜不惊的村庄增添一抹活泼的色彩。

　　刘山就是一位有着手艺的小户，爷儿俩在庄上住了三五年，又因其他原因蜻蜓点水般选择了离开，日蚀月磨，给庄上只留下一丝丝残存的记忆。

　　刘山是在黄河故道沦陷的第二年来到庄上的。

　　那一天太阳压树梢时，一个外乡人挑着两只破筐进了没有圩寨的庄子。他放下扁担，蹲下身子，靠着庄里大水坑边枝叶繁茂的老柳树抽袋烟喘息了一会儿后，老柳树下便响起了阵阵悦耳的鸣叫声。好听的声音招引来一群孩子，围住了这个蓬头垢面、一身破衣烂衫的外乡人。

　　外乡人一只筐里的破烂衣卷上坐着一个三岁上下的孩子，黑黑的小眼睛怯怯地看着周围，瘦瘦的小脸手脚由于满是泥灰，活像一只小

181

泥猴子。另一只筐里用烂木头、破木板搭成了上下三层，每一层都放满了泥捏的娃娃、狗头、桃子和大肚子弥勒。

说实话，这些泥捏的作品工艺是粗劣的，狗头不像狗头，娃娃不像娃娃。这些东西用泥捏成风干后用白石灰水打底，再用粉红颜料勾出眉眼、嘴唇和腮帮。丑是丑，但在兔子不拉屎的黄河滩上，那简直就是少见的稀罕物了，尤其吸引半大不大的孩子。不大工夫，外乡人连同两个破筐被围了个水泄不通。

外乡人手里拿着一个比手掌大不了多少的嫩柳枝皮编的"卍"字形的扁片片，一角含在嘴里，吹出一阵阵似轻风似鸟语的声音，引得不少收了工的大人也跑来了——黄河滩上的庄户人平时很少有啥娱乐生活，遇上要饭的敲着渔鼓、呱嗒板挨门挨户要口吃的，腚后边也会跟一大群孩子；碰上庄上富裕点的人家办红白喜事，雇三两个吹鼓手，锣、鼓、笙、唢呐"叮当嘀嗒"地吹打一阵，那就当成大戏看了。其余的日月，尽是日出而作，日落而息，庄子整天死气沉沉的。这次来了个又会吹响又会捏泥玩意儿的外乡人，整个庄子都兴奋起来。

外乡人看到自己吹的响声招来了衣着灰灰黑黑的一大群人，又鼓着腮帮子吹了一阵之后，站起身来拱拱手，微笑着谦卑地说："在下刘山，卯金刀刘，山东山西之山。河南归德府人氏，无家无室，身边只有这三岁的娃儿，凭着一点粗薄的手艺遛串四乡。今天来到贵庄宝地，想沾沾老少爷们的光，求口汤饭饱饱肚子。俺也不白拿大家的，给点剩馍、生红芋啥的，俺就给恁家娃娃拿个小玩意儿。小玩意儿不算啥好东西，俺还是感恩大家。"

黄河故道人家就算是最早的老户也都是从外地迁来在黄河滩落脚的，贫苦的生活没有磨煞人们淳朴的本性，就是平时来个要饭的，他们也会盛半碗糊涂，拿块黑馍。再说"无君子不养艺人"。在他们看来，归德府的刘山能捏泥玩意儿能吹响，也算是个手艺人。再加上刘山说话谦恭，三岁没娘孩子的可怜，有人说话了："啥感恩不感恩的，谁也不能背口锅出门！俺这儿也是穷不啦唧的，也没有啥好东西，土里刨的也就是填填肚子。拿口吃的能换你的手艺对俺这儿来说也是件好事儿，这里的孩子也都没见过啥世面，没见过啥新鲜玩意儿。"回头对拧着头往前挤的孩子们说："都回家去拿点吃的来，不管生的、熟的，给自己换件小玩意儿。"

孩子们呼朋引伴呼啸着一哄而散，转眼间又卷地风一般跑了回来，一个个气喘吁吁的。破筐里很快积了一堆黑乎乎的大块小块的红芋干子面窝窝头和大块小块的生红芋——外乡人刘山筐里的泥玩意儿被一换而空，刘山三岁的儿子两手抱着半个黑窝窝头啃。刘山两手直搓，再三拱手向围了一圈的老少爷们表示感谢。刘山看到盛泥玩意儿的筐里空空如也，看到孩子抱着凉窝窝头狼吞虎咽，眼眶有些发热，拱拱手对大伙儿说："俺刘山是个粗人，没有啥能耐，给老少爷们添麻烦了。老少爷们的大恩大德，俺刘山没齿难忘。现在玩意儿没有了，明儿个俺再捏。俺再吹几段小曲儿给大家解解闷吧。"说完，刘山拿起那个扁片片，丁字步站好，眯着眼吹了起来。

庄上人见识不多，偶尔来个唱大鼓说书的，也能引得全庄的男女老少围坐成一团，听懂听不懂是另回事儿，图的就是个热闹景儿。只见刘山脑袋轻摇，脚板有节奏的轻轻敲地，柳笛声婉婉转转、缥缥缈缈向四周扩散……后来刘山说，那天傍黑他吹的是《小放牛》《孟姜哭长城》，还有《五更调》啥的。刘山一口气直吹到掌灯时分，使这个平时死气沉沉的小庄子着实热闹了一番。当天黑来，便有热心肠的人送来热馍、热饭，有的人家还送来咸菜、辣椒、盐豆。庄上更有叫大林的热心人喊了两个人，帮忙把大坑北沿坐北朝南的一座废弃的地屋子清理出来，让刘山爷儿俩住进去。

刘山带着孩子居无定所四处游走，风里雨里的，虽有个手艺，也时常是饥一顿饱一顿的。今儿个他感到这个庄上人的仁义，有些舍不得这个落脚的地屋子。刘山不提走，满庄子的人也乐得身边有个捏泥玩意儿、吹响的解闷人。刘山就在地屋子里住了下来。

落了脚的刘山心情好了起来，头脸衣服拾掇得干干净净，瘦小的儿子也被收拾得头光脚滑的。三十五六岁的刘山身板结实有力，也是个勤快人，每天一大早就挑着挑子串乡卖泥玩意儿、吹柳笛换口饭吃，晌午饭后就坐在地屋子里用泥捏小物件，坑沿上常常摆着成群结队的泥玩意儿。穷帮穷，富帮富，官面儿帮财主。碰上阴雨天，赶上刘山遛乡回不来，就有人帮他把泥娃、泥猴、泥狗往地屋子里拾。俩好犄一好。庄里人仁义，刘山也讲究。自从落下脚后，庄上不管穷的富的，任何人家的孩子到大坑边玩，他总要拣一两件小玩意给他们拿回家去玩。

　　黄河故道称小孩子为"土喽孩"，因为小孩子玩土玩沙和尿泥是他们的天性。在刘山住的地屋子旁边到处都是庄上的孩子老鼠掏洞一样挖的坑，那是为取一种泥，胶泥。胶泥呈赭红色，是黄河没改道前千万年来不知哪一次形成的积土层，这种泥黏性好，可塑性强。孩子们常常无师自通地蘸上水在石磙上在磨盘上把胶泥摔打得有韧劲儿后，捏猪马牛羊，鸡鸭兔狗，捏瓶瓶罐罐，放在自家窗台上晒成土白色，坚硬无比。邻庄的鸟王老五常把胶泥搓成楝豆子大小的泥蛋儿，晒干后当弹弓子儿，打到头上就起一个冒血丝儿的青疙瘩。地屋子里住了会捏泥人的刘山，孩子们高兴毁了，一方面跟刘师傅学艺，一方面把自己捏的东西让刘师傅品评。刘山也就把孩子们拿过来的东西涂抹上色，把孩子们喜得个个合不拢嘴。孩子们喜欢来玩，刘山也喜欢孩子们来玩。儿子经年累月跟着自己过着不稳窝的日子，缺少玩伴，孩子们一来，儿子的两只小眼儿放着光，不知不觉地同他们融在了一起。有时挑着担子要去遛乡，儿子也不愿跟自己去，要和小玩伴们一起玩，刘山也丢得开手。

　　慢慢地，刘山捏制泥玩意儿和卖泥玩意儿的时间缩短了。因为他知道，这个手艺不养老不养小，只能混个温饱。一个五尺高的男人就算不想想自己的以后，也要想想孩子吧。他把节余下来的时间放到了帮庄里人家干活上去了。谁家捣粪、拉土、打夯、脱坯、铡草、耱地、麦收抢场打垛、拉耩子扛粪篓、修房子整理屋……他总是主动上门，不惜力气，不停脚步，除了吃人家一碗饭外，绝不收分文。谁都喜欢实在人。不知不觉间大家都把他当成了庄上的一分子，好像刘山在这儿已住了多少年似的。

刘山不但能干粗活，而且他心灵手巧，细巧活也让庄上的能工巧匠直竖大拇指。有的人家盖屋要放线摆践脚[1]，刘山四处转转，木匠吊线般眼睛一瞄，大大小小的石块便摆得周周正正的。盖屋多用土加水放入麦穰作筋和泥，光脚踩得软硬适中后，再用三股叉一茬一茬地往上挑。每茬不到三尺，晒干后再加一茬，一般的屋要挑三茬，两个屋山头另算。甩叉人站在踩踏得平平整整和好的泥上，把三股叉立起来"嚓"地往下一砍，再把叉平着三个尖儿插在泥里，脚后跟一蹬，十余斤重的一块湿泥便从整体分离出来，甩叉人腰一挺，双膀一叫力，"嗨！"的一声，有角有棱的一坨泥便"嗖"地飞向接叉人。站在一茬或两茬墙上的接叉人平端三股叉在泥坨挨上叉的一刹那轻轻往下一卸力，端起来后反转叉子"啪"的一声把泥拍在合适的地方。甩叉、接叉都是技术活，墙挑得越高，要求越高，到挑两个屋山头时，那才显得真本事。刘山甩叉、接叉都拿得住人，甩叉总能把泥甩到接叉人最舒服的位置，接叉时只要甩叉人能把泥甩到他能够得着的地方，他总能平稳接住，且把墙挑得平滑如镜。苫屋时又能把搋[2]好的麦穰一掐一掐地首尾压实，滴水不漏。庄上人都说刘山是个能人。

刘山除了儿子便没有啥牵挂，每到黑来或阴雨天，他总是到人多热闹的地方去吹柳笛，吹半宿都不歇。热心肠的人就劝他："刘山兄弟，白天忙活了一天，黑来早歇会吧！"刘山憨憨一笑："没事儿，力气又不是钱能攒出来。咱白天背一天太阳力气出去了，黑来再背一夜褥子力气就回来了。"说得众人"哈哈"一笑。不知啥时候，刘山遛乡时不知从哪儿弄到一把旧弦子，不几天工夫便鼓捣地能发出"宫、商、角、徵、羽"来，黑来吱吱扭扭自拉自唱，唱《梁山伯下山》、唱《雷公子投亲》，还有丢三落四的《包公案》。一唱就唱到鸡叫头遍，大

---

1 践脚：盖屋时用砖或石垒砌的基础。
2 搋：音sà，把凌乱的东西用两手反复梳理齐整。

伙还是不散。夜深了，有时还会有人端来热糊涂……因刘山的到来人们似乎精神多了。

刘山会吹柳笛，会拉弦子，还会吹笛子，当然还是自制。黄河故道多芦苇，但粗的不过小拇指头粗细。刘山看到庄头一户人家的门口种了一片比大拇指还粗的桐苇，便上前讨要一根。桐苇的主人知道刘山有求必有用，对他说："你看看你，砍就是的！哪根有用砍哪根！"刘山把桐苇带回地屋子，比比画画钻了几个眼，竟做成了笛子，又用苇管里的苇膜贴在笛眼上，双手横握，手指点动，笛子会发出各种各样的声音，或清亮，或低沉。刘山还能用笛子模仿各种声音，把身边围坐的人带入或鸟语花香，或故道里苇叶婆娑、流水淙淙的意境之中。

故道里的大人小孩大都会借助树叶、苇叶吹出一些粗的细的声响，但像刘山这样的都是头一回见。孩子们喜欢在春天柳树刚刚发芽的时候掰一些枝条，把枝条拧动，抽出里面白白的木质细条，留下一层皮，截成指头长短，一头去掉韭菜叶宽的外层，留下嫩绿的内皮，喇叭做成了。筷子粗细的声音很尖、很细；指头粗细的声音很沉、很闷，孩子们称其为"老憨腔"。孩子们见了刘山的柳笛，明显比自己弄得好多了，就爬上庄头河边的大柳树，掰一些嫩条交给刘山。刘山扒下一层层一指宽的皮，折叠起来，四片往一起一插，便成了一个个"卍"字形的柳笛，四端角塞上厚薄不一的柳叶后刘山就把它们交给孩子们。得了宝贝的孩子割草放羊、上坡下滩把柳笛"呜里哇啦"不成调地乱吹一气。他们看到刘山拉弦子、吹笛子，又动了心思。可弦子需要材料，弄不成；桐苇的主人不让他们糟蹋桐苇，也弄不成。他们便到故道里用镰削来指头粗的苇子，结果弄成的笛子不是吹不出声，就是吹出的声响像"噗噗"的放屁声，这时他们才决定放弃。

刘山不能说是"吹拉弹唱"都会，会的却是"吹拉捏唱"。"吹拉捏唱"的刘山给小庄子里的大人小孩带来前所未有的快乐。孩子们把玩着刘山捏的泥玩意儿，吹着刘山给编的扁片片柳笛，快乐无比。

大人有时也学着刘山丝弦调和唱过的唱词儿在田间地头在房前屋后可着嗓子喊几声。别看这都是土得掉渣的玩意儿，出出进进的庄稼人脸膛上竟是没了愁和苦。心情轻松了，生活也就轻松了。不知从啥时候起，庄上人家娶媳嫁女，也都特地请刘山带上丝弦、笛子前去帮个人场。那情形，比请上三两个吹鼓手还热闹。刘山见大家如此看得起自己，碰到谁家有喜事，也掏出自己的积蓄恭恭敬敬地请账房先生记上一份随大溜的礼金。

平静的日子翻着跟头往前过。刘山当长工、打短工，锄二八、扛大活。过了年把，刘山又在黄河滩拔茅草烧草根开了一片荒地，腰包渐渐鼓起一些。虽然大坑北沿的地屋子门对水面，坐北朝南，冬暖夏凉，但毕竟不是过日子的来范。在地屋子里就是住到老白毛，也不算真正在这个庄子里落了户。刘山在庄上落脚的第三年，托大先生说合，找了片地，盖了两间同梁起架用麦穰苫的草屋，梁上贴着大先生用红纸黑墨写的"青龙盘玉柱，白虎架金梁"的喜联。刘山又托木匠打了张五道掌[3]子床，草屋西屋山头搭了间坡子当锅屋，又夹了圈篱笆墙。刘山请大先生及热心的东邻西舍喝了杯酒、吃了顿饭，算是在庄上真正扎下了根。

刘山的儿子六岁了，这时候刘山才给他起了个正式的名字，叫"众活"，说是取"众人养活成人"的意思。众活以前是跟着爹吃百家饭、穿百衲衣长大的，又在地屋子里窝了两三年，有了新家，小家伙不知有多高兴，在床上打滚、翻跟头，像一只调皮的精力过剩的小狗。刘山把众活拾掇得头是头，脚是脚，精精神神的。刘山过日子的心气也高了起来，锅锅灶灶使小院充溢着烟火气。

刘山虽穷却欢快的小日子，引得邻居心痒，特别是看到被收拾得白白净净、小猴儿一样欢蹦乱跳的众活抱着刘山的脖子打滴溜，跟在刘山后面像个小尾巴似的乱转时，眼睛里恨不得长出手来一把把他拽过来。在门口见了众活不是揪揪鼻子就是捏捏耳朵，喜欢得不得了。

3　掌：音 chèng，桌、椅、床等家具中间的横木。

刘山的邻居叫大林，就是刘山刚来时找人帮着收拾地屋子的那个热心人，也是庄上的老户。大林几辈人都是单传，到了他这儿，媳妇嫁过来十二年还没开怀。两口子见了别人的孩子，总是眼热得不行。大林媳妇中等身材，苗条俊秀，人好心善，夜半更深时也曾幽幽地对大林说："大林，你给我一张休书算了，过后你再找一个能给你生儿育女的人家，这样也能给恁家留个根儿。"每当听到媳妇说这样的话，大林都会生气，脸红脖子粗地说："咱俩过那么些年了，你还不知道我是啥样的人？你把我当啥人了？啥也别说了！咱是时候还没到，时候到了，老天爷会给咱留条根的！退一步说，没有孩子咋了？没有孩子咱自己过！土地爷土地奶奶还没有孩子呢，老两口儿还不整天笑眯眯的过得才恣儿！"大林媳妇常常暗自垂泪。

大林两口子除了没有生育孩子，给谁相处都是只栽花不种刺，太阳底下走路都不踩人的影子，方方面面在庄上都能摆得住。当刘山请大先生说和盖两间草屋时，热心的大先生怕这个外乡人受欺负，自己是看着大林长大的，对大林知根知底，就把他安排在了大林家旁边。刘山盖屋时，大林里里外外忙活得比自己的事儿还上心。大林两口子起心里也把众活当儿子看，众活从这院进那院、从那院进这院，蹳狗撵鸡，叽叽喳喳逗两家三个大人开心。

一天黑来人们刚刚放下饭碗的时候，月亮圆圆的，对面说话看得见鼻子眼儿，成群的孩子在外面玩闹着，偶尔夹杂着大狗小狗的叫声。

大林进了刘山小院喊声"山哥"时，刘山刚涮好锅。看到大林进来，刘山招呼道："大林兄弟，喝过汤了？"大林说："喝过了，山哥。怎么？众活睡了？"刘山说："这孩子疯了一天，喝汤时就瞌瞌着眼，碗还没放下就睡着了。这不？刚把他弄上床。"

刘山弯腰给大林拿个小板凳，自己也在一个小马扎上坐下。刘山是个心细的人，感觉大林不同往日，大林虽然不是一个话头子很稠的人，但也不是一个闷嘴葫芦，可今儿黑来总是光抽闷烟光吧嗒嘴就是不说话。刘山心里有些不安，自己是个外乡人，平常说话做事还是十分注意分寸的，自己能摊上这样一个邻居确实不错，是不是自己做了啥不合适的事儿？还是众活这孩子惹他们不高兴了？要是连大林这样的人都得罪了那就不好办了，这个庄上的人还能再容自己吗？再想走，上哪儿去？好容易费劲巴拉盖的屋又不是秫莛子扎的笼子，提起来就走。刘山心里打起了小鼓。

两个大老爷们抽了两袋烟，谁都开不了口，听得见夜虫"唧唧"的声音，气氛有些闷。

雪里埋不住孩子。刘山搕了搕烟锅长吸了一口气，说："大林兄弟，是不是有啥事？咱弟兄俩还有啥不能说的？是不是哥有些事做得不合适？还是众活惹恁生气了？"

大林说："山哥您想哪去了？"接着又不说话。

刘山心里猫抓一样，也不知道咋再开口。

大林吭哧半天，把烟锅往板凳腿了搕了搕，说："山哥，我想跟你商量件事，可总是觉着张不开嘴。"

刘山说："大林兄弟，俺来恁这个庄不是一年两年了，咱弟兄俩犄邻居也不是三天两天了，你也知道我的为人，有啥张不开嘴的？"

"也不是啥大事。"大林长出一口气，坐直了身子，看着刘山说，"只怕你是外来户，我要是那样做了，别人会骂我不是个东西！"

"啥事你说吧，大林兄弟。刀抹脖子也大不了碗大个疤！人家秦叔宝为朋友还两肋插刀呢！人活着……"刘山心里有些紧。

"其实呐，事儿也不大。"大林顿了顿，看着刘山说，"山哥，你也不是外人，我说出来也不怕你笑话。你也知道俺家的情况，三十好几的人了跟前男花女花没有一个，日子过得总觉着孤寂得慌。眼下年纪轻轻的还行，有时候想着一旦年岁大了身边没有个端茶送水的，人走了连个送到南北坑的人都没有，心里总不是个味儿，整宿整宿地睡不着觉。俺屋里的一想到这事，就眼泪啪嚓地不断线。俺们这儿有个说法，不知恁老家有没有。就是说有个小孩天天在没有小孩的人家身边转，老天爷说不定一睁眼就会给这家送个孩子的，不管男孩女孩。

这几天我和屋里的商量了好几回，想认众活当干儿子。要是老天爷长眼，给俺个男花女花的，你和众活就是俺两口子的恩人，咋对众活你就看俺两个人的了。如果老天爷真想断俺家的香火，俺也只想老了后身边能有个人儿。山哥，你别怪刚才兄弟我张不开嘴。俺也想了，一是你就众活一条根；二是要真成了，众活大了后会有不小的负担。山哥，你好好想想，行就行，要是不行，就当今儿黑来兄弟没来过。"大林一口气把话说完，长长地出了一口气，卸个了大包袱似的。

刘山听完后，心里悬着的一块石头落了地，哈哈大笑道："大林兄弟，俺还以为是啥事呢！就这事儿还叫你张不开嘴？你把山哥当成啥人了？这还不是屁事一桩？你和大妹子要是觉着众活这孩子不憨不傻的俺就把他送给恁了！只是这孩子他娘走得早，俺一个大老爷们又没有细心把他料理好，这就给你和大妹子添麻烦了。"

"不行、不行、不行！"大林手摆得荷叶似的，"那哪能呢！你就这一个孩子，我咋能要呢？能让众活认俺当干爷、干娘，孩子天天两头跑着，俺就求之不得了。"

"大林兄弟，"刘山说，"俺知道你和大妹子都是好人，众活能认恁这公母俩做干爷、干娘是他的福分。中！咱弟兄俩一言为定！这两天俺就带众活上门认亲！不过，俗话说'五里不同俗，十里改规矩'。老家咋弄俺知道，在这儿该咋弄俺不懂，你和大妹子得给俺说，不能让人家看咱的笑话。"

"行！行！山哥，啥也别说了！"大林站起来向刘山连连拱手："我和屋里的谢谢你了！"呵呵地笑着，脚步很轻地往回走，边走边对刘山说："别送了！别送了！众活还在屋里呢！"刘山还是把他送到篱笆院的门口。

大林媳妇心神不定地在屋里、院里绞着围裙转圈子。大林进了院还没等媳妇问，就迫不及待地伸手把她拉进屋里，一五一十地对她说了个明白。大林媳妇喜得"咯咯"直笑，引得屋檐上睡梦中的燕子在鼓鼓的半月形的小窝里轻轻呢喃了几声，不知主人今儿黑来遇到了啥喜事儿。两口子觉得今儿个的月姥娘是从未有过的圆，从未有过的亮。

大林和媳妇兴奋得一夜也没睡个囫囵觉，天一亮草草吃了口饭就往十里外的镇上赶，精心地为干儿子买锅碗瓢勺，又到银匠摊为众活打了副"长命百岁"的银锁。回到家里又给众活剪裁新衣，点灯熬油连夜做了一双鞋袜一顶帽子。刘山呢，入乡随俗，也到镇上扯了块蓝布，请邻居给女干亲家做条緔腰大裆裤子，只是不把裤裆缝实，留着众活认了干娘之后从裤裆里钻出来，好比这孩子似再出生一次。

第三天，大林精心办了一桌酒席请了四邻及本家长辈，一是有个见证，二是图个热闹。等刘山带着净头净脸的众活进门时，大林还放了挂鞭炮。众活给干爷、干娘磕了三个头，然后从没缝裆的裤子里钻了出来，把裤子交给了干娘。旁边看热闹的大林本家弟媳妇、嫂子便给大林媳妇打趣说笑，大林媳妇羞赧得脸红红的。大林媳妇拿出新买的锅碗瓢勺给干儿子，又给干儿子套上银锁、穿上新衣、鞋袜，戴上新帽，然后揽着他入席吃饭，认亲大礼完成。

人有个天性。孩子多的人家，因吃饭穿衣，因家庭琐事，少不了打骂孩子；没孩子的人家视孩子为天神，一旦有个孩子在身边，便百般呵护，顶在头上怕掉了，含在嘴里怕化了。大林两口子实在是疼众活，有一口好吃的，要塞到众活嘴里；看别人家的孩子穿新衣了，就忙活着给众活做一身。刘山遛乡，大林两口子去地里干活时，众活就骑着大林的尿脖儿双手揪着大林的耳朵穿街而过。到了地里，众活在地头树下玩，大林两个人会给他摘豌豆大小酸酸甜甜的黑黑甜吃，摘鸡蛋黄大小黄黄香香的马蓬蛋儿给他玩。大林家的坛坛罐罐里都放着大林从故道里抓来让他玩的小鱼、小虾、小螃蟹。有时候黑来众活在大林家里玩赖不愿走要跟干娘睡，大林只好到刘山家，两个大男人就抽烟说话打通腿。

刘山总是说大林两口子太惯孩子了。刘山与大林家本来有一道篱笆墙相隔，可众活毕竟是个孩子，免不了调皮，出入两家硬是不走大门，偏偏在篱笆墙上爬来钻去。时间一长篱笆墙就被众活弄倒了，刘山和大林谁也不重新把篱笆立起来，后来干脆把篱笆拆了塞进锅底，大林媳妇俨然成了两个家庭的主妇。刘山再出门卖泥人，不光把众活交给大林媳妇，连钥匙也一并交给她。

天上云彩飘来飘去，谁也不知道哪块云彩有雨。就像哪块白白亮亮的云彩莫名其妙地突然落了雨一样，壮壮实实的大林突然莫名其妙地病倒了。

刘山放下自己的活儿，抱着、背着大林四处找郎中，郎中仔细把了脉问了诊，说是患了肺痨。那个年月三十来岁的人患上肺痨，就如同多年后的人得了癌症，让人闻之色变。大林媳妇天天哭，眼睛肿得两颗毛桃似的。刘山借四处遛乡之便随时打听偏方，购买药品。他听说吃黄鼠狼子能治痨病，就去野地里套黄鼠狼子；听说吃用胶泥裹着烧熟的刺猬有效，就去掀麦穰垛根逮刺猬；听说吃水长虫能清热去毒，便到黄河故道里去逮又粗又长、平时自己十分害怕的花斑水长虫，回来后硬着头皮咬着牙用竹筷子削成薄片把它剥皮切断放在砂锅里炖……刘山忙里忙外，头发长了，脸黄了，胡子拉碴的。院子里整天弥漫着的苦涩的中药味，使两个家庭蒙了层厚厚的阴影。众活不再活泼，整天小猫般乖巧地依偎在干娘身边。

黄河故道有个习俗，就是把熬过了药汁的药渣子往往会倒在大路上，说谁踩上去就把病带走了。大林媳妇心善，对刘山说："山哥，咱家有病人咱知道有病人的难，咱不能做这坑人的事儿！"刘山对这个柔弱女子越发打心眼里敬佩，就把药渣倒在屋后面。药渣堆成了小山。

大林病了，整个庄子的人都来探望，来来往往在大林床前说几句宽心话。这时候便有细心的妇女看到了大林媳妇身上的变化，原本苗条的腰身有些粗了。大林媳妇有喜了！

是的，大林媳妇真的怀上了。大林两口子又喜又悲，喜的是两个人做了十几年的梦到底有了影儿；悲的是大林的身子骨不知能不能撑到孩子的出世。悲喜杂糅的日子对这个家庭有些残酷。大林躺在床上长吁短叹，大林媳妇整天以泪洗面。孩子！孩子！

平常无事的庄子，紧一脚慢一脚地往前赶着过日子，平时谁也不注意谁家。可一旦谁家有了意外，庄上那风言风语可是不留情的。大林家的变化立马就成了妇女们的议论中心。本来她们啥事没有时也会东家长西家短七个狸猫八个眼的瞎扯，遇到这样的事儿，如同猫儿见了腥，当然不会放过。有人说："唉——，天可怜见！老天爷不绝大林这一支儿。这两口儿积德积善，临了临了还是留了条根，真是老天有眼，不灭这个房门头。"有人则说："大林家的十几年'抱空窝'，咋跟刘山一结干亲家就怀上了？怕是有啥事！"前一种议论属于正常人的心态，说这话的人基本上都是心地善良的人，说过就了啦；后一种议论属于不正常，说这种话的人性格上大都偏执，内心里大都偏激，只图个嘴痛快，根本就没想到这话一出口就如同点燃了一粒火星，说不定哪一天就要引起通天大火，烧起遍地狼烟。

俗话说针鼻儿大的洞会卷起斗大的风。大林媳妇有喜的事就像春天的旋风卷起故黄河滩的沙尘一样，沸沸扬扬，遮天蔽日。再经过几位想象力异常发达、语言能力异常超群的长舌头三传两转，事儿就越发离奇了。因刘山帮大林家耪过地，她们便说："你看看、你看看！刘山早就帮大林把地种上了。"这句话透着阴损与恶毒。因为故道常常把女人比做地。为了佐证自己的说法甚至编出了："大林媳妇常常在刘山屋里不出来，大林在屋里睡在床上扯着喉咙喊也没用……""青竹蛇儿口，黄蜂尾后针。这还不算毒，最毒妇人心。这个熊娘们别看平时低眉顺眼的，心还怪毒咪！这大林还没走，她就不管不问守不住了……""是大林不管乎，心甘情愿地让媳妇跟刘山睡，羊群里谁能认出是谁的羔子来？到末了不还得是大林的后？……"

刘山是个外来户，孤门一家，没根没棵，在大户大族的庄子里惹出这样伤风败俗的事，那不是粪扒子摇头——找屎（死）？大林家因几辈儿单传，在族里有些孤，与别的房门头有一些距离。就这，在族中还是让人不安，因为有好事者喊出话来，要把刘山这个侉龟孙活埋到黄河滩上！

族中有威望的老人衔着烟管想了好久，说："还是等等吧！刘山到咱庄两头挂橛五六年了，凭他的为人应该不是大家心里想的那样的。要是冤枉了人家刘山咋办？"别人还想说话，老人摆摆手："等等再看吧，等等再看吧！"

刘山端碗浓黑的药汤走到大林床前，看看瘦得一把骨头的大林，看看面容憔悴的大林媳妇，说："大林兄弟，大妹子。是俺刘山对不住恁了。没想到辩邻居给恁添了这么大的麻烦。"大林媳妇低着头说："山哥，不怪你。怪就怪庄上那群舌头上长疮的人。"大林咳嗽了几声说："山哥，你怕了？"刘山说："大林兄弟，恁山哥虽然没啥大本事，也是走过南闯过北的，长这么大还不知道'怕'字是咋写的！"大林说："山哥，咱弟俩这几年，除了不是一姓外咱就是亲兄弟。山哥要是不怕，就在庄上多待一段时间。我也可能没有几天的熬头了，也可能没有机会给孩子见个面。你让众活给俺当干儿子，也给俺家带来了香火头，俺两口子一辈子忘不了山哥的大恩大德。我想让山哥等到孩子出生的那一天，让满庄子的人看看孩子的眉眼，也让他们知道咱弟兄俩都是个堂堂正正的人。"

刘山一听，眼泪都要下来了，豪气顿生："怕他个龟孙！怕听蝼蛄叫就不种豆子了？行！兄弟，有你这句话，俺刘山就是把骨头砸碎熬成油，也要把你的病给治好！"说罢转身而去。

刘山捏的泥人更多了，走得更远了。刘山通过各种门路讨来的各种各样的偏方确实难以下咽，但大林每次都咬着牙和着泪往肚里吞。

过了秋，过了冬。不知是大林的命硬，还是刘山的偏方起了作用，大林竟慢慢地能下床了，慢慢地能在院子里挂着棍走了。大林媳妇的肚子更显了，流言在庄子里蛰伏了一个冬季，如同回升的地汽又开始氤氲弥漫。

刘山看着慢慢恢复的大林，心里也渐渐轻松起来，但更多的时候是沉重。刘山想：自己不管咋说都是个外来户，在这种情况下难保不被拍黑砖。自己倒了不要紧，众活咋弄？身子骨刚见起色的大林兄弟承受得了打击吗？身子越来越重的大妹子受得了打击吗？孩子又会咋样？……刘山不敢往下想了。

当天黑来，刘山曾经住过两年多的地屋子旁，响起了很长时间没听见过的弦子声、笛子声。大林两口子露出浅笑："看，山哥心情好了！"庄里有人暗地里说："刘山这个丈人羔子还有心思在那吹唱！这不是笑话咱族里没人给咱族里难堪吗？"

天一亮，大林挂着棍慢慢走到刘山屋前一看，上锁了。心想："唉！山哥一定又去遛乡了。遛乡就遛乡呗，咋把众活也带走了？"到了天黑刘山爷儿俩还没回来，两口子想："八成是走得太远，爷儿俩在哪里对付着住下了。"第二天傍黑喝汤时刘山和众活还没回来，两口子觉得不对劲，支着耳朵听着外面的动静，熬过油煎火燎的一夜。天刚胧明，越想越不对劲的两个人就喊邻居帮忙砸开了刘山的门，屋里的场景让在场的人都愣住了。两间草屋里这几年新置的东西一件不少地摆放得整整齐齐，唯独几年前刘山挑来的两只破筐和那根扁担不见了。大林两口子知道，那两只破筐刘山早就不用了！

刘山走了，带着众活走了。

大林"山哥——"一声瘫软在地，邻居帮大林媳妇把他架回家。大林哭、大林媳妇也哭。哭着哭着，两口子又相互劝，一个劝对方的身子骨，一个劝对方肚子里的孩子，说，咱不能辜负了山哥的一片好心。

刘山走了的消息像一阵风，在庄里又荡起一地烟尘。有人事后诸葛亮般地说："我早就知道刘山不是那种浪当的人，可恁偏不信，总是把屎盆子往人家头上扣！"被指责的人嘴硬，属于咬半截屎橛子给根黄瓜都不换的主儿："出水才见两脚泥哞！大林媳妇肚子里的孩子不是还没落草吗？"

大林两口子相携着咬着牙低着头过日子，当孩子"哇"的一声呱呱坠地时，引得一个庄的妇女都第一时间去看那刚刚见天的孩子。有的人希望看到小孩儿长着和众活一样的蒜头鼻子招风耳，可她们失望了，因为从小孩儿的眉眼儿看，就是小号的大林。

大林两口子哭了又笑，笑了又哭，商定给孩子起名"众活"。大林两口子素来与别人没啥隔阂，但刘山走了，众活走了，大林两个人便与有些人家相处得不温不火。

刘山走了，庄子里再也没听到过笛子响、丝弦响。

刘山走了，大林两口子把刘山的屋子打扫得干干净净，特别是把众活的泥玩意儿当宝贝般珍藏着。大林又添了两个孩子，为防止孩子调皮捣蛋把泥猴、泥狗、泥娃娃摔烂，大林就把它们放在一个木盒子里，放得高高的，让他们想够也够不着。有时也会拿出来，给孩子们讲述另一众活哥哥的事儿。同时，刘山与众活也是大林两口子说不完的话题。

多年后，当年的顽童到了扒屋盖屋娶媳妇的年龄往院子里收拾老屋里的鸡零狗碎时，往往还会看到粗糙的、憨态可掬的泥狗、泥娃娃。

刘山不光给庄上留下了泥娃娃，还留下了柳笛。每当柳丝染青的时候，别的庄子的孩子依然吹着管状的、声音单调的柳枝喇叭时，这个庄上的孩子会用当年刘山的方法把嫩柳枝皮编成"卍"字形的扁片片柳笛，抑扬顿挫、呜里哇啦地吹。

"人生到处知何似，应似飞鸿踏雪泥。泥上偶然留指爪，鸿飞那复计东西。"

刘山把自己的影子深深刻在了庄子的记忆里。

来来去去都像在黄河滩上掠过一阵风的刘山爷儿俩，在别人眼里只是茶余饭后略带惋惜、略带自责的谈资，而在大林家里这爷儿俩却是深深地扎下了根。

因为，大林两口子让二儿子改姓刘，并取名刘柱。

结 仇

老笨和来成本来好得一个头的两家因为一件小事，把仇结到了棺材里，弄得两三辈子不来往。

老笨虽然和来成年纪相仿，但由于来成与老笨爹是没出五服的堂兄弟，来成萝卜虽小也是长在辈上，老笨得管来成叫叔。两家处得不错，就差一个锅里摸勺子了。大人关系好，两家男孩子从小就在一起玩，上学堂念书也一直在一张课桌坐着，好得穿一条裤子都嫌肥。孩子十七岁那年，两家都要娶儿媳妇，定日子时两家虽没在一起嗑谋，选的也是同一个日子。

一天晌午，老笨媳妇来到来成家，看到来成媳妇端瓢和好的面正要出门，便问："婶子，端瓢面弄啥去？"来成媳妇说："他达达想吃烙馍，和好了面，才想起来孩子都不在家，没有烧鏊子的，想看看谁家也烙馍搭把火。"老笨媳妇说："你看看、你看看！来得早不如来得巧，我来帮你烧鏊子！"来成媳妇说："不会耽误你啥事吧？"老笨媳妇说："耽误啥耽误？我就是来找婶子说会儿话的！"

来成媳妇回转身，把案板搬好，从锅屋门后踢出三块平常用来支鏊子的、黑不啦叽的半砖头把鏊子支好，老笨媳妇熟门熟路地抱来柴禾，找根苘杆子到邻居家借来火，拿个小板凳坐在鏊子前。来成媳妇用涮帚把案板扫净，洒上面醭[1]，可着手揪了一堆馍剂子，两手揉搓成团后，在中间粗两头细二尺长的擀面轴子和案板轻微的碰击声中，面团慢慢变大变薄，老笨媳妇也熟练地用"哔哔剥剥"的火头把鏊子烧

---

1 面醭：干面粉。

得匀热。两个人边忙着手里的活儿边说着体己话。"婶子，你看这有多巧！咱两家看日子也没在一起说，咋就选了一个日子呢？"老笨媳妇边续着柴禾边用翻馍劈子挑着、翻着烙馍说。来成媳妇两手推推收收转着擀面轴子，也笑得合不拢嘴："这还不是芝麻掉进针眼里？巧他娘哭巧，巧死了！"老笨媳妇在半砖头上"啪"地搕了一下翻馍劈子说："婶子，我看咱这样行不行？喜日子快到了，咱两家又是同一天，咱就谁也别给谁家添办啥了。你看行不？"来成媳妇边揉馍剂子边说："那感情好，恁送俺一条被面子，俺送恁一条被袱子，这来来回回花的还不是自己的钱？那不是六个手指头抠痒痒——多一道子吗？有些人就是看不透，咱不管别人咋说，咱就把这规矩破喽！再说，咱两家过的虽然不是整天磨盘压手的日子，可也不是手里有闲钱没地方扔的人家，后面挨阶儿孩子的事情都还得办。过日子总不能有点事儿就向别人打弯儿[2]吧？咱这样做那还不是从河南到河北——两省吗？""还是俺婶子会说话！"这娘儿俩喜得哈哈的。来成媳妇不时舞着满是面醭的手，"咶哧、咶哧"地撵着头一伸一伸想吃巧食儿的鸡。

　　"还有件事儿咱娘儿俩得好好商量商量，"老笨媳妇用翻馍劈子把烙馍挑挑压压翻得没有一点糊的，没有一块发青的。"咱这黄河滩有个老风俗，婶子也是知道的，一个庄子同一天来两个花轿，先进庄的，百事百利大发财，后进庄的，天灾人祸一起来。婶子，咱娘儿俩是知根知底的，你是不会让俺天灾人祸一起来的，俺也不想百事百利大发财。咱娘儿俩说好，到喜日子那天，咱两家不管谁家的花轿先到庄头，都得放下来等着另一个花轿，两个花轿并排着一起进庄。要是真能发大财的话，婶子家一半，俺一半。往后，俺年年节节都叫儿媳妇给她奶奶你送二斤大肥肉，也叫你老人家得得孙子媳妇的济！"来成媳妇说："他嫂子，你这话可说到俺心口窝了，恁瞧恁叔终天病病快快的，俺还真想借恁家的吉利呢！你就赜好吧，咱娘儿俩就这样说定了，两个花轿一起进庄！"

2　打弯：伸手借钱。

大事定下来了，两个人的心也都定由了。老笨媳妇把烙馍挑到馍筐子里，问："婶子，恁家能办多少桌？"来成媳妇说："还没好好嗑谋呢！亲戚都给说了，一家能来几个这也不是咱定的，小孩子也得占个位，再加上来帮忙的。"老笨媳妇说："那可不咋的！亲戚都能算得清，来多少人不好说，菜可不能可模定星地买，万一坐撑了，那多丢人？"来成媳妇说："办事的一般都是鸡啦、鱼啦多买三两桌的，来的亲戚多了，提前给掌勺的说一声，把菜撙一撙也就够了。哎，对了，恁想办啥样的席？"老笨媳妇说："他达达说了，别人家咋弄咱咋弄，能跟上趟就管，也就是办个八大碗的席。席面上厚点，咱不能让亲戚来了吃的啥不是啥，背后说拿钱吃不着东西。这话可好说不好听！"来成媳妇说："恁叔也是这样说的，八大碗的席又实惠，还能说得过去，他也说要办八大碗的席呢。""婶子你看，这爷儿俩一根肠子似的！哎，婶子，俺叔说请哪个庄的厨子了吗？""恁叔说了，咱家亲戚少，办的又不多，就不找外人了，让他在张集街上开饭馆的姐夫来给帮两天忙！""那敢情好，听说一个好厨子能给事主省不少钱呢！"……

蜜里调油似的两家，咋看也不像反目成仇的样子。

两家在商定好两顶花轿同时进庄去了一块心病的同时，还不得不各自考虑自家接亲路上的因素。办喜事谁都想要个好彩头。黄河故道同一个庄子同一天进两个花轿正如老笨媳妇说的，磨过牙吵过嘴的就抢着先进庄；两家处得不错的，就商量着一起进庄。还有一种，就是路上的两顶花轿要抢上风头。东西路就不用说了，那是胎里带的，谁也没办法。当然，要是东边来的花轿讲究一些，西边的花轿来了，也会礼让西边的花轿先过，让西边的花轿心里稍微平衡一下。如果南北路上两只花轿走顶头了，唢呐班子会停下来，因为他们知道，这时候两家接亲的、送亲的及新人是主角。两顶花轿大老远地听见前方有喜庆的唢呐声，便紧张起来，抬轿的紧张，接亲、送亲的更紧张，一边注视着对方慢慢地往前走，一边往东看。看时机差不多了，轿夫折而向东，抬箱子、桌子、柜子、盒畦子的，也放下肩上的活，护着花轿快步往东走，往东跑，力求从对方东面绕过去抢上风头。对方也做着同样的事情。双方越走越近，开始排兵布阵，有掩护的，有冲锋的，如夺帅印。在漫地旷野里，两堆人近了、更近了，便纠缠在一起，一个个气喘如牛盔歪甲斜的。两顶花轿也翻滚了，这时新娘子就从花轿里钻出来，扯掉蒙头红子，一身红衣往东跑，说啥也要从另一个新人东面绕过去，累得娇喘连连。有时候力气大、跑得快的新人赢了，有时候旗鼓相当的则扯巴在一起，到最后谁也不知是谁占了上风头，都认为自己让对方吃了亏。占了上风头的一方，轿夫、接亲的、送亲的、抬嫁妆的到了新郎家，会有好烟好酒好茶好菜，一片赞誉之声；落了下风头的一方，则一个个灰头土脸，吃尽白眼，还要受亲邻的冷嘲热讽："几个大劳力，一点屁用都没有！平时不都才能吗？"

俗话说得好，"十事九不全"。两家担心的花轿在路上没出啥事，进庄时却出现了纰漏。

喜期到了，人多事乱，老笨两口子千叮咛万嘱咐安排好了如何处理路上可能遇到的事儿，却把两顶花轿同时进庄的事儿忽略了，忘了交待接亲的主事人。小晌午了，花轿随着喇叭的"嘀嘀嗒嗒"就进了庄。管事人一见花轿到了，忙命人放鞭炮，老笨门前"噼里啪啦"一通响。来成听到喇叭"嘀嗒"、鞭炮"噼啪"，到家门口一看，自己家的花轿还没影儿，心里"咯噔"一下——咋的？这老笨这两口子在玩俺呢！

老笨家门外放完鞭炮，就要忙着摆桌子铺芦席拜堂，老笨这才突然想起，来成叔家那边还没有动静。老笨心里也"咯噔"一下子，知道毁了。但事儿已顶到脑门了，也没法撤了，只好硬着头皮将错就错，只说过了事儿再登来成叔的门赔不是。

老笨是这样想的，来成两口子可不这样想："好你个老笨两口子，嘴上一套背后一套，整天叔长婶子短的嘴头子抹了蜜似的当面说好话，竟在背地里玩阴的。说好两顶花轿同时进庄，原来玩的是缓兵之计。怎不是想'百事百利大发财'让俺'天灾人祸一起来'吗？好！好！好！"

别的地方咋样，黄河故道人不太清楚。黄河故道人知道，黄河滩上不论哪个庄子，论日子过得比较平和的，大都是那些小门小户人家。小门小户人家因人单势孤，一两家或三五家，就算之间平常也有不活泛的时候也要抱团取暖。对庄上的大姓人家，也是放低身架，不惹是生非。就是自家孩子与大姓人家孩子闲嗑牙玩恼了打架，也会不问三七二十一先把自己的孩子拉过来揍一顿再说。倒是那大姓人家，立庄子开始就在此繁衍生息，人越过越多，如同一棵大树，不断分权，出了五服再过几茬，就不易分清谁远谁近。想分清远近脉络，只有到族长家里翻看家谱，大都是凭平时相处的关系想当然的认定远近。一个庄子住着，过日子少不了磕磕碰碰，遇到事便吵便闹，结了怨，结了仇。

一个个普普通通的、土疙瘩蛋的庄子能有多大的事儿？谁也没把谁家的孩子抱起来扔到井里，更不用说挖祖坟的事了。当然都是一个老祖宗的，挖了对方的，往往也就是挖了自家的。居家过日子期间无外乎你耕地多耕了我一犁铧头，我盖屋没留够滴水，你家的狗咬了我家的羊，我家的猪拱了你家的菜园。就是一只媸蛋草鸡不本本分分地把蛋媸在自己家里，而是贪玩时把蛋丢到了邻居家，这也能引发一番争吵。有的人则占便宜没够，是自己的，别人看一眼都不行；不是自己的，也要厚着脸皮揣着孬心死拉硬拽往自己怀里扒。有的人是不能看别人比自己家过得好，看人家比自家过得好，心里就难受。但他就是不好好想想自己是咋混的，咋就走在一群人面前没人打招呼、背后都是戳脊梁的？但就是这样的人却是自己有痔疮，偏劝别人多吃辣椒，煽风点火挑拨与自家不对乎的人家父子、兄弟之间的关系。看着别人家横眉立眼吵闹打骂，自己捂着嘴在一旁看哈哈笑，有时还会充好人说和说和，其实是越说越不和。时间一长，事情一说开，自己也落得损人不利己白开心。还有的人心里不平乎，自己帮了别人一点小事，能唠唠叨叨一辈子；别人帮了自己天大的事，他早已就着馍吃到肚子里去了。有的人用得着朝前，用不着朝后，净干些过河拆桥、卸磨杀驴的不着调的事儿。俗话说："远亲不如近邻，近邻不如对门"，更何况都是一棵老树发的枝条？不，他们偏偏对和自己是一根秧上的瓜下手更狠一些，整天吵得鹅窝似的。自己人只能吵，不能骂，骂来骂去骂自己。气极了皮锤、耳刮子便伸了上去，这是轻的。有时候气昏了头，脑子一热，不管摸到什么抓钩子、铁锨之类的家伙，抡起来就胡乱打，人头能砸出狗脑子出来。

黄河故道的乡村大都如此，一个庄子里闹腾最欢的往往是一个户门里的。不然和谁闹？和别门外姓？别门外姓人少势单，容易落人话把儿，说是欺负人。其结果就是老鼠扛枪窝里斗。许多人家斗得见面扭脸就走，还不如见了旁门别姓。要不是每年一次清明节上祖坟烧纸，有些人家恐怕一辈子都不会在一条路上走。有人看不惯，要族长动动权威，压一压他们，不要天天鸡飞狗跳的丢人现眼。可族长说："要是他们做的是违大法、背大理的事儿，倒是可以开祠堂请家法说道说道，各房各户说说摆摆，问题是他们都是因为陈芝麻烂谷子屁大的事瞎闹腾。让谁说谁有理，各吹各的号，各唱各的调。咋压咋说和？清官还难断家务事呢！"

这不？花轿进庄的这桩小事还是引发了老笨和来成这一棵老树上的枝杈彻底撕破了脸。

在黄河故道，新人拜堂时按老规矩属相是要规避的，同时还不允许穿孝的人在场。来成媳妇以前同老笨媳妇聊天时知道老笨家儿媳妇是属鸡的，巴掌"啪"的一拍发了狠："好，我就是属虎的，还有一个属虎的儿子！"转身拉着小儿子去看老笨儿子儿媳妇拜堂。事情赶得也巧，来成家的院子里正好又有两个穿重孝来吃大席的至亲。她把这俩人一拉，急匆匆地快步走到老笨家门口。

老笨媳妇一看要坏菜，忙迎上前去赔笑脸："婶子，这事千怪万怪都怪我，俺是狗肉不能上大桌子。俗话说，十事九不全。你就大人不计小人过，都怪俺没办过大事，咱娘儿俩说好的事儿到头上一忙就忘了，没给迎亲的说清楚，花轿先进了庄。等过罢事，该咋赔礼俺都行，三揖九叩都行，俺办一桌子大席向你老人家和来成叔赔礼也成！只是今儿个婶子说啥也不能到俺院里来。”

来成媳妇鼻子不是鼻子脸不是脸地“哼哼”冷笑两声："那还不都是假古马？恁还真信？俺不忌讳。好事都让恁家占全了，一桌子大席能值几个钱？能免啥灾？孙子媳妇进门了，还不能让当奶奶的看看？！"一边说一边往院里挤。"一桌子大席换来个百事百利大发财，搁谁谁不干？憨实心儿的才不干呢！俺不想大发财！天赐颜回一锭金，外财不发命穷人！难道到恁家看看热闹还不行吗？恁家是金銮殿还是御花园？"来成媳妇是个得理不饶人的人，何况又在火头上。老笨媳妇挓挲着两条胳膊拦是拦不住的，到老笨家吃大席的亲戚、主事的大老执、里里外外帮忙的没有一个敢伸手阻拦，敢张嘴相劝的。结果来成媳妇领着儿子和两个穿重孝的亲戚大摇大摆地进了老笨的院子，冷言冷语一直看到新媳妇入了洞房才憋着一肚子火班师还朝。

老笨两口子觉得自己理亏在先，对来成媳妇的做法也只能打掉了门牙往肚子里咽，直憋得蛤蟆干鼓肚。

喜日子后的第四天，两家儿媳妇都让娘家人接走回门了，老笨两口子一起去来成家赔不是。两口子低眉顺眼地低着头搓着手好话说尽，来成两口子哼哼哈哈爱搭不理的，老笨两个人脸上有些挂不住了。那来成家的还捧捧打打指鸡骂狗地说些不咸不淡的酸话，把老笨两口子弄了个烧鸡大窝脖。

自己的热脸贴上了人家的凉腚帮子！老笨两口子气得手脚冰凉，都这个年纪的人了，低着头皮让你弹，你还上劲了！其实来成媳妇硬闯他们家的喜日子已让他们的心凉了下来。是的，是自己安排不周，自己当时就说是怨自己了，杀人不过头点地吧？伸手不打笑脸人吧？她还是那么不讲究！想想以前，真是瞎了眼了，咋给这样的人处得黏胶一样！但不管这两口子心里咋想，见了来成两口子还是先打招呼，哪知来成两口子脸抬得高高的。老笨两个人心想，既然高攀不起咱就不攀了，过日子又吃你的不喝你的，非得往你脸前头上？！

203

慢慢的，两家大人孩娃就不说话不搭腔了，大事小情也不再来往了。

　　日子一天天地往前走着。如果老笨、来成两家只是不搭腔、不来往，倒也没啥。有句话说，没有永远的朋友，也没有永远的敌人。在黄河故道不是这样，在这儿，没有永远的朋友，有的却是永远的敌人。两家人家不是老笨两口子想的说没事就没事了，花轿进庄的后遗症就像是在两家的生活中埋下的一枚定时炸弹，不知哪一会儿，就把两家掀得人仰马翻。

　　喜日子自家的花轿进庄晚，"天灾人祸一起来"这句话成了来成两口子心头挥之不去的梦魇。有道是怕啥来啥，第二年一开春，来成家不知咋弄的遭了大火，眼看着娶儿媳妇时新盖的四间草顶新堂屋和屋里辛辛苦苦挣来的家当烧了个干脚冰凉的。来成爱财心切，几次冲进火中抢东西，结果是一条完整的芦苇席也没拿出来，还被烧得满身是伤，胡子眉毛全燎光了。

　　有事儿不可怕，怕的是巧合，故道里叫"大小尽赶上了"。所谓大尽、小尽，就是指三十一天的大月和三十天的小月。所谓赶上了，就是该这个月的事，必然推不到下月去。

　　有事儿不可怕，怕的是乱猜疑。天灾大祸临头，来成一家人脑子一下子就转到花轿进庄的事上。手脚头脸满是淌着黄水的水泡、一碰就"哎哟、哎哟"不停的来成心里发着狠："日恁奶奶的！等我伤好了，非得和老笨这个不讲究的孬婢养的死拼一场不可！"

　　来成这边在发狠，来成媳妇则一有时间就搬个小马扎坐在老笨家门口，两手来来去去捋着腿，扬着高腔骂大街："老笨家的！俺家的屋烧了，俺男人浑身上下没有不结疙疤的地方。你高兴了！恁一大家子舒坦了！十事九不全？恁不都占全了？啥福啥财不都让恁家占了去了？你把一把大火送到俺家来了！你也不拍拍心口窝摸搂摸搂肚皮想一想，养儿养女往上长，你就不怕良心有愧，养不活儿女，生个孩子没有腚眼子吗？恶有恶报，善有善报。不是不报，时候没到。时候一到，一定要报。老天爷会长眼的，是饶不了你的！你的小九九俺不知道吗，你一撅腚俺就知道你能屙几个驴屎蛋儿！你怕赚不着俺的家产，才一把火烧了俺！你死了这份心吧，俺有儿有女的，咋也轮不到你！你捞不着了，就起了孬心，你个龟孙女人比狗日的日本鬼子还毒……"

老笨家里过的也不是太顺畅，儿媳妇干活不小心动了胎气，怀了七个月的小儿胎竟小产了，一个清清爽爽的小男孩没见天日就殇[3]了。小产就小产了吧，儿媳妇又是出血不止。请先生又是针又是扎配了好几副药也不见轻，一家人急得焦头烂额，愁苦万状。

这天晌午，老笨家的饭碗还没放下，来成媳妇又在门口唱起了独角戏。老笨铁青着脸，牙咬得咯嘣直响："欺人太甚！"把碗狠狠地撆在桌子上，碗里的饭迸了半桌子。儿媳妇怯怯地看着公婆、外人。忍了很长时间的老笨媳妇气得浑身直哆嗦，牙一咬，解下围裙往地上一扔拍着巴掌骂了出来，"婶子"也不喊了，张口就是："你个死娘们天天跑到俺家门口疯狗一样胡吣，俺都不给你这个吃屎的熊娘们儿一样。蹬鼻子上脸咋的？恁家着了火都是你自己造的孽！别给脸不要脸！一个那么大的庄子别人家都不失火，咋就偏偏恁家失火？那是你上辈子缺德没干啥好事！你咋不打个扑拉就死呢？烧了活该！烧得轻，没把你这个死娘们烧死是老天爷瞎了眼，要不你也不能把这天大的灾难往俺家送！俺那可怜的没见过天日的孙子啊，啊——呵——呵——呵——呵——呵……"老笨媳妇骂着骂着哭了起来。

"俺给恁送啥了？你说给俺听听。说不出来俺撕烂你这张臭嘴！"

来成媳妇见老笨媳妇不再挂免战牌，就站了起来，脸红红的，鸡斗架般眼睛睁得溜圆，小纂歪着头发蓬松着，像鸡脖子乍起的颈毛。

"啥灾？你瞎了？你聋了？长着俩眼屙屎的？长着耳朵尿尿的？"老笨媳妇抽了下鼻子抹把鼻涕眼泪，一蹦三尺高，张开的嘴就像热锅里炒豆子："俺这欢蹦乱跳的一只鸡叫你这只母老虎带着虎羔子咬伤了还不算，你连俺那没出世的孙子也吃了。七活八不活，七月小产的孩子本来能活的，你连一点念想也不给俺留！俺那可怜的孙子

3　殇：指未成年而死。

没能睁眼看一看这天这地是啥样的转身就走了。还不是你这只恶虎给的灾……"

听见对骂，左邻右舍都出来了，上前劝架。拉这个，拽那个，越劝双方越上劲，吵骂得两嘴角子白沫。

说着、骂着，贴近身的两个人撕打起来。老笨媳妇伸手攥住来成媳妇的头发，一用劲一撮子头发被薅掉了；来成媳妇咬住老笨媳妇的肩，把老笨媳妇咬得哭天抢地。在抓在咬的同时各展老猫洗脸的绝技……两个人都披头散发的，脸上、脖颈子上鸡挠的似的。

就在这时，来成的儿子提把锨奔了过来，这边老笨的儿子顺手摸起了抓钩子。这两个从小一起和尿泥长大的孩子红着眼要来个兵对兵，将对将。半截庄子的人一看，天爷！这两个生瓜蛋子是要玩命了。一哄而上把他们手里的家伙夺下来，连拉带拽地把他们治回家。

那边拉扯两个小青年，这边在拉在劝往日亲密无间的娘儿俩。好容易把她们俩分开，一个个都一身泥土，猪打泥似的。站起来的她们一手抔着腰，一手颤颤地指点着对方，"呼哧呼哧"地喘着粗气，满是血丝的眼死盯着对方，要把对方吃掉似的……

两家从此便结下了仇怨，直到老笨、来成他们都在黄河滩被挖坑窖了起来，两家也没有一丝和解的意愿和迹象。

小神仙董吉顺

黄河故道的孩子皮实，经扑腾，七岁八岁狗也嫌。由于成天手脚不闲的跑跳，小身板锻炼得像个铁猴子，百病不侵。小一点儿孩子的抵抗力远不如他们，哪个庄上都能看到一些脖子细细的孩子，头显得出奇的大，瘦胳膊瘦腿，大大的眼睛陷在深深的眼窝里。有的孩子两三岁了，走路还是晃晃悠悠的像个小老头儿，让大人看着直叹气。

董吉顺读小学四年级的时候，东邻西舍就有几个这样的孩子，病了发起热来通身火烫，像一团小火蛋儿，喘起气来"齁喽齁喽"像拉风箱。轻的，白天哭到夜，夜里哭到明；重的，面色灰白，昏迷不醒，不知哪一会儿睁开眼，满嘴都是胡话，吓得大人张皇失措。可这些人家一年到头见不了几滴子油腥，吃盐都要用鸡蛋换，哪有钱去请先生？

一天挨摸黑，董吉顺一家刚喝完汤还没来得及收拾碗筷，身着满是补丁裤褂的本家三婶子就到了吉顺家堂屋，让坐也不坐，绞着手失魂落魄地对吉顺说："顺子，婶子求你帮个忙。"

吉顺很懂事地站起来，说："三婶子，你坐，你说啥事？"

三婶子低着头，一缕干枯的头发遮住半个脸，说："狗蛋儿三四黑来都没睡着觉了，喉咙都哑得哭不出声了，婶子想让你帮个忙写个帖子给他安安魂儿！"

"写啥帖子？"屋里点一盏冒一线黑烟的油灯，灯头儿摇摇晃晃。董吉顺摸不着头脑。

"识文断字的你能不懂？"三婶子说："就是趁人不知道偷偷贴在庄头树身子上、墙角边的红帖子。这事又不能求外人，咱家就你一个读学堂的，婶子只能找你帮忙了。"

董吉顺的爹娘看着他三婶子的愁态，也是直叹气，说："顺子，你就帮帮恁三婶子吧！小狗蛋儿才四岁，让人怪心疼的。"

董吉顺还是稀里糊涂的，扛了扛头，对三婶子说："三婶子，你先回去吧，回头我找纸帮你写。"三婶子说了些客气话，就垂着头叹着气回家了。

黄河故道一年四季时常飞沙走石，以至于地薄得种一葫芦收两瓢。村村落落的人家大都很穷，人穷读书识字的便不多。读书人不为良相就为良医，读书人不多就出不了良相，也出不了良医。似乎为了印证"适者生存"这句话，生活在这里的人好像都有着极强的抗病能力。大人头疼脑热了，熬碗姜汤，或不熬姜汤喝几碗热开水，蒙起大被出出汗就好了。常见的肚子疼，疼得不狠就趴在床帮上硌，实在不行就找个老墙根，抠一块践脚缝里的老石灰，嚼了、咽了，不疼了。拉肚子了，弄头大蒜埋在锅腔子里的热灰里熥[1]熟，剥掉皮嚼吧嚼吧吃了，止住了。脖子上、身上生了个大疖子，别看鸡蛋一般大红肿得发亮，摘片麻叶沾凉水一贴，至多在墙角处揭一个螺螺蛛网，团吧团吧贴上也见效。心口疼得受不了，会到野地里挖几棵叶子肥肥厚厚的猪耳朵棵子，熬了当茶喝，喝了几天，胃不疼了。小孩子，特别是男孩子拿病更不当回事，整天嗷嗷煞叫生龙活虎的。夏季一天到晚泡在庄里因筑圩寨、因盖屋起土而形成的大水坑中，水多，坏瓜烂桃也多，不小心吞到肚里也没事。寒冬腊月，冰天雪地，空筒子棉袄连疙瘩扣也不系，一天到晚肚皮敞在外；脚上的棉鞋、毛窝子踢蹋得前露蒜瓣后露鸭蛋；有的孩子竟光着脚丫子踏在冰层上，还要用冻得通红的脚后跟"嘿嘿"地猛跺，拳头厚的冰发出"嗡嗡嚓嚓"的声音。因调皮捣蛋腿肚子被谁家的狗咬了，狗嘴是臭的，大人会到狗的主人家要一双吃饭的筷子，再要半勺子香油，把筷子烧成灰用香油调成糊状包到伤口上，一段时间就结了疤。疟腮了，

1　熥：音 tēng，烘烤。

两个腮帮子鼓得像个气蛤蟆。疰腮又称蛤蟆瘟，大人会提个瓦罐到黄河故道里提半罐子河水，不兴回头地到家后倒入锅里用它煮两个鸡蛋。鸡蛋煮熟剥皮去壳后用筷子捣两个眼儿，再放入刚才烧开的河水中，滚开的河水进入两个眼儿后把鸡蛋捞出来吃掉，原汤化原食，蛤蟆瘟好了。好像谁也没有大病。"人穷得连病、连瘟都吓跑了，也就不害病了！"

其实，人吃五谷杂粮哪有不害病的？害了病没钱看才是真的。一剂中药斗把粮，谁家吃得起？所以小病小恙也就不放在心上了。一旦病得挺不住了，一个是躺在床上等死，另一个方法就是死马当成活马医，请个神姐吴翠玲之类的神仙来给把把脉。

董吉顺把三婶子送到大门口，回来后就麻爪了。写啥贴子？写啥内容能让狗蛋儿睡着觉？问爹娘，爹娘也没经过这样的事儿。他不敢问班上整天板着脸的先生，偷偷地问几个要好的同学，他们也个个摇头。董吉顺只好去问本家一位七十多岁的老头儿，才知道三婶子要他写的是几句顺口溜："天黄黄、地黄黄，我家有个夜啼郎。过路君子念三遍，一觉睡到大天亮。"老头儿还告诉他顺口溜的另一个版本："天黄地绿，小儿夜哭。君子念过，睡到日出。"

董吉顺打听明白后长出一口气，找了一张红纸，裁成四指宽、一拃多长的一张张小纸条，提笔照着老头儿说的文字写了若干份，趁傍黑给三婶子送去。三婶子、三叔喜欢得不得了，汤也不迭得喝，立马就用由红芋干子、小蜀秫、小米混在一起磨成的三合粉打了大半勺子糊糊，两口子一前一后悄悄地到庄头树上、墙角张贴。

第三天，董吉顺背着书包拿着墨盒去上学时，在路口被三婶子拦住，高兴地说："好乖乖咪，你真能！你那帖子写得太灵了！贴上的当天黑来狗蛋儿就睡着了，睡得小憨狗一样一夜没挪窝儿。昨儿个吃饭也好了，黑来又睡得很安生，一夜连个滚儿也没打。一大清起来就跟着几个孩子出去玩了！"

董吉顺很纳闷，那几句顺口溜写在几张破纸头上咋就能治好病呢？在心里闷了好几天，实在憋不住了便去找学校里一位年轻、思想较开放的老师。当他不提狗蛋儿名字把这件事儿说出之后，老师笑了，说："你不想想？那孩子是几夜没睡好他家大人才去找你的，你又磨蹭了两天，他还不累毁了？也可能是吃东西压了食儿，你也知道小孩子吃饭没饥饱，压了食儿就会引起消化不良。或是受了凉，几天也就好了，到帖子贴出去的时候他不就能睡着觉了？是他该睡着了，跟你写的贴子没有啥关系！"

吉顺一想，觉得老师说得有道理，便瞅了个空对三婶子说了。三婶子不信，她说："帖子有用！咋没有用？前门五奶奶家的三锤，没写帖子，不是哭了十多天了？今儿个清起来我从她门前过，三锤还在哭呢！"三婶子信得瓷实，董吉顺也没办法。

写帖子让狗蛋儿睡好觉了，董吉顺在庄上有了点儿小名气。前门家后的婶子、大娘们对他都另眼相看，碰上了，就笑眯眯地问句寒暖。背着他的面，还会三五成群的议论："人家顺子念书念得可好了，学窝子又深，连小孩睡不着觉都能弄好，长大后还不得有大出息！"另一个说："董家祖辈都是老实巴交的人，也该出个能人了。说不定往后咱庄上能出人头地的就是这孩子呢！"议论来议论去，董吉顺有了外号——"小神仙"。

担了小神仙之名，董吉顺的事儿就多了起来。董吉顺性格较平和，加上来求自己帮忙的大都是本家长辈，最后很难拉下脸来拒人面子，一来二去也就办了些"神仙事"。有人上门来要董吉顺帮忙"查查皇历"，说："顺子，听人说家里有人发疟子要查查皇历是不是啥东西搁的有了妨碍，还是碰上啥妨人的东西了，你有空得帮我查查！"董吉顺虽然年龄不大，也不想往身上揽事。再说，他也不知道该咋查，称呼长辈一声便说："我真的不会查。"他们就说："皇历上都记着呢，能查出来！"董吉顺见说啥也推不掉，就说："我上学读了几本书，但都和皇历没啥牵扯。再说皇历是啥书，我长这么大还没见过呢。"听吉顺这样一说，有人竟自千方百计找来一本破破烂烂的皇历。

　　故道里人家过日子本来是不太需要皇历的，几月初几清明，几月初几芒种，几月初几夏至，几月初几秋分，什么节气种什么，什么节气收什么，清清亮亮的，几乎每个人都是张口就来，从不需要查皇历。需要查皇历的，不是婚丧嫁娶，就是盖屋上梁。现在为了看发疟子，竟钻窟窿打洞找来皇历，董吉顺想不通。董吉顺也从没想到过要认识皇历，却阴差阳错地通过这个途径与传统历书结了缘，而且是旧得不知是哪朝哪代的老古董。

　　皇历找来了，再找别的理由也说不过去了，董吉顺抱着皇历啃了起来。历书上除了年月日之外，就是一些天干地支的名词，又是"朔"，又是"望"，字里行间哪里又有治疗发疟子打摆子的方法？董吉顺看着他们热切的眼神，心里又不便明说，就是说了他们也不会相信。心中暗想，既然他们说搁啥东西有了妨碍，还是碰撞啥东西了，胡乱应付他们一下算了，省得他们整天脱不掉秧似的缠着自己。

　　庄子不大，董吉顺没事时和小伙伴们走东家串西家，谁家锅屋门朝哪都是了如指掌的。他一本正经地对来人说："你家东屋南扇门后有块烂砖头，拿出来扔喽就好了。"或者对来人说："你家锅屋风箱后头有个能钻进猫的烂窟窿，和点泥堵上就行了。"说得来人都兴冲冲地回家去做自己应该做的事儿。

　　庄户人穷，日子过得本来就不顺，难得有点儿精神上的安慰，有点精神安慰心里也就舒坦多了。

　　小神仙的名声越来越响。一天，庄子东南角的一位中年妇女急手忙脚地来找董吉顺，说他的小儿子去割草时，在庄外的十字路口摔倒了，魂摔掉了。按辈分，董吉顺该称呼这中年妇女二奶奶。二奶奶急切地说："顺子，恁小叔挎着一篮子草一进家就直喊头疼，也不愿意吃饭，丢头就睡。我听说后就到那个十字路口给他叫了魂，烧了纸，也不管症。你还是给写张'隔山抬'吧，给恁家小叔招招魂。"

　　董吉顺小时候就听说，庄里庄外的每个十字路口都是鬼鬼魂魂们来来往往最密集的地方所在，小孩子经过那里好丢魂，也不知真假。

董吉顺又皱眉犯愁了，啥是"隔山抬"？他没听说过。只觉得"隔山抬"要是真的能把丢掉的魂抬回来，那可真是神力无穷了！可又不好推脱，因为他给很多人家都看了"病"，要是不给二奶奶家看，那不作践二奶奶扇她的脸吗？因为邻居百世的不论办啥事，向来是落一村不落一家的，落了哪一家，弄不好就会埋下隐患祸根。只好硬着头皮说："二奶奶，你先回去吧，等我查查书再说。"

这个"隔山抬"不是皇历，还真的没有地方去查。董吉顺悄悄地四下打听，最后才听人说，走街串巷的算命先生会"隔山抬"的词，他们常常自己说，让别人在黄表纸上写，然后卷起来一把火烧掉，把纸灰让丢了魂的人冲茶喝净。可算命先生像个不稳窝的兔子一样居无定所，上哪儿去找他？董吉顺坐在桌前托着腮帮子咬着笔杆儿想办法。他想，算命先生一般很少识字，要是他识字的话他就不让别人写了。二奶奶家也没有人识字，黄表纸上写的啥，也不会有人知道。再说，等写好了卷卷叠叠一把火烧掉谁也看不着。董吉顺心里有了主意。

董吉顺让二奶奶去找黄表纸。二奶奶放下手里的活整整跑了一天，才在后庄的一户人家里找了张算命先生忘了拿走的黄表纸，回来后交给董吉顺。董吉顺把纸铺在桌子上，咬着笔杆又开始扎头，写啥呢？总得有词吧？那时候，小学生最熟悉的、开口就会背诵的，便是孙中山的《总理遗嘱》。因教育部门有规定，学生每天清起来第一堂课得集体起立背诵《总理遗嘱》。董吉顺蘸了蘸墨汁，提笔写起："余致力于国民革命凡四十年，其目的在求中国之自由平等，积四十年之经验，深知欲达到此目的，必须唤起民众及联合世界上以平等待我之民族，共同奋斗。现在革命尚未成功。凡我同志，务须依照余所著《建国方略》《建国大纲》《三民主义》及《第一次全国代表大会宣言》，继续努力，以求贯彻，最近主张开国民会议及废除不平等条约，尤须于最短期间促其实现。是所至嘱！"等墨汁干了，董吉顺把黄表纸卷起来交给站在旁边一直等着的二奶奶，说："二奶奶，这黄表纸上就是写的'隔山抬'，千万不能让别人看，一看就不灵了。等夜半更深时把它烧成灰让小叔冲水喝了就行了。"二奶奶千恩万谢把黄表纸揣在怀里捣着小脚一溜烟走了。董吉顺这才长出口气。

你还别说，二奶奶的小儿子真的让董吉顺看好了。其实那二奶奶的儿子在野地里割草时，凉风吹过热身子，不外是受了风寒。二奶奶找的黄表纸，是算命先生把普通白纸用姜汁染黄的。姜性辛辣祛寒，经它染黄了的纸烧成灰后用热水送进肚子里，蒙上被子睡一觉出身汗病自然好了。

董吉顺在庄上的名头更大了。

董吉顺从不打听自己所作所为的效果，因为他自己也不相信自己的做法能有啥效果。可就是他的不闻不问，更给人以神秘感，更让人觉得他不得了，了不得。

董吉顺"小神仙"的行为一直延续到他十六岁离开庄子。偶尔回家还会有人找他给"看看"。

董吉顺本来是想学医的，自己也没想到会成为一个颇有影响力的文化人。多年后，每当聊起自己当年的荒唐事时，他都会很超然地笑笑，说："在那个贫穷、愚昧、麻木的年代，我的做法现在看来也就是起到了点儿心理医生的作用，多多少少给那个境况下的老亲舍邻丁点儿的安慰。我也并不是想成心欺骗他们，但在当时，我只能那样去做。在那个年代你能指望一个十来岁的孩子为他们做什么呢？去点破他们内心残存的希望吗？"

"小神仙"老了，洞明世事。洞明世事的他对于自己的做法有着自己的理解。

阴阳先生张山

　　庄头官道旁的大柳树下站着、蹲着一群人，没有人打伞，也没有人披蓑衣，都在等着看张山给人算卦。

　　这条官道曾是旧时驿路，官家驿马、驿车也曾川流不息络绎不绝。随着时代的变迁，驿路弃用，但依然是人来人往不断。

　　张山身边围着的一群人都是张山庄上的，他们对在外面一待就是七八年混成了阴阳先生的张山半信半疑，不知道这小子有多深的道行。站累了、蹲麻了，就走来走去活动活动腿脚。来来去去的人竟然没有一个路人到张山的卦摊前来，一群人心里有些着急，不知道有没有机会看到张山的神算。但张山倒显得不急不躁的，坐在小马扎上一边跟大伙说着话，一边透过黑眼镜仔细地观察着路人。

　　雾喽毛雨儿雨滴小得几乎感觉不到，时间长了才感到头发上、眉毛上有小小的水珠，衣服潮洇的。这时，大伙儿看见一个人胳肢窝里夹把雨伞匆匆赶路，脖子脸湿漉漉的，不知是汗水还是雨水。当他大步流星经过张山的卦摊还没走几步远，张山竟站起来大大方方地喊了一声"王大哥！"那人一愣，站住脚满脸疑惑："你是……"张山笑笑说："王大哥，你不认识我，我可认识你。不光认识你，还知道你慌手忙脚地弄啥去。"

　　"那你说我去弄啥？"

　　张山轻轻一笑，开始卖关子了。他说："我在江湖上也算跑了几年，略懂阴阳八卦、麻衣神相，虽然不能说是前知五百年后知五百年，但小来小去的还是不会走眼的。大老远我就看见你走路小跑似的，已经给你算明白了你有急事。我要是说得不对，那你就砸了我的卦摊再骂我三声混蛋，我对你搭躬赔罪；要是我说得对，你就说一声对，略收卦资，也算是今儿个给我开个张，咋样？"

那人听他口若悬河，觉得颇有来头，走回来抹把脸上的水说："那好，你说吧。要是你能说出来我去干啥，我便求卦。"张山闭上眼，右手的拇指掐着小指、食指、中指、无名指，嘴里念念有词，看热闹的和过路人都紧张地看着张山。张山睁开眼，吐口气说："王大哥，你是忙着去为家里的病人抓药去的，对不对？我还知道，恁家的病人是一位妇女。"

众人听他说完回头看那路人，那人竟信服得连连点头。"对！对！对！你先生真是神了！那就为俺家病人算一卦吧，看看能不能过了这一关口？"张山说："你还是先去取药吧！回头我再告诉你，保你满意。"那人听张山这样一说，干脆说："先生，我不拿药了，就求你一卦。你刚才说的啥都对，比俺家里人知道的都详细，你先生给一卦，病人准好！"

张山推辞再三，还是给那人算了一卦，并让他赶紧去抓药，配合药剂病人好得更快，然后分文不取地让那人走了。

看热闹的一群人大惑不解，张山不认识那个人，那个人不可能是他的托儿，他咋连人家姓啥、家中啥人有病都知道？看来，张山这小子是真的有点邪抹儿[1]！

张山，中等身个，瘦瘦的，有些尖嘴猴腮。虽然他卖香油的爹向私塾先生送了束修，《百家姓》《千字文》还是念得半通不通，更别说四书、五经了。张山不光书读得不好，还懒得皮儿疼。到十八岁时，还是个横草不捏竖草不拿，锅淤了不掀掀锅拍，油瓶倒了都不愿意伸手扶一下的懒蛋。家里就靠他爹推磨遛乡卖香油，来填家里鼻子下的三张嘴。

一天，太阳都三杆子高了，张山还腚撅得屋山头似的在床上睡得

---

1 抹儿：本事，能力。

胡天黑地的梦周公，口水流了半个枕头。赶着毛驴推芝麻累得满头大汗的张山他爹一个大步冲进里间，掀起破被张口就骂："小山，没闻着满屋子的煳味吗？太阳晒煳腚了知道不？你要还是个人，就不蒸馒头争口气，到外面混个人模狗样的回来给亲戚邻居们看看！混不成个人死在外面我也眼不见心不烦！"

张山翻身起来，一赌气饭也没吃就跑了。不过他跑得并不远，只跑到五里外黄河滩头的龙王庙，跟龙王爷和他的虾兵蟹将们分享香火去了。还没分享两天，他爹就拎着磨棍赶了过来，又是鼻子不是鼻子脸不是脸的大骂一通。从此，在黄河故道上再也看不到张山的影子了。

时间不紧不慢地过了八年，张山他爹头发花白了，腰也弯了。这八年张山他爹的日子并不好过，老伴儿动不动就擤鼻涕抹眼泪地和他吵。沙碱是地，好歹是儿。在这个兵荒马乱的世道，儿子一走八年音讯皆无，搁谁身上都够受的。

八年了，除了爹娘念念不忘，庄上的人对张山这个人似乎已渐渐淡忘了。就在这个时候，张山回来了。这时的张山已不是当初被他爹赶跑时的愣头小子了。这时的张山胖了一些，上唇留了一抹小胡子，竹布长衫，黑呢硬壳礼帽，带一副黑黑的、圆圆的眼镜，手里握一根竹节手杖。不过，人们从他肩上的马褡子和竹节手杖上挂的布幡，还是看出来了，张山成了个阴阳先生。庄上的人毕竟是看着他光腚长大的，个个撇嘴，人人摇头，"啥？打卦算命看风水的？屁！瞎蒙人，哄饭吃罢了。"

张山他爹对这个儿子太失望了，原本让他好好念书是想来个磨盘翻身，孬好混个一官半职的来光宗耀祖，不再吃庄户饭。想不到这小子狗屎糊不上墙！也怪祖坟上没长这棵蒿，在外面晃了七八年没弄成别的，竟弄了个三流风水四流批的阴阳先生。其实他爹应该庆幸，他还没混到一流巫二流娼三流大神四流梆的不能入祖坟的下九流中去就算对得起他了。

对于打卦、算命的，故道人一方面是推崇，他们推崇的是刘备身边的诸葛亮、李世民身边的徐茂功及朱元璋的军师刘伯温这些被说书人神话了的人物。在他们眼里这都是些前知八百年后知八百年的活神仙，主公求策问计时总是掐指一算，计上心头，为他们的东家打下江山立了汗马功劳。那诸葛亮竟还能禳星续命，真是神仙一样的人物。另一方面，这一行当在故道生活中又不受人尊重，人们认为这行当纯属瞎胡闹，是靠上下嘴皮子哄饭吃的，天上哪有那么多神仙下凡来给人指点迷津的？

但张山在庄头柳树下给王姓过路人的一卦，动摇了大家对张山的看法。小鸡不尿尿，各有各的道。这孩子原先在家时懒得四个棒儿撑着，看这，他还真是在哪座仙山遇到仙师得了道了。

乡下人的传言历来都比小鸟的翅膀飞得快，没多长时间，黄河滩上几乎都知道张山是活神仙了。上门求卦的天天拥门，有时连财主、教书先生也上门求一卦，还有人家趁天黑请他帮忙看看宅子，看完阳宅看阴宅。张山看完后，会说，哪里看着很平，实际上是有些洼，易聚阴气，要攉²车子土垫起来；要在哪里埋块青石板，以充泰山石敢当……看宅子的人家一般都这样，知道的人越少越好，以免和自家有过节的人知道风水先生说的啥后或堵或疏，破了自家的风水，只能趁天黑请先生。

原来，张山当年被他爹轰出家门后，也曾想和说评书的赵江海一样混世界，可他没有赵江海和那小地主的那种机缘。百无聊赖的他在饥一口饱一口地混日子时，碰到了一个戴破瓜皮帽的算命老头，张山便跟了他半年多的时间。在接触中，算命老头感觉到这小子和他是一路人，就慢慢地把自己闯荡江湖数十年的算命秘诀悉心传授给了他：

"……爹娘来问孩子，是希望孩子能大富大贵；孩子来问爹娘，肯定是爹娘遇着啥不幸的事了。屋里的来问外人，脸上露出企盼神气的，是想让外人富贵腾达；面上露出怨怒气色的，必然是外人好嫖好赌，或者是宠爱小的。男人来问屋里的，不是屋里的有病，就是她

2　攉：音 huō，把堆在一起的东西铲起来掀到一边去。

没有养育儿女。读书人来问，主要是为功名富贵；做生意的来问，多数是因为最近生意不太顺。

"态度诚恳而又自说慕名前来求教的人，多数是最信命的人；而笑口吟吟地说：请看我贱相如何？这种人不是衣食丰足的权势人物，就是来捣蛋的。总是问啥，一定是缺啥；一个劲地问啥原因，其中一定有原因。要小心的是，有些富贵中人会装出穷困潦倒的样子来试你，你要会在沙砾堆里辨金辨石；有些破落大家的子弟或是清寒之流的人物，也会混进一群富贵人群中来算命，你要会在衣冠队里识别谁是龙，谁是鱼。

"就算是最自命清高的和尚、道人，他们心中也不会忘了钱财欲望；那些做了大官的人，就算心里很贪恋功名利禄，也喜欢谈论归隐山林；那些得了功名、刚刚做了官的人，他们的欲望极大，而且趾高气扬；而那些长期潦倒或郁郁不得志的人，他们的希望却很低，不会有太大的愿望。聪明的人高不成、低不就，左碰右碰，结果是很潦倒很穷苦；百拙之夫，企求不高，上司喜欢他，老板喜欢他，他那饭碗倒是可以保持长久，家中常会有节余。

"皮肉细嫩而形容枯槁，衣服寒酸却脚穿鞋袜，多半是破落户。精拳大手而意气自豪，衣服朴实但又配戴金玉饰物，必然是白手起家的老板。衣饰华丽，头脸光滑，但面带愁容的，不是寡妇，就是弃妇；满手金饰，打扮得妖里妖气，眉目间带有风情的，不是当红的娼妓，就是富贵人家的宠妾。

"满口对、对、对，往往是个极有权势的人物；连声说是、是、是，他的职位一定很卑微。面带愁容、心神不定的，一定是家中发生了啥事儿；言辞闪烁、故作镇定的，必然是他的罪恶丑行败露了……"

张山听算命老头讲道，如同孙猴子在灵台方寸山的斜月三星洞里听菩提老祖授业，如醍醐灌顶。

有一次在离徐州不太远的山东台儿庄，张山真正见识了什么才是算命高人。

台儿庄紧邻大运河，因水运便利，也算是一个人烟辐辏的大集镇。跑江湖算命的向来居无定所，算命老头带着张山到了台儿庄后，在一座小桥头边租了一间小屋，悬上了算命拆字的招牌。

一天挨黑时，一个二十五六岁的青年人走进了小屋。他外面穿一件七八成新尺寸很得体的长衫，里面却是一件陈旧但质地手工都很好的裤子，鞋子很时尚，但已破旧不堪。他到了招牌下迟疑了一下，回头向打圈看了看才走进来。看他的样子，手尖指细，皮肤白皙细嫩，但愁眉不展，满面懊恼的样子，而且眼内无神，面色憔悴、苍白。算命老头问他是占卦、算命，还是看相看流年气色？他问清价钱和内容之后，想了一下，说："先给我看看气色吧。"

青年人坐在老头对面，张山搬个小板凳坐在老头后面，手里虽忙着别的，心思却放在算命老头和青年人身上。算命老头儿或慢条斯理或语速加快，那青年或点头或摇头。半个时辰后，那青年掏出卦资，面带微笑脚步轻快地走出了小屋。

喝过汤后，算命老头就这个青年的情况给张山又仔仔细细捋了一遍。

算命老头告诉张山，这个小青年一到门口，他的动作举止就已经把自己的身世和遭遇都告诉给别人了。他的衣着、外貌、表情、语言……是一致的。他的衣裳很合身，质地上等却又破旧；他手尖指细，皮肤细嫩，但愁眉不展。这表明他生长在一个富裕家庭，三两年前还很阔，但近一两年来已经破落了，陷入贫困境地，离食不果腹也不远了。小青年儿总喜欢三五成群地跑来看相算命问前程，特别是那些读书人和富家子弟，更喜欢算命的在他们朋友面前恭维他的"富贵命""好命"。而这个人却反常，生怕别人知道似的。这只有两种可能：或是他心中有不可告人的疑虑或谋划；或是他的朋友抛掉他，他穷极无聊，独个儿闲逛，撞上门来碰碰运气。但他不是前者。一般人迅速破产的原因不外乎有三个：一是生意失败，一是意外的灾祸，一是自己挥霍无度。这个人的原因，十有八九是由于第三种——好嫖滥赌，挥金如土。意外灾祸而破产的人，面上表情只有惨淡而无懊悔；如果是由于生意失败，如果他曾经在商场内混过三两年，那么，倒霉的时候就不会再穿的周吴郑王的；如果他好嫖滥赌，这件长衫也是值他个几文钱的，早就拿它做赌注去了，留不到今儿个。只有那些不久前还伙着狐朋狗友喝花酒逛青楼称豪充阔的纨绔子弟，穷死也要留件喝茶的衣服来装装门面。也只有这种人，一穷就失掉了平日那班子酒肉朋友。所以他才会独个儿跑来看命运，而且躲躲闪闪的，生怕碰见了从前那帮子阔少们。从他破产的原因，又可以"推"出：他可能在很小的时候就没了父亲，极有可能还是个独生子。最低限度，他的父亲也在几年前亡故，他有兄弟也不会多。要是他的父亲还活着，或有长兄当头，那么，他们绝不会让他把那份家产糟蹋个精光的。只有那自幼就没了父亲的娇少爷们，才会在母亲的溺爱和纵容之下，变成这种四肢不勤五谷不分胡乱挥霍的东西。这也是为啥说慈母多败儿的原因。还可以"推"出：他出身富商的家庭，而不是官宦世家。因为要是官僚世家子弟，他的亲戚和父辈中，总会有些是官场人物的，他即便读书不成，想找阔亲戚弄份差事也不是难事。如果他心中有所筹划，就会先占卜望卦，问问能不能成功？但他不占卦而看气色，又是一脸的茫然，这表明他潦倒到已没有任何盼头了。为啥他不敢求求那些亲戚、父辈们帮助谋碗饭吃？这只有一个说法能说得通，他们都住在本地，大家都知道他滥赌或好嫖的行为，而正当商人们是最憎恶这种败家子的，所以他不敢去见他们。

　　算命老头喝口茶，接着说：虽然这个小青年的情况大部分都差不多清楚了，但这时候还是不能妄下定论，仍然要"敲"个清楚，"审"个明白。先用"我看你满脸暗晦之色，怕你在这一两年内会有大丧，令堂还在否"这一类来"敲"他的父母。要是他回答："家母去年就走了"，那就"卖"一下："我看得对吧，你这一两年内真是有大丧吧。"跟着，就打蛇随棍上，"打"他一下，突然问他道："令尊过世了多久？"对方如果答："家父在我五岁时就不在了。"那又可以再"卖"

一下："额角岩巉先丧父，你额角这样岩巉，当然幼年丧父了。"跟着又"打"："你是长子吧？"对方如果答"是"，那他有多少兄弟就可以"审"出来了。你想想，他是长子，但五岁就死了父亲，难道还会有五六个兄弟吗？所以又可以"卖"一下，说："你居长，我怕你没有兄弟，有也不超过一个两个，而且也不会和气，是不是？"

张山听迷了，嘴张着。

老头接着说：把对方的父母兄弟都探清楚了，看来自己估计的方向大致不错，就可以"激"了，先"激"他的潦倒，再"激"他那群狐朋狗友是怎样地忘恩负义、不够交情；又"激"他的亲戚朋友，说他们怎样冷落他轻视他。这些话，不光对这个败家子适合，就是对于任何家产衰落的人都适合，当然能够句句"激"中这个青年人，使他感到这先生算的真准。可是光"激"还不行，因为"激"只能是算对过去的事儿，只能说是算对了一半。要连后面的也灵验，那就非"赞"不可。因为"赞"可以发生两种作用：一是使对方感到眼前精神上的安慰和满足，使他替你吹嘘，介绍别人来看相算命；二是这种未来命运的预言和暗示常会引发一种精神潜力，影响着对方的前途。所谓"赞"，并不是盲目地恭维，最主要的还是要结合时局的发展和社会的需要，以及对方的出身、性格、资质、社会关系等等，对他的前途作出适当的预示并加以鼓励。这个浑少爷已经二十五六岁了，读书不成，也没有胆识和魄力，连谋生的手段也没有，在眼下他既无条件提笔应试，从仕途出身；也没有胆量去投军就武，博取功名。从事工商业吧，没有经验技术，只怕也筹不出本钱来。对于这种人，如果你预言他将来可以当大官，叫他从政从军，或者说他做生意将来可以腰缠万贯，让他卖了仅剩的那间屋来做本钱，这都不适合他，结果只会弄得一塌糊涂，那你算的就不灵验了。但如果教他痛改前非，低下腰身去求一下亲戚朋友，谋求个小伙计的职位，老老实实地干活，非常节俭地过日子，还是有可能做到衣食无忧的。这倒不是瞎想的。因为他虽然目前破落了，还会有许多有钱的亲戚朋友，要是这些人见他确实悔过自新了，也可能会有一个两个体念情面的亲戚用他；如果他今后能够踏踏实实地，渐渐有了做生意的经验，又认识多了一些生意圈子的人，那么，他那饭碗也就可以长久保持。这样，你算得就准了。

算命老头谈得兴起：在给人算命时，如果是河清海晏太平盛世，你就要多鼓励资质好、有条件的人去入仕从政，或从事正当的生意；如果是适逢乱世狼烟四起时，你就要多鼓励够胆识、够豪爽的人去从军就武，或是捞偏门。这样做对自己大有好处，而且是有百利而无一弊。你叫一千人一万人这样做，说他们将来一定会发迹，他们的心里一定很高兴，替你吹捧，这样你眼前就会受益。但将来的收益会更大，只要其中有三五个人真的当上了大官或成了大富商大财主，他们即使没有重金酬谢你，也会替你宣扬，说你灵验。有三五个这样有权有势有面子的人替你撑腰捧场，你就享用不尽了。而那些扶不起来的绝大多数人，也不敢说你不灵验，因为在替他们算命的时候你早已埋下了好几手，例如没看他们家风水怎样？祖宗荫德如何？自己私德怎样？等等。他们不发迹，只好怨自己家风水不好，祖宗德薄，自己私德有亏等。至于那些在打仗中没了命的人，更是死无对证，哪还会说你不灵验！……

夜深了，张山蹲在桥头看着运河两岸灯光闪烁，水面渔火明灭，想着自己的心事。在家时，卖香油的爹总是吼自己："天天啥也不干，等老鸹屙给你吃！"现在老鸹没屙给自己吃，而是天上掉了个白馒头。那赵江海凭着落魄的小地主都能红遍徐州，自己难道不能靠算命打卦给自己赢得一席之地？张山定下心来要好好学这门手艺。

好吃懒做，张山是赵江海的翻版；脑瓜子好用，张山也是赵江海的翻版。孬孬好好两个人都像是一个模子刻的。俗话说，世上无难事，只怕有心人。张山不光是有心，而且是老鳖吃秤砣——铁了心。

铁了心的张山除了吃饭睡觉，无时无刻不在琢磨算命打卦。师傅领进门，修行看个人。慢慢地，算命老头让张山站到前台，然后再和他总结得失。张山入门了。

一天傍黑，算命老头在一家小饭馆里要了荤素四个菜，烫了一壶酒。老头的衣钵有了传人，非常高兴，也非常伤感，因为天下没有不散的筵席。算命老头说："干这一行当，要是心无私念，也能使自己一辈子衣食无忧；要是走歪门邪道，也会身陷监牢。"张山不解，算命老头说："自己的路自己走，自己的梦自己圆。"张山说："师傅，以后我上哪里去找你？"算命老头说："你找不到我，我能找到你。"

第二天一大早，老头受了张山的三个头后，扬长而去，张山置了行头开始独闯江湖。凭他的观言察色，凭他的伶牙俐齿，张山慢慢成了小有名气的张半仙。

成了张半仙的张山衣食不愁，想到自己跑出家时爹说的"要混个人模狗样的回来给亲戚邻居们看看"那句话，就想回家看看。自己在庄头柳树下蝎虎子掀门帘露了一小手，让左邻右舍看到了不一样的自己。庄上人不知道个中缘由，但对张山来说那真是小菜一碟。那过路人胳肢窝下夹的伞上有"三槐堂"字样，张山知道此人姓王。天下王，"三槐堂"嘛。王姓汉子耳边帽檐下夹了一张中药处方，这不是去抓药去干啥？张山发现其中一味只有妇女才用的药——当归，所以，他说病人是妇女。这三件都说对了，后面的卦就是胡扯一通了。求卦的当事人都信服得五体投地，看热闹的围观者还有啥说的？

张山让一个平静的庄子热闹了一阵子，可庄上人慢慢发现张山有一个怪毛病，那就是从不给本庄的人算命看风水，不管是多亲多近的，不管你用啥法，求他激他都不干。于是冷言冷语出来了，说啥的都有。有读过私塾的人说："风水先生惯说空，指南指北指西东。世人若有封侯地，何不留下葬乃翁？"真正的风水先生都不行，你个又打卦又算命的二把刀风水先生真能看得准风水吗？大家的态度渐渐冷了下来。这对张山来说，他根本不在乎，他在乎的是爹娘的态度。但是虽然他凭本事挣了钱，他爹还是不待见他，没有给他多少好脸看。在家过了个把月，他给家里留了一些钱，让爹娘翻修一下屋子，让爹娘换一头拉磨的毛驴儿，便礼帽长衫再次离开了黄河滩。

张山走了，张山的爹娘有些伤感，有些失落，但毕竟儿大不由爷。庄上人也有些落寞，毕竟张山在家这一段时间茶余饭后多了些话题。

两年后，东边徐州城里出了一桩要案，据进城做生意的庄上人说这个案子与张山有关，因为徐州的几个城门上都贴了张山的画像。最让大家信服的是，文字上写明作案者也是个打卦算命的江湖术士。

原来徐州南关户部山有一出身不高的富商，最好与三教九流的人交往。富商听说故黄河沿来了位算命先生，有铁嘴张半仙之称。可这张半仙有点儿怪，有时候一连摆三五天摊，有时候十天半个月见不到他的人影。富商去了好几次黄河沿，才见到了被一群人围着的张半仙。张半仙简单问了问富商后，从马褡子里小心翼翼地捧出一只碗放到富商面前。张半仙让富商看着那只空碗，自己从腰间解下一个葫芦，将葫芦里的清水慢慢倒入碗中。富商两眼不错珠地看着碗，看着看着，突然在碗中看见了自己的影像，后面还有三堆金元宝和两个看守金元宝的恶鬼，但一眨眼就又是一碗清水了。富商揉揉眼，眼前还是一碗清水。富商有些害怕，张半仙说："如需禳解，明日可劳烦到寒舍一趟。"

第二天，富商按张半仙给的地址在大同街附近找到张半仙住处，是一座有竹有梅的清雅小院。张半仙将富商请至客厅让其小坐时，一位二十来岁的女子走了进来。张半仙对富商说："这是贱内，亦是小可师妹，最近因购置这小院，手里有些紧，心情有些不畅。"张半仙让女子捧出一法坛，把十块大洋放入其中，盖上盖子，贴道神符，然后焚香念咒。半炷香的工夫，揭开盖子一看，满满一坛子大洋，数一数，整整一百一十枚，恰好是原来的十倍。张半仙笑了笑，让女子将坛子捧走，并对她说，要省着点花。富商的眼都看直了。

这时，张半仙又将昨儿个在黄河沿给富商看过的那只碗取出来，注入半碗水，口中念念有词，焚香祷告后，突然大喝一声："疾！"将一把寸许长的桃木剑丢进碗中，不一会，碗中的清水变成一片血红。张半仙擦擦额上的汗，对富商说："厉鬼已被我诛杀，你家产业从此可确保无虞。"并说，"从先生气色来看，近期内还有可能有意外之财。"富商看到张半仙从坛子内种出大洋，心中有些痒，吭哧半天对张半仙说，能不能也替他种一下。张半仙面露难色，说："家师传此术时说，此术只可用来补贴家用，决不可用做他途。"富商苦苦请求。张山叹口气说："家师再三叮嘱此术决不可外泄，今先生无意中见之，也算是有缘之人。只是作此术时，要极为虔诚，不可心有他念，否则一是前功尽弃，二者还要受天谴。先生如执意求财，此事当不可为外人道，要求亦不可过高，小可明日当一试为之。"富商连连点头。

富商回家后，沐浴更衣，次日一大早携十个金元宝来到张半仙家中。张半仙家中已立好八卦炉一个，富商将家中十个金元宝放入炉中，张半仙也让妻子从箱底拿出两个放入其中，说是借先生的福，算是酬劳了，此外不要分文。张半仙身着有八卦图的长衣，点上香火后，持长剑走七星踏八卦，念念有词……烧炉需经七天七夜，张山与富商轮流看守。到了第六天夜晚富商自己看守的时候，张半仙的妻子送来一碗鸡汤，富商喝完之后，竟抱着张半仙妻子欲行不轨之事。就在这当儿，八卦炉"轰"的一声冒出一阵青烟，富商惊得软瘫在地。张半仙闻声而入，看到富商与妻子衣衫不整，红着眼抽出宝剑就要斩杀妻子，被富商哀求劝阻。张半仙暴怒之下，挥剑将八卦炉劈开，红亮亮的元宝堆垒其中，霎时由红而灰而黑，夹出来一看，全成泥土，但表面还有几处金色。张半仙面如死灰，对富商说："你动了邪念，亵渎了神灵，可惜了我的两个元宝。"富商懊悔异常，回家又取出两只金元宝赔付张半仙，并另付酬资。

富商一下子损失十二个金元宝，无异于丢了大半个家业，懊恼得大病一场。当富商让家里人请来先生为自己把脉时，老中医听完原委掀髯大笑，向富商说了这样一番话：那张半仙的碗是特制的，碗底是一块凸水晶，富商和金元宝、恶鬼等影象，都是画在一张纸上贴在碗底的。碗里水少时，那块水晶把光线反射出去，就看不到那些影象，当水注到一定程度时，那些形象就显露出来了，再注水，那些影象又消失了。"种大洋"更肤浅，那不过用偷梁换柱的手法，用另一个同样的坛子调换而已，而这个坛子里早就放了一百一十块大洋。碗中血水，不过是桃木剑早已涂上某种染料，遇水即变成红色。"八卦炉"更没有啥秘密，只要在一次碗里放一些催眠药，待富商睡熟之后，啥事儿不能做？炉内的泥元宝就是那个时候放进去的，同时把真元宝拿了出来。至于泥元宝上的金色，不过是用金箔贴上去的。其中最重要的一节，就是在最后一碗鸡汤里放了催性春药，富商喝了哪有不上钩之理？那女子也不是张半仙的什么媳妇、师妹，只不过是张半仙花钱雇来的一个风尘女子而已，现在那张半仙只怕是早已人去楼空了……

富商听了如梦初醒，脉也不号了，拔腿跑到张半仙住处，只见大门紧锁。问邻居，才知道那个小院是一男一女租住的，前天一早，二人说家中有事退了小院回乡下去了。富商转身去警察局报案。时间已过了两天，虽然城门贴了张半仙的影像，那张半仙早已如泥牛入海，不见了踪影。

据说张山四处游走来到徐州城后，这花花世界远非贫穷的黄河滩可比。三教九流，鱼龙混杂，张山既慢慢接触了一些左道旁门，也慢慢学会了抽白面，逛金谷里，手中所挣卦资渐渐入不敷出，便动了歪心思。经过一段时间观察了解，便把目标锁定了那个冤大头富商。正如那算命老头临别时所说"要是走歪门邪道，也会身陷监牢。"张山虽然没有身陷监牢，抽身而去的他短期内也不会有心如止水的日子了。

张山去哪里了？有人说他还是云游四海，只不过走得更远了；有人说他仍在黄河故道摇唇鼓舌，逍遥自在；更有人说这小子被曾经挖了清陵的孙殿英在河南打仗时给裹挟走了，因为孙殿英对算命打卦这一行当也是乐此不疲，他的很多兵都是被他用这招骗来的。

张山去哪儿了？只有他自己知道，黄河滩上再也没有见过他，他的爹娘直到进了南北坑，也不知道这个让人不省心的儿子跑哪儿去了。

风箱柳家

　　同样是木匠，术业也有专攻。有的木匠擅长桌椅，有的木匠擅长门窗，柳木店几家世传的木匠，做别的手艺平平，但做风箱在黄河滩却是远近闻名的。

　　地薄人穷，嫁女儿多半一箱一桌，几条掌几块板凿几个眼，一对榫，成了。方圆几十里也排不出几个愿做雕龙刻凤家具的木匠的。风箱是家家户户都少不了的，穷家富户都用得着，所以，风箱也就成了常年不愁销路的最平常的家庭用具。平常的家庭用具也有精品、极品，柳木店风箱做得最好的，那得数得上瑞山家。在黄河滩上三五十里内一提风箱柳家，那就是瑞山家了。

　　瑞山家三代木匠，别的啥都不做，只做风箱。只是从瑞山爹起，便不再背着风箱风里雨里赶集串乡叫卖了，都是周边庄子的上门来要，做多少都不够卖的，有时候活太多跟不上，只好先付订金预着。手艺人能把手艺做到这个程度，已经是很不错的了。

　　每个失败者的结局大都相似，每个成功者的开端却各有不同。

　　瑞山的爷爷老玉臣当年做风箱时，是用麻绳背着到集上或遛乡亮嗓子的。民国没几年的一天，一大早老玉臣就背着风箱翻过黄河古堤高陡去赶二十里外的芈集集。高陡下的人家历来有一种心理优势，认为他们是老户，对高陡上沿黄河滩上的住户有一种歧视，说他们是"逃荒户""外来户"。黄河滩上的人则认为他们是坐地虎、地头蛇。芈集人对从黄河滩上来赶集的人时时为难，处处刁难。

　　老玉臣紧走慢赶走了一身汗，在芈集街上丁字路口的一棵老槐树下停住了脚。小心翼翼地放下风箱还没喘口气儿，就有人到了跟前停了下来。老玉臣以为是个买家，抬头一看，才知自己是剃头挑子一头热。来人上身穿一件新白洋布对襟小褂，敞襟拽怀的，下身穿一条无风自抖的不知啥料子的裤子，扑拉着肥大的裤脚，一张大长脸，驴脸搭瓜的，额角有一道斜长的疤痕，脑门光光、后半个脑袋留的一拃多长的头发被风吹得有些乱，长毛贼似的很扎眼。那时辫子刚刚剪掉，剪掉辫子的庄户汉子、上了点年纪的人索性剃成光葫芦头。来人嘴角叼着烟卷，用脚尖踢踢风箱，下巴颏抬着要铲人似的，说："这是哪里来的野路子货，向集主报了吗？"

老玉臣弓着身子点头拱手："高陡上柳木店的，借贵集宝地图个大吉。不知咋着报集主？"

"屁话！"那人一听是高陡上来的，眼一立楞，声音大了起来，"看你这一身就知道是从高陡上下来的！给你说吧，借地得有借地的规矩。报就是要报地皮捐！拿来吧。"手心朝上的爪子伸了出来。

老玉臣诚恳地说："大兄弟，我到这儿只是刚刚落脚，还没有发市呢。我怀里只有两个窝窝头，实在拿不出来现钱来。容我把风箱卖了再报吧！"

旁边围着一群挎着筢子、肩上搭条口袋赶集的人，对着那人指指戳戳。

那家伙嘴一歪，抬腿一脚，"嗵"的一声将一只风箱踢翻了个儿，抬手就打老玉臣。由于事儿太突然，老玉臣横躲竖闪，身上还是挨了几下拳脚。风箱不能卖了，老玉臣摇摇头、叹口气，拾掇拾掇要背着离开这个是非之地。

正当老玉臣在好心人的帮助下把风箱背好转身要离开时，一群人拥着集主来了。集主这人穿着很讲究，一身米色疙瘩绸裤褂，脚上是一双千层底软帮礼服呢黑面布鞋，一只穿着，一只踩在脚下趿拉着，头上歪戴一顶黑礼帽，黑绸子大褂不穿在身上用左胳膊挎着，右手把玩着两个磨得发亮的核桃。

这集主叫马黑头，这两天正是他春风得意的时候，因为他刚刚坐上了集主的宝座。集主既不是官，也不是僚，不拿俸禄不办案。但芈集是个老集大集，南靠着通车不久的陇海铁路，徐商官道从集头斜了过去，本地店铺、外地客商颇多，集主明里暗里的油水颇为丰厚。集主多年来也是皇帝轮流坐，皮锤硬的拿下。眼前的马黑头夺得集主之位也是花了代价的。

马黑头对集主这个位置早馋得口水拉拉的，靠着他三刀六洞的狠劲，一方面上下打点，一方面暗地里插桩。等该办的都差不多了，马黑头出面了，先是请前任集主洗澡喝酒吃饭，又邀他到赌场赌钱。前任集主也是道上混的人物，心里明镜似的知道马黑头是啥心思，却也大大方方地单刀赴龙潭。赌钱过程中马黑头从烟盒里掏出一根烟来向前任集主借火，前任集主一伸手从旁边茶炉子的炉膛里捏出个核桃大小火红的炭蛋儿递了过来。马黑头把裤腿一撸，拍拍大腿，叫前任集主："老大，先把火儿放到这儿凉凉，玩完这把再点！"炭蛋儿"噗、噗"地把大腿烧得"吱吱"地直流油儿，马黑头却不动声色，谈笑风生地照常下注。这时庄家面前翻开的牌是虎头套九，初门翻开的牌是天纲，对门摆开的是地纲，末门是一对幺蛾子，庄家输了。轮到前任集主坐庄的时候，马黑头伸手把炭蛋儿从大腿上轻轻拨拉掉，从小腿带子里拔出一把明晃晃的攮子[1]，把左手放到桌子上，只听得"嚓"的一声轻响，小指、无名指两个指头沿根儿齐刷刷地切了下来，血溅得满桌子都是。马黑头把攮子往桌子上一插，右手拇指、食指、中指捏起这两根指头往桌子上一扔，说："押上！"前任集主一看脸色骤变，站起来拱拱手："这地儿归你了！"转身走出屋子。马黑头篡位自立，整个芈集集成了他的天下。

左手裹团子白布心情大好的马黑头穿过让开的人群来到老玉臣面前，问清了前后，咳嗽两声清了清嗓子，黑胖的脸上皮笑肉不笑地发了话："我当是啥事呢！老哥是初来乍到吧？"老玉臣说："芈集集

1　攮子：匕首的别名。

我赶过几次。"马黑头说："风水变了。俗话说得好，没有规矩，不成方圆，芈集得有芈集的新规矩。赶我的集，我欢迎。不赶我的集，我不强求。报捐，是天经地义。不报捐，得有不报捐的说处。不然的话做买卖的你不报、他不报，我又咋给上边报？再说我这芈集在徐州府以西也算是个大集了，那可是要创声誉、创名头的。你呢，来，得有来的说法；走，得有走的名目。你是货真价实来做生意的，还是以次充好来闹场子的，不能你说了算，我得亲自试试。够头的，我不光分文不取，还要给你在街面上划片地儿，再给你搭个棚，遮风挡雨地大家发财；要是拿不上台面以次充好的破烂货，那我可就要砸货揍人了！"他转过身，喊一声："来人！"

一个短打汉子冲上来，低眉垂首："马爷！"

"拿二十个铜钱来，我要试试这个逃荒户的货！"

短打汉子转脸把铜钱取来，马黑头叫他把铜钱摞到风箱的风嘴前，然后说："老头，我不是难为你，我是为了四邻八乡的老少爷们着想。你想啊，他们大老远地来赶芈集集买个风箱，不是自己用，就是给儿女用。咱不能糊弄人吧？这摞铜钱我让你把风箱拉推三下，要是你能把二十个铜钱吹跑了，芈集这片地永远借给你，分文不取；要是拉推三下不能把铜钱吹跑，那我可就按我的规矩办事了！"还有几个街滑子掺在人群里头起哄，屙屎攮皮锤地使横劲："让他吹！让他吹！吹不跑就揍他个小舅子！"。

四下里围的人越来越多，老玉臣心里有些慌，汗都出来了——别看他做了半辈子风箱，对于能不能吹动二十个铜钱，心里可没有底儿。半辈子做下来只是凭这个手艺混口饭吃，至于手艺做到了啥程度，心里可是一点数也没有。面对这个场面，老玉臣有点儿吃不住劲了。吃不住劲归吃不住劲，在那么多人面前也绝不能应孬拉稀！老玉臣牙一咬，紧紧腰间的大带子，蹲下身吸了口气，抓住风箱的把手用力来回推拉三下。结果，铜钱只飞出去六个，打了几个滚就稀稀拉拉地落到了地上。老玉臣身子一软瘫坐在地上，头脑中一片空白，周围一片哗然。

马黑头冷着脸，三角眼放着寒光，"哈哈哈！"笑声像夜猫子叫。"这逃荒户是来毁咱芈集名声的！"他脸一偏，冲着身边人说："嗯？不动手还等啥？等上菜咋的？统统给我砸了！"

身边几个跟班的，棍棒手脚齐动，"乒乒乓乓""嘁哩喀喳"几只风箱立马成了碎片。看热闹的怕沾身上血似的一哄而散。跟班们砸完风箱又打人，一阵拳脚，老玉臣鼻青脸肿，衣服被扯拽得狗撕的似的，身上数处流血。马黑头咧着大嘴龇着黄板牙怒斥："你他娘的快给我滚蛋！哪儿来的滚哪去，别脏了我芈集的地皮！"

二十多里路，老玉臣不知道是咋回到家的。回到家，足足半个月没出屋。他又羞又恼：老老实实混碗饭吃，头发胡子都白了，临了临了竟遭到这样的羞辱。真是秆草包老头，丢大人了！老天爷呀，你让老实人咋睁眼呀！卖个风箱咋就这么难呢？

生活在黄河故道的人也有时间观念，不过不是太清晰。虽然皇历上也有子、丑、寅、卯等十二时辰，但庄户人没有晷没有漏，也就没有确切的时间。过日子是需要时间点的，随着日常生活经验的积累，慢慢地形成了故道的时间模式，就是有些模糊。比如说大清起来是清早，半清饭儿是半上午，晌午顶上是中午，半晌午饭儿是半下午，挨摸黑、傍黑是傍晚，喝过汤了，也就到了晚上了，黑来就是夜里了，接着就到了小半夜了、三星正南了、半夜了、大半夜了、鸡叫了、太阳露红了、大清起来……时间一天一夜过去了。范围很宽泛，白天看太阳，晚上看星月，月黑头加阴天只能凭直觉估摸了。就是这种时间表，在黄河故道沿用一辈子又辈子。

到地里干活，揉揉又酸又胀的腰，抬头看看天，差不多该吃饭了吧！吃饭的点儿也是约定俗成的，不是你说该吃饭就该吃饭了，那要看看庄子的上面有没有袅袅娜娜、缭缭绕绕的炊烟，听没听到庄里传来"呱嗒呱嗒"的风箱声。

风箱是家居生活必备生活用具，它不起眼的一年四季蹲踞在锅腔子边，不显山，不露水。风箱长约三尺，宽约一尺，高约二尺，差不多与锅台齐平。黑来烧汤时，一盏小油灯放到风箱板上，闪闪烁烁的灯头还不如风箱吹旺的锅腔子里的火头亮。风箱是一个长方形的木箱子，看上去就像一个横倒的"酉"字。风箱前端的中部有两个圆孔，一上一下塞着两根拉杆。拉杆一端用榫安着供人把握竖着的手柄，隐入箱体内的另一端连接着挤压气流的毛头。毛头实际上是一块立在箱体内可以来回活动的长方形夹板。为防止漏气，夹板四周还要紧箍一圈鸡毛。风箱前后两端各有一个洋火盒大小的活门，活门的"门儿"是用小薄木板削制而成。人坐在锅腔子前烧锅时，手臂一拉一推，毛头来来去去，前后活门轮流一开一合发出"呱嗒呱嗒"脆响的同时，气流就从风箱底侧中间位置的风嘴喷了出去。推推拉拉中，锅腔子里的火苗随着"呼呼"的风旺了起来。

风箱在过日子的人家，一天也离不开，人们便对它极为用心。做风箱的木料多是柳木和杨木，但最好是用梧桐木。在水里泡透阴干后解开的梧桐木板有弹性、性软、不裂。但无论是柳木、杨木还是梧桐木，这些木料的耐磨性都比较差，隔不五六年就要更换新的。做风箱是一项精细活儿，必须严丝合缝，不能漏气。整块的木板难以找到，就用驴皮胶黏合散板，浑然如整；接口处用榫、用竹钉，不开不锈；拉杆用枣木或槐木，性坚耐磨；为使风箱内壁平滑如镜，要打上蜂蜡；为防水防潮，风箱外壁要跑两遍桐油……做风箱的都是些经验丰富的老木匠，一个风箱要用两天的时间才能完成。风箱进了锅屋，黑乎乎的锅腔子便生冷不忌：枯枝、落叶、棉柴、豆草、麦穰、秫秸、树根、劈柴……猛火煮、文火炖，煎、炒、蒸、熘、烧，风箱巧妙地掌握着火候，使一日三餐变得有滋有味。

黄河故道没有煤矿，东边的徐州有，那黑石头块似的玩意儿比劈柴、树根都熬火，但故道人没有闲钱买。百姓人家做饭，锅腔子里一年到头烧的都是身边随时随地都能捡拾到的柴禾……寒冬腊月没有烧的了，就哆嗦着到断了流的故黄河道割筷子粗细没人要的苇子及其他的野草棵子。每天的三个饭点儿，家家锅屋顶上都冒出浓浓淡淡的炊烟。炊烟下，是家家锅屋里飞出来的风箱声。有道是风箱基本上只能用五六年，但庄户人过日子大都是"新三年、旧三年，缝缝补补又三年"，只要风嘴还能出风，能用还是凑合着用。于是满庄子新的、旧的、半新不旧的风箱有的"嗵嗵叭叭"，有的"当当嘟嘟"，有的"叮叮咚咚"，虽然总的都是"呱嗒呱嗒"，但由于音韵不同，节奏快慢有别，初听十分嘈杂，仔细一品，倒也不乏音乐之悦耳。

天气干晴的时候还好，柴禾干得脆硬，遇火就着，借着风箱，火会更旺；遇到阴雨天，柴禾潮了、湿了，煴得狼烟四起，不借助风箱咋也冒不出火苗。冒不出火苗，就烧不开水，烧不开水，生食就不能变成熟食，大家毕竟早就脱离茹毛饮血的年代了。嫁到黄河滩的新媳妇，常常被烧锅做饭弄得一天三次鼻涕一把泪两行，咳嗽连声。风箱、风箱，还有比风箱在过日子时更重要的吗？儿子分家了，老爹老娘除了锅碗瓢盆给买一套外，还要外加一个千挑万选的风箱。

老玉臣是个耿直人，牛性子，睡了十多天后下了床，又摸起旱烟袋。在院子里的石磨上老雕般蹲着，脚下的烟灰堆成小山，直抽得嘴发苦，喉咙直干哕。然后啥话也不说，摸起斧头、锯子、刨子、凿。往天做活没有人逼，做出来的风箱能拉出风来就行，现在有了标准，标准就是能吹飞二十个铜钱。他就是按吹飞二十个铜钱这个标准下的工夫。

"我就不信活人能让尿憋死！"

以前老玉臣的风箱在柳木店来说就算不错的了。这次他花了六天五夜做了两个风箱——这两个风箱是他用从没有过的细致工夫用心做成的。风箱做好了，他让老伴拿来二十个铜钱放在风口处，用力一拉一推，来回三下，一个风箱只吹飞十七个，另一个吹跑了十八个。

老玉臣的眉头锁起来了，他又摸出旱烟袋。不过这次他并没有抽，只是把烟锅插进荷包挖了半天却没拿出来。他呆瞌瞌地愣了一会儿，又把烟荷包连同烟袋插进腰窝里，慢慢地转身进了屋。

汤烧好了，老伴喊了他多次，他都蒙着头躺在床上。半梦半醒中，风箱、芈集、马黑头、铜钱，铜钱、马黑头、芈集、风箱，走马灯般在脑子里乱转，一圈又一圈。头都转大了。鸡叫了两遍，他起了床，吸了两袋烟，拿出斧头"喊哩喀喳"把新做的风箱大卸八块。老伴被他吵醒了，生气地嘟囔他："半夜三更的又犯啥病！"他回了一句："你知道个啥！卖孩子买笼屉——蒸（争）的就是这口气。"

老玉臣就着微弱的灯光，他眯着眼一块一块地找毛病。最后，他觉着是风箱的毛头不太行，鸡毛不够松软，拉出来的风不集中，顶力小。风箱的孬好全在毛头上。

他转身走到了院子里，把挡鸡窝门防黄鼠狼子的几块砖搬开，伸手把那只"咯咯"叫的芦花老母鸡掏了出来。他一刀劁了鸡脖子，芦花鸡在院子里翻滚着身子打几个"扑拉"就死了。

老玉臣这一夜又是在床上翻烙馍，又是拆风箱，把老伴折腾得一夜也没睡好觉。她起来一看，老玉臣把一只她最喜欢的正在媷蛋的芦花老母鸡杀了，直心疼："赶个芈集集把你赶中邪了？黑灯瞎火的你杀啥的鸡？看看你一天到晚地，临老临老还犯啥病？"老玉臣一心只在风箱上，看也不看她一眼："你懂个啥！"温顺的老伴嘟嘟囔囔的去烧水煺鸡毛。

老玉臣用细经子、芦花鸡毛精心编挤毛头。再试试风，来回一拉一推，二十个铜钱蝶飞蜂舞，如同天女散花。连试了几次，结果都是一样的。老玉臣这才"呵呵"一笑长出一口气，两手"啪啪"地直拍风箱板子。老伴在一旁长出一口气。这一二十天来，老头子茶饭不思地愁风箱，她也寝食不安地愁老头子，怕这个被风箱折磨得五迷三道的老东西有个啥好歹。

老伴把芦花鸡炖好，叫来儿子、媳妇、孙子来吃鸡肉，老玉臣也喝了四两老白干，脸红红的，豪气也上来了。

又逢芈集集，老玉臣领着儿子背着风箱去赶集。

站在上次来时落脚的丁字路口的老槐树下，老玉臣的心情不错，腰板挺得直直的，含着烟管看着不远处围着的一群人。人群里一个小伙子敲着锣，嘴皮子挺溜地："瞧一瞧、看一看啦，有钱的捧个钱场，没钱的捧个人场。今日来到贵集宝地，承老少爷们抬举。我们是初学乍练，有经师不到、学艺不精的地方请诸位多包涵，假如各位看我们练得还像那么回事儿，请您老高抬贵手，赏我们哥俩儿两个吃饭钱、住店钱。要是哪位老哥出门一时忘了带钱，白瞧白看我们也不生气。只求您脚下留德，站脚助威，我们也感恩不尽。只是有一样，千万别在我们练完了拔脚就往外挤，您不给钱不要紧，别把想给钱的也挤出去了。好咪，光说不练假把式，学练不说傻把式。走起来……"锣槌一摆，手里的锣"喤喤喤"地响了起来。

老玉臣一看就知道这是走江湖打把式卖艺的。

敲锣小伙子旁边的那人三十来岁，身着紧身的胸前排着一溜疙瘩扣的黑色小褂，下身穿黑色的兜裆滚裤，窄窄的一副黑带子绑着小腿，腰间系一条巴掌宽的猩红战带。这个人黄眉大眼，向四方拱手时两眼眯着，好像啥都不看；待睁开时，那真是眼似明灯，精光四射。他抱拳作了个罗圈揖，短短四个字："练得不好！"就来到场子当中，双腿叉开，沉肩坠肘，含胸拔臂，左一个揽雀尾，右一个揽雀尾，上边一个高探马，下边一个海底针，连着几个搂膝拗步，又几个野马分鬃。进如猿猴窜枝，退若龙蛇疾走，起如鹰隼飞天，落若猛虎扑地。斜飞式如蛟龙出海，倒撵猴似珍珠卷帘，他形如搏兔之鹘，神似捕鼠之猫，慢起来如春蚕吐丝，快起来像雷击电闪。行气时如九曲之珠，无微不至，运动时像百炼成钢，无坚不摧。四周圈的人有时听到他身边风声大作，有时感到脚下地动山摇……等到练完收起式来，看他气不长出，面不改色，这时不管男的女的老的少的，一片鼓掌叫好声。刚才敲锣的小伙子把锣翻过来，沿着圈边儿走，便有多的少的铜钱的声音脆生生地落在锣里，小伙子点头致谢。

这时候，刚才还抱着膀围观的几个短打汉子走上前，要收卖艺人地皮捐税。老玉臣叹了口气。

喝完粥棚第一碗粥，吃了包子铺第一锅煎包的马黑头正在集上遛达，听手下人说上个月那个被打跑的老木匠又背着风箱来赶集了。他就知道"来者不善，善者不来"。一点头，带着几个短打扮的汉子一晃三摇地走向丁字路口。

穷乡僻壤，赶闲集不买不卖的人多。这些人本来闲着无聊赶集就是为了看看热闹的，看打拳卖艺的，看嗤大花²玩把戏的。实真没有猴跳了，就听听说书人说《三侠五义》《施公案》。这时一听集主要跟一个卖风箱的老木匠过不去，便蜂拥而来，连刚才看打把式的人也都转移了目标。围着卖艺汉子要地皮捐的几个人看集主来了，也跟了过来。卖艺汉子愣了，向别人打听一下后，两个人也收拾收拾挤进了人堆里。

老玉臣的那片立足之地，顷刻间就被围得针插不进。

马黑头右手"咯喽咯喽"转着两个核桃，晃着膀子走了过来。老玉臣气定神闲地抽着烟管，看也不看他，等他说话。马黑头瞅瞅老玉臣，又瞅瞅风箱，开了腔："老木匠，早几天我砸了你的三个风箱，那是你的风箱实在是太孬了，吹不动二十个铜钱。今儿个你又背三个风箱来，我的价码也涨了，要吹飞三十个铜钱！不过，我也不想难为你，只要你现在老老实实离开我这块地方，以后别再让我在羋集街上看见你，我绝不动你的风箱一指头。"

老玉臣淡淡一笑："集主既然开出价码来了，我就得试试。只是作为堂堂的集主，这事做得可有点儿不太讲究了，你不该添十个铜钱。既然话说出来了也不能让你收回去，这块地儿你说了算。今儿个我要是不能吹飞三十个铜钱，不要你动手，我自己砸。还有，就是从今往后别说我，就是我的儿子、孙子也永不踏进羋集半步！"

"好，是个正派的手艺人！"马黑头卷了卷袖子说，"老哥把话都说到这份上了，我也不含糊。老哥这回要是三十个铜钱全吹飞了，上次砸的三个风箱我照样付钱，分文不少。要是吹不走，老哥，咱还照上回的规矩办。来人！拿三十个铜钱来！我要领教一下这师傅的能耐！"

老槐树下被人围得一丝风也透不进来，个个伸着脖子紧张得大气

---

2 嗤大花：玩魔术的。

也不敢喘。

三十枚铜钱摞到风嘴前，比风嘴还高。看闲卖呆的人无不咋舌，替老玉臣捏把汗。但见老玉臣把烟袋掖进腰里，慢慢蹲下来，右手压住风箱前盖板，左手抓住把柄，慢慢地把拉杆拉回，然后吸了一口气，咬紧牙后"嘿"的一声用力一推。只听见"嗖——！"的一声响，三十个铜钱泼水般斜刺着飞了出去，上边的几个铜钱打着滚儿卷到马黑头的胖脸上，底层的几个从他的裤裆下钻到身后，地面上的浮土被吹得卷成一片黄雾，呛得靠近的人直咳嗽。

黄雾散了，地面出现一道扫帚形的白痕。

这情景，把在场的人都惊呆了，个个瞠目结舌。场面先是静得一根针掉到地上都听得见，随后便是齐声地鼓掌叫好，把马黑头的耳朵都要震聋了。

老玉臣冷着脸不说话，让儿子拾拾捡捡铜板，又用另外两个风箱各吹一次，次次获得满堂彩。这一下新鲜了，旁边有人说话了："咦唏！这风箱可不能买！"身边的人一愣，说："咋的？那么好的风箱你不买你还想买啥样的？"那人说："不是不好，要是烧锅时一用劲儿把锅吹翻了那咋做饭了？"一句话把周围的人引得哈哈大笑。

马黑头定了定神，看看地上的三道白痕，笑了，笑得有些干："你老哥手艺真行，兄弟佩服！好！上次砸的那三个风箱钱我原价照付，只是按规矩你老哥上次的地皮钱分文不能少。往后，我这芈集集上就给你块地方，回头我让人给你搭个棚子。捐税嘛分文不收，只图你这高手为我芈集集增光添彩。"

老玉臣闷着头啥也没说，让儿子收拾收拾风箱，绳子一捆往肩上一搭，转身就往外走。

马黑头快步上前，伸手拦住，说："老哥，你这是弄啥？"

老玉臣眨眨眼，淡淡一笑说："不弄啥！你前有车，我后有辙。你吐口唾沫不算个钉，我说的话也让大风刮跑了。早先你说二十个铜钱，今儿个你让我吹三十个。我说今儿个我要是不能吹飞三十个铜钱，别说我，就是我的儿子、孙子也永不踏进芈集半步！三十个铜钱吹飞了，按理说，我进出芈集应该是想来就来想走就走的。但是你虽在江湖上行走却不讲信义，我这个会点小手艺的庄稼老冤陪不起，也只好爽约，决不再进芈集集！不过，集主，话又说回来，我还真得感谢你！要不是你逼着我，这样的风箱我还真做不出来！这我说的可是实话。"

老玉臣不亢不卑硬邦邦的几句话，把马黑头的脸憋成了紫茄子。挤在人群中看热闹的卖艺汉子带头暴喝了一声："好！说得好！"

马黑头转脸把卖艺汉子上下打量了一下，卖艺汉子也侧着脸抱着膀冷眼相对。马黑头手下的几个人攥紧了皮锤看着他的脸，单等他一句话。马黑头的脸由青慢慢复原，轻轻地摇摇头。他在道上混也不是一年两年了，他一看那卖艺汉子身架精神，就知道打也没有好打，混战起来，看热闹的人也说不定有拉偏架打太平拳的！

老玉臣脸也不转，看也不看，拱手朝四周做了个罗圈揖，和儿子背着三个风箱扬长北去。卖艺汉子两个人手里拿着、肩上背着家伙跟在后面，直到上了高陡，才同老玉臣父子道别，上别的地方找饭去了。

……

老玉臣在芈集集和马黑头这一闹、一走，他和他的风箱立马被当天赶集的人带到了黄河滩的角角落落。

从那以后，十里八庄，三五十里内外，都找亲戚托熟人钻窟窿打洞找老玉臣买风箱。老玉臣做事认真，传子传孙也传得认真，风箱个个做得灵巧风足，结实耐用。买主上门，不管是托熟人来的，还是生面孔，老玉臣一律吹三十个铜钱，然后一手交钱，一手交货，几十年声誉不倒。

到瑞山时做风箱已是第三代了，家里的老物件不多了，唯独半罐子铜钱摆放在堂屋条几上。对上门的主顾，仍是啥也不说，到院子里三十枚铜钱一吹试货。

时间一长，柳家的风箱就不叫风箱了，而是叫"三十枚铜钱一口吹"，又称"一口吹"。

柿园高家

董家庄住东南角的是高家。

董家老辈说高家是住姑家，也不知是董家哪房老奶奶的娘家侄儿。

因为是住亲戚家，高家为人一直很谨慎、低调。日出日落，年头年尾，高家在不言不语中由一个小院慢慢衍生成四个大的院落，老老少少四五十口子。当家主事的老头儿叫高永明，身边四个虎彪彪的儿子。

这高家很特别，故道上几乎家家户户都栽种桃树，而他们家不，种的偏偏是黄河故道并不常见的柿子。几代人的精心呵护，在黄河滩上竟也营植起了很壮观的柿子林，高矮七行，行行半里长。春天，柿子树墨绿色卵形的带着小尖的叶子满枝满树，油光闪亮。到了农历三四月的时候，柿子树开花了，花是一种不显眼的黄色小花，个别的花缘带有小女孩儿嘴唇似的嫣红。一张四个瓣儿的花托在下面托起，不香也不艳。经了风经了雨经了太阳的曝晒，花瓣的颜色会渐渐变淡，就像做了件新衣裳，经了几次水，晾晾晒晒就有了沧桑感。花开花落，从柿子花瓣随风飘落的那天开始，一颗颗青涩的小柿子，就像刚刚孵出蛋壳的小鸡儿似的在青枝绿叶中探头探脑。

整个夏天，柿子都是硬硬的青绿色，这时的柿子只能看不能吃，但是青色的柿子有做染料的作用。董家庄人大多生活不太宽绰，舍不得花钱买颜料把白色的布染色，这时候他们就会向老高家要一些间果间下来的青柿子来色衣服。高家人总是微笑着尽他们拿。把青柿子拿回家，放在碓窝子中用碓头搋碎，然后把搋碎的柿子放到盆中，把买来的白纱布放到柿子汁中浸泡。一天两天，白纱布成了猪肝色。色过的纱布洗净晒干后，一般给上了年纪的人做件短袖汗衫，做条长过膝盖的大裤头，三伏天穿在身上不贴身子不粘皮，清清爽爽的。

柿子叶经不起秋风，秋风一起，柿子叶就黄了。再一到落霜，柿子叶就泛起了红色。略一起风，满树的红叶就"窸窸窣窣"地陡然落下，一个个金红色的柿子在枝头裸露着，秋阳下如同一个个炫目的皮锤大小灯笼般的火球。

柿子可以上市了，方圆十里八里的集镇上无论是软烘烘的烘柿子，还是硬邦邦的漤柿子，几乎全是高家的。于是，"柿园高家"名震四乡，几乎替代了董家庄的名字。

一九三八年夏天日本鬼子占领黄河故道的时候，正值麦收。乡野间相继成熟的桃子、麦黄杏，被这帮狗东西糟蹋得很厉害。

不知是东洋鬼子不懂桃杏，还是有意破坏，他们进了桃园不是好好地吃，而是拣一个大的揪下来啃一口就扔掉，再摘再啃再扔。边啃边挥着东洋刀砍，边砍边鬼一般的怪笑。然后大枝小枝往汽车上装，装满了就开着车屁股冒烟地往据点拉。不到两年的工夫，成片成片、茂茂密密的桃林便被他们作祟得狗啃的似的。在鬼子们的眼里，没有了成片桃园的掩护，抗日游击队便失去了藏身之地，这一带就成了"安全地带"。

作践了桃园，总想在鬼子面前邀功请赏的汉奸对他们的鬼子爹说起了黄河滩上柿子林的事。小鬼子就派了十来个人的小分队前往董家庄了解情况。

一行人蝗虫般地来到柿子林，看到满树红的、黄的柿子，个个惊讶得合不上嘴！小鬼子哪里知道柿子是要窖烘或温水漤过才能吃的？他们用刀把柿子一枝一枝的砍下来，拿起柿子就往嘴里塞。柿子不经炮制又苦又涩，舌头沾上去，立刻僵硬得不能收缩。被柿子涩得舌头不当家的小鬼子"呜噜哇啦"地叫了一阵子，又"叽里咕噜"地议论一会子，以为是中国人种的"神秘桃"，捂着嘴呼呼喝喝一个劲地用刀砍。高家几代人数十年精心培育的柿子林惨遭灭顶之灾。眨眼工夫，枝条遍地，红的、黄的柿子满地乱滚。

正当小鬼子嘻嘻哈哈、挥刀大砍大伐之际，高家八十多岁的老爷子高永明拄着拐棍到地里来了。

老人一看几代人的心血眨眼工夫就被这帮矮矬的龟孙给毁了一大片，疼得泪流满面，浑身直哆嗦，一股怒火涌上心头。他举起拐棍朝小鬼子冲去："我跟你们这帮狗日的拼了！恁为啥要毁我的树，为啥要毁我的柿子！"

一人拼命，十人难挡。老爷子不要命了，也就不管鬼子手里啥刀呀、枪呀的，在他的眼里只是一帮混蛋，一群不吃人粮食的不屙人屎的外国狗杂种！说时迟，那时快，几个没有准备的日本兵头上便挨了老爷子的拐棍。

小鬼子哪里想得到一个走路都要拄棍的中国老头儿会这样和他们拼命？起初高永明冲他们怒骂时，他们看着很好玩，还缺心少肺地哈哈大笑，逗弄着老头。等几个人头上挨了家伙觉着疼了，才知道老头来真的了。高永明老了，身上没力了，要不然的话非得有两个开瓢的不可。就是这么一个老头无力的拐棍，也敲得鬼子们直冒邪火，一个个大喊大叫起来："老家伙，你的良心坏啦坏啦的——"一边喊，一边端起明晃晃的刺刀，恶狠狠地朝老爷子的胸口背部刺去……

可怜一位年过八旬、耿直了一辈子的老人仅凭自己手里的一根拐棍，没能护住自己的命根子——柿子林，没能挡得住日本鬼子的刺刀，反倒惨死在日本鬼子的刀下。

高家四兄弟及董家庄的人听说后，急急忙忙往柿子林跑。

那场面真是惨不忍睹，高家兄弟顿时哭倒在地。董家长房忙招呼人帮忙，一边让人快到高家移床，就是将老人平常睡的床搬到大儿子的堂屋当门。一边安排人将老人抬回家，一边又安排人去砍高家栽在地头的柳树，削枝去叶缠绕白纸条做哀棍子。

按常理说，高永明这个年岁走，应该是喜丧了，但老人毕竟是横死，一个庄的人都很难受。想想老人一辈子的好，决心要好好地送老人最后一程。

老人抬回来后头朝门口被安放在大儿子昌福堂屋当门的床上，以便让老人能顺利走出家门，灵魂能早日到阴间安息。

高家人都懵了，任董家人安排。庄里的董姓大老执让高家找出早已给老人家准备好的从头到脚一应俱全的老衣，趁着老人身子还没硬赶紧给他穿上，又按习俗找出一枚铜钱作为"噙口钱"塞到老人嘴里。接下来大老执又叫人赶做打狗饼子。左邻右舍都来帮忙，有的和面，有的烧鏊子。打狗饼薄薄的，铜钱大小，一岁一个，一个也不能少。大老执把烙好的打狗饼子塞到老人的袖子里，然后用细绳扎好，为他上路作准备。

黄河故道有许多传说，这些传说在平时也制约着一些人不道德的荒唐行为。说是人在阳间违犯传统礼俗的种种不端，会在阴间遭受令人胆寒的惩罚。传说中的十八层地狱，如拔舌地狱、刀山地狱、油锅地狱、火海地狱……仅听这些名字就叫人毛骨悚然。死者从阳间步入另一个世界，磨难多多，一难接着一难，烙制的打狗饼子就是为他的第一难准备的。死者要过的第一关是奈何桥，桥下水流湍急，水面下遍布尖刀锐刺，桥上恶狗成群。死者要过桥时，群狗扑来，把打狗饼子扔过去，趁它们抢食时，死者悄悄地走过桥去。要是没有打狗饼子，想躲过恶狗的撕咬，那是比登天还难。

人们在大老执的指挥下忙而不乱地为老人做着各种事。在有人烙制打狗饼子时，一群人忙着找木棒、苇席搭灵棚。灵棚搭在高昌福的堂屋门口，棚下摆一张八仙桌子，桌子上摆着鸡、鱼、猪头等供品。供品前摆放一只香炉，内插三炷香。高家找出前几年一个过路的民间画师给老人画的像安放在桌子上，老人神态安详地看着进进出出的人。桌子前铺一领苇席，两边铺一层麦穰——这是高永明的侄子们跪棚的地方。亲讲近，房讲寸，灵棚底下分远近。说的就是这个时候。

灵棚搭好，高昌福站在高高的桌子上，手拿一根秤杆，指着西南方向，带着哭腔连喊三声："达达，你顺着大路往西南走！"喊声一停，亲人们积累多时的悲痛一下子迸发出来，屋里屋外灵棚内外顿时哭声大作，哭得帮忙的人也直掉眼泪。

帮助的人是闲不住的，烙了打狗饼子，还要包比拇指甲大不了多少的糖扁食，当天傍黑攉汤时要用。

太阳落树梢了，两个帮忙的用木棍抬一个桶，桶里放着煮熟的糖扁食，后面的人手里拿着一个勺子，身后跟着穿孝衣的高家子侄，往庄南的土地庙走。长孙挑幡，高昌福四兄弟头戴孝帽，孝帽子上系一白苘劈子编成的小辫，辫头系一缕棉羽子，身着孝袍，白苘劈子绳束腰，脚穿孝鞋，鞋不提上脚后跟。儿子、儿媳、未娶的男孩子、未嫁的女孩儿、孙子、孙女、曾孙各按习俗穿戴孝衣。抬桶人手里的勺子边走边舀边往两边攉，甜甜阴间小鬼儿们的嘴。有时看热闹的胆大的孩子会伸手到桶里捞几个塞到嘴里，大人也不以为忤。

攉完汤回来后，高昌福要请人报丧。高家把所有的亲戚列出名单，由大老执对亲戚关系分出远近，排出路线，第二天一大早按东西南北路派人报丧。

天黑了下来，高家人谁也没有心思喝汤，他们聚在高昌福的堂屋里为高永明守灵。老人家躺在床上，孩子们男左女右，席地而卧。灵床前的油灯光线昏暗，一张黄色的蒙脸纸把老人和家人隔成阴阳两界。儿女们分坐在灵床两边，悲痛万分。走过风风雨雨的老人长眠而去，几十年对儿女的爱抚成为晚辈们无法抹去的心痛。面对惨遭横祸的老人，一家人才知道应该做的事很多都没有做，愧疚随着泪水滴落。

第二天吃过清起来饭，接到信儿的亲戚陆陆续续前来烧纸，账房先生会顺便告诉来客出殡的日子。灵棚前挂一只鼓，男客来烧纸，"咚"地敲一下，敲鼓的人高喊一声："男客烧纸！"棺屋里男孝子哭；女客来烧纸，"咚、咚"敲两下，喊一嗓子："女客烧纸！"棺屋里女孝子哭。敲鼓的喊声刚落，跪棚的高老汉的侄子们便给来客磕头。男客烧纸较简单，一般到灵棚下磕三个头，掩面哭泣着从供桌东边进入棺屋。哭过之后，和高昌福兄弟说说话，安慰一下，便告辞出来。女客烧纸比较有特点，用手捏擦子捂在脸上，哭着从灵棚下进到棺屋，坐在地上大放悲声。有的两只手在腿上来回捋着，幅度大的能从脚脖子捋到大腿，一边哭一边诉说，声泪俱下。不是高永明闺女、儿媳妇的劝说，她不知要哭到啥时候。

董家庄木匠多，专做棺材的也有好几家。到了晌午饭后，一口又上了最后一遍沥青且干透了的棺材抬进棺屋。

黄河故道又称棺材为"活"，不知道是啥意思，是不是希望睡在里面的老人永远活在生者心中？不知道。一家人按着大老执的吩咐给老人盛殓，将老人的遗体慢慢放入棺材中。棺材盖子盖好后，由高昌福舅舅家的男亲主事人揳三斧头，将棺材封死。三斧头后，就由别人接过斧头把余下的棺钉揳好。

棺材前的小马杌子上点燃一盏长命灯，长命灯旁边放一个蒜臼子大小的小瓦罐。小瓦罐里面放把米，瓦罐口覆一张比瓦罐口略大、指头厚的烙饼，一双红筷子插过烙饼中间，竖在瓦罐口，称之为米糊罐，意思是老人是不缺吃的，也不缺喝的。马杌子周围堆放着一家人的哀棍子，粗细不一，其中最大的是长子高昌福的。

傍黑要送盘缠了。盘缠顾名思义，就是出门在外的花费。一个人到了另一世界，路上吃喝住行，自然要花钱，给他备些金银，以防不时之需。尽管高永明嫁出去的闺女给他备了房屋、车马甚至佣人，到一个新地方安家落户总会有些破费的。特别是当地的权贵，如不用金钱贿赂，会对新来的加以刁难。俗话说，有钱能使鬼推磨。鬼是爱钱的，高永明的闺女为了使达达在陌生的地方不受欺负，只有给他多准备些钱财，金山、银山、摇钱树、聚宝盆，足够他在那边花的。

送盘缠时，一班吹鼓手走在前面，如泣如诉的唢呐声缓缓流出庄子，吹鼓手后面是帮忙的，托盘里放着长明灯……最后是高永明的家人、亲戚，个个身着孝衣，两眼含着泪，边走边叮嘱老人，"少走高山，多走平地。"呜咽的唢呐声中，一支白色的队伍向庄外的土地庙缓缓游动，叫人的心头多了几分凄凉。

　　日子哀哀切切地走着，出殡前一天的晌午举行大奠。唢呐声声悲鸣，三通鼓后，高昌福率高家人站在灵棚下，长揖过后跪下磕四个头，跪上前传供。供桌上的供品、筷子、酒盅挨个儿经高昌福的手传过一遍。高昌福退回再磕四个头，一家人齐声大哭。

　　黑来要辞灵，先是高昌福率家人磕头上供，接着便是亲戚根据远近挨个儿上前。一般的亲朋关系到灵棚下跪下磕几个头，较近的要行三揖九叩之礼。闺女婿、侄女婿祭拜往往要行二十四拜大礼，灵棚外站满了围观看热闹的人。二十四拜大礼动作烦琐，有时长达半个时辰，领祭的人在前面不慌不忙，慢条斯理地做着各种动作，好像他不是在悼念死者，而是在表演。可怜的是跪在后面跟祭的，跪得膝盖发疼发木，也只能挪挪身子，换个架儿，不能站起。最可怜的是那一帮吹鼓手，尽管几个人轮流着吹奏，依然大汗满头。

　　出殡的日子到了，这个日子也不是随便定的。黄河故道一般讲究单日子老的双日子埋，双日子老的单日子埋。单日子老的单日子埋，双日子老的双日子埋，棺材里往往要放一个纸人儿。还有就是人老了一般在家里不得超过七天，超过七天就要请先生重新看日子。当大老执当初问高氏兄弟时，他们一个个沉浸在悲伤痛苦之中，就拱拱手，请大老执一切作主。

　　要请棺了。高家人在灵棚下再次祭拜后，高昌福由大老执挽领着向众人叩头致谢。大老执一声暴喝，众人七手八脚地连掀带端把灵棚拆掉，供桌抬到一边，进入棺屋内站在棺材四周。大老执大喊一声"请棺！"棺材前头的是庄上最有力的两个壮汉，他们背靠棺材，双手死死抠住棺材底。大老执又喊了起"请起！"众人闷声"嘿"的一声，将棺材抬起。棺材慢慢往外走，因为门窄，尽管门板已摘掉，也仅可供棺材出入。棺材头一出堂屋门，便有数人从两边挤上前接住慢慢往外走。

　　棺材被放到粗大的槐木棒搭的棺木架子上。棺材前放一"老盆"，老盆底儿钻了几个眼。据说死者到阴间后，阎王爷会用这个盆给他灌迷魂汤。盆有眼,漏得快,他喝得少,再转世会比较聪明。

要发丧了,一群人在大老执的指挥下,绑绳穿杠。高昌福一大家人跪在棺材前,痛哭流涕。大老执一声吆喝,十六个抬扛人把手臂粗的抬扛掂在手中。大老执一声:"上杠!"众人把杠子放到肩头,大老执喊一声"前后平起——!"众人一叫劲,把棺材缓缓抬起。高昌福双手举起老盆"啪"的一声摔得粉碎,身后哭声大作。孝子在前,棺材在后,慢慢地往庄外走。

抬棺材是个很重也很危险的活,一不小心扭了自己的腰不要紧,还要带的棺材往一边歪,弄不好这一边的人都要受刮拉,闪得另一边的人也好不到哪去。这就要看大老执的。庄里庄外的路坑坑洼洼,灌了一碗烧酒的大老执打了鸡血一般在棺材前呼呼喝喝,"前面有坑——右首让半步!""前面不平——稳着走!"抬棺材的人被重重的棺材压得龇牙咧嘴。到了平坦的地方,大老执一个大步停在棺材跟前,"啪"地往棺材上一拍,大喊一声"前后平落——!"跟在后面的十六个人立马上去换杠。前面的孝子听大老执一声喊,也转过身来面对棺材跪在地上哭泣不止。

高家几辈人的心血都灌注给柿子林了,高家的老林就在柿子林里。作为长子,为老人打坑头三锹必须由高昌福来剜,称为"破土"。一大早高昌福把一只大红公鸡劚了脖子用鸡血在风水先生划定的地上划一个"十"字,然后剜了三锹土,便有帮忙的接过锹往下剜。

棺材缓缓地到了柿子林,高昌福看到柿子林,一口粘痰堵住喉咙,憋过气去,众人忙上前施救……棺木架被放到棺坑上,大老执指挥众人穿绳抽木架。棺材缓缓下了棺坑。高昌福请舅舅家的人先看看,由大老执在棺材上放一指头粗细没去皮的白柳条弯成的小弓,弦上压三支用秫莛子做的短箭,箭头抽二留一,用瓦片压住,箭朝西南。这时有人把几领毛边新席放入棺坑中,棺材四周及顶部用毛边新苇席覆住,舅舅家的人拿把锹先填三锹土,众人才一起上前接过锹往棺材上覆土……不一会儿,一个大大的坟丘便堆成了,花圈纸扎摆在坟头周围。

亲人扯下孝衣，撕掉孝衣上的蓝布条、红布条，折折叠叠夹在胳肢窝里往回走。

三天后，高家一家人及近门亲戚到柿子林给高永明圆坟。一群人在坟前痛哭一番后，把坟头用土培圆。

圆坟后，丧事并没有完全结束，守孝是作为后辈必须遵守的规矩。守孝通常要守三年。三年内要穿白鞋；三年内不能出远门；百天内不能剃头；三十五天（俗称五七）内不能坐高板凳；第一年不能贴春联，第二年贴深蓝色纸春联，第三年贴黄纸春联……

前后只不过是十来天的时间，家中的变故使高昌福四兄弟又黑又瘦，眼窝深陷，胡子拉碴。把老人送走后，几个人蹲在高昌福的院子里冷着脸吸烟，咬牙切齿，商议着下一步的事。因为这些天来，他们几个满脑子糊涂糨子似的，一直没有时间嗑谋这件事，全凭董家一大家人帮忙，才把老父亲送到南北坑里。现在老人送走了，是得要好好思谋思谋下一步的事儿了。

弟兄四个稍稍把事情料理一下后的一个挨黑，老大昌福带着老二昌同、老三昌禄、老四昌志来到董家长房，四兄弟一头跪倒在地，呜呜咽咽地哭诉说："董家老表，日本鬼子杀了俺达达，砍了俺家柿子林，俺与这群龟孙将的不共戴天！俺弟兄四人不报此仇誓为不人。明儿个俺弟们四个就去岗楼子与这群狗日的拼个鱼死网破！老人的事就是全靠你帮忙的，往后还得麻烦你，家里老小还请老表多多照料。俺弟兄们也不是心里插劈材的人。俺心里有数！"

董家老表"嘻——"了一声说："四位老弟少安勿躁！咱一家人不说两家话。高家的仇就是董家的仇，跟日本鬼子有仇的，在咱黄河滩上也不是咱高、董两家。仇是肯定要报的，可心急吃不了热豆腐，硬拼不是个办法。咱得先想个万全之策，不然的话不是拿鸡蛋硬往石头上碰吗？听老哥一句话，这事一定要从长计议。俗话说，君子报仇，十年不晚。眼下千万不能乱了方寸，咱们大家一起想办法。不然的话，仇报不成不说，弄不好还得白白搭进咱自个儿的命。"

　　高家四兄弟虽然椎心泣血，但毕竟不是糊涂人，董家老表的一番话，使他们明白报杀父之仇决不能凭脑子一热。清楚利害之后，只得先把仇恨咬着牙暂时压在心底。

　　黄河故道是穷，但穷人有穷人的刚性。在日本鬼子进入故道不久，同别的沦陷区一样，除国民党有建制的游击队外，黄河故道的地下党员也自动组织了抗日队伍——黄河抗日游击大队。参加队伍的都是扔下锄头拿起刀枪的庄户人，个个年富力强，精明强悍。刚开始只有二三十人，十几杆土枪。故道两岸的庄户人支持这支队伍，出钱出粮，为他们提供给养买枪买炮。这支队伍辗转黄河故道，拼死拼活保卫家乡。日本人砍伐柿子林、刀刺高老汉传遍黄河故道时，黄河抗日游击大队战斗力还很弱。到一九四〇年时，黄河抗日游击大队已发展到二百多人。大队长黄玉平，故道北岸赵台村人，个头高高的，面目白净，人很随和，终日含着烟管，只看外表，谁也看不出他就是大名鼎鼎的黄河抗日游击大队队长。

　　一九四〇年夏天的一天，太阳快落入西边的黄河故道时，黄玉平带着和他一个庄的长胳膊长腿的猴子来到高家，对高昌福说："我是黄河游击大队的大队长黄玉平。那年老爷子的事儿我们是知道的，只是当时我们也是锣齐鼓不齐的，没有办法帮你们一把。现在咱们已经有力量与小鬼子碰一碰了，同时也知道你们弟兄几个心里是咋想的，咱们应该合成一股绳，为老爷子报仇，也为黄河滩的老百姓出一口恶气。"

　　高昌福仔细打量着来人，只见他脸膛方方正正，两眼透着精神，和自己一样，一身庄户人打扮，一副老实本分的样子，只是腰间插着的盒子枪显示了与一般庄户人的不同。

　　高昌福连忙倒茶、拿烟，请黄玉平和猴子落座后，转身去找兄弟商议。高家兄弟都听说过黄河大队的名头和他们的所作所为，见了黄玉平啥也不说，就齐刷刷地跪倒在地。

　　黄玉平和猴子赶忙将他们拉起来，说："磕啥头？咱的队伍里可不兴这个！说实话，咱游击队里的队员也都是庄户人，就是因为鬼子来了，地没法种了，才拉起架来跟他们干的。打鬼子不光是游击队的事儿，也是咱所有中国人的事儿。只要不想当亡国奴，就得站起来，千方百计给他们斗。给他们斗只能巧斗，不能硬拼，鬼子的命不值钱，咱的命值钱。柿子林前年鬼子砍了一半，年时没来，估计今年会来的，咱就趁这个机会，狠狠地戳他一刀子！"

当天黑来就商定，四兄弟的院子作为游击队的落脚点，高家老四昌志作为交通联络员，负责传递信息。

鬼子侵略中国时，一些有娘生没娘养的东西张牙舞爪成了鬼子的帮凶，为虎作伥。日本鬼子知道的事儿，他们门儿清；日本人想不到的事，他们能想到；日本人干不了的事，他们能干成，完全忘记了自己的祖宗八辈儿是谁。这就是卖国贼汪精卫之流组织的一帮人渣——维持会。它的正规队伍称为皇协军，又被人们称为伪军，二狗子。参加维持会的大都是当地人，了解当地风物人情，为了向鬼子们邀功请赏，时不时地做一些老百姓称之为屙血的事。这不，他们知道了小鬼子前年在高家柿子林吃柿子不顺心的事，在柿子成熟时就详细告诉了鬼子柿子的吃法。

日本鬼子来了一个小分队，耀武扬威地用刀枪逼着要高家在给他们挖窖烘柿子。汉奸翻译的摇尾谄媚、狐假虎威，小鬼子的飞扬跋扈、趾高气扬，让高家人眼睛红红的要滴出血来。老大高昌福咬着牙挤出一丝笑容，对翻译说，烘柿子是要用烂碎的柴禾，文火轻烟熬一个对时也就是一天一夜才行，不然的话还是涩得不能吃。

小鬼子哈哈大笑，中国人是不可征服的吗？前年把老头儿杀了，今年老头儿的儿子还不是乖乖地听从于自己吗？小鬼子忘乎所以了，说好第三天来吃后，便走了。鬼子走后，弟兄四人聚在一起商议，绝不能放过这个千载难逢的机会！老四昌志连夜去找黄河大队。得此消息，黄河大队决定派二十名精壮队员由黄玉平带队潜入董家庄。

董家庄距陇海铁路不到十里路，中间隔着黄河古堤高陡，是被日本鬼子列入陇海沿线"安全地带"的。为了保障陇海铁路交通线的安全，他们在铁路两侧更是三里路便修一个炮楼，一个炮楼里住二三十个鬼子。炮楼与炮楼之间还有岗哨、碉堡，里面住着伪军。在他们眼里，这堪称铜墙铁壁，他们坚信这一带已没有任何地方抗日队伍敢虎口拔牙了。

鬼子要来了！董家庄向来木匠多，到了董家庄的游击队员借来斧、锯、刨、凿。解板的"哧哧"地拉锯解板，刨板的"唰唰"地推出薄薄的打着卷的刨花，个个短枪插在胸前，长枪埋在刨花里。黄玉平一切安排就绪后，派一名机灵的队员去打探消息。

太阳东南晌了，一二十个鬼子大摇大摆地来到了董家庄。这一次带队的依然是两个软骨头败类，摇头摆尾、鞍前马后的伺候着主子。进了庄，两个家伙抢头魂似的带队直奔高家，亲自动手扒烘柿子的窖子，怕别人抢了先邀功请赏似的。

柿子烘好了，刚出窖的柿子热烘烘的，一个个剔明透亮火玛瑙般的圆球。两人维持会的双手捧起柿子一脸媚笑地送到鬼子面前。鬼子不知道咋吃，"咿哩瓦啦"地连说带比画让他们先吃。两个人腰弯得蚂虾似的"哈咿哈咿"连声，扭掉蒂把，捧着柿子往嘴里送。

烘透了的柿子甜而不腻，又有一股清香，两个不是东西的东西连连向鬼子竖大拇指。日本人一看，也学着那两个人的样子，纷纷抓起来扭掉蒂把，塞入嘴内狂嚼。鬼子哪吃过这样的美味？一个个吃得得意忘形，后来干脆把大枪堆到一块，东洋刀和帽子也扔得满地都是，自己动手扒窖子挑挑拣拣狼吞虎咽起来，如同恶狗嘬屎一般。

扮作木匠正在拉锯解板的黄玉平眼看时机成熟，左右各递一个眼色，自己从怀里掏出盒子枪，一声尖利的口哨，右手食指扣动扳机，"刷刷刷"地就是二十响。队员们个个快速从身边摸出家伙，一齐开火。先是"乒乒乓乓"，后来是爆豆般地"啪啪啪"地连响，紧接着便挥着明晃晃的鬼头大刀冲了上去。高家四兄弟和董家庄的青壮汉子怒眼圆睁嗷嗷煞叫抡起着斧头刀叉往前冲。

鬼子正吃得忘乎所以，两腮两手都是滑滑的甜腻腻的柿子酱，哪能想到游击队这个时候开火？当他们从失魂落魄中清醒过来时，自己人已有大半去见他们的天皇了。能跑能动的想去摸枪，枪早已让游击队员端走。拔腿想跑，不出三步，还是遭到刀砍斧剁，一个个不情愿地趴倒在地。其中两个鬼子听到枪响双膝跪地急赤白脸地喊："欧依，欧依米那桑，哇塔西他其哇亚托依您搭哟！""欧依，努勒哥依努搭哟寇勒哇，保库搭忒尼哄金家那依银搭哟！"两个鬼子这时还不明白，他们咿哩哇啦的日本话是没有人听得懂的。高昌福弟兄斧头刀棍齐上……后来听说是有两个在徐州开洋行的家伙到杨楼会朋友，借穿军装来凑热闹的，不想也命丧柿子林。

　　一场激战前后不到一袋烟的工夫就结束了，日本鬼子、维持会的都成了刀下之鬼。黄玉平和游击队员从鬼子身上解下枪弹后翻越高陡，快速来到铁路边的鬼子炮楼。在击毙了看家的鬼子及驰援的小股伪军后，一把通天大火把炮楼点成了巨大的蜡烛，黑烟冲天。撤退时，黄玉平将一张早已准备好的布告贴在一棵大树上，声明是黄河抗日游击大队杀的鬼子、烧的炮楼，想较量就到黄河故道找黄河游击大队！然后率队伍迅速撤离，攀上高陡后回故黄河北岸去了。

　　就在黄玉平他们攻打炮楼的同时，董家庄的高、董及其他人家全体出动，把死尸拖死狗一般拉的拉、拽的拽，片刻工夫都塞到庄西北一口深深的废井里。大家又花了不到一袋烟的工夫，用锨用抓钩取土把废井填满，踩平踩实，又在上面堆了个秫秸垛，天衣无缝。回来后大家来不及喘口气，又把地上的脏血清除得干干净净，家家都装作没事似的。

　　打死了一二十个鬼子，烧了炮楼。等到上级鬼子接报派出铁甲车开至董家庄时，保长笑容可掬地迎上前，装傻充愣一问三摇头，整个董家庄平静得看不出一丝异样。恼羞成怒的鬼子野性难驯，用刀枪逼着董家庄人砍伐柿子树。

　　董家庄人谁也不忍下手。就在这时候，为了不让董家庄老少爷们吃亏，高昌福兄弟四人拿着刀、斧走了出来，把柿子树全部放倒了。

柿子树的创口冒出的汁液，像流出的眼泪。高家兄弟眼在流泪，心在滴血。柿子树倒了，高老汉圆圆的坟头很突兀地出现在董家庄人面前，人们又想起了那个整天笑呵呵的、一把白胡子、慈祥和蔼的老头儿。董家庄人看着兄弟四人的义举，都流泪了，想安慰他们，又能说些啥呢？

没过几天，高家有三个孩子向爹娘磕头告别后，找黄河大队去了。

麻保长

同黄河故道两岸的庄子都有名字一样，每个庄子的地块也都有名字。比如东碱岗子、大套窝、大河头、刀把地……这些地名往往稍晚于庄子的名字，因为它们的名字是落户后的庄户人给起的，始称于何时？没有人能说得清楚。但董寨西南角麻井地的得名，董寨人都知道是在啥时候。既然称麻井地，必然少不了一眼井，而且这眼井还与麻保长有关。

麻保长叫董玉岭，身高个大，腰围粗胖，四方大脸，白净面皮因小时出天花而落下了一脸榆钱麻子。

董玉岭上边有两个姐姐，从小时候在黄河滩放羊起他就被玩伴们称为"三麻子"。董玉岭年龄长，身子骨也长，"三麻子"这个外号一直如同一张皮贴在他身上。当了保长后，里外上下都称其为"三麻子保长"。叫着叫着不顺嘴，似乎有人统一定了调，就又统称其"麻保长"。

麻保长的家资在黄河故道算是殷实的，六口人，近四十亩地，独养一犋牛驴，屋是屋、院是院，出出进进一副小绅士派头，过的基本上是里里外外不求人的日子。麻保长老爹，是董寨这一带庄子的集主，算是个人物头。虽不敢说是跺跺脚八方乱颤，那也是十里八村出了啥事，只要他一到场说说劝劝，实在不行就瞪着眼珠子吼两嗓子，总能大事化小，小事化了。

三麻子在徐州城内读中学刚刚两年，他爹就咬着烟管对他说："小岭，那学别上算了，上到啥时候是个头？再说，上完学又能咋着？咱家又没有官场人物，没有权势人物的托一把拉一把，到头来不还得回家？在哪个地方生茬子都不好踏！不如这就回来，跟我出去长长见识。经了几场事儿，你就知道锅是铁的了。"

三麻子本来就心比天高，又在徐州府待了两年，读了几本书，听到爹这样劝他，就摇了摇三七开的小分头说："达达，你走的路我不一定走。你想想，你走的啥路我都知道，我要是这就知道了我这一辈子能干啥，那活着还有啥意思？"

"咋的？我走的路不正还是咋的？你井里的蛤蟆见过多大的天？烧的你！"他爹有些生气，弯腰跷起脚在鞋底上磕烟袋锅里的烟灰。家里三个孩子就这小子敢给他戗茬。

"我不是说你不正。"三麻子说，"人家都说头发长，见识短。你的头发不长，见识也短。你看看，这几十年你转来转去不就是在咱这十里八村吗？充其量也就算是个草头王、坐地虎。你离开这方圆十几里试试？别说县城了，就是镇上知道你的人有几个？我做的事得超过你，我得长江后浪推前浪，我得青出于蓝而胜于蓝。光黄鼠狼子将老鼠那不行。"

三麻子前面两句话文绉绉的，像是个中学生说的话，后面又加的那句"黄鼠狼子将老鼠"把他爹惹毛了。他爹大眼珠子一瞪，连鬓胡子竖了起来，"谁是黄鼠狼子？谁是老鼠？你个小东西起来的！你得这，你得那，你得个屁！还胜于蓝，凭啥胜？"他爹嗓门大了起来，唾沫星子四溅，"人不大，眼眶子不小，狂言辣语的你说话不嫌牙茬子刮地？毛没褪净还想腾云驾雾？你个不知天高地厚的东西！"

"不是腾云，也不是驾雾，也不是不知天高地厚。"三麻子从小就不怕他爹，现在是个堂堂正正的中学生了，就更不怕了，"你没看到咱后庄的刘家门楼，县长、团长哪个不隔三岔五地上门？为啥？还不是因为刘家有个出过洋的洋学堂博士？都是一个鼻子两个眼，我就比他刘家那个博士孩子差？以后咱也得出洋弄个博士。到那时，踏破咱家门槛的哪个不是人五人六的？都得是坐大轿、戴礼帽、拿文明棍的人，都得是骑大马、挎洋刀、腚后面跟一群挎着盒子炮的人……"

三麻子爹被儿子说得一愣一愣的，迷迷糊糊好像看到了自己身着长袍马褂，揪着崭新瓜皮帽的帽疙瘩站在高大门楼前拱着手迎来送往……

"行，儿子，就凭你这个想法，就比恁达达强！"老爹小蒲扇般的大巴掌朝儿子头上一拍，不管儿子被他拍得一龇牙，自己咧开大嘴笑了，"小岭，达达服你，你比恁达达强！那就好好读你的书吧，你念到哪儿达达供你到哪儿，管它东洋西洋，咱也出去开开洋荤。咱家的三四十亩坷垃头子、一犋牲口全压在你身上了！"

三麻子心比天高，命比纸薄，不光没能去成东洋西洋，就连徐州府的中学也没法读到毕业。因为东洋的小鬼子来了。

徐州城里城外被鬼子折腾得乌烟瘴气，黄河故道也被鬼子弄得狼烟四起。三麻子仰天长叹："偌大的中华大地上，竟已安放不下一张宁静的书桌！再读书，就连中国都要读光了！"铺盖卷儿一卷回家了。年少气盛的他拉开架子要去参加抗日游击队，可爹娘死死缠住了他的腿。这还不算，人物头还动用自己的人脉给三麻子快速成了家，让媳妇来拴住他的心。心高气傲的三麻子只好待在家里跟在爹的腚后头撸牛尾巴了，没事时就躺在床上枕着手看着梁头数着椽子想心事。

三麻子家的地大都在离庄子二里之外的黄河滩，干活累了，他就往北走几步，把牛笼头解下来，驴夹板子松一下，让它们去吃草、喝水，自己则靠着一棵大柳树喘口气。

故黄河从西北丰县一路过来，在赵台子西南不远处弯了一个不大的弧度朝东而去。因弧度不大，且故道里又没有什么明显的参照物，不常到这里的人常常迷路，都说当年穆桂英曾在这里巧摆迷魂阵大破韩昌韩彦寿的辽兵。就是土生生长的故道两岸人站在这一段故道里抬头看太阳也是别别扭扭，东西南北看着斜南掉胯的。赵台子的人对故道对岸的村庄称河西、河南都没有人提出异议。赵台子以西、以南的故道东北岸、北岸有一条明显河堤的样子，人们习惯称其为"大河头"。

而西南岸、南岸并没有明显的堤坝束水，夏汛时节雨水一大，西北上游的丰县梁寨渊子一放水，故道里的水便往上漫，有时候水头能上到黄河古堤南高陡的不远处——这时候的黄河古堤依然起着千百年来黄河大堤的作用。风大时，卷起的无根沙土会让南岸的村庄田地黄腾腾地布上巨大的幔帐。风停了，水退了，故道里依然水草丰茂，指头粗的芦苇密密匝匝，各种各样的水鸟儿在苇棵子里吱喳婉转，大大小小的鱼儿贴着芦苇根打着水花。

树梢动了，起风了，大片大片的芦苇随着风波浪般起起伏伏。天地辽阔！三麻子在上学时也算是进过府上过县的人，但似乎只有站在黄河故道里才会感到"天地辽阔"这四个字的雄浑。天上云卷云舒，快若奔马。三麻子后脑勺枕着两只手掌躺在地上，嘴里咬着谷毛缨子的梗儿，谷毛缨子摇来晃去像一条小狗尾巴甩来甩去。故道土地虽然贫瘠，但两岸的人还是靠双手生活了一辈又一辈。可日本鬼子来了，人们的脸上失去了平静的笑容，黄河滩出现了一片片的荒地。这日子啥时候是个头？有时候，三麻子会悲愤地大声吟唱岳飞的《满江红》："怒发冲冠，凭阑处、潇潇雨歇。抬望眼、仰天长啸，壮怀激烈。三十功名尘与土，八千里路云和月。莫等闲、白了少年头，空悲切。靖康耻，犹未雪；臣子憾，何时灭？驾长车、踏破贺兰山缺。壮志饥餐胡虏肉，笑谈渴饮匈奴血。待从头、收拾旧山河，朝天阙。"让自己潸然泪下。

三麻子的情绪有些低落，恨自己没有用，恨自己文不能提笔安天下，武不能纵马定乾坤。

在这片土地上生活了近二十年的三麻子知道，从这片黄河故道往南走，下了高陡不远就是陇海铁路。杨楼火车站被鬼子占领后，盖了炮楼，炮楼里的鬼子带着一大帮伪军时不时到故道里烧杀抢掠。黄河故道里则活动着一支国民党的游击队和一支共产党的黄河抗日游击大队，这两支队伍一度联合抗日，一度也有小的摩擦。乱是乱，但大目标大方向还是一致的。三麻子到今天也没弄明白，当初从学校回家脑子一热时想参加的是哪一支队伍。当然，在他心里，无论是哪支队伍，只要是打鬼子的队伍就行。只是两个姐姐都出嫁了，自己也没有把爹娘扔下不管一走了之的铁石心肠。

"三哥。"不知啥时候，放羊的秃子蹲到了三麻子身边。秃子十五六岁，小时候因头上长疮，被爹娘用土法子治好后，耳朵后面留下了两块铜钱大小的斑秃，虽不明显，也被人称为秃子。三麻子很喜欢他，因为他不像庄里别的孩子"麻子叔""麻子哥"的乱喊，秃子总是很规矩地喊他三哥。"三哥，你知道吗？昨儿个保长在咱庄干的那叫啥事！"

三麻子知道，昨儿个杨楼的鬼子和伪军到庄上征粮食时，本来已够了数，可保长为讨好鬼子，点头哈腰地笑着对他们说："俺这个庄的人日子过得都还行，对皇军那是大大的忠心。"鬼子一听，咧嘴笑了笑，拍拍他的肩膀，叽里咕噜几句，结果又被加征了一太平车。一个庄的人都气得直跳脚骂娘。

见三麻子不说话，秃子伸着细脖子将下巴颏支在膝盖上，两只手玩着短鞭杆儿，也不说话，只是眼睛一眨不眨地看着远处啃青草的几只羊。

董寨的保长也姓董，单眉细眼的，不笑不说话，只是腰有些弯，蚂虾似的。他是外地逃荒要饭来到董寨的。到了董寨后，董家人看他可怜，人又比较伶俐，手脚还算勤快，再说一笔写不出两个董字来，便收留了他。论堂号、论班辈，他和董寨的董家都不是一家，但这人比较乖巧，嘴又甜，淳朴的董寨人慢慢接纳了他。

鬼子来到故道后，与三麻子他爹交好的性子耿直的老保长董瑞宾因不愿伺候这帮漂洋过海到这儿来的爷，便撂了挑子。庄里庄外遇事总得有人支应，老保长不愿干，庄上的正经人也没人接招，逃饭户便被推了出来。一开始这人还算讲究，对里里外外的事还能说得过去。慢慢地，不知咋和驻杨楼的伪军队长勾搭上了，两个人换了金兰贴，拜了盟兄弟，走起路来蚂虾腰也似乎挺直了些。虽然背地里偶尔也帮一下抗日队伍勉勉人意儿，但总的来说还是和伪军、鬼子走得近。董寨人看到这小子胳膊肘总是煮熟的猪腿往外拐时，才知道狗皮贴不到羊身上，个个烦得腌心，骂他有奶便是娘。骂是解决不了问题的，就想换掉他，换一个董寨人知根知底能信得过的人，于是暗地里开始物色合适的人选。

乡有乡长、庄有保长，保长下面有甲长。所谓的保长、甲长虽然在庄上也算是个有头有脸的人物，可是在社会动荡的年代一般正派人还是不愿参与。大部分保长、甲长都落到了平常就喜欢出头露面、喜欢吃巧食的人头上。有一定能力、一定威望的庄户人还是通过传统方式处理身边的事儿，如三麻子他爹。同时，在族权还在乡村据有主导地位的年代，户族的力量还是不可小觑的。大的家族要想动一下所谓的"人事"，也不算是一件太难的事儿。

董寨是一个董姓聚居村，三百多户人的庄子，有二百七八十户姓董。几房的主事人暗暗沟通，商讨保长人选。年龄、学识、为人处事……经过层层过筛子后，大家一致同意想让三麻子出来当保长，老保长董瑞宾也说这孩子行。人物头一听，眉头皱了起来："让小岭当保长，倒也不屈了他读了几年的书，就怕这孩子眼高鼻子凹，不愿干这个不入品的官儿。"说是这样说，族人还是让他给三麻子好好说说。

不入品的官儿也是个官儿，毕竟是棵蜀黍高棵草。

三麻子他爹虽然拿不准儿子会不会干，还是把大家的意愿全盘端给了儿子。正坐在院子里搓苘绳整理牛梭斗的儿子放下手里的活儿，听完后眨了眨眼，说："达达，保长我可以干，啥官大官小的？刘邦当年不也就是个泗水亭长嘛？也就是现今的乡长、保长。不过，你得给各房长幼说清楚，答应我三个条件我就干。要不然，还是让别人来干吧！"

人物头拉个矮板凳坐在儿子跟前，边用烟袋锅往烟荷包里挖烟末边说："有啥条件你说出来听听。"

"第一，咱得有言在先，办这事儿咱要先小人后君子。这是各房公议要我出来办公事的，不是我挤破头想当这个保长的。你也知道，当了保长少不了要帮鬼子、二狗子办点儿事儿，老少爷们不能明里暗里骂我是汉奸。第二，我当了保长就得我说了算，各房长幼的事儿、村里庄外的事儿、上头下边的事儿都得听我的。谁要是胆敢坏了庄上、族里的事儿，祠堂里动家法我不寒脸，到时候可别说我六亲不认翻脸不认人。第三，只要我是走得正坐得端干的不是屙血葬良心的事儿，我在外面就算是把天捅个窟窿，老少爷们不能蹿稀当孬种，把我绑去换脏钱！"三麻子一板一眼地说，很认真。

"嘚呵？长能耐了？一个庄的老少爷们看得起你想让你当保长，"人物头把烟锅朝鞋底搕几下，瞪起眼，"你还上劲了？当年诸葛孔明出卧龙岗也没有你这个阵势。你以为是让你黄袍加身当皇上？那是保长，鸡腚尖子大小的一个芝麻粒子官儿！"

"别管官大官小！辣椒小辣人心，秤砣小压千斤。是个官就得理事，理事就得有事，谁也不能把地墒沟蹚得一溜直线不踩一棵苗。事到头上了连个章程都没有，到时候你说你的，他干他的，狗拉稍子猫驾辕！咋干？老天爷也没法干！"说完，三麻子把身子转过去接着搓绳，给他达达一个后脊梁。

"行、行、行！你有本事！前知八百年后知八百年的刘伯温也没有你的能耐大！"人物头"嚯"地站起身，"我哪辈子没干好事咋有你这个犟种冤孽蛋！"双手一背，气哼哼地转身走了出去。

人物头本来就是个暴脾气，被儿子的三个条件气得"呼哧呼哧"直喷粗气。气是气，他还是把儿子的三个条件原原本本地转给了各房的房头儿。最后人物头说："别让他干了，他也不是那块料，三斤鸭子二斤嘴的。还啥没啥来，就给大家提条件。大家再商量商量还是换个人吧。"大家一听，喊了一声"好！就是这小子了。"老保长董瑞宾笑笑对人物头说："你还别说，恁家玉岭还真有个当官的架势，还没到任就约法三章，跟当年汉高祖刘邦入咸阳一样。"说完这句话，董瑞宾叹了一口气："这年月，可惜了玉岭这孩子。"

人心齐，泰山移。董家人一喝号，牵着不走打着倒退的外来户保长下了台，这时候他才知道婆婆也是娘了。下了台的保长腰又弯得和原来一样了，尿罐子镶了金边，嘴又甜了，见了人叔长、大爷短地喊着。可董寨人看透了他，待答不理的，心中暗骂："这个喂不熟的狼羔子！"

三麻子上学时连班长也没当过，但没吃过猪肉还是见过猪走的。再加肚子里毕竟读了几本书，有点墨水，一当就和别人当得不一样。杨楼铁路上岗楼子里的日本人在杨楼集见了他就翘大拇指，连说："哟西，董桑！大大的良民！皇军大大的朋友！"国民党的游击队、共产党的黄河抗日游击大队都说他是"白皮红瓤"，是"白脸忠臣"。国民党的游击队说他是"身在曹营心在汉"；共产党的黄河抗日游击大队说他"没丢掉中国人的良心"。周围各庄各村的都说他"到底是在徐州府的学堂念过书的，这小子比他达达的能耐还大"。庄里人也说族里各房的老头儿们到底多吃了几碗干饭，"没看走眼"。

三麻子当保长有自己的当法。在徐州上中学时，他就偷偷读过进步书籍，也和个别思想进步的老师有过接触，背地里也跟要好的同学议论过时政，对日本这个国家及日本人多多少少有些了解，对自己国家目前的现状也有所认识。他知道，对这样一群豺狼成性的两脚兽，短时间内是打又打不跑，吃又吃不掉，只能明里糊弄他，背地里毁糊他。为了全庄的老少爷们不吃眼前亏，得应付他，只要是不卖良心不卖国，捏着鼻儿也得想着法子说好话，实真糊弄不过就抚皮蹭痒地办一件两件无关大局的小事儿。这样做既算不上对列祖列宗大逆不道，也说不上对不起家乡对不起国家。对游击队，无论国民党的，还是共产党的，都要大力支持他们。他们衣着简单、武器简陋，却挺直腰杆站出来抗击装备精良的小鬼子，他们才是有血性的中国人。对他们，那得丁是丁卯是卯，一点儿也不能含糊，就是自己再难也得想着法子帮他们。

自己该干啥，三麻子自己很清楚。

深秋的一天夜里，细雨淅淅沥沥地下个不停，正在发疟子、浑身忽冷忽热的三麻子喝了碗媳妇用砂锅熬好粗草纸滗过的、又苦又涩的汤药早早上了床。半夜时，在床上的三麻子迷迷糊糊躺听见有人敲门，三麻子问了几声是谁，没听见有人答应。三麻子以为自己睡癔症了，仔细一听敲门声还是断断续续的。浑身上下骨松皮软的三麻子咬着牙披衣下床拉开了门插子，一股扑面而来的雨点儿裹着寒气溜了进来，让他打了个哆嗦。黑暗中一个比秃子大不了多少的孩子站在他面前，衣服都湿透了，上下牙"嗒嗒嗒"地响着对三麻子说："叔，俺是黄河大队的，想过铁路去送信。不知咋弄的，不知是碰到了鬼打墙，还是遇到了鬼领路，俺走了半夜还是在这一片转。刚才还一下子摸到了北边水有腰窝深的芦苇棵里。叔，俺队长说，你常帮俺们，你是一个好人。叔，你能不能送我过铁路？"那孩子的眼泪都要急下来了。三麻子看着湿淋淋的小队员，想到了天天见面的秃子，眼眶里有些潮湿。他咬着牙转身走到里间给媳妇说了一声，拿了两件蓑衣一盘绳，又从挂在墙上的馍篮子里摸了两个窝窝头走了出来，把蓑衣给小队员披上后说了声："走！"

出庄子往南走几里路就是上下十余米高陡峭的高陡。东南西北走向的高陡每隔一段距离就有一个不知啥时候形成的漫坡形上下高陡的路口，路口上下的庄子也都是诸如黑风口、马路口之类的名字。这样的路口就是在深秋的雨夜也不敢说没有短路[1]的，或者鬼子、伪军布的暗岗。三麻子带着小队员一步三滑地撒开路口，黑灯瞎火中凭感觉走到一处可以下高陡地方。三麻子摸黑把绳拴在高陡沿的一棵大树上用力拽了拽，给小队员指明炮楼的灯火处就是铁路，千叮咛万嘱咐后从怀里掏出两个窝窝头掖进他的怀里，拿绳子在小队员的腰里系了个活襻，慢慢地把他缒了下去……

对于伪军，三麻子是深恶痛绝的，这些吃人粮食不屙人屎的东西认了个洋爹就扛上了洋枪，帮着小鬼子欺负自己人。俗话说，狗仗人势。可日本鬼子连狗都不如，伪军的人品还能好到哪儿去？因而三麻子从来不跟他们照面，看见他们就绕着走。有时候走顶头实在磨不开了，

1　短路：拦路抢劫。

也只是点点头，走过后还要转身狠狠的"呸、呸"连声地往地上吐几口唾沫。

三麻子不光不跟伪军合作，偶尔也要捉弄他们一下。

一天三麻子到杨楼去赶集，虽然是农闲季节，集面上的人也不多。三麻子挑着筐晃晃悠悠在一个拐角处看到几个伪军背着枪蹲的站的围在一起叽叽歪歪。三麻子走近一看，地上一个篮子把缠绕着破绳的破烂篮子里有两只又大又红的公鸡，红冠翠羽，非常鲜亮。卖鸡的是一个快六十岁的老头儿，戴一顶破帽子，瘦骨嶙峋的。伪军们嘻嘻哈哈装模作样地讨价还价，说着说着，提着篮子就要走。老头儿粗糙的两手紧紧抱住破篮子，说："这鸡卖了是要给家里人抓药的，几位爷还是行行好放过我吧！"老头儿一边苦苦哀求，一边死抱住篮子身子往后坠。伪军嘴里不干不净地骂着，抡起枪托就要打。

三麻子大喊一声："太君！"几个伪军一听，慌忙松开攘篮子把的手，立正站直，双手中指贴着裤缝动也不敢动。等了一会儿没有动静，扭头一看，是麻保长，再往打圈瞅瞅，根本没有"太君"的影子。就在这工夫，卖鸡的老头儿端起篮子跑进了一条小巷子。

几个伪军一看被麻保长给哄了，就松松垮垮骂骂唧唧地围了上来："谁的裤腰带没系好把你露出来了！嗻呵！董大保长啊，你他娘的吃屁撑的还是咋的？瞎咋呼啥？"三麻子笑嘻嘻地说："哟！几位大哥，我刚才想说'太君想吃鸡了吗？让几位大哥来买？'"一个白眼仁多黑眼仁少的伪军把帽子往后一推挂在后脑勺上，找不准目标似的斜愣着斗鸡眼，满嘴黄牙一张一合地口不择言："太君想吃鸡？吃他娘个蛋！是老子想吃！你他娘的别揣着明白装糊涂！操啥操？！"三麻子一听又"哟"了一声："这位大哥你咋骂太君？"挑起筐快步向炮楼走去，边走边大声喊："太君！太君！"几个伪军一看，"唰"地出了身白毛汗，忙上前拦住他："董保长、董保长，说漏嘴了、说漏嘴了。"边说边往三麻子口袋里塞一包也不知从哪个小摊上顺来的烟，然后一溜烟钻进了一条小巷子，跑了。

旁边赶集的人哈哈大笑，向三麻子直伸大拇指，说："麻保长，还是你行。"三麻子笑了："狼怕托、狗怕摸，二狗子就怕洋人爹。你看，冒不腾地一提他洋人爹，都吓得不知道自己姓啥了。"说说笑笑中将伪军塞来的烟撕开散了出去。

　　三麻子老是不拿伪军当盘子菜，且时不时还要有意无意地玩儿他们一下，这让伪军队长很恼火。可鬼子偏偏又相信麻保长，在他们的眼里，麻保长就是个模范保长，董寨就是个模范村。伪军不敢明目张胆地跟麻保长过不去，也想背地里找茬狠狠地摆治[2]一下他，出出心中的一口恶气。可麻保长比泥鳅还滑，很难抓住他的什么把儿。

　　在一个大蜀黍、小蜀黍都过人深了的半晌午，三个歪戴着帽子、半敞着怀，斜背着枪、嘴角叼着烟卷的壮实伪军哼着："王二姐在绣楼，空守了二八秋，思量起昨晚儿那个梦，好不叫人羞……哎呀喂……好不叫人羞那个依个喂……"顺着南北路来到董寨找麻保长要枪款。三个伪军嘴里不干不净地立逼着麻保长挨家挨户收缴，满嘴唾沫星子喷人脸，说是带不走枪款就把人带走。

　　三麻子看看这三个家伙的腰身，觉得来者不善，就一脸笑意地把他们请到村公所，一边敬烟献茶安排酒菜，一边派人挨家催款，只说："马展[3]就好、马展就好！"。稳住了三个家伙之后，三麻子借个空走了出来。三麻子左顾右盼之际，看到秃子正在水坑边"欻欻"地磨割草的铲子，就大声咳嗽了一下。秃子一回头，他抬手把秃子招到跟前，跟他耳语几句，把一张卷好的纸条往秃子手里一攥。秃子铲子也不磨了，背起草箕子朝黄河滩跑去。

　　酒来了，菜来了。村公所里三麻子在八仙桌下首陪着，一边很客气地给三个伪军布菜，一边把坛子里的酒"哗哗"地往三个人的碗里倒。正当三麻子陪着三个伪军推杯换盏把他们灌得嘴歪眼斜时，秃子在门口扒着门框喊："保长，俺家的羊丢了，你能不能帮俺找找？"三麻子对三个伪军笑笑说："恁看看？恁看看？这保长当的！鸡毛蒜皮的

2　摆治：管教，管束，惩罚。
3　马展：一会儿，马上。

事都能找到你！三位大哥慢用，我去去就来。"三个人语不成调地摆摆手，三麻子走了出去。三个家伙眼都喝直了，嘴里说话打着摆："一个螃蟹八只脚，两只眼睛那么大的壳，两个夹子尖又尖，走起路来撵也撵不着。喝、喝！"帽子扔到了一边，袖子卷到胳膊肘，两只手比比画画的，站在奈何桥上唱着莲花落。

三个伪军酒足饭饱，装好枪款，勾肩搭背醉蟹般地出了庄西头往南去。他们刚一出庄，三麻子向远处的秃子摆摆手，秃子转身钻进一条巷口向南跑去。三个伪军歪歪斜斜走到村南不远处，就听到一片菜地旁边过人高的大蜀黍棵里黍叶子"哗哗哗"地一阵响。还没等他们有所反应，七八个棒小伙手持刀枪跳了出来。三个里面的小头目脑子一激灵，刚要下意识地去摸枪，被一矮壮汉子一鬼头刀削掉了半个脑袋，另外两个伪军吓得软瘫在地，腚底下湿了一片，转眼间被捆了个结结实实。游击队员将枪款交给秃子，把掉了半个脑袋的尸体塞到路旁菜地里的一眼井里，扛着三杆长枪，斜挂着子弹带，扯着拽着两个吓尿了的伪军过黄河故道向北而去。

三个手下三杆枪的失踪让伪军队长大动肝火，这三麻子不是泥鳅是鲹鲹燕儿，不光滑还扎人！派了一个小队车马炮齐地向董寨扑了过来。一群人风风火火地刚到庄头，看到路边有一个麻脸汉子正支着一张软床子用铁锨抓钩子捯粪，便以为是麻保长，二话不说，上前摁倒就捆。

那麻脸汉子叫董大山，想把粪捯碎了给庄稼施上，哪想伪军不问青红皂白，上前就把自己给绑了，身上还挨了几家伙。董大山看上去五大三粗的，其实却是个胎货，经不住伪军连诈带吓唬，身子缩作一团苦苦向伪军磕头求情，并带着伪军去麻保长家去抓真麻子保长。

三麻子在游击队员北撤之后，就把家里略作安排，带一些窝窝头咸菜躲进故道的苇子棵里。伪军没抓住麻保长，恼羞成怒，把麻保长家的锅碗瓢盆砸了个稀烂，就差点一把火了，临走时还把一头短角大老犍拽着鼻桊给拉走了。

在黄河故道里躲了两天的三麻子回到家后是七窍生烟。他不恼伪军，因为他知道伪军是些什么样的东西，他恼的是族人董大山是个不撑劲的下软皮蛋的货。在祠堂里，他把各房族人请来，着人把董大山叫来，当着众人的面说："大山，咱门前门家后那么些年，我还真没想到你还是个蹲着尿尿的货！这才啥啥？不就是捆了你一绳子，打了你几枪托子吗？要是他们给你来个三堂五审的拿刺刀攮你，你还不领着他们把咱董家祖坟给掘喽？把咱老董家的牌位给卖喽？"那董大山满面羞惭，脸红得赛过写春联的纸，头低得能钻到裤裆里，像一头吃了昧心子食的猪一样，屁也不敢放一个。

"庄西南五叔菜地南头的那眼井塞过二狗子，就算是捞出来埋了，那井也是不能再用了，得填上。"三麻子说，"为了警示别人，罚惩这房人出钱重新给五叔打眼新井。"并当场宣布："今后咱董家不管是哪一房再干不能见天的事儿，再出坏事儿的人，帮日本人和二狗子干葬良心的事儿，都得全房重罚，绝不宽容！"

抗战胜利的前两年，董寨西南的那片菜地里，便由董大山那一房出资打了一眼新井，井水甘甜清冽，人称麻井。直至四十年后黄河故道兴起了手压井，麻井才慢慢被人弃用。那块菜地自从称那眼井为麻井时，就被称为麻井地，沿用至今。

孩子头儿

二猛能在小伙伴群里被拥为孩子头儿，说明二猛是有他的一套的。就像老五鸟儿玩得好被人称为鸟王，凫子泅水逮鱼抹儿好被人称为鱼王。

二猛的祖辈是从外地逃荒来的外来户，在龙岗子庄头落了脚，几代人下来，说话的口音、原来的生活习惯就被同化了。二猛爹为人和善，性格很绵，话很少，像个闷嘴的葫芦；二猛娘个子高高大大，心直口快，从来不会小声说话，嘴一张东西院都觉得她是在贴着自己的耳根子喊。二猛弟兄三个。老大、老三长相憨厚，一看就是听话的孩子。二猛浓眉大眼，鼻直口阔，三句话不和就要尅[1]。对这个硬头鲶子，爹娘也拿他没有办法。

庄子不算小，一座小桥跨过庄子中间南北流向的一条水沟。基本上以桥为界，分为庄东头、庄西头。虽然只是一座三两步就能趄过去的小桥，桥东和桥西的人家似乎有着微妙的不同。庄东头说庄西头的人野，庄西头说庄东的人假。虽然见了面谁也不说出来，但心里总是有。不同就不同吧，各人过各人的日子。小孩子受大人的影响，心里就有一种对立的情绪。小孩子们玩也各有自己的圈子，拉帮结派，山头林立。大的分庄西头的，庄东头的。庄东头的分前门的、家后的；庄西头的分路南的、路北的。各成一派，各有各的头儿。二猛先是庄东头前门的孩子头儿，后来通过皮锤说话，将前门、家后合二为一，成了庄东

---

1 尅：音 kēi，做动词，有"快速做某事"或"凶猛野蛮地做某事"的意思。能充分地表达北方人的性格豪爽。如：尅架，尅饭，尅酒。

头的孩子王。庄东头统一了，庄西头也在争争斗斗中结盟了。庄两头的孩子头儿无时无刻不在较着劲，都想做全庄孩子的头儿。统一很难，联合倒是时有时无。因为都要到黄河故道里割草放羊，就会因争水争草及其他种种原因同外庄的孩子打架。这时候，一个庄的孩子就会无意间抱成团儿，平日里一见面就大眼瞪小眼的两个头儿这时摒弃前嫌，各自统率属下分工合作，联手抗敌。把外庄的孩子打败了，便各自吹嘘自己的战功。争着争着，又恼了，"你咋？""你咋！""不服是不是？""不服又咋着？""是骡子是马拉出来遛遛？""那你就放马过来！"就划个道道，开始比画。有时候还会为开战找个借口——"我划个杠你敢踩不？""天下没有卖不敢的！"这边伸手刚刚在地上划了道杠，那边一只脚踩了上去。"你为啥踩我划的杠？""大河底下又不是恁家的，我想走哪就走哪！"两个孩子小公鸡一样地往前凑，凑到不能再近了，有时候花花搂有时候抱后腰地就缠巴在了一起。

二猛率领庄东头孩子在与庄西头孩子的数次冲突中，都能笑到最后。因为一头狮子率领的一群绵羊胜过一头绵羊统率的一群狮子。庄西头的孩子个个生猛，都认为自己比别人强，都想当头儿，勉强出了个当头儿的，别的孩子也都七个不服八个不忿地，有组织无纪律，形成不了战斗力。庄东头的孩子大都家里规矩比较严，个个本本分分安分守己。但孩子毕竟是孩子，心底深处还是有小兽的躁动的，被二猛一喝闪，个个像打了鸡血一样，天不怕地不怕。

龙岗子南边有一条东西向的大沟，沟南沿因堆积起沟的土形成一条长长高高的土埝子。秋冬大沟内无水时，埝子上下就成了小孩子天然的战地。庄东头与庄西头的孩子每到太阳似落似不落时，就会在这里一争上下。庄东头守时，二猛指挥手下站在埝子上转过身来，腚朝着下面的大沟，弓着腰拼命地把埝子上的暄土从胯下往沟里扒，往下撒。这要比捧着土往下撒的速率快得多。一时间尘土飞扬，把从沟底往上攻的庄西头孩子呛得喘不过气来，连滚带爬地败回到沟底，擤把鼻涕吐口唾沫都是黄的。待庄东头的孩子从沟底往上攻时，二猛又有奇计，他让大家把棉袄脱下来，一只袄筒罩在脸上，用一只手托着，像大象的长鼻子，既不耽误喘气，又能看清上面的情况，另一只手可以往上撒土可以攀爬。然后分派任务，佯攻、主攻、迂回……一声令下，一群孩子撒着欢儿嗷嗷叫着往上冲……阵地拿下，一个个泥猴子般地欢呼雀跃。

一般的家庭，大人累了一天，都想静下来好好歇歇，自己的孩子吵了闹了听着心里头都烦，更别说还有别人家的孩子在自己家里打打闹闹了。二猛爹娘倒是跟别人不一样，家里除了自己的仨儿俩女一堆孩子，往往少不了三五个别人家的孩子在一起玩。二猛身边能拢孩子，还在于他会拉呱。不知他从哪儿听来那么多稀奇古怪的事，几乎每天都有新鲜的。他说，日本鬼子和八路军打仗时，日本人有两只鸡，一只公鸡，一只母鸡。这两只鸡都很大，肚子里面能盛很多飞机。飞机在天上飞了一天，天一黑就通过鸡嘴飞进鸡肚子里上宿。要打仗时，就从鸡腔眼子里像鸡媳蛋似的飞出来，去炸八路军。那时候八路军没有飞机，每次都吃很大的亏，就想办法要炸掉这两只鸡。日本人的两只鸡每天都得吃很多东西，成汽车成汽车地往鸡肚子里送。它们吃的东西都是汽油、炸弹，然后再屙出来炸人。这时候八路军想了个办法，找了几个能说几句日本话的战士混进给鸡喂食儿的队伍里，钻到鸡肚子里不出来，找了个机会把里面的弹药库给炸了。当然，炸的不光是弹药，还有一肚子的飞机……多年后，小伙伴们才知道二猛说的日本人的两只鸡原来是日本人的航空母舰。要说是啥母舰或公舰的，小伙伴们肯定不懂，公鸡母鸡哪个孩子没见过？只不过不知道这是二猛故意演绎的，还是他现贩现卖的，反正这让小伙伴们记忆太深了。

二猛说，朱庄的转子媳妇生了孩子，奶水下不来要投奶，转子就找凫子借了个撒网到大河的窝子里去撒鱼。窝子有多深？谁也不知道，听人说十八根撒绳连在一起绑个秤砣也没坠到底儿。那转子忙了一天，小半夜时才有时间去撒鱼。转子在窝子里撒了一网一网又一网，网网都是空的，连根水草也没弄上来。转子心里直打鼓，他抬头一看，四下里黑乎乎影影绰绰的，让他头皮发麻。都说这片窝子常常发生稀奇古怪的事，啥秤砣漂在水面不沉了，在窝子里洗澡脚脖子让水鬼攥得许青了……要不是媳妇给自己添的香火头饿得哇哇直哭，哪个小舅子才会半夜三更到这儿来。转子抽袋烟定定神，心想，再怼一网散熊，逮着逮不着都走人！牙一咬，双臂一振，手中的网成了一个圆面"唰"的一声落入水中。转子弯着腰喘着粗气慢慢地收着网，收着收着，网拽不动了。转子恣得屁溜的，心想，这一网不知逮了多少鱼呢！他拃了拃网绳，网像被吸在水里似的还是一动不动。他退后几步把网绳拴在一棵树上，脱下衣裳抹个光腚就下了水。一个猛子扎了下去，顺着网往下摸，网里空空的。转子憋住气两腿一用力再往下沉，这时候他摸着一条滑溜溜的东西，他睁眼一看，魂都要吓掉了。转子看到一条一拃宽、两扁担长、发着白光的白鳝直直地竖着，嘴里咬着网在往下拉。他一张嘴，"咕嘟儿"喝了一口水。这时候还敢想啥？手脚并用一转身打了个水花蹿出窝子，衣裳也没穿一口气蹽到家，吓得后半夜都没睡着觉。天刚刚胧明，他就喊了几个人壮着胆子要到窝子边看看。几个人听转子一说，都说他睡癔症了瞎胡扯。说是说，还是跟着转子到了窝子边。几个人定睛一看，都愣住了，昨儿夜来转子扔在窝子里的网不知被谁挂到了树上，网上还有个近二尺长的大口子。四下里瞅瞅，一个人毛也没有。这是咋回事儿？几个人看看转子，又你瞅瞅我、我看看你，头发都竖起来了，撒丫子转身就跑，一路上谁也不敢回头……

　　家里人对二猛宽容，小玩伴对二猛崇拜，但在学堂里，二猛的日子并不好过。和二猛一起进学堂的孩子已经三年级了，二猛还在一年级蹲着。新一学年开学的第一天，一位年轻的女老师站在黑板前虽然没点名，也足足把二猛敲打了半天。女老师声色俱厉地说："个别人不要再能了，再能都到几儿了？别人一蹦三跳地往上蹿，你看看你，打着滴溜原地不动。当抱窝鸡好还是咋的？看你能抱出个啥鸡来！别的老师问不了你我能管了你！搁我的班里就要老老实实的，谁再敢冒尖我就把他的尖给削了去！看我敢不敢！"边说边用一根三尺左右去了刺的槐木条子把黑板抽得噼啪作响。打马骡子惊，刚进学屋门的小孩子被女老师的下马威吓得一个个呆着脸大气也不敢出。坐在最后一排的二猛知道这是冲自己来的，一声不吭，头弯得像个锄钩，蔫头耷脑的。

一放学，二猛的精神就来了，老师的话随着铃声被他顺手扔到爪哇国去了。他先从书包里掏出一条红布带子往头上一系，在后脑勺打个结，再掏出一块红洋标布往身上一披，在下巴颏下系个疙瘩，手一举大喊一声："弟兄们，跟我冲啊！"像一团火从教室的窗户蹦了出去。坐在办公室里的几个老师看到他这个样子，摇摇头叹了口气。老师都是前后庄的，知道二猛这孩子脑瓜子灵，可就是不知道该咋摆治这个生瓜蛋子。

庄子东南角有个土地庙，庙后面是个好几亩地大的场，每到夏收、秋收时场里都要忙活一阵子。夏收时石磙后面拖着捞车[2]在场里打麦，秋天用石磙轧豆，平时则有麦穰垛、秫秸团在场的四周堆着。场南庙后有几棵钻天杨，高高的，显得高高大大的麦穰垛像一个个趴在地上的窝窝头。不知啥时候，其中一棵最粗最高的杨树上搭了三个马嘎子窝，个个大得像个筐头子。春夏时马嘎子窝被枝枝叶叶遮住，一般人看不出来，几场西北风树叶落净后，三个大鸟窝就特别显眼，三五里外都看得见，半拉天的马嘎子都往这儿飞。

在麦黄杏将熟未熟的时候，庄户人已开始按场了。麦场闲置了大半年，这时要往场上泼一遍水湿湿地皮，然后套上牲口拉着铁齿耙把场耙起来。整个场耙过一遍后，再把耙翻过来，耙齿朝上压个捞车，赶着牲口把耙起来的土拥平。拥过的场还是毛茬，还要套上牲口拉着石磙反反复复地轧，石磙后面拉着大扫帚一样用柳树枝裹着重重湿泥的拉拉子。一遍又一遍，场面平滑如镜了，两天大太阳后，用扫帚扫净浮土就专等着大麦、小麦上场了。

按场的黄老三一脚前一脚后站在耙上，一手攥着撇绳一手"啪啪"地甩着长鞭子，嘴里不时的"小舅子、丈人羔子"地骂着不听话的牛

---

2 捞车：打场时拖在石磙后面三角形的，厚约二寸的石制农具。

或驴，黄老三的身后翻起一片片手掌大的土块。这时候二猛和一群孩子在大杨树下玩着各种游戏。

盘着一条腿用手扳着脚，单腿蹦来蹦去用盘起的膝盖顶对方的斗鸡。在地上划一"十"字，用手指给"十"字加框，边加边念："刮刮刮咕，你在哪住。杨庄家后，割麦种豆。有钱喝酒，没钱就走。"两个小屁孩在打闹："咱俩好、咱俩好，咱俩兑钱买头大猪猪。我牵着、你撵着，屙屎尿尿你舔着！"画两个田字格，一人一个，用皮锤、剪子、布的方式，赢的一方先写一笔，看谁先写完"天下太平"四个字。在地上用树枝划一个尺半见方的方框，再在里面横竖各划两道线成了九宫格，然后趴在地上玩走四子、下皮吊、挑挑夹夹。用的棋子是随手就来的，你用半寸长的树枝，我用团成团的树叶，你用小土块，我用短草根，在十六个节点上进进退退。有时候还会在方框的一角画一个茄子状的圈儿，这时候他们玩的是挤牤牛蛋。玩挤牤牛蛋的时候两个孩子都瞪大眼睛紧张地盯着"棋盘"，一方面绞尽脑汁避免被对方挤进牤牛蛋，一方面还要千方百计地把对方往牤牛蛋里挤。树底下另有两个孩子面对面地坐着，一人伸一只手攥拳似的嘴里念念有词：羊黑龙黑咕咚，骑马架鹰，鞭杆儿钻眼儿，葫芦头老犍儿，叽咕叽咕对眼！说完后各自把手伸出来，看看做的动作能不能对上。一个孩子坐中间，坐在两边的两个孩子各攥住他的一只手，两个孩子边拍打中间那个孩子的手心边念念有词：一伸锤，二伸叉，三领领，四样子八，五老汉，六打他，七枪毙，八砍他，九握手，十喝酒，给恁老婆留一口。拍一下手心做一个动作：一伸锤，伸一下皮锤；二伸叉，食指中指伸成剪子；三领领，食指大拇指圈成圈；四样子八，食指大拇指伸开；五老汉，各拍一下自己的胸口；六打他，轻轻拍一下中间孩子的肩膀；七枪毙，食指拇指伸开，用食指顶着中间孩子的头；八砍他，五指并拢，碰一下中间孩子的脖颈子作砍头状；九握手，两个孩子握一下手；十喝酒，手握虚拳，放到嘴边，一抬头还要"吱儿"一声；给恁老婆留一口，两个孩子嘻嘻哈哈地用手指指点点着对方。一遍又一遍，玩腻了，就坐到地上，背靠着土地庙的后墙看那拉着石磙按场的牛、驴。看歇了场的牤牛不停地倒沫，牛梭斗歪到了一边，成团的白沫透过笼头落到地上；看卸了驴夹板子解了驴硌拉的灰毛驴儿在地上打滚解乏，边看边数着打滚的个数。杨树上的小马嘎子叫得出声了，小孩子对小马嘎子从小就知道，因为在他们很小的时候就会唱："小马嘎，尾巴长，娶了媳妇忘了娘。"他们不知道小马嘎子为啥娶了媳妇就忘了娘，娶了媳妇就能把娘忘了的小马嘎子肯定不是啥好玩意儿。听见小马嘎子叫，就有孩子心动了，想上树摸几只娶了媳妇忘了娘的小东西下来玩玩，看看它长得啥样，跟小老雀有啥区别。想是想，抬头看看钻天的大树，个个又没办法。虽然他们个个都会爬树，可这棵钻天杨太粗了，自己的胳膊根本抱不过来。大家把目光聚到了二猛身上。别人能说自己不行，但二猛不能说，要是他也说自己不行，那还咋在庄东头混？平时就是在粪堆里挖屎壳郎玩，他都要挖一个长着犀牛角似的个头最大的大将军、二将军。二猛把小褂和鞋子一脱，说："我来！逮几个咱们一人一个玩！你们几个在下面只管接着就行了。"二猛紧紧腰带，往手心里吐口唾沫，对搓一下后往上一蹿，就往树上爬。树下的孩子把褂子脱下来，互相扯拽着张成一个网，等着接二猛掏出来的小马嘎子。

二猛"吭哧吭哧"往上爬，树太粗了，好容易骑到树杈上，红着脸"呼哧呼哧"直喘粗气。稍微歇一歇，他朝着最近的一个马嘎子窝爬去。这时，几只大马嘎子听到动静从窝里腾空飞起，惊惶地"呱、呱"乱叫，边叫边围着树梢盘旋。马嘎子越来越多，叫声越来越响，其中两只大概是窝主，还不时地朝二猛俯冲。下边的孩子仰着脖子大声喊："二猛！二猛！小心着点儿，别让马嘎子叨了你的眼珠子喽！"二猛在上面走夜路吹口哨给自己壮胆："没事儿，它们不敢！"

马嘎子毕竟是鸟儿，还是怕人的，它们虽然多次俯冲，也只是从二猛身边掠过，连翅膀尖儿也不敢扇到二猛身上。马嘎子怕，被马嘎子窝挡住的一窝大马蜂可不怕。说实话，二猛是没看见那个蒜臼子大小的马蜂窝，不然的话，他就不会再往马嘎子窝靠近了。几只围绕着马嘎子窝"嗡嗡"地飞来飞去的马蜂看到二猛一个劲儿往马嘎子窝靠近，以为是奔自己家来的，便急忙回巢搬兵。当二猛快接近马嘎子窝时，数不清的马蜂倾巢而出，冲着二猛的头、脸、背、腹、手、脚直扑过去，"嗡嗡嗡"地见肉就翘起尖针尾肚，直插皮层。二猛被蜇得"哎哟、哎哟"惨叫不止，边叫唤边往下滑。

杨树又高又粗，二猛忍着痛往下出溜。树下的孩子看到二猛被马蜂蜇了，可一点办法也没有，急得大呼小叫。在场的另一边抽着烟袋喘口气的黄老三听到一群孩子的呼喊，把烟袋一扔跑了过来。黄老三虽然又高又壮手里还掂着赶牲口的长鞭子，可对付马蜂也是没办法，只好让一个孩子赶紧上二猛家让二猛娘沲碱水，自己扔下鞭子边抬头喊："抱紧、抱紧！"边张着手紧张地看着上面。二猛咬着牙往下滑，到地面还有不到两人高时，实在撑不住了，两手松开了树身子，被黄老三伸手接住。这时二猛的眉眼已肿得看不见一条缝，整个脊背像被开水焯了一遍，肚皮也让粗糙的树干刮得冒血丝儿。他躺在黄老三的怀里直"哎哟！"黄老三拔腿就往二猛家跑，让二猛娘用碱水浑身上下给他擦一遍，先止住疼再说。二猛娘看到儿子被马蜂蜇成这样，一边骂马蜂的祖宗八代，一边心疼得"乖乖、儿"地喊。用碱水给二猛擦过全身后，二猛娘又到邻居家里找来夹眼子毛的镊子，趴在他身上拔马蜂尾针，最后再用红糖往身上揸。

等过了几天全身消肿后，二猛怒从心头起，恶从胆边生，咬牙切齿要剿灭看得见的马蜂。他带着几个伙伴庄东头四处搜索，大树小树、房前屋后，就连每家的猪圈也不放过，用烟熏，用火燎，小桥以东半截庄子只要能看得见的马蜂窝被他端得干干净净，就像抗战后期八路军端小鬼子的炮楼一样。至于庄西头的马蜂窝，二猛撇撇嘴，他们个个不是都能吗？让他们自己玩吧！

二猛被马蜂蜇、端马蜂窝被庄东头的孩子传得神乎其神的，说二猛被马蜂蜇得头像个箆子头，手脚肿得像酸面卷子，咬着牙硬是一声不吭。就是没提他掉在黄老三怀里的情节。

二猛人聪明，玩游戏几乎没有能玩过他的。夏天去割草时，在树凉影下用土堆成一个圆锥形的小土疙瘩，上面插一把铲玩撂铲苴。大家都站在一定的距离外，用手中的铲砸插在小土疙瘩上的那把铲，没砸中的要给砸中的割一大把草。割草的铲子一头是铁，一头是木把，很难掌握它的运行轨迹，别人往往十砸九不中，而二猛却是十中八九。大热天二猛很少钻庄稼棵子，也能让自己的草箕子掖得满满登登的。除了撂铲苴，玩投掷游戏的还有打鞋荒。打鞋荒是画一个一间屋子大小的圆圈，参加玩的孩子把鞋子脱下来堆在中间，只许拿出一只鞋子作工具，一个人站在圆圈边守着，别的孩子用这只鞋瞄准圈内的鞋子砸。砸的时候若是守护者用脚或用手挡住了，砸鞋子的人便输了，如同足球比赛时罚的点球被守门员扑出。输的人就要唱个小曲，学声狗叫、驴叫，或就地来个蝎子爬啥的，逗大家哈哈一笑后被罚去守护，重新开战。要是砸鞋子的人把圈里的鞋砸了出去，守护的人便输了，同样要接受惩罚，或钻裤裆，或学驴打滚。每天晌午前、挨摸黑，打麦场里呼呼喝喝，那就是打鞋荒的。二猛或投或守，很少有失手的时候。

黄河故道的孩子在整个夏天除了割草就是放羊。一群孩子互相招呼着，挥着自己用苘搓的短杆鞭子把自己家的羊赶出圈走出庄子。通往故黄河滩的路两边都是高高矮矮的庄稼，青枝绿叶的很是馋那饿了一夜的山羊、绵羊。有的羊就要趁人不注意，张嘴叼一口就跑，常惹得庄稼的主人骂。二猛为了不让人骂，就仿照牛笼头，用白柳条给自己家的羊编了几个拳头大小的羊笼头，每天赶出圈前挨个儿给它们套上，想偷嘴也捞不着了。到了黄河滩上笼头一解，憋闷了一路子的骚狐头、水羊个个撒开了欢地啃草喝水。水羊大都老老实实吃草，小羊羔则有时跪在娘的肚皮下吃奶，有时用柔软的嘴唇碰碰草叶，草叶把嘴唇弄得有些痒，吹着气打个响鼻，有时四条腿横着蹦地捣蛋。这时候往往有好斗的骚狐头在吃草之余盘着弯角翻着上嘴唇露着黄牙寻衅滋事。别的骚狐头被它撩得肝火上升，便走出羊群来到开阔地。两头羊各自后退，然后边跑边加速猛往前冲，前腿一抬一落，两个羊头狠狠地撞到一起，发出"咚"的一声闷响。四只角扭在一起，拧脖子弯头，你进我退，你退我进。扭在一起的角又开了，又后退，又前冲，又是"咚"的一声响。孩子们既喜欢看羊牴架，又怕自家的羊给人家的羊牴架，因为伤了头断了角回家是要挨揍的。二猛不怕，他的骚狐头又高又大，角又硬又弯，十牴九赢。当他的骚狐头和别的骚羖子牴架时，他和宗世标斗鹌鹑一样，不见高低绝不收兵。别的孩子往往求他把他的羊拦住。再三央求后，二猛才以胜利者的姿态走上前去拦自己的骚狐头。哪知那家伙牴得正在兴头上，对手被拉走，自己也被主人拦下，就"噗噗"地吹着气红着眼低着头一转身朝二猛冲来。二猛见这家伙六亲不认，那铜头铁角要是牴到自己身上那可不是玩的。在一群孩子的惊叫声中，二猛就地一滚，手脚着地，昂着头，瞪着眼。别的孩子一看，咋的！二猛真要和骚狐头牴一架？骚狐头大尾巴甩着，蹄子"嗒嗒嗒"地响着朝二猛冲。在离二猛还有不到一丈远时，二猛"汪"地学了声狗叫，四肢一用力，来了个蛤蟆原地跳。骚狐头一看，嘚呵！这是从哪来的一尊神？四蹄急停，一腔滑坐在草地上，愣住了。这时候骚狐头的弯角离二猛的头已不到三尺。还没等骚狐头回过神来，二猛两眼放着光，又"汪"的一声来个蛤蟆往前跳，一脑门砸在骚狐头的鼻梁子上，骚狐头疼得扭头就跑，边跑边摇头晃脑"咈、咈"地喷着气。一群孩子围了上来，说："二猛，你真管！你还真敢跟它牴！"二猛摸摸头满不在乎地说："那有啥！它再来我还敢跟它牴！"说是这样说，二猛也是心跳加速，满身大汗。二猛这一招是跟一个放羊的老头儿学的，狼怕托、狗怕摸，骚狐头最怕地老雀。就是说羊拉开架式冲你牴来时，你不能跑，你两条腿根本就跑不过它的四条腿。这时候只要你往地上一趴，睁大眼看着它，学声狗叫，趁它愣神的时候用额头砸它的鼻子，再厉害的羊也会落荒而逃。用这一招关键是要掌握火候，把握时机。弄不好，自己的脑袋就会开瓢。

跟羊牴完架，二猛会留下一两个孩子看着吃草的羊群，自己带着别的孩子去疯玩。黄河滩上的白地大都是松软的沙土，蹚起来能没脚脖子，在上面翻跟头、玩蝎子爬很舒服。稍低处水洼里的水被太阳晒干了，平滑的韭菜叶厚的地皮被晒得裂成一小块一小块地翘棱起来，它有一个很吓人的名字，叫鬼烙馍。人一多，就啥也不怕了，管他鬼烙馍、神烙馍，光着脚丫子就踩了上去，一块块巴掌大小酥酥脆脆的鬼烙馍在轻微的"嚓嚓"的脆响声中成了粉末，很好玩。河心里有的是荒草、蒲子、芦苇，荒草丛里有蚰子、蚂蚱，蒲子、芦苇丛里有水鸟，红鹳子、白鹳子、青丝头、苇喳子。苇喳子叫声像百灵，并且声音非常大，"呱呱呱"地像大人拍巴掌。这种模样和老雀差不多的水鸟儿性情刚烈，逮住它时往往会叼住人的手不放。这时候要从它翅膀上拔根翎毛从它的鼻孔穿过，趁它受疼张嘴的一刹那把翎毛绕到它的嘴里，它死死叼住后再也不张嘴，最后渴饿而死。苇喳子把几根芦苇束在一起，在中间用干草缠绕成一个像筷笼子一样的筒筒窝。放羊的孩子钻进芦苇棵里把苇喳子轰跑后，到一个个窝里去摸苇喳子蛋，一窝便有五六个老雀蛋大小的苇喳子蛋。不过，也没有人把它们拿走烧了吃，只是恶作剧地为它们换换窝。苇喳子这玩意儿很鬼，要是被它们发现自己的蛋被掉了包，它们准会把不是自己的蛋叼出来扔了。

　　二猛不光喜欢夏天的故道，因为摸鱼逮鸟二猛很感兴趣，暮冬初春时节的故道他也没少去。二猛不光自己去，往往还喜欢带一群玩伴去，因为他最喜欢玩的戏鹬就是在这个时候。鹬这种鸟据说方圆百十里只有黄河故道才有，它的形体像鸵鸟，有家鹅那么大，一身纯白的羽毛，脖子、腿都比鹅长得多，嘴比鹅嘴尖。鹬这种物件喜欢群居，常常三五成群的在浅浅的麦地里、在枯水的故道里用长长的嘴叼食鲜嫩的叶芽。这种鸟动作很笨拙，寻找叼食嫩草时低着头慢慢地挪动两条长腿，远远看去很像一只只慢慢走动的绵羊，故道人叫它们绵羊鹬。叫它绵羊鹬，不光是它远远地看上去像绵羊，它的笨拙也很像懒懒散散傻乎乎的绵羊。它不光嗅觉很迟钝，听力好像也很差，胆大的二猛蹑手蹑脚走到它身后，直到轻轻一扑把它抱在怀里，它们才知道自己所处的境地。二猛和他的玩伴们只是抱住它后梳理梳理它的羽毛，摸摸它长长的嘴玩一玩，然后再把它们放飞。因为大人说这种鸟是仙鹤的近亲，身上带点儿仙气，不能轻易得罪，谁得罪了它，家里就会招来灾祸。另外，据说鹬肉是酸的，吃起来像变了味的臭肉一样。因这两个原因，便没有人捕食它们。有时候黑来它们宿到庄头谁家门前屋后，人们早起后也不会动它一指头，只是吆喝几声把它们赶走了事。

孩子们最喜欢逗弄懒懒笨笨的鹬，因为戏鹬是一件极有趣的事儿。

当鹬低着头慢慢地移动着拣食小草的嫩叶时，二猛往往带头弓着腰轻手轻脚地靠近鹬群，然后憋足气，用力大喊一声"啊哈——！"这么一嗓子，让一群猝不及防的鹬稍稍懵了一下，接着便是慌了。它们先是抬起头，随之轻叫一声，翅膀"扑咚"振开腾空而起。鹬飞起来的时候和大家常见的大鸟诸如大雁、野鸭都不同，它不是张开翅膀往前上方斜刺，而是扶摇直上，像小孩子过年时点燃后的气股子一样直冲云霄。地上的孩子喊得越响，它们钻得就越快越高。别看它们在地上笨笨的，钻起天来，真是劲头足，飞得快。随着飞得越来越高，鹬的身子看上去越来越小，不一会儿，鹬的身影就会消失得无影无踪。

鹬飞走了，一群孩子也喊累了，一个个躺在麦地里喘着粗气，目光还在天上寻找鹬的影子——一星半点儿也看不见。鹬飞多高了？不知道。会不会回来？不知道。

为了试试飞走了的鹬会不会回来，二猛他们有一次在抱住一只大个儿的鹬后，用红的颜料涂染了它的脑袋和翅膀后放了出去。不几天，几个孩子又在黄河故道看到了它，还是不设防地低着头啄食青嫩的草叶。鹬只有在冬尾春头才会在黄河故道出现，别的时候连它们的影子也看不到。也许它们也是一种候鸟，到别的地方过自己的小日子去了。别的地方的孩子是不是也像黄河故道的二猛他们一样善待它们？不知道。

黄河故道的土地大都是沙质地，适宜种庄稼，也适宜种瓜果梨桃。夏天的故道，树木、花草、庄稼都蓬蓬勃勃地张扬着，大多数孩子也都放开架儿疯玩着。男孩子都喜欢玩刺激的事儿，扒瓜是每个孩子的必修课。当瓜苗儿刚刚放秧，种瓜的老头儿拿把"Z"字形的瓜铲剜出湿土，用两只大手对握湿土在地上狠砸成团儿轻轻压在瓜秧上的时候，在小青皮瓜纽儿还顶着枯萎了的花瓣的时候，他们就关注着瓜地，也关注着附近高秆儿作物大蜀黍、小蜀黍，他们盼着瓜长，也盼着旁边的大蜀黍、小蜀黍早日成棵。

扒瓜说白了就是偷瓜。但用偷字来形容孩子顽皮的举动似乎有些过重。小猫小狗，抱了就走；生瓜梨枣，见了就咬。这在各村各庄都是天经地义的事。大人们也从不把扒瓜和孩子们的品性牵扯在一起。其实小孩子的扒瓜其中有许多恶作剧的成分在里面，他们通过扒瓜的冒险所带来的刺激，远远超过他们扒瓜的实际所得。

瓜秧拖得满地都是，宽大厚实的瓜叶有意无意地掩盖着一个个圆滚滚的西瓜——瓜快熟了。这时候，每块瓜地中间都搭起了"人"字形或"介"字形的瓜庵子。二猛和手下早已把哪个看瓜的老头儿乇古、哪个看瓜的老头儿和善打听得一清二楚。这不能不打听，一般和善的老头儿逮住扒瓜的小家伙大不了吓唬两句："恁这几个小黄黄可不能再来了！再让我捽住看我不吊腔剥了你！"然后小家伙的腔上轻轻挨了两下就被放走了。要是被那厉害的老头儿逮着可就不得了了。后庄有个看瓜老头，很少有人敢在他的头上动土。因为要是他逮着你扒瓜，也不打你，也不骂你，而是把你拉到瓜庵子前，手里拿着大鞋底含着烟管蹲在你跟前，看着你把扒的瓜吃下去。要是碰巧你扒的瓜是熟瓜，那是天赐良机，算你摊上了，可以放开肚皮大吃一通，然后拍拍腔走人。如果你扒的是生瓜蛋子，那是活该你倒霉，你会被他拿着大鞋底吓唬得趴在地上眼泪吧嚓的吃得直吐。就是这样，回家后也不敢给大人说，弄不好真的要挨上两鞋底。孩子都是属小老鼠的，记吃不记打。睡了一觉，昨儿个受的惊吓和屈辱早就扔到脑勺子后面去了，远处的瓜地又勾起了肚子里的馋虫。

小孩子扒瓜不看时候，无论是洗澡时，还是割草时，只要有人一提议，脑子一热就干上了。人多时就采用声东击西的办法，三两个孩子顺着蜀黍趟子爬到瓜地边，故意把大蜀黍、小蜀黍棵子摇得"哗哗啦啦"地响，等看瓜的人连喊带骂地蹿他们时，这边的几个孩子已得手了，不管生的熟的，抱起来就跑，庄稼地里就像刮了一阵小旋风。他们跑到大坑边，一头扎进水里，西瓜在水面一起一伏的。等打掩护的孩子到齐后，他们就开始吃瓜，挥着小皮锤使劲砸，砸不开就两手抱着往地上摔。如果弄到的是熟瓜，大家你一块我一块吃得顺嘴淌汁，边吃边说着过程的惊险。有时弄到手的多是生瓜，砸开一个白籽白瓤，再砸一个还是白籽白瓤，便互相埋怨，骂种瓜的老头不会种瓜，啃不几口就接二连三地扔到旁边的庄稼地里。

二猛的脾气是这样的，你越不让他干，他越干，事儿越难干，他越干。他要的就是在别人眼里他比谁都能。

庄西头的麻领是个种瓜好手，每年都在大河头种上二三亩瓜，以西瓜为主，兼种一些统称小瓜的甜瓜、菜瓜、面瓜。他种的核桃纹、大麻子西瓜，个大皮薄，瓤沙籽黑，咬在嘴里像含了一块蜜，远近闻名；芝麻黄甜瓜也是十里八村的种瓜人比不上的。有一样，就是对半大不大的孩子不客气。对庄西头的孩子还好些，对庄东头的孩子可就不一样了。一见庄东头割草的孩子背着草箕子、掂着铲，警惕性就上来了，挨着地边走也不行："看啥看！看到眼里就剜不出来了！"二猛常常想对他下手，可总找不到好办法，一是麻领的警惕性高，二是麻领的瓜地四周都是红芋地、豆地，遮不住人。

不怕"贼"偷，就怕"贼"惦记。麻领的弱点还是让二猛知道了。精精瘦瘦的麻领天不怕地不怕可就是怕鬼，黑来看瓜时，总要找个人做伴壮胆。二猛一听，精神来了，召集了一群孩子要给麻领点儿颜色看看。

夜深人静，月亮半圆。二猛带着几个孩子上了大河头。麻领的瓜庵子趴在瓜地当央黑乎乎的，二猛让两个孩子爬到瓜地西边挨着瓜地的一个坟头后面，自己带四个人趴在瓜地南边的豆棵子里。在坟头后面的两个孩子学了一阵狗叫。不一会儿，庵子里有了动静。这时两个孩子把绑在桑木杈子上的白被祆子露出坟头晃了几晃。听得见麻领声音有些发颤地喊了声："谁？弄啥的？"两个孩子知道吸引住了麻领的注意力，就慢慢地往坟头爬。身移杈子高，白影子晃晃糊糊地变大了。只听得麻领大喊一声"有鬼——！"声音中透着恐惧。趴在坟头顶上的两个孩子知道麻领怕了，干脆站了起来，把杈子往上举。杈子越举越高，白影子越升越高，两个孩子成了白影子的腿。麻领本来就对这个坟头有些怵，现在鬼真的出来了，那鬼又高又大，两条腿比他的腰还要粗，头和身子直接连在了一起，没有脖子，还是一个没有眉眼的光面鬼。麻领吓蒙了，眼看着鬼影三个坟头高了，身子离开了腿，还再往上长。麻领"娘哎！"一声一头钻进庵子，喊起做伴的人拔腿就往庄里跑。麻领他们跑了，趴在豆地里的二猛带着几个孩子一头扎进瓜地里，只拣大个儿的摘。坟头上的两个孩子收了被祆子，也一人顺手摘了一个，用被祆子裹着用杈子杆抬到庄东南的麦场里。几个孩子把一个麦穰垛掏了个窟窿，把七只大西瓜藏在里面枯着，一连吃了好几天。就在二猛和几个孩子有滋有味地吃着西瓜时，一个离奇的事儿也在故道传开了，说龙岗子在大河头种瓜的麻领遇着鬼了，一个白白大大的光面鬼来到他的瓜地，一伸手就给摘走了七八个大西瓜。几个孩子听了捂着嘴暗笑。

黄河故道的孩子白天有白天的玩法，黑天有黑天的玩法。喝汤的碗还没放下，院子外面就有人又唱又闹，有月姥娘的时候就唱："月姥娘，八丈高；骑白马，带小刀；小刀快，切白菜；白菜老，切红枣；红枣红，切紫菱；紫菱紫，切麻籽；麻籽麻，切干炸；干炸干，切黑碗；黑碗黑，切粪堆；粪堆臭，切腊肉；腊肉腊，切面瓜；面瓜面，切鸡蛋；鸡蛋粉，切凉粉；凉粉凉，切冰糖；冰糖冰，骑着老马上正东！"没有月姥娘的时候，就趁着黑嗷嗷煞叫地玩狼子钳夹半年。一听到外面有动静，孩子拿块馍扔下碗就往外跑。

孩子渐渐多了，有的时候玩藏老某，一群孩子分两堆，有守老营的，有摸老营的。所选老营大都是庄头庄里开阔地的一棵大树。一群孩子分两半他们自有办法，有时候是所有的孩子排成一排，从头到尾隔一个走出来一个，留在原地的为一组，走出来的为一伙。有时候所有的孩子围成一圈，齐喊一声："黑呀白！"各伸出一只手，手背为黑，手心为白，按伸出的黑或白完成分组。分好组后各有一个领头的面对面站好，一只手背在身后，喊一声："猜吃猜！"各伸皮锤、剪子、布，决定谁藏谁找。两方约定，守方查数查到五十或一百，守老营的可出击，藏的可摸老营。守老营的千方百计不让人摸老营，往往留两三个护住大树，准备捉拿来摸营的人，还要把剩余的人撒出去逮藏的一方，逮到对方超过一半的人，自己就赢了，攻守互换；藏的一方要藏得严实不让守的一方逮着，还要想着法了最起码让自己的一方超过半数的人摸营成功。二猛心计多，胆子大，哪里都敢藏，柴禾堆里，猪圈里，有时甚至爬到挂满半干不湿红芋秧子的树杈上，真是哪儿黑他上哪儿去，越是平常没人敢去的地方他越敢去。有时候玩跑线拐，两队相距二十来步面对面站着，每次各挑一个孩子一起围着两组人跑，像往线拐子上绕线一样。两个孩子争先恐后，看谁跑得快，逮住后就拉回来成了自己一方的俘虏。这时候，二猛会无师自通地用田忌赛马的招数，直到把对方跑得只剩下孤家寡人没法再进行下去，只好举手投降。有时候相距二十来步不跑线拐，而是两边你一声我一声地喊："金鸡翎！磨大刀！恁的芝麻紧俺挑！""恁挑谁？""俺挑狗蛋跑一跑！"那边狗蛋儿走出队伍，两只手往上拽拽裤腰，脚一前一后站好，身子往前探着，猛吸一口气，就往对面冲。这边一个个手挽手拉开一定距离，手攥得紧紧的，要拦住狗蛋儿。狗蛋儿要是从两人之间冲过去了，他就有权拉住其中的一个走回自己的队伍，要是没冲过去，就会成为对方的一员。对方一般不敢挑二猛，因为他冲得真猛，差不多每次都能拉走一个孩子。不挑二猛冲，二猛就安排自己的队伍，让劲大的孩子在对方冲时死死攥住左右两边孩子的手脖子，这样就算被对方劲大的孩子冲得倒下一片摔得龇牙咧嘴，手还是攥在一起的，对方自然就得留下。冲冲杀杀玩到三星正南，一个个还没有一丝困意。

冬天冷了，地里一根草毛也没有，既不用放羊也不用割草，这时候的孩子除了吃喝就是玩，这个季节玩的是打拉扭[3]、打尜子[4]，玩得一身汗津的，一点儿也不觉着冷。

拉扭一般是用锨把粗细的木头削制而成的，梧桐、杨树木质太软，就算削成了也玩不了多长时间，大都选用稍硬的柳木。先把木头的一端削成圆锥体，不能削得太尖，一尖就会在原地打转，然后再按一定的比例把圆柱截断，再用小刀反复找平滑，一个拉扭就做成了。这时候还要找一根一尺左右指头粗细的小棍子，一头拴上用布条搓成的小鞭子。打拉扭时把鞭子在拉扭上绕四五圈，把拉扭横放到地上，猛地一抽鞭子，拉扭就转着身子站了起来。这时要用鞭子不停地抽着拉扭，拉扭越转越快，有时候调皮的孩子还会像赶羊一样把拉扭抽着往前走。二猛玩拉扭也比别人玩得鲜亮，他的拉扭选用的材质是洋槐木，洋槐木太硬了，也不知二猛花多长时间才刻成的。他的洋槐木拉扭圆柱与圆锥的比例适中，不像有的拉扭转起来像喝多了的酒晕子一样摇摇晃晃，屁时的工夫就歪歪扭扭倒在地上吹灯拔蜡了。二猛的洋槐木拉扭有大人的手脖子粗，在拉扭的柱体上还刻了两个小豁口，在拉扭的圆柱截面用颜料点一个点儿，用鞭子抽起来哨子般"嗡嗡嘤嘤"地响，颜料点儿转成一个圆。艺压群雄！一群孩子在一起打拉扭时，还要斗拉扭，各自把自己的拉扭抽得越转越快，边抽边往一起赶，直到两只拉扭"啪"的一声脆响碰到一起，转速慢个头小的拉扭会被碰得横飞出去。别的孩子一般不和二猛斗拉扭，一是因为二猛的拉扭大，二则二猛是个左撇子，用力又猛，两个转动方向相反的拉扭快速碰到一起，不说也能知道谁得飞出去。没有人和他斗拉扭，二猛也不在乎，穿着"嘎哒嘎哒"响露着通红脚后跟的毛窝子下到大坑里的冰上。坑很大，冰很厚，平滑的冰面摩擦很小，二猛甩开膀子把大拉扭抽得"嗡嗡"山

3　拉扭：陀螺。
4　尜子：一种中间粗两头尖的儿童玩具。尜，规范读音为 gá，此处读 lǎ。

响。有时候二猛稍往里走，听得见毛窝子下的厚冰发出细脆的炸纹声，坑沿上的大人都为这孩子捏把汗，大气也不敢喘，生怕冰凌裂开这小子突噜下去。但这个天不怕地不怕的家伙旁若无人，用鞭子紧一下慢一下地抽着拉扭再往回赶，自得其乐。

不打拉扭时，大家就打尜子。尜子大都用比成人的拇指还要粗的洋槐木削成的，长不到一拃，两头削尖。和尜子秤不离砣、砣不离秤的是一根尜把棍儿，二尺长短，胳膊粗细，前部稍有弧度的最好。尜子的玩法有多种，最基本的就是罚尜。在空地里划一个二尺见方的城，猜吃猜决定谁罚谁喝卯后，把尜子平放到城里，也可以摆个翘儿，用尜把棍儿轻击尜子的尖儿，尜子"啪"地跳起，趁这工夫，攥尜把棍儿的手把尜把棍儿用力一挥横击出去，"啪"的一声脆响，尜子飞到十丈开外。喝卯的跑过去，拾起尜子往城里扳，扳进了，自己罚，让对方喝卯，扳不进，对方接着罚，自己接着喝，直到把尜子扳进城里为止。有时候打尜子技术好的能让喝卯的转半天，也不能把尜子扳进城里。旁边看热闹的大人也会笑："喝饱了吗？喝饱了晌午就不要吃饭了。"说得喝卯的人面红耳赤，等到好容易把尜子扳到城里，尜把棍儿攥到手里，猛击尜子尖，尜子跳得老高，这时再用尜把棍儿击打，也是心狠手不准，一下子成了见高不见远的老干崩。喝卯的走过去把尜子捡起，一只脚站在尜子落地的地方，另一条腿往前一趄，腰一弯手一伸，把尜子扳进城里，攻守易势。有时是一对一的玩，有时是几个人按顺序罚一个人，谁罚得近尜子被扳进了城，谁就开始喝卯。有时候如果分两拨的话，那尜子往往会罚几里路远。

罚尜是最基本的玩法，所有的玩法最后都要回到罚尜上来。如掇尜，掇尜时，商定好每掇一个尜子五十或一百分。尜把棍儿攥在手里，手心朝上，尜子在尜把棍儿上"嗒嗒"地跳着，掇尜子的孩子头一下一下地点着，边掇边从城边往外走边数着掇尜子的个数。尜子落地后，用尜把棍儿从尜子落地的位置量到城边有多少尜把棍儿，再用尜把棍儿数乘以掇尜子时换算来的分数，得出总分后定输赢，赢家罚尜输家喝卯。按得分定输赢，还有一种玩法，就是以小城的一条边向两边各延伸二三尺为一边，再划一大城，大城里再划若干平行横线，每道横线之间都有事先约定的分数。与小城对应的大城另一头划一半圆，整个形状如同足球场的禁区。即小城是球门线以外球网覆盖的部分，大城相当于禁区，半圆就是罚球弧那一块了。玩法就是从小城里轻敲尜子尖，看尜子落到大城里的哪两条横线之间。可以趁尜子跳起的时候用尜把棍儿啪啪地往前掇，或用尜把棍儿往前轻击，让尜子落到得分最理想的位置。如果尜子碰巧骑在横线上，则以尜子在哪边多算哪边。尜子落到大城的外面，是零蛋，落到半圆里，是满分。这时根据每个人尜子落的地方确定每个人的分数。这时又回到罚尜的路上。

　　打尜子不光是小孩子的游戏，因为天冷，在场里看热闹的小伙子也往往参与，这时候玩的多是磕尜。在闲场里划一个两间屋大小的城，分成两拨后一边罚一边喝。往外罚的人多，往城里扔的人也多。每一个罚的人罚完后就跑到城边站好，单等着对方把尜子扳进城里。尜子进城后，站在城边的人各自用尜把棍儿瞄准尜子投出去，把尜子往城外掇。别人掇尜子时自己把尜把棍儿拄在身前，以防掇尜子时掇到自己的腿。一下掇不出就换第二个人，依次往下换，直到掇出为止。要是所有的人都没把尜子掇出城，原来罚的一方就输了，角色转换，新一轮的攻防开始。喝卯的一方尽量给掇尜的一方制造麻烦，他们往往会往城里的一个小洼坑里扔尜子。整个闲场从早到晚都是"啪啪啪"的尜子与尜把棍儿碰击的声响。二猛的掇尜子技术是公认的。当玩掇尜子的人是单数时，他就是包鸡腿，只罚只掇不喝卯。

　　庄西头也有麦场，不过他们的场离庄子太远，快要到大河头了，于是庄西头的孩子有时也会到庄东头的场里打尜子。这时候便会有大人戳喽两帮孩子比输赢。两拨孩子各挑能兵巧将，以掇尜、划城得分和掇尜三种玩法来个三局两胜。冬天闲人多，这时候往往有很多大人也来抄着手看热闹。二猛抖擞精神，带着几个好手与对方周旋。二猛往往使诈，第一局先输，把对方的骄气吊上来。第二局赢了后，带着几个孩子把夵子沿着场边的大路狠命往南罚，一直罚到前面三五里的庄子后头。大人也跟着跑，边跑边看边说笑，把庄西头的孩子弄得满面通红。第三局搕夵时，二猛把夵子轻轻扔到大城一角的一个小洼坑里。其实这时候二猛心里也清楚，这是一步险棋，对方只要把夵把棍儿贴着地轻轻往外一扫，夵子就会被带出去。但二猛心里明白，对方刚输了第二局，心浮气躁的他们往往会大力往外搕。结果二猛他们又开始罚了。这时二猛把夵子飞的方向选择往庄里赶，顺着东西街往庄西头罚。这时候大人都笑，说二猛这孩子太坏了，你是想让他们家大人看着黑来就不给他们烧汤喝了？一场较量后，庄西头的孩子往往三五天不到庄东头来玩。

二猛心灵手也巧，脑子也够头，带着一帮孩子变着法地玩。回到家书包一扔，第二天背起来就走，作业从来不做，当天学的东西当天还给老师，谁拿他都没法。都说树大自直，二猛能不能直？谁都不知道。

二猛小学没毕业就把书本扔了，年龄稍大一点拿得住斧头拉得开锯了，就磕头拜师学了木匠。再后来就跟着本庄的木匠到西安干木匠活。西安的雇主问他是哪儿人，二猛说是江苏省龙岗子的。二猛满口的乡音让西安人听转了，"龙岗市？俺没听说过。俺只听说过东北有个产煤的黑龙江鹤岗市"。二猛一听，心里笑了，也就满嘴跑火车："俺那个市很小，归徐州管。""那龙岗市有甚好玩的地方？"龙岗子以西的故道边有一座不知道啥时候立起来的二三十米高的测绘塔，大家都叫它木楼，爬上去看得见西南三十里外萧县黄口火车站的水塔，二猛爬上爬下不知多少回。站在塔顶，看下面地里干活的人，尺把高；在地里干活的人看塔顶的人也是尺把高。二猛一听他问有啥好玩的，随口答道："俺那有个望河楼，有二三十米高，站在上面黄河故道里的苇子、蒲子、水鸟啥都看得真亮的。""还有甚？"龙岗子的东头有两口井，一南一北，相距八步，青砖砌井壁，石块盘井口，半截庄子的人都吃这两口井的水。二猛吹开了，说："还有八步井，这是别的地方没有的。我给你说，俺那龙岗市的整个形状像一条龙，龙尾搭在黄河故道里，龙头朝东。市里有两条南北大道，就是龙的四肢。中部有一大桥，是龙腰。东部的八步井就是龙的两只眼，一年四季水都不带干的，据说是通着东海，也不知真假。龙的须子弯成两个小湖，一年四季水都清的能看得见湖底蚂虾的须子……"二猛的一番话让西安人听得一愣一愣的，旁边一起和他干木工活的同伴听他云山雾罩地胡侃也不接茬，只是低着头笑。等那个人走后，几个人笑着对二猛说："二猛，你真能扯，吹得雾喽毛雨似的，你把龙岗子变成了龙岗市！还八步井通东海，哪年夏天那两口井不得淘？"二猛咧嘴一笑："恁也不是没听见，不是我说的龙岗市，是他说的。人家都说了，咱能不认？大河头是不是有木楼？庄当央是不是有个桥？东头是不是有八步井？井两边是不是有两个大坑？我也不全是瞎胡扯吧？"

你还别说，二猛这一通胡扯，那西安人竟当了真。黄河在陕西流经延安、榆林等地，黄河故道经过龙岗市，天底下没有第二条黄河。和尚不亲帽子亲，那个西安人四处为龙岗市做宣传，说龙岗市风景好，龙岗市的木匠活好。后来还真有一个很俊的西安女子跟着一个长得很精神的小木匠不远千里到故道边的龙岗子安了家。不知道到了龙岗子的她心里会不会骂二猛这个挨千刀的。还有就是龙岗子的木匠在西安接的活越来越多，做木工，干装潢，有不少人在西安安了家。二猛弟兄三个在西安站住了脚，把爹娘也接到了西安，逛了杨贵妃洗澡的华清池，看了秦始皇的兵马俑。老公母俩看孩子花那么多的钱买门票看那破池子、土疙瘩，光心疼了，啥黄子[5]也没看到心里。

二猛在西安安了家，逢年过节时还是要回龙岗子看看的。这时候已是爷爷辈的二猛除了和小时候的玩伴喝酒撺拳小聚外，就是拿着从西安带来的弩带着小东西四处乱转打鸟玩。半截庄子的人看到祖孙俩这动静就笑："都这个年纪了还玩！你还觉着你是孩子头啊？"

他们笑，二猛自己也笑："孩子头是当不成了。现在想想，还是小时候好。那时候玩的真是一个恣儿！"

5 黄子：一指具体或抽象的事物，如：你买那黄子花多少钱；二指人或动物，类似"玩意儿"一词。

厨子刘光远

传奇田楼

田楼地处黄河故道左岸，是从徐州往西北趋丰县的官道必经的一个站点。

徐丰大道从徐州城北庆云桥西北行约三十里即为田楼，往来客商路过时多在田楼东北角官道北侧的一座大庙前歇脚打尖。

田楼这座已显破败的庙谁也说不上来啥时候建的，庙门立有一通清代的圣旨碑，是官方为某次治理故黄河所立；一通贤孝碑，为彰显当地的孝子贤良所立。庙里的最后一个和尚腿有些瘸，庙里常年住着二十多个花子行的人，鱼龙混杂，行色不一。出庙门东南五十步左右有一口井，人称九道沟的井，是说井口的青石板积年累月被井绳勒出了九道深沟。其实围着井口的青石板上共有十七道沟，只不过其他八道稍浅而已。九道沟井东北一里路左右的夏庄另有一口奇井，是为井下井。当年挖井时，请来的风水先生拿着罗盘确定方位点好穴，祭过三牲、鞭炮响过后人们便开始往下挖。井越挖越深，挖着挖着，铁锨"嚓"的一声碰到了硬物，拨开土一看，是一块青石板。挖井的人继续清理，这才发现青石板下是一口古井，应该是被不知多少年前黄河的一次大水裹挟的黄沙深埋在地下的。风水先生闻后又惊又喜。惊的是，这样的奇事儿竟让自己摊上了；喜的是，这一口井的定位会使自己名声大震，财源不断。风水先生"扑通"一声双膝跪倒在地，感谢祖师爷在天之灵的眷顾。大家把新挖的井壁用青砖砌好，井口用青石围了一圈，从此饮用的便是井下井——不知哪朝哪代的古井里的水。井水甘甜清冽，常年不竭，就是大旱年月周圈庄子里的井舀不出半瓢泥浆的时候，这口井仍能供三里五里的人畜饮用。

庙西南官道的另一侧，是一个上八仙中铁拐李酒葫芦样的亚腰葫芦形水坑，人称亚葫芦坑。葫芦嘴朝东南，落雨的时候，积水顺着葫芦嘴流进坑里。有风水先生说这亚葫芦坑能聚福纳财，是个罕见的聚宝盆。据说，田楼有个小孩，身子骨一直病快快的，周围的郎中请了个遍，也不见好。家里人只好请一风水先生给看看。风水先生看过后让这家大人拿来一个不大的坛子，涮净后盛满清水，里面放了两条指头长的小鲤鱼，密封后按时辰埋在亚葫芦坑北沿儿。坛子埋下后，孩子渐渐好了。过了几年，这件事也就渐渐淡忘了。一天田楼有人家在亚葫芦坑北沿儿取土，竟然把坛子给挖出来了。坛子被打破了，里面还有半坛子水，两只小鲤鱼活蹦乱跳的，全身金黄色。埋鲤鱼的那家人知道后大惊失色，忙去请教风水先生。风水先生说："埋下的那两条鲤鱼，本是给小孩子增加力量的，这么多年过去了，小孩也好了。那罐子埋下三年就出过力了，就像药罐子，用过就不要管他了。一切顺其自然。"风水先生又接着问："那两条小鲤鱼哪去了？"那家人说："当时看见的人都害怕，谁也不敢碰，被俺家的大公鸡叼跑一条，另一条三蹦两挺蹦到亚葫芦坑里了。"那风水先生说："这也是显象预兆，恁家以后能出个属鸡的文曲星，还有个武曲星不知隐藏在哪儿了……"亚葫芦坑就么奇。

在庙的不远处还有一处牛角形的、狭长有些弧度的菜园，人称牛角弯的园。春夏秋时节，满园的菜挨着茬的种，挨着脚的收。提起田楼，周围庄子及来往过客都会说到九道沟的井、亚葫芦坑和牛角弯的园。

黄河故道两岸的庄子如无特殊原因大都是有姓的，这个姓的人家大都以族权主宰着当地一方。田楼很奇怪，田楼没有姓田的。其实这对于处在黄河滩的田楼来说并不难解释，看看它东北一里左右的井下井就知道了，当初以田姓命庄名的田楼也许就和那口井的命运一样，被某一次大水裹挟的沙土掩盖在了黄土层下，田姓人家在大难来临之前离开了本地。和东南城下有城的徐州府一样，现在的田楼下还有个田楼，因为庄子里有人盖屋起土时，曾发现在数尺深的地下有着脊瓦、青砖碎片。田楼消失了，田楼的名字还在。黄水退去后，不知哪一年，在田楼的原址又有人家搭起了庵棚，车家来了。再后来，马家来了，在车家的南边安了家。又不知过了多少年，车家过日子总觉得不太和顺，有风水先生前前后后看过后说，这个庄子形成了马拉车的格局，马的力气大，时间一长，车就要被拉散板了。车家诚惶诚恐地求解，风水先生说了句吉人自有天相便飘然而去。过了一段时间，一家姓刘的来到田楼，姓车的眼中一亮，就把自家和马家之间的一片地低价卖给了刘家。刘家起土成台，盖屋垒院。马家与车家被刘家隔开，车家就因刘家被留了下来。马家因刘家和刘家的高台留住了车，而挣断了缰，后来搬到有井下井的夏庄重新安家落户。接着紧挨刘家东边又来了两支刘姓人家，再后来，黄家、张家、李家、周家……陆续在田楼扎下了根，相依互助，繁衍生息，慢慢形成了田楼的姓氏版图。

同九道沟的井、亚葫芦坑和牛角弯的园一样，田楼的前生与今世就是田楼的传奇，也是田楼上了年纪的人百谈不厌的话题。这些传奇都是陈年古董的，厨子刘光远演绎的传奇却是看得见摸得着的事儿。

刘光远一辈子都生活在田楼。刘光远家不是阻隔马家和车家的那个刘家，那家刘家来得要早，据说是从山东迁来的。刘光远的祖上是从哪儿迁来的？因家里没有族谱存世，只能依据口传的"睢安齐奉、光兆玉龙、圣德长福、寿正大庭"班辈来估摸，应该是从东南洪泽湖旁边的淮河、安河、老龙河交叉地带过来的。刘家认为自己是从洪泽湖一带来的另一依据，就是人们常说的"水往低处流，人往高处走"，洪泽湖的地势远比徐州西北的黄河故道两岸要低得多。另一方面说，在洪泽湖一带水网中生活的亲水人家到徐州西北后在水边落脚，于情于理都能说得通。

幼年丧父

　　刘光远，一八九五年生人。爷爷刘齐良弟兄三人。刘齐良居长，下有齐征、齐贵两兄弟，家道算得上殷实。刘齐良幼时被家里送进学堂读得四书、五经，因时运不济科举不第，心灰意冷后便做了私塾先生，先后在马宅子、西田楼等庄子启蒙四乡幼童读《三字经》《百家姓》，传授孔孟之道。刘齐良生性耿介，脾气急躁，一根肠子直得一通两头。已当了爷爷的刘齐良听说大儿子伙同大马子干拉鳖子[1]的勾当，他受不了了。

　　事情是这样的，一个三伏天刘齐良去李庄赶集，坐在一棵树下的茶摊前歇息喝茶时听到旁边两个人说黄河滩上有短路、拉鳖子的事儿。这种事儿在世事动荡的年代不算是啥稀奇的事儿，刘齐良起初也没太在意。但那两个人聊着聊着提到的一个人让他心里"咯噔"一下子，因为那两人所提的人是他的大儿子。其中一个瓦刀脸，左耳朵前的一颗瘊子上有几根长毛，留着一抹小胡子的"咕噍"一声咽了口茶说："按说田楼刘家这一大家人日子过得还算行了，虽说不上家大业大的，但在咱黄河滩来说已算是上等了。你说说他放着好日子不过，为啥偏要干那见不得人的事儿？刘家一家老老少少的为人处事听说都还行，他爹还是个识文断字的私塾先生，羊群里咋就跑出个狼羔子来？"另一个中等个子、黑黔的脸有些虚胖的人说："这世道谁不是吃了猪心想猪肝，花了碎银想金砖？有些人就是不凭良心光想走歪门邪道弄吃巧食儿你又能咋着他？"

　　刘齐良顿时手脚冰凉，浑身觳觫着，心里一片漆黑，手里啥也攥不住，会了茶钱后无地自容的他不知道是咋回到家的。一路上昏昏沉沉的他，只觉得所有看他的眼神都从往天的尊重变成了今儿个的鄙夷，他走过之后所有的人都指指点点戳着他的脊梁骨。刘齐良强烈的自尊心使他不能自持，头大如斗的他到家后一头栽在床上，蒙头就睡。家

1　拉鳖子：绑票。

里人问他啥都闷声不吭。晌午饭没吃，黑来的汤也没喝。

夏夜很静，半月悬空。刘齐良强起身走到了院子里，看到大儿子搂着光远躺在笨重的四轮太平大车里睡觉。刘齐良哆嗦着手挥着蒲扇，给他们驱赶嗡嗡嘤嘤的蚊子。透着模糊的月光，刘齐良看着酣睡的长子、长孙，心如刀绞——儿呀儿，平时你玩些小钱我就不说你了，你弄啥不好，偏偏要干这伤天害理的事儿？这是丧良心呐！老刘家的脸让你丢尽了！

夜半更深了，刘齐良脚下的烟灰积了一小堆，嘴里苦，心里更苦。他"唉——"地长叹一声把蒲扇和烟管放到一边，轻轻抱起打着小呼噜的孙子光远，把他送进屋里。回到院子里后，他弯腰看着酣睡的、自己一把屎一把尿拉扯大的儿子，一遍又一遍地瞅着他的眉眼，老泪纵横，儿啊，别怪达达无情，你做这样的不能见天的事儿本来就是要遭天打雷劈的。我不能让你再祸害人，我也不能让你再辱没刘家清白的家风。他拿起大车旁边二尺多长的开滚子[2]，心一横，眼一闭，抡起来朝儿子的头砸了下去……

天亮了，一大家人起床后看到了坐在大车旁面如死灰的刘齐良，看到了大车厢里骇人的一幕。在一家人的再三追问下，刘齐良哆哆嗦嗦地说出了儿子拉鳖子的事儿。刘家四处奔走打听，找到了说刘齐良大儿子拉鳖子的人。那人听了事情的前后，吓得说不出话来。最后在暴怒的刘家人面前，吞吞吐吐地说出了事情的真相。原来，有一次刘齐良大儿子和一群人赌博时赢了别人的钱，别人要翻本。正好这时有人找刘齐良大儿子有事要去办，一群人拦着不让走，说他应孬。撕撕扯扯吵吵闹闹中刘齐良大儿子还是红着脸走了，输钱的几个人恼羞成怒，就四处造谣，说刘齐良大儿子串通大马子拉鳖子弄黑钱，败坏他的声誉。就这样，刘齐良误信流言亲手砸死了自己的儿子。

白白冤死了大儿子，刘齐良懊恼得直摔头。世上是没有后悔药可吃的。在不问青红皂白丧失了理智砸死了大儿子后，平时很孤傲的刘

2　开滚子：太平大车的刹车工具，状同高尔夫球棒，顶端粗而硬，多用槐木、枣木制成。

齐良精神头一下子就没有了。

人呐都是隔辈儿亲，刘齐良平时最疼的就是长孙光远了。刘齐良平时没有别的嗜好，就是教了一天的书回到家后往往要喝两盅解解乏，每到这时，他都会用筷子蘸点儿让偎在怀里的光远咂咂。看着光远被辣得猴吃辣椒似的吐着舌头舞着手两脚乱蹦，自己哈哈大笑，接着会捏几粒花生米塞到光远的嘴里。酒喝完了，他就让光远提着酒葫芦到小儿子四毛那里灌一葫芦酒。大儿子走了，刘齐良伤心欲绝，酒喝得更多了，小光远隔三岔五地就抱着爷爷的酒葫芦往四叔的小酒馆里跑。连刘齐良都没想到，这时候的光远已性情大变，从刚开始时爷爷用筷子蘸点儿让自己咂咂，慢慢地趁爷爷不注意自己偷偷地抿一口，到现在真的喝上了。有一天他又到四叔的小酒馆里给爷爷打酒，回来时抱着葫芦竟喝得歪歪跩跩的像个小醉猫，到了家酒葫芦一扔，眼皮一塌巴，趴在院里的石磴上就睡着了。

俗话说，死了丈夫塌了天。虽然刘齐良老两口感到对儿媳妇、孙子孙女亏欠太多，对他们照顾有加，但日子过得不顺心的儿媳妇李氏还是经常带着六岁的光远和三岁的闺女一起回北边郑集尤楼村的娘家，一住就是个月成十的。

进入勤行

刘光远的四叔刘奉春小名四毛，一辈子没有成家，在田楼开了间小酒馆，卖些花生米、豆腐干等下酒小菜，天冷时也煮些羊头、羊肚，有时候也顺带着卖些烟叶之类的东西。刘奉春最疼大哥的这个儿子，小光远丁点儿大的时候，没事就往四叔的小酒馆里跑，拿四叔的花生米、豆腐干当零食。光远跟着娘奔走在田楼、尤楼之间，到了田楼就跟四叔要酒喝。喝了还不算，还伸手问四叔要钱，说等到了尤楼再买酒喝，不给就满地打滚儿……

眼看着光远成了半大小伙子了，刘奉春就想着咋能让侄子有一技之长，以便长大之后能养家糊口支撑门户。征得了父亲的同意，刘奉春就带着光远，拎了捆烟叶提两壶酒，去田楼西边的王套找自己的好友孟厨子，让光远给孟厨子磕头行了拜师礼，入了勤行。

刘齐良心里一直觉得对这个长孙有亏欠，把光远叫到屋里说了半夜话。他交待光远说，勤行、勤行，就是要勤快。师傅们都是不打勤的，不打懒的，就打那个不长眼的，往后干活要有眼色。"学徒、学徒，三年为奴。学徒就要吃苦，但吃得苦中苦，方为人上人……活了半辈子的刘齐良知道学徒的艰辛，把自己都说得眼泪啪嚓的。

刘光远跟着孟厨子开始了学徒之路。孟厨子虽然跟刘奉春关系不错，但对刘光远还是不能坏了规矩，依然要从头做起。孟厨子喜欢干净整洁，光远就把腿带子扎紧，腰间的战带束好，袜是袜鞋是鞋，头脸干净，拾掇得让孟厨子说不出啥来。每天一大早就起来把院子收拾得干干净净，然后把缸里的水挑满。接着就是把炉子捅开，坐上锅给师傅温洗脸水。趁这当儿，光远就拿把斧头或鹰头镢在院子里"吭哧吭哧"劈劈柴。水热后，再用洗脸盆把洗脸水端到师傅跟前。每天在师傅的院子里都头一个起，再冷的天也不恋热被窝。忙忙活活一天后，还要给师傅端洗脚水，把炉子封好，看看大门顶没顶好，才最后一个睡下。孟厨子看了啥也不说，只是暗地里点头。

慢慢地，光远开始杀鱼、杀鸡。这是学厨子的必修课。猪、牛、羊这类的物件是不需要厨子动手的，有专门的屠户宰杀它们。在家时光远哪干过这样的活儿，拿起刀，就把师傅说的诀窍忘得一干二净了。滑出溜的鱼在手里头动尾巴摇，不知从哪儿下刀，不是鱼肚子被刀劐得稀烂，就是被鱼刺扎得满手是血；鸡脖子被刀割了滴了半碗血，扔在地上不打扑拉，反而站起来歪歪斜斜地跑了……光远头上背上不知被孟厨子"啪啪"敲了多少勺子才完全掌握了杀鱼、杀鸡的技巧。

刘奉春有时碰到孟厨子，就会问问光远这孩子咋样？说，孩子小，不懂事，你当长辈的该打就打，该骂就骂，不打不骂不成才。孟厨子总是说，这孩子又干净又勤快又利索又用心，是个好厨子的料。刘奉春说，那就劳你多费心了。孟厨子笑笑说，恁别怪我管得严就行了。刘奉春说，严师才能出高徒嘛！哥俩说说笑笑的内容绕不过光远。

作为一个厨子，刀工是最基本的功夫。孟厨子详细给他讲解刀法。孟厨子说，直刀法是刀刃与砧板成直上直下的一种刀法。根据材料性质和烹调要求的不同，直刀法又分为"切""劈""斩"三种。切是将刀对准原料，刀面直着推拉，上下切。大都用于无骨的原料。由于无骨的原料也有老、嫩、脆等区别，因着力点不同，又分为直切、推切、拉切、锯切、铡切、滚切。劈又称砍，适用于带骨的或是很硬的原料，劈时用力将原料劈开。劈又分为直刀劈、跟刀劈和拍刀劈三种。斩也叫剁，是将原料制成末状的一种刀法，一般适用于无骨的原料。通常是两手同时执刀，间断落刀，也称为排斩。有直刀法就有平刀法、斜刀法、剞刀法。平刀法又分为平刀批、推刀批、拉刀批。斜刀法又叫批刀法，分为正斜批和反斜批两种。剞刀法又称锲刀、混合刀法，是将原料劙上各种刀纹，但又不切断，是为了容易入味，可以在旺火上短时间内使菜快速成熟，并保持脆嫩。剞刀通常又分为推刀剞和直刀剞……光远听得头都大了，切个菜还有那么多的说法。咋办？练呗！

光远下了本，拿不值钱的红芋练，拿师傅扔下的下脚料练，一开始切啥都切得像板凳腿儿，孟厨子的勺子又抡了起来。光远没事时就掂把刀，对能切得动的东西下手，连琢磨带苦练，光远的刀工长进飞快，直练得心中有啥，刀下就能出啥，看得孟厨子连连点头。

刀工练好了，下一步便是掂炒勺了。

孟厨子说掂炒勺虽然没有刀工那么多道道，但要是想掂好，也不是一日之功。掂勺只是一个统称，它分为晃勺、翻勺。晃勺也称晃锅、转菜，是把切好的菜在炒勺内转的一种技术。晃勺可以防止粘锅，可以使菜在炒勺内受热均匀。大都在制烧菜、炖菜的时候使用。晃勺时通过手腕的转动，带动炒勺顺着转或反着转，使菜在炒勺内旋转。手腕顺着反着转动时速度要快，不然的话炒勺会和菜粘一起转，起不到晃勺的作用。等勺中的菜转动起来后再做小的晃动，保证勺中的菜能继续转。翻勺也有很多技巧，通常按翻勺方法的不同，可分为前翻、后翻、左翻、右翻。前翻，是将原料由炒勺的前端向勺柄方向翻动，又分拉翻勺和悬翻勺两种。前翻的时候要记住"推、拉、扬、挫"四字口诀。第一步是"推"，是将勺往前稍下方送出，不要将手伸超过炉口的位置，要不然就烧着手了。"推"是为了将菜送到勺中的前半部分；"拉"是在"推"的前提下将菜往回拉，同时在"拉"时，手腕要有一个"扬"的动作，这样勺里的菜就翻动起来了；最后的"挫"是为了稳稳地接住菜让它缓一下子，防止汤汁迸出来烫伤人。在翻勺时也可以借助锅铲子、手勺等家伙事儿完成"推"这一下子。在翻勺过程中千万千的不能出现上下用力的动作。后翻，也叫倒翻，是指将勺中的菜由勺柄方向向炒勺的前端翻转的一种翻勺方法。可防止汤汁和热油溅在身上引起烫伤，有人说这叫"珍珠倒卷帘"。左翻和右翻，也叫侧翻。左翻就是将炒勺端离火口后，从左向右翻，手腕肘臂用力向左上方一扭一抛扬，勺里的菜翻个身就能落入勺内；右翻则是将勺里的菜从炒勺的右侧向左翻回即可……

刘光远看师傅掂炒勺时玩儿一样，炒勺在他手里上下翻飞，穿花引柳一般。等自己把炒勺把儿攥到手里，可不是那么回事儿了。没掂几下，就手腕疼胳膊酸了。上了灶台一动手，那炒勺儿总是不听话，不是把菜撒了一灶台，就是炒勺里的油或汤汁烫了自己或别人，左手总是被灶膛里的旺火燎得生疼。头上身上不知挨了师傅多少勺头。

掂勺要的是臂力。为了练臂力，光远每天挑水也不用扁担了，而是把水桶从井里提上来后，用手往师傅家提。为了练掂勺技巧，他弄来大半锅石子，每天黑来伺候师傅睡下后，把自己的小屋门窗关严，一遍一遍地掂，一遍一遍地翻。胳膊肿了消，消了又肿；胳膊、脸上烫起的泡结了疤，又起了新泡——学艺真苦！有时回家看看，爷爷、娘见了后真心疼，但光远自己知道自己到了啥时候，他是在熬天明前最黑的那一阵儿。

刘光远能独立操作了，孟厨子只是坐在一边含着烟管时不时地点他一下。看着徒弟炉火纯青的刀工，看着徒弟手法娴熟的晃勺、翻勺，心里既感到欣慰，又有些伤感。当然，绝没有教会徒弟饿死师傅的想法。他知道，要是自己的徒弟不如自己，那还不是黄鼠狼子将老鼠？这门手艺不就完了？他不知道的是，这个徒弟以后还真为他争了光，长了脸。

开小饭馆

刘光远在能独立操作后又跟着孟厨子历练了几年。在跟着师傅的时候，刘光远也在想，一直跟着师傅总不是个法儿，虽然也有一些收入，但总不是个事儿。思来想去，跟爷爷、四叔、母亲商议来商议去，决定自立门户。刚开始只是卤熟菜，挑个挑子赶集遛乡。一段时间后，就想开个小饭馆。一是有个固定地儿，不用风里来雨里去地四处跑；二是能和家里人待在一起，相互有个照应。

主意定下来后，就开始踅摸地方。最后定在田楼的东北角距亚葫芦坑四十来步远，徐丰官道北侧九道沟井跟前的一块地儿。刘光远的小饭馆刚开始时，只是母亲李氏给帮帮忙，忙时爷爷和四叔也来照看一下子。

要吃还是家常菜，要穿还是粗布衣。小饭馆虽面临官道，还是平常人吃饭的多。刘光远多炮制一些一般人能接受下来的菜。比如说糟鱼，比如说鱼汤。

刘光远炮制糟鱼时，选用的是就近黄河故道里不到二两的小曹鱼。小曹鱼不去鳞腮，清水里腹中滋泥吐净后，左手持鱼，鱼头对着自己鱼肚朝右，用刀在鱼肚的左腹开膛后，左手大拇指伸入鱼肚往前一挤，鱼肠、鱼鳔之类的脏器被清理得干干净净，然后用清水洗净血水。大铁锅内放白菜、海带、五花肉及其他配料，再加入醋、盐、大料，及自己配制的中草药，把收拾好的小曹鱼肚皮朝上一层层地码。码好后从九道沟的井提来清水倒进锅里，水刚没了最上层的小曹鱼就行。码鱼时可分层次铺上从故道采来的藕叶或苇叶。夏秋时放鲜采的，冬春放晒干的。大火烧得锅里"咕嘟咕嘟"响后，再用小火熬上几个时辰。锅盖掀开，清香扑鼻，一锅的小曹鱼不粘不连，形体独立，烙馍卷住，咬到嘴里，鱼头鱼刺同鱼肉一样面若无骨，吃完了也感觉不到有硬骨刺，只让你留恋想着满口的糟香、清香。这是刘光远的清糟鱼。刘光远的五香糟鱼与清糟鱼制作的步骤略有不同，要先把小曹鱼拾掇干净后用油炸成金黄色。油是七成热的油，热度过了，炸出来的鱼肉发艮[3]，咬不动，嚼不烂，木渣似的；热度不够，鱼肉会散会烂，拿不成个，一碰即散。其他程序与制清糟鱼没有啥不同。刘光远五香糟鱼的最大特点就是吃到嘴里油而不腻的同时，还有一股藕叶或苇叶的清香，沁人心脾。

　　刘光远的糟鱼好不好，听一听当时食客的看法。一九五〇年八月十三日，十九岁的董尧从徐州萧县薛楼乡调任徐州市郊区田楼乡任乡长。上任的第二天，离田楼三里远的凌场村就发生了大天白日的拦路抢劫案件。小乡长董尧怀揣一支手枪，会同乡政府的有关人员去调查这个案子。由于田楼乡组建时间不长，一切都还不完善，他们就在刘光远的小饭馆里吃包饭，就是他们把政府供给的米面、菜金全交给刘光远，一天三顿在他的小饭馆里吃便饭。二〇一五年春，八十五岁高龄的董老回忆说："刘光远的小饭馆是个庵子形状的倒座屋。那时的他五十多岁，在那个年代已经是个小老头了。他做的指头长的糟鱼很好吃，虽然我们吃的是包伙，下饭菜也就是咸菜、盐豆之类的，有时候馋了，也会另掏钱要一盘子小糟鱼。吃完了，有时候会说着玩一样地说一声，老头，你弄的糟鱼真好吃！听我们这样一说，他往往会再送一小盘儿……"说到这时，董老呵呵地笑了，

　　过路客商提起刘光远的鱼汤无不啧啧称奇。刘光远熬的鱼汤明显与众不同，他用独特方法吊的鱼汤看起来清水一样，喝起来却是满口鱼香。鱼汤盛满黄釉深腰的大陶盆，盆底是长的、弯曲的黄鳝，长长

3　艮：音 gěn，指食物不易咬动或嚼烂。

短短灰黑的泥鳅，中间水层是一条条手掌大的鲤鱼，最上层是拃巴长的鲹鲦子。所有的鱼都是脊背朝上，穿行在洗净的水中成棵的似水草的芫荽中。勺子一搅，所有的鱼都像在游动，看上去让人瞠目结舌的同时又舌底生津。鲹鲦子细而长，不好动刀。刘光远不动刀，他用自己制的、一根细长的物件从鲹鲦子嘴里伸出去，搅动后往外一抽，鲹鲦子的肠子等脏器就被带了出来。所有的鱼都是加入料酒等作料后大火烧开慢火炖后再盛入盆里的，每条鱼都面的吃到嘴里后连鱼刺也感觉不到，不用嚼，顺着喉咙自己就滑了下去。鱼汤一毛钱一碗，加鱼另算。刘光远和母亲李氏还会备一些盐豆、辣豆、面酱、青是青白是白的小葱，让手头有些紧舍不得花钱买小糟鱼的出力人用烙馍卷着喝碗鱼汤下饭。

二十世纪九十年代末，田楼的李胜顺去丰县办事。办完事和一个八十多岁的老头儿闲聊，那老头儿说："你是田楼人，知道刘光远不？"李胜顺很惊奇，已过世快三十年的老人在那么远的丰县还有人知道他。那老头说："刘光远的鱼汤做得是真好，那汤熬的真是没说的，不知道那个汤的做法传没传下来。真后悔当年没多喝几碗！"

刘光远靠山吃山，靠水吃水，小饭馆所用的材质大都取自黄河故道。时令菜蔬大都用的是牛角弯园里的；沙塘有逮鱼的，常从故道里逮来各种鱼往小饭馆里送；袁庄有打猎的，往这送在故道的苇丛里网住的野鸭、在黄河滩套住的野兔子；刘光远精心地用它们炮制出了爆炒野鸭、卤兔肉。时常湖里的（微山湖）也往这儿送鱼鲜野味，卖辣姜的山东老客给捎来海味干货，刘光远就用草木灰来发。还有一些做小生意的，给各个小饭馆送菜，开饭馆的都是头天要备好第二天用的菜。做小生意的送菜时首先到刘光远的小饭馆里，刘光远需要时就留下，不需要再送给别的主顾。西张集的老张常年给刘光远送劈柴，风雨无阻。

给刘光远打过交道的都说这人讲究。

刘光远知道生活在乱世不易，一直谨言慎行，一直奉行有毒的食儿不吃，犯法的事儿不做，与人方便，自己方便。闲暇时坐在门口含着烟管，看着行色匆匆的人在官道上来来往往。由于接触的人多，周围相熟的人也会前来问他最近啥生意好做，他也尽可能地把自己知道的说给他们。比如桃子成熟的季节，就有人从西北来，吱吱扭扭的独轮车上面满是鲜桃。推车人到小饭馆前，放下车襻歇歇脚，打个尖儿喝口茶。刘光远会趁他喘息的工夫，问他是自家的还是贩的？生意咋样？那人往往会说，今年桃的行情不好，弄不好还会起个大清早，赶个大晚集，一车桃砸在自己手里。刘光远一听，就知道在徐州桃子肯定好卖，不然的话他一大早推着车子往府里赶图个啥？再有人来问生意，他就会说这几天桃的生意还行。这倒不是有意毁刚才推车卖桃人的生意，你想想，徐州府那么大，你一车子的桃铺开了算也不过席大的地儿，这就能占了整个徐州市面？当然，刘光远也了解那人的心理，做生意的哪有不想吃独食的？

熟人儿说讲究不算啥，要是过路食客说这人讲究那就不一样了。

在一个滴水成冰数九寒天的晌午，两位路人在小饭馆里点了四样菜一壶酒。酒酣耳热之际，其中一位客人说，哪年哪年他在哪儿吃过一道菜，叫"炒冰"，那味回想起来还让人流口水。另一位客人说，啥是"炒冰"？那位客人说，"炒冰"就是用淀粉或者面等材料调成糊状，裹住冰块趁热油爆炒、快出，火候、出锅的分寸那绝不是一般人能掌握的，所以从那以后自己再也没吃过"炒冰"……

有道是说者无心，听者有意。一旁的刘光远听完后心里掂量一下，啥也没说，转身进了后院。把水缸里一指厚的冰拿出几块来，掰成指节大小，然后舀半瓢面调成糊状，把冰块裹实。回到后厨，"啪、啪、啪"葱蒜姜备齐，捅炉子把火烧旺，直到勺底见红，油烧得起烟，左手把料佐倒进勺里，炒勺内"腾"地起了一团火，右手把面糊裹好的冰快"刷"地倒进勺内。左手连颠带翻，右手不断撒入各种调料，说时迟那时快，手腕一抖，一盘金黄的菜倒进盘子，盘子里传出"滋滋拉拉"的声音。刘光远把盘子端起快步送到两位客人面前，道一声："请二位慢用！"

两位客人愣了，自己没点别的菜啊。

刘光远一笑道："兄弟学艺不精，送一道请两位老客尝尝！"

两人疑疑惑惑的，看到刘光远没啥恶意，吃过"炒冰"的那位客人用筷子夹起来一块放到嘴里，嚼了两口后突然睁大了眼，对同伴说："快、快！炒冰、炒冰！"

二人拿着筷子吃了半盘子"炒冰"后，刘光远问道："两位老客，味道还能过得去吧？"吃过"炒冰"的那位做梦似的摞撸摞撸汗津的额头，顿了半天说："掌柜的，你咋会做这道菜的？我小十年没吃过这道菜了，这比我上次吃的好吃多了！这道菜钱加倍！"

刘光远轻轻一笑说："二位老客，我是小本生意，那四道菜是恁老哥俩点的，我是分文不拒。这道菜我是分文不收。"

那两人愣了：俗话说，住店拿店钱，吃饭拿饭钱。哪有吃了菜不付钱的理儿？

刘光远说："不瞒二位，这是道我从来没做过的菜。要不是二位说起这道菜，恐怕我一辈子也想不起来这道菜。这道菜就算我谢谢二位了。"说完一拱手一弓腰。

那两人听说过听风就是雨的，还从没见过听人几句话就能做出滋味、品相俱佳的一道菜来的。

三个人推推让让，刘光远说啥也不收"炒冰"的钱。两人临走时感慨地说："刘掌柜的不但是勤行高手，而且仁义、讲究！"

刘光远通过这样的途径学会了"炒冰"，还用这样的路数做出了"芙蓉鸡蛋"。就是借用田楼庄里的一棵芙蓉树的花，能把一只鸡蛋做成色香味俱全的、满满登登一大盘子的菜——这可真是名副其实的芙蓉鸡蛋。

刘光远借开小饭馆之便，常与山东、河南、安徽等地的过路同行探讨厨艺，边做边学，边学边做，在原来跟孟厨子学的基础上日积月累，他的手段越来越高，小饭馆的生意越来越红火。食客日渐增多，刘光远的名气越来越大，上府下县顺着官道口耳相传，东南传到徐州府，西北传到丰县城，再至山东西南所属府县。刘光远凭着手艺慢慢地在徐州西北一带闯出了自己的名头，这一点没有让他四叔刘奉春失望，也让孟厨子满意。

这期间，刘光远已娶了本庄的晏氏为妻，虽然头胎儿子不成人儿殇了，但是后来又添了小莽、小柱两个男孩子，活蹦乱跳的。光远的母亲李氏看着自己苦熬着带大的儿子有了正当手艺且生意不错，看到两个小孙子儿又那么招人疼，心里感到十分欣慰。

雪夜义举

田楼地处黄河故道荒滩，不近府不近县，大马子风一般来，风一般走。不求伤人，为求自保，在开饭馆的过程中刘光远也加入了江湖组织——杆子会。小时候刘光远就听爷爷给他讲梁山好汉的侠义故事，再加上自己为人处事又仁义，慢慢地被推举为这一带杆子会的小头目。

刘光远的饭馆历来是个热闹的地方，阴雨天、农闲时少不了人在这里说说笑笑。庄上的车道廉说："光远的手艺真是没说的，狗屎橛子到了他手里都能改改味。"刘光远听他说得不伦不类，又好气又好笑："道廉叔，你看你说的，我这满屋子可都是要进嘴的物件！"别人跟着打权、起哄："道廉说得对着呢，话粗理不粗！别的不说，就你那干肉咱这一片儿谁做得出来？"

做干肉是刘光远的一绝，是跟一个外路人学的。

在刘光远已过而立之年的一个数九寒天，一天晌午饭后，天上就飘起了雪花。到挨黑时，雪势不减，田楼被裹在白茫茫的雪天雪地里，官道上路断人稀。

忙了一天的家人都已回去休息，刘光远封了炉火正想关门时，忽然闪进一个人来，披着一身雪花向刘光远抱拳施礼道："求老哥救命！"听口音是个南路的蛮子，刘光远仔细一打量，这个人也就二十来岁。刘光远已在杆子会待了几年，江湖上的事儿也略知一些，看到这个年轻人身手敏捷，已知道这人绝不是一般的行客。"啥事快说！"刘光远向来是多一事不如少一事儿，只是就事说事。那个年轻蛮子说："我有个兄弟有病快不行了，我们俩都是外乡人，不知哪儿有看病的。请老哥帮忙！"刘光远一听事关人命，便急切地问："人搁哪儿来？""就在外边！"那人边说边往外走，步子轻盈又急促。

刘光远也不迭得多问，跟着他出门一看，一个人蜷曲着身子倒卧在离小饭馆不远的一处短墙边。"快弄屋里来！"

说话时那年轻蛮子早已蹲下身子架起他的同伴，刘光远帮着把病人弄到小饭馆里，扶到自己平常休息时的软床子上躺下拉床被盖好。转身盛碗羊肉汤说："这里还有些汤，你先喝着暖和暖和，我给你找先生去。"

这时的刘光远心里很清楚，不管是啥人，先救了再说。这时候能找到自己，那也是一种缘分。那年轻蛮子是千恩万谢，不住地拱手作揖。

刘光远束好战带，带上帽子出门直奔凌场而去。这方圆十来里内就数凌场王正东的医术好。王先生的医术有多好？据说是上了奈何桥的人都能给拽回来。只是王先生的性子有些怪，脾气不对的，大骡子大马来接他，酬金堆满桌子他也只当没看见，就两个字，不去！心情好时，一个穿撅腚棉袄的庄户人上了门，他也会跟他走十里二十里，且分文不取，有时还要搭上药钱。刘光远的厨艺好，有些怪；王正东先生的医术好，也有些怪。但这两个怪人却是惺惺相惜，见了面有说不完的话题，有啥事儿对方一招呼就到。如同俞伯牙与钟子期。刘光远踏着雪只小半个时辰就把王先生给请来了。王先生挎着木箱子，那棉袍子和刘光远一样，为了能走得快，也把下摆撩了起来掖在腰里头。

王先生进了屋，坐也没坐，用手抹了抹额头上的汗，就把箱子放在小桌子上，走上前摸起病人的手腕搭上了脉。顷刻工夫说："光远，你把箱子掀开盖拿过来！"刘光远快速掀开箱盖递了过去。王先生迎手拿出一卷布片子顺势往桌上一摊，一排溜银针插在布片子上，在油灯下闪着光。那年轻蛮子搭不上手在一边直转圈子。

王先生下好了针这才训话："咋这会儿才来喊我？再晚半个时辰人就没有了！"也不知是训刘光远，还是训那年轻蛮子。这时候病人呻吟几声吐了几口瘀血，醒了过来。年轻蛮子赶紧给两恩人作揖，又满口的千恩万谢，这时候才有工夫说出事情的原委："我俩是一块邂伙儿做生意的兄弟，他是北方人，会熟皮子，我是南方人。原本是想到丰县朋友处落脚的，不想半路上他竟遭了病……"

刘光远刚才架那病倒的人时，知道他俩都是怀里揣着家伙的，只是不想戳破。送走了王先生，刘光远回到小饭馆里和那年轻蛮子陪了病人一宿。第二天一大早，就去了后边的大庙，让人收拾了一间屋交代一下花子行的老人。花子行都知道刘光远的为人，他们天好时就拎根打狗棍子四处打食吃，碰到连阴雨没法出门，刘光远也不会让们饿着肚子，于是行里的对刘光远都说不出啥来。既然是刘光远安排的事，他们也都尽力帮着照顾一下。

刘光远就这样管他俩吃，有时自己忙不过来，就让儿子小莽给他们送些吃的。在伺候病人期间，年轻蛮子每天都起得很早，练得呼呼生风的拳脚功夫引得田楼的一群孩子跟在他身后比比画画。两人在庙里住了半个多月。病人是远地儿的一个侉子，也住在黄河边。侉子身体痊愈后在庙里又歇了两天，一天晌午后他对刘光远："老大哥，虽说是大恩不言谢，俺还是先要谢谢你的救命之恩。今天你能不能领俺到河滩地转转，看能不能趸摸点儿啥东西用。"

刘光远领着两人在外转了老半天薅了两把干巴草来了。那侉子说："还缺一样，你这地方可能没有，往后要是再来就给你带点种子，这两口味也能做出干肉的味来。"刘光远听着侉子的话，看着这猪羊都不吃的草，心里有些疑惑，这草能做出啥菜？侉子当着他的面做了一遍，边做边给刘光远细说。又过了两天，南蛮子、北侉子两年轻人才向刘光远洒泪而别。

侉子后来在丰县落了脚，来往徐州路过田楼时，总要到刘光远的小饭馆里坐坐。后来还给刘光远熟了件又结实又暖和的老羊皮袄。小

黄河故道人家

莽、小柱见了他都亲热地喊他"老侉叔"。

侉子教他的只是牛肉、羊肉，后来刘光远又自己琢磨，猪肉、狗肉、兔子、鸡鸭等都行。做干肉要选在三九寒天大雪封门时，这时把活物宰杀，把肉埋在厚厚的雪堆里，过了一个对时也就是一天一夜，把肉拿出来用盐杀。盐是大盐，放花椒、茴香在锅里炒得焦黄散发出香味，等盐炒好趁热用手抓着往肉上用力狠搓。然后挂在背阴的地方晾。数天后肉里的血水滴完了，把肉放到锅里加香料煮。煮熟了、煮透了，捞出来晾透，再加工一下，而后在篱笆墙的屋里拴上绳子把肉挂起来让它们风干。风干了的肉可用刀切，可用手撕，历一年寒暑都不带变质变味的。

小饭馆的主食

开饭馆的不能没有主食。刘光远的小饭馆刚开始时的主食也就是馒头、卷子，是光远的母亲李氏一个人蒸，晏氏过门后，婆媳俩来忙活。晏氏在小儿子小柱很小的时候因病早逝，年龄不过三十来岁。刘光远怕孩子吃苦，就没有再续，两个孩子便交给了母亲带，馒头和卷子只能由别人送了。这种情况直到小莽刘瑞君娶了亲才有所改观。

小莽刘瑞君到了婚龄时，东庄后郭桥汪家的闺女汪凤英过了门。这汪凤英大骨头架，性格爽直，风风火火的，在娘家时干活就是一把好手，做得一手好家务。来到刘家后，为小饭馆供应主食烙馍的活就落到了她身上。汪凤英经过几年历练，烙馍时一个人擀烙馍坯子可供三张鏊子同时烙。每天天刚胧明，刘光远就起身领着儿子、徒弟忙活油条、包子、热粥、糖糕之类的早点，让一大早顺着官道赶路进徐州府的西北路人打个尖儿歇歇脚。半晌午时汪凤英和了两大盆面，盖层笼布让面饧着。晌午时分，前面饭馆的操作间里忙活起来，炉火旺烧，炒勺叮当，刘光远带着儿子、徒弟前前后后忙得雨一样。汪凤英在后院树底下放张案板，案板上面放着盘好的软硬适中的面团。案板的右前方成弧形摆上三张鏊子，位置都在右胳膊伸开就能搭得上烙馍坯子的地方。三个人各坐在一张鏊子前的小板凳上，身后是一大堆烧鏊子的柴禾。

汪凤英系好围裙，把自己收拾的手紧脚紧、干净利索后坐到案板前。看着各个鏊子都烧得差不多了，汪凤英开始动手擀烙馍坯子了。汪凤英擀烙馍坯子和别人不一样，一般人是把揪好的面剂子用两只手在案板上揉，所有的面剂子全部揉成面团后才撒上面醭一个个地擀。汪凤英的动作要麻利得多。她左手从饧好了的大面团上揪下一把面，掌心在案板上一转，揪下来的面便成了一个圆球形的面团。面团不离案板，左掌往前一推，面团成了椭圆铺在案板上。左手还没抬起，右手里的擀面轴子已放到了面上，右掌由里往外用力一推，椭圆变大变薄了。这时右手按住擀面轴子一转，擀面轴子一尖朝里，一尖朝外，左手把刚才推成椭圆形的面片往擀面轴子上一搭，两手各持擀面轴子一头把烙馍坯子提起左甩两甩，右甩两甩，然后手一抖把烙馍坯子"啪"地平铺在案板上，用擀面轴子啪啪几下把烙馍坯子找圆。然后左手捏住烙馍坯子一边往擀面轴子上一搭，右胳膊一伸，圆圆的烙馍坯子从擀面轴子上平飘到第一张鏊子上。汪凤英在右胳膊往右前方第一张鏊子上搭烙馍坯子的同时，左手已从面团上又揪下一团面来……当第一张鏊子上的烙馍坯子小半熟时，新擀的第二张烙馍坯子已落到第二张鏊子上，当第一张鏊子上的烙馍将熟未熟时，第三张鏊子上已落下了新的烙馍坯子。第一张鏊子上的烙馍刚被翻馍劈子挑起来还没放到秫莛子缉的馍筐子里，一张新的烙馍坯子又落了上去。圆圆白白的烙馍坯子应着擀面轴子轻击案板的脆响，蝴蝶翻花一般次第落到一张张鏊子上。汪凤英一斤干面能擀十六张烙馍坯子，大小厚薄几乎没有啥差别。有人说汪凤英擀馍坯子不是擀出来的，而是甩出来的。当第一次擀面轴子接触椭圆形的面剂子时，擀面轴子只是往前一推，把本来就被左手推成椭圆形的面剂子推成一个大而薄的椭圆。当擀面轴子挑起烙馍坯子甩时，两手借助湿面下垂的重量，掌握好力度，左右各两下，烙馍坯子基本成型了。这时候把烙馍坯子铺在案板上再用擀面轴子稍微找补一下，一个圆圆的烙馍坯子就定型了。有好事者给汪凤英总结擀烙馍坯子的动作要领是"推两推，甩两甩"。即左手手掌一推，右手擀面轴子一推，搭上擀面轴子后左右各甩两甩。当天气不好官道上行人较少时，会支两张鏊子，汪凤英就有时间歇一歇了。当雨雪天在屋里支一张鏊子时，汪凤英就跟玩儿一样，还有空儿做点别的事儿。

烙馍要趁热吃，凉了后就有些干硬，咬起来就有些费劲了。取两张还有些烫手的烙馍，拍拍上面的面酱后，卷上刘光远自制的糟鱼，喝着刘光远熬的清澈见底的鱼汤，让人百吃不厌。

小儿子小柱媳妇过了门，李氏、汪凤英、小柱家的娘仨忙在后，刘光远、小莽、小柱忙在前，一家人的日子眼看着翘头往上起。这时候谁也没想到，刘家又发生了塌天大祸。

中年丧子

刘光远的达达是因爷爷的疏忽大意而死的，而刘光远的小儿子也是刘光远误信他人而送命的。

小儿子小柱大名刘瑞芝，他不像刘瑞君那样是个闷嘴葫芦，他机灵能干，嘴皮子又甜。平时跟着刘光远在小饭馆打打下手，石榴下来时便跟着哥哥小莽和其他人一起过黄河故道到萧县的圣泉、刘村去挑石榴。小莽刘瑞君虽然不太说话，其实性格也是躁的，虽然个头不高，但说话办事风风火火的。贩石榴时，别人挑着走一段往往要歇一歇，但他不歇，当别人还在半路的时候，他早已到了目的地。田楼人看他火喽崩星的，便给他起了个外号叫小火头。

这一年，新婚不久的小柱跟着哥哥同别人一起来回几趟后，胆子也就大了，开始独来独往。在一次单独去圣泉时遇事耽误了些时间，回来时天已黑了，在过黄河故道时遇到了鬼领路。平时闭着眼都能摸到家的小柱迷了一样，在他眼中的一条又宽又平又亮堂的路上走了半夜，最后被引进了黄河故道的深水里。要不是有几个走夜路的人抽烟咳嗽把他冲醒，他也就不吱不声地被淹死在黄河故道里了。当他后半夜挑着空筐摸到家时，扁担上、肩上搭满了水草。农历八月十五前后河里的水已经很凉了，再加上受到惊吓，小柱一病不起。刘光远请了很多郎中给他看病，又是针灸又是吃药，始终不见效。后来让一过路的野郎中看过后说，是因受寒殃巴了，得用药水蒸的法子才能祛除寒气。刘光远一来是病急乱投医，二来他也相信偏方治大病。就让人按野郎中说的在一口大锅里添满水，锅上放张床，架着小柱平躺到床上。大锅里的水开了，水汽透过苇席、被袄子蒸着小柱。时间不长，小柱在床上疼得大叫连声，那野郎中在旁边不住地喊："捽住他！捽住他！别让他动！要把他身子里的寒气全逼出来才行！"劈柴"呼呼"地烧着，滚开的水在锅里"咕嘟咕嘟"地翻着花，成团成团的水汽升腾着……小柱不喊了。刘光远想把小柱翻过来，哪知手一碰，小柱身上就掉一块肉——肉熟了，儿子被蒸死了！刘光远眼一黑，定定神回头再找那野郎中，哪还能看到他的影子？再后来，刘光远不忍青春年少的小柱媳妇苦守，就让小莽家的汪凤英劝她再走一步。妯娌俩哭哭啼啼大半夜。没过多长时间，没给刘家留下一儿半女的小柱媳妇双膝跪地给刘光远磕了三个头，含泪离开了田楼。

一天晌午，一个过路的老头儿在小饭馆里喝酒时见刘光远没有了往日的精神头，就问他出了啥事。这时候小饭馆里人很少，心中苦闷的刘光远招呼小莽添了两个菜，长叹一声和老头坐在一起，说起了小柱的事儿。那老头听完后叹口气说："恁家这孩子是过大河时被水鬼给殃打了。你可能不知道，人死之后，有一口殃气会堵在喉咙上，据说是绿色的，那是人一辈子所积攒下来的怨气、毒气，这口气会在一个特定的时辰飘出来。殃走一条线，粘花花败，粘草草死，粘到人身上，就要大病一场，被殃打得厉害的还能丢了命。被殃打了的人一开始浑身酸痛，眉心发青，头晕干哕，吃不下东西睡不好觉，针灸吃药都不管症。那野先生没看错，但治的方法不对。被殃打了就要找个明白人挑痧，会挑痧的大都是上了年岁的老妈妈儿。挑痧阴天不能挑，只能晴天挑。阴天随便挑，容易把痧挑散，痧气四散反倒会加重！晴天时，会挑痧的老妈妈儿手拿着针念念有词的在脑门上挑，挑完之后就挤血，血是黑色的，然后是前胸和后背，挑完后不能沾凉风，不能沾凉水，过一段时间才能好。那痧气只会在特定的时间和方位出现，谁碰上谁就倒霉到家了！"

听那老头这么一说，刘光远肠子都悔青了，怨自己给小柱治病时太草率了。

县长光顾

刘光远的脾气也好也不好，说好说孬不知哪一会儿。说不好听的，就是个驴脾气；说好听点儿，就是大家常说的顺毛驴儿。要是有人喝完汤放下碗时说："刘老板，你这汤熬地真没治了！在别的地方我还真没喝过那么好的汤！"他会笑呵呵地大勺子一伸，再给你添上大半碗。如果有人端起碗来啜了一口咂巴咂巴嘴，眉头一皱，说了声："老板，你这汤咋没大有盐儿？"他会劈手把碗夺过来，随手撬到地上，寒着脸说一声："哪里的汤好喝你去哪里喝去！我又没花钱请你来喝！"为这，刘光远没少和过路客商发生争执。这就是刘光远的性格，要是犯起性子来，神仙也拿他没办法。

既然是个厨子，除了经营自己的小饭馆外，周围庄子的红白喜事也请他做菜，这时候他就把小饭馆交给儿子瑞君，领着徒弟郑传银带着做菜的家伙茬儿到了事主家里。当和事主嗑谋好多少桌席后，就开单子让事主派人去采卖，干菜多少，鲜菜多少，鸡和鱼、肘子之类的大菜要多买两三桌的，以防亲戚来得多把席坐撑了。买来买不来，回来都要给他说一声，让他心里有数。还有就是正事的头一天他拾掇好的菜，任何人都不能动，不管是一言九鼎的大老执，还是事主。要是买菜回来不给他打招呼，或是动了他备好了的菜，那事主哭都没有地方哭去。他会脸一寒家伙茬儿一收转身就走，把主家晾个整个儿的。想再把他请回来？那事主得请大老执把买菜的或动菜的人拉到他家，被他黑着脸训斥一番后，再三央求他这个事儿才算过去。活还得干，事还得圆，这就是刘光远。

对刘光远的这个生古性格，说啥的都有，但耿聋子偏偏就喜欢他这个软硬不吃的性格。耿聋子本名耿继勋，铜山郑集丁古道人，黄埔军校毕业生。一九四三年十月起，作为国民政府委任的铜山县县长，耿聋子一直在徐州西北一带的铜山地界活动。有了官印的耿聋子自认为既然为官一任，就要造福一方。他把徐州西北所属铜山县的一片看成是自己的一亩三分地，还在管粥集再往西北的一片设立了标杆乡——亲民乡。他不允许有人在他势力所及的辖区内胡作非为，偷鸡摸狗的二流子，逮着就砍头；杀人放火的大马子，有机会就围剿。他认为守土有责，从不让别的势力染指。日本鬼子进了圈，他打；伪军二狗子，他打；共产党的游击队，他打。他更不允许共产党的地下组织在他的地盘内活动。何桥赵庄的路继君、路继营被他逮住后，用铁丝穿过锁骨，说只要二人说句软话就能放回家种地。这两个人还真是汉子，遭酷刑后还破口大骂，被他枪杀。何桥段庄的赵广庆被他抓住了，啥话也问不出来，躯体被大卸八块后分悬于张集、庄里砦四门。马坡和尚庄的王清惠被他活埋在路套南的黄河滩上……这样一个人物虽然想用杀鸡给猴看的方式把铜山县治理成路不拾遗、夜不闭户的模范县，实际上却把老百姓弄得风声鹤唳，人人自危。小孩子哭了闹了哄不好实在没有办法时，一声"耿聋子来了！"就能让孩子噤声，比说"红眼绿鼻子，四个毛蹄子，走路啪啪响，单吃活孩子"的大马猴子来了还见效。

耿聋子是个食客，也是刘光远的常客。每当耿聋子骑着高头大马身后跟几个挎着盒子炮的马弁到刘光远的小饭馆时，在场的食客们个个噤若寒蝉，大气也不敢出。不论三伏三九，马弁都背着枪哼哈二武地站在外面，耿聋子一个人独踞一桌，兴起时还会喊刘光远陪两盅。每次耿聋子酒足饭饱后都会喊一声："刘老板，会账！"刘光远在围裙上擦着手走进来，耿聋子说："刘老板，钱褡子在马鞍子上，该拿多少拿多少，不要亏了自己。小本买卖嘛。"到耿聋子马鞍子上的钱褡子里拿钱，刘光远从不自己去，而是喊一声："小莽，过来一下。"小莽刘瑞君不知道耿聋子是不是清楚自己的钱褡子里有多少钱，但他知道自己家的饭菜值多少钱。刚开始时刘瑞君以为耿聋子只是装装样子显示自己很亲民，自己家是做小本生意的也不敢得罪这位县太爷，也就随便拿点儿走走过场。哪知耿聋子一看他手里的钱，生气了，桌子一拍："咋的？你以为我是来吃白食的？该是多少就是多少！再去拿！"平常话就不多的刘瑞君不说话也不敢去。耿聋子眼一睁，鼻孔里："嗯——！？"了一声。刘瑞君一看，不拿不行。就壮着胆子小跑着出去如数取来，耿聋子这才呵呵一笑："这就对了吗！你将才那个法开店，还不赔到他姥姥家去了？"刘光远也笑着对耿聋子说："孩子小，不懂事！"耿聋子翻身上马后还朝送出门的刘光远拱拱手，然后才策马而去。如是三番后，耿聋子再喊会账时，刘瑞君也就不再作假了，丁是丁卯是卯地从耿聋子的钱褡子里拿钱。

每当刘瑞君到耿聋子的钱褡子里拿钱时，不明就里的客人都替他捏把汗，等耿聋子走远后，就会上前对刘光远说："刘老板，你的胆可真够大的，他的钱你也敢收？你就不怕他找你的茬摆治你？"刘光远淡淡一笑，说："生死有命，富贵在天。他不想找你的茬，你就能过个安生日子；他想找你的茬，你还真跑不出他的手心。"

耿聋子每次来必点两个菜，一个是爆炒野鸭，一个是卤兔肉。

爆炒野鸭不是难事，杀野鸭子倒是一件麻烦事，不像杀鸡那么简单。不是所有的野鸭子都适合爆炒的，刘光远选好年龄、重量都适中的野鸭子后先给它灌一小盅酒，然后拿来一只碗，抓把盐放进碗中的温水里。把野鸭的两只翅膀并起，左手拇指和食指攥住鸭翅膀根部，鸭背贴着手背，小指勾起野鸭右腿，再用右手捏住鸭嘴脖子向上弯，把头送给左手攥鸭膀根的拇指和食指，捏在鸭头和颈部之间，这时的野鸭已是胸脯朝上的姿势。右手拿刀在鸭脖子处割一黄豆粒大小的小口切断气管。随即用右手捏住鸭嘴，把脖颈拉成上下斜直，将血滴在碗中，直到鸭子停止抖动后，即可在凉水与开水三七开相兑的水中烫毛、煺毛。在水盆中用左手拉动鸭掌，使鸭子在盆内浮动，右手用一木棍随时拨动鸭毛快速透水。鸭毛烫透后，趁热开始煺毛。先煺脯、后煺脖颈、再煺背、抓下裆、揪尾尖。根据鸭身不同部位，左右手交替中使用。毛煺净后，把鸭子的肚子剖开，将内脏清理干净后，再用凉水冲洗鸭膛，剁成大小适中的肉块。

爆炒野鸭选的辣椒是牛角弯园里的大铃铛壳，这种辣椒个大皮薄，含水量少，又辣又香。刘光远选取七成熟的紫辣椒或接近成熟的辣椒，洗净粗切，加少量醋、盐等拌匀放在大碗里。锅里倒了豆油后烧到冒烟时，先放入花椒、茴香等大料，再放入精心晒制的面酱，快速挥动锅铲子，炒出香味时放进野鸭肉块快速翻炒。猛火炒至七成熟的时候，倒进一两左右的醋。炒至八成熟锅中能听到炒炸声的时候，放入盐、姜片、葱花，喷些醋，稍后再倒一些料酒。炒到九成熟的时候，放进刚才调好的辣椒，临熟时放蒜瓣、芫荽，点上香油即可盛盘出锅。能吃辣，能当家。耿聋子说。整个过程不过一袋烟的工夫。端上桌的爆炒野鸭，色泽鲜亮，干而不焦，香辣可口，再喝两口烧酒，吃它的人无不大汗淋漓。

生长在故道边的刘光远对野鸭子的习性非常了解，要是送野鸭子的送来的是单只，他会根据野鸭的大小或不同种类告诉对方，有些野鸭子是对鸭，有些小点的叫小八鸭。小八鸭多是成群的，一捣猛钻到水里，老大会子才在远处冒出来。对鸭从来不单搭窝的。你刚才在哪逮的这就回去，肯定还能再逮一只。对方将信将疑，回去不久，果然又提着一只野鸭子来见刘光远，对他佩服得五体投地。

卤兔肉也是刘光远的一道拿手菜。黄河滩上杂草丛生，深过踝膝，土黄色的、又大又肥的野兔蹿来蹿去，就有人套来卖给刘光远。野兔肉质不错，让人头疼的是它生性带来的土腥子气很难去掉，这使得很多食客望而却步。刘光远自有去野兔子土腥子气的办法。野兔子被扒皮开膛后，刘光远就会到黄河滩上挖一个深坑，见湿沙土再挖两锹深为止。把凉凉的湿土塞满野兔子的肚子，然后埋在坑里踩实踏平。第二天再把它挖出来，提井水冲洗干净后，野兔子身上的土腥子气被体内体外的湿沙土吸附得一干二净。洗好的野兔肉用凉井水泡过后，捞出来放进加有老汤的锅中，加入花椒、天麻、茴香等佐料，大火煮半个时辰，再用小火慢煮两到三个时辰。出了锅的野兔肉呈酱红色，香气逼人，烂而不腻。

耿、刘二人年龄有异，耿聋子一九〇四年生人，比一八九五年出生的刘光远小九岁。二人地位悬殊，耿聋子是黄埔军校毕业生，铜山县的县太爷，刘光远只是个开小饭馆的厨子。这样的两个人竟能相安无事，让一般人摸不着头脑。其实这也没啥，耿聋子作为一县之长，身边不乏阿谀奉承、逢迎拍马之徒，刘光远的不亢不卑倒让他眼中一亮，赢得他的尊重，有时自己宴请官场人物，便会请他上门操刀。刘光远见的官多了，耿聋子不管是杀是伐，能把大马子、小蟊贼治得谈虎色变，也不是个无能之辈。再说他吃饭给饭钱，喝酒给酒钱，对自己从没以势压人。要说两人的交情有多深，也不太可能，毕竟两人社会地位相差太大了。

走脱徐州

刘光远做生意讲究的是踏踏实实做菜，老老实实挣钱，想的是不做亏心事，不怕鬼敲门。想是这样想，等有一天真的有鬼来敲门了，他也会手足无措。

日本鬼子被赶出徐州后的一天小晌午，刘光远正在小饭馆里忙活，一辆汽车从东南方向开来，"嘎"的一声停在小饭馆门前，车厢里跳下来几个当兵的慌忙星似的背着大枪直奔小饭馆。徒弟郑传银迎上前去："长官，里面请。"其中一个说："谁是刘光远？刘光远在吗？让他出来一下！"刘光远听到外边有动静，腰扎着围裙就走了出来，拱手说："我就是刘光远，不知几位有何贵干？"当兵的"咦"了一声上下打量了他一下，说："你就是刘光远？那好，跟我们走一趟！"刘光远紧张了，不知出了啥事儿。还没等解下围裙，几个当兵的就端着枪连推带拉地把一头雾水的他弄上了汽车，车头调转，一溜烟地往东南方向而去。一家人都吓得面如土色，不知道咋弄。看到这一场的田楼人、过路人都交头接耳窃窃私语，说不清刘光远犯了啥事。

坐在汽车上摸不着头脑的刘光远紧张地问几个当兵的是咋回事儿，当兵的待答不理的说不知道啥事儿，到了徐州就知道了。说的刘光远心里如同揣了只小兔子。汽车进了城，直接开到了徐州最好的饭店——花园饭店。听见汽车喇叭响，有人走出来很客气地把刘光远让进去，并板着脸训斥那几个当兵的。原来是有国民党的大员从南京来徐州后住在花园饭店，因吃腻了饭店厨师的饭菜，听人说徐州西北道上刘光远的手艺很好，就差人把刘光远请来。哪知手下没弄明白上峰是啥意思，叫了辆军车就派兵带着枪把刘光远押来了。

知道是让自己来干啥的后，刘光远的心这才定了下来。同时心里也有些打鼓，乡下人的手艺能不能让南京来的大官儿满意？要是做得不对他的口味那咋弄？还没来得及多想，花园饭店的经理已把他请进操作间。刘光远一看，乖乖，一个操作间都比他的小饭馆大，摆的材质有些自己见都没见过。经理说，刘先生，凉盘就不要弄了，或炒或烧或炖，做些热菜就行了。

花园饭店里的厨师见刘光远是个个头不高又黑又瘦的干巴小老头儿，身着黑布长袍子，黑粗布带子扎腿，腰里还系了条说不上是灰是黑的围裙，也就是一个土里土气的乡下厨子。个个摇头，人人一脸的不屑。刘光远也不管别人咋想，把菜看了一遍，把袖子一卷，拿根筷子用刀刻刻削削。几个厨师不知道刘光远要干啥。只见刘光远一伸从盆里捞出一条尺把长欢蹦乱跳的鲤鱼。先用削好的筷子在鱼鳃下捣鼓一番，把鱼牙喉骨瓣活开了，再用筷子尖在鱼尾下面一转，割断了鱼肠子。腾开手从鱼鳃下听着劲就把内脏肠子都带出来了，鱼子、鱼鳔留在肚里。鱼鳞不刮，舀清水反复往鱼肚子里灌，鱼肚子里冲净后随手把鱼扔到清水里，转身调制材料后从鱼嘴灌入……动作娴熟，所有环节一气呵成。这时锅里的油已热，刘光远迅速在鱼的两侧用刀各拉三道口子，把鱼"滋啦"一声贴着锅壁顺进锅里，再放高汤，再放其他大料……几个厨师都看呆了，乖乖！还有这个法玩鱼的！刘光远干活就是这样：干净利索，从来不拖泥带水的。那边锅里"咕嘟咕嘟"炖着鱼，刘光远这边又用现成的材质又是颠又是翻借着旺火或炒或烧又做了几道菜，最后做了碗没加盐的鸡蛋汤……

南京来的大员吃得十分高兴，饭后要见见这位大厨。刘光远很拘谨地搓着手站着，那大员见刘光远虽身着清一色的家织老粗布衣裤，倒也干净精神。口中余味绕舌，厨师就在眼前，大员手一挥："跟我去南京吧，从今往后专门给我做菜！"刘光远心里一惊，忙说："长官，乡野之人登不得大雅之堂。长官今儿个吃的高兴我就满足了。感谢长官厚爱，长官的话我不敢抗命，只是我一家妻儿老小十几口，我一走家里的天就塌了。以后长官在南京要是想吃我做的菜，我立马赶过去；长官再来徐州，我得着信儿就赶过来。请长官恩准。"那大员喝口茶想了想，说："也罢，先生既然有此想法，今日我也不再强求，来日如果需要先生时，先生不可再行推托。"刘光远弓腰拱手："当效犬马之劳！"大员招招手，属下捧过一个放了几摞银元的盘子，说："一点谢资，不成敬意。"刘光远摆手推托，大员的属下把银元装进一个小袋子掖进刘光远的怀里。大员说让车送刘光远回家，刘光远忙摆手，说进一趟城不容易，顺带着还要办一些其他事儿，多谢长官抬爱……从花园饭店出来，抬头看看天，天是蓝的，云是白的。刘光远擦擦头上的冷汗，摸摸怀里沉甸甸的小布袋，这才长出一口气。转身直奔庆云桥，顺着官道一路西北而去。

刘光远知道晌午做的几道菜为啥能让南京的大官儿满意。这并不是花园饭店的厨子不行，他们可是经过千挑万选的，各有各的绝活。作为一个大的饭店，操作出来的饭菜是让各地人等都能吃得下去的，虽有几道特色菜，也不是针对特定人物的。也就是说，大饭店的菜走的是无大咸大辣四平八稳的路子，谁来都能吃，谁吃了都说不出啥来。再说到这样的饭店来吃饭的本身吃的就不是菜味，而是吃的身份。在这样一个饭店里连吃几天，神仙也会感到腻歪。大官儿来自南方，口味偏淡，自己晌午做的几道菜在色香味俱足的情况下，有的稍咸，有的稍辣，有的咸中带辣，有的辣中带咸，最后一碗汤甚至连点盐味儿也没有。那是因为一群人胡吃海喝后舌头早已麻木了，上啥也品不出味来了。上一碗没有盐的汤，金黄的蛋穗、青绿的菠菜叶自能勾起他们的食欲，稍稍有些烫嘴的无盐清汤也能使吃麻了嘴的他们品评出他们各自认为的味道。

刘光远一路上脚没驻点儿，走得通身是汗。回到家才知道，自己这一走，家里人都以为他回不来了，个个都吓憨了，哭哭啼啼的，晌午的生意也没有心思做。

放纵儿子

刘光远在老虎嘴边转了一圈，要是真的被南京的大员带走了，这一家人还不知道要咋样呢。所以刘光远常说，人不能不知足，天底下还有能挣完的钱？每天儿媳妇汪凤英烙的馍是有数的，烙馍卖完了，小饭馆就要歇歇了。就连最热闹的田楼庙会，刘光远也不加量。庙会人多，东西卖得快，卖完拉倒，一家人倒也有时间逛逛庙会。

田楼庙会在每年农历的二月初七。有句话说二月初七"田楼会火头精，不下雨就刮风。"不管是不是下雨刮风，田楼庙会都十分热闹。在黄河故道，作为一个普普通通的乡野庄子有庙会的并不多，大家一提庙会就是徐州的云龙山庙会、泰山庙会。田楼庙会起于何时，因何发起？没有人说得明白。也许是田楼那座庙盖起的时候，也许是庙前那通清代的圣旨碑立起来的时候。

二月初七到了，千金小姐、大家闺秀、小家碧玉及整天围锅台转的妇人媳妇，没有不来赶庙会的。男的更不用说了，老的、少的无不到庙会上凑热闹。二月初四、五，远路客商大就来到田楼搭棚、支锅、搭台、摆地摊。徐州府上四县丰、沛、萧、砀及下四县之首的田楼所在地铜山更得地利之便，早早赶来。安徽、河南的客商也过黄河故道而来，山东的客商顺着徐丰官道络绎不绝，所有车辆都停在田楼以北的车村。据说，车村的名字就是这样得来的。

二月初七这天，田楼庄里村外万头攒动，人涌如潮。

上刀山、玩二虎眼的、玩大把戏的让人咋舌称奇，梆子戏让人如痴如醉，花鼓戏让人捧腹大笑……庙会也是个大市场，铁货市、木料市、瓦罐市、牛马市、布料市、玩具市、百货市、腥鲜市、卤菜市等五行八作俱全。

喊街的走了过来，左手拿一磨刀石，右手攥一把明晃晃的短刀，满脸干巴巴的紫红色血污，露出两只血红的眼，实在吓人。所到之处，人们急忙避开，让出一条小路……僻静处架起四五个大布赌棚，每个棚下设三四张桌子。赌徒们在棚下粘成蛋儿，打麻将的、推牌九的、开黑红宝的、猜大小的，麻将、牌九的噼里啪啦声，吆五喝六声，乌烟瘴气地乱作一团。赌鬼们都瞪着两只血眼，拼命地加大赌注。

刘光远背着手啥场都偎，啥稀罕景都看，看完就扔两个钱捧捧场。看来看去就是不看赌博的，达达因赌博被爷爷误伤，赌博是自己一辈子的痛，所以自己从来不踏赌场半步。自己一辈子不赌，可儿子刘瑞君喜欢玩。这让刘光远心里面有说不出的苦。

刘瑞君在饭馆里给打下手，刀功极好，就是不太好说话，大家都喊他哑巴。刘瑞君虽不太喜欢说话，却是心里有数。身为杆子会小头目的刘光远，本来就是个仗义疏财的人，喜欢结交三教九流的人物，打把式卖艺的，只要能对得上切口，就会管吃管住。刘瑞君受到影响，也有着一副侠义心肠，结交了不少道上的人物，与下河套的、沙塘的拳师一干十四人推金山倒玉柱结拜了金兰兄弟。这在黄河滩兵匪横行的年代用以自保是十分必要的，因为在这地界，只能靠交情说话。再说，开饭馆平时跟哪路神仙不打交道？刘瑞君平日里在饭馆里干活，一有空闲就会去赌几把。看到儿子赌博，刘光远总想说说他，可又说不出口。儿子平时在饭馆里一天到晚忙得趔趔[4]的，累得够呛，赌点小钱也算是他找个乐子散散心吧，也就狠不下心给他立规矩。对于这个年龄的刘瑞君，刘光远虽然不能说是惯着他了，实际上说对他还是有些迁就，因为身边只剩下他这一个儿了，疼还疼不过来呢。刘光远认为儿子只是小打小闹，只是消遣着玩，没想到儿子最后玩大了，把自己积攒了半辈子的家业几乎全搭了进去。刘光远欲哭无泪。

淮海战役时，受战事影响，刘光远的小饭馆不是太景气，清闲下来的刘瑞君便有时间去玩两把。刘瑞君的赌瘾极大，不管是抹老牌、掷骰子、推牌九、打麻将，见了就拉不动腿。没人玩时，见个光腚小屁孩也会和他皮锤、剪子、布的弹个脑门，刮个鼻梁。平常他和一帮赌友们玩的都是小来小去的，这时候时局太乱，就有人动了歪心，刘瑞君被别人合伙算计了。愿赌服输，家里的现钱，多年置办的田产大都落到了别人的手里。刘瑞君三天没敢回家，刘光远三天没起床。

世上的事儿很难说得清，当你认为是福时，得到的往往是祸；当你认为是祸时，想不到的竟是老鳖大翻盖式的时来运转。革命政权成立后，实行土地改革，刘光远想不到的是因家里被儿子赌得只剩下几亩兔子不拉屎的盐碱地，靠着小饭馆养家糊口，被划成了贫农，成了革命阵营中最可靠的力量。刘光远咋也没想到，自家没有被划成受人翻白眼的中农、富农竟是因为儿子赌博几乎输光了家业，刘光远不知道是该哭还是该笑。反正腰杆直了。

挺直了腰杆的刘光远依然经营着小饭馆。财去人平安！心情恢复了的他依然同大家说说笑笑。

4　趔：音 suō，走得很快的意思。

趋于平静

慢慢地，从徐州经田楼到丰县的官道弃用了，路上再无往天熙来攘往的人流。刘光远小饭馆的生意也淡了许多，他的性格也随和了许多。常来小饭馆里的闲人也觉得他不那么怪了。

每当一群人围着他说说闹闹时，精明的他就知道他们在给他打马虎眼，好让别人偷点儿干肉吃。他也不点破，一说破就没啥意思了。刘光远的心很宽，人活的是啥？不是金不是银，人活的就是个人场。要是一个人没有点儿人场，就算挣得再多，连个对脸说话的人都没有，那也没啥意思。正因为他的这个心态，田楼及周边庄上的，还有常来常往的过路生意人，有不少通过这个途径吃过他炮制的干肉。

大家都以为他们把刘光远装进去了，其实刘光远也把他们装了进去。一场游戏而已，一说破就不好玩了。

一天傍黑时，王加琛穿着过膝的大裤衩子，光着脊梁和几人在小饭馆里玩。另外几个人起着哄给刘光远打哙，说："光远叔，你说加琛手里有没有钱？"刘光远笑笑没吱声。另一个看上去好像很中立的人说："光远叔，你看加琛光着膀子，有钱也没有地方装，身上肯定一个子儿也没有！"又有人说："光远叔，你敢不敢打哙？"刘光远忙活着自己手里的活儿，还要照看羊肉锅。锅里奶白色的汤"咕嘟咕嘟"地响着，快煮好的大块羊肉在锅里打着滚，一屋子的香气。他慢条斯理地说："我看他手里没有钱。"别人说："要有咋弄！"刘光远看看脸红红的王加琛，说："他身上要能掏出一毛钱来我就请在场的喝酒吃肉。""光远叔，这可是你说的，你老人家可得说话算话，不能应孬！"几个人说完又朝王加琛起哄："掏！掏！加琛。掏一毛钱来咱就能喝酒吃肉了！"王加琛的大裤衩子一个口袋儿也没有往哪里掏？刘光远回头看看王加琛，王加琛低着头咬着下嘴唇。刘光远笑了，说："算了！算了！他又不是赶集上店回来的，才洗完澡身上哪弄的钱？别难为他了。真要想吃，今儿黑来爷们请客！"

那几人一听上劲了，说："那不行，要吃咱得吃个名目！快掏加琛，别给个娘们儿似的。"王加琛左手直挖头，右手慢慢地伸出来，手心里出现了一张被手汗浸湿的两毛的票子。众人大笑，刘光远也呵呵一笑："恁这几个熊孩子……"他知道，加琛手里的钱是他们背着自己塞到他手里的。

刘光远一笑，几个人嘻嘻哈哈一哄而上，有人一手揩住酒坛子，把小黑碗摆开"哗哗哗"地倒酒；有的去翻熟肉，两只卤好的野兔子被他们提溜出来，几个人饿狼一般便撕便抢。撕到了兔子腿的张口就咬；手里捧着兔子头的如同捧着一只刺猬，不知道该咋下口。刘光远就教他：先攥住牙将兔子的上下颌骨掰开分成两半，这样就能把兔子脸颊的肉啃了，兔子的脸颊肉好吃。吃完脸颊肉再把兔子舌头吃掉后，兔子下颌骨上的肉就差不多吃完了。接着是把兔子头的后脑勺掰下来，吃里面的脑花，翻过来再把兔子有嚼头的天堂也就是上颚吃掉，最后是吃眼眶旁又软又滑溜的一些瘦肉，要不想吃兔子眼珠子就扔了它……他们喝，刘光远也喝。他用端子从坛子里舀出二两酒倒进他的白瓷酒杯里，一仰脖吱儿一声下了肚，用掌心抹抹嘴。刘光远自从六岁开始喝酒，几十年如一日，一天四两酒。天天都是晌午忙完来二两，黑来忙完来二两，都是用他的白瓷酒杯一口闷，从不吃口菜压一压。再孬的酒也能喝，再好的酒也不贪杯，这一点他把握得非常好。刘光远过世后，家里人曾给他算了笔账，说他一辈子喝的酒加起来得有上万斤。

也许刘家的厄运都摊到了刘光远身上，幼年时丧父、年轻时丧妻、中年时丧子，人生三大悲都落到了他身上。还有比这更让人痛苦的吗？搁在一般人身上，其中的一件事都能让他趴下。而刘光远就是刘光远，他咬碎了牙往肚子里咽，只顾低头拉车，拖家带口的苦熬着他的悲喜人生。

年龄渐长，闲下来时他会拿个马扎子坐在门口，含着烟管和同龄人聊着田楼的前世与今生。这，也许才是他真心想要的平淡的生活。

也许是田楼刘家他们这一宗的罪愆都让他担完了，也许是刘光远倔强、不服输的劲头感动了老天爷，命运开始眷顾这一家人。刘光远这一支人在生活安定下来之后，他也有了含饴弄孙之乐，得以颐享天年。当他七十八岁在田楼离世时，已是曾孙绕膝四世同堂了。他生性木讷的儿子刘瑞君、个性要强的儿媳妇汪凤英分别以九十四岁、九十六岁的高龄无疾而终。其后人皆心性纯厚，为人和善，淡泊而又宁静地安居于田楼、徐州等地。

这，也许是一生充满传奇色彩的厨子刘光远想都想不到的，也是他梦寐以求的。

（全文完）